W0340768

ELLIE CAHILL
Sorbetnächte
Liebe lieber zwischendurch

ELLIE CAHILL

Sorbet nächte

Liebe lieber zwischendurch

Roman

Ins Deutsche übertragen von
Stephanie Pannen

LYX
EGMONT

Die Originalausgabe erschien 2015 unter dem Titel
When Joss met Matt bei Ballantine Books,
an imprint of Random House, a division of Random House LLC,
a Penguin Random House Company, New York.

Deutschsprachige Erstausgabe Dezember 2015 bei LYX
verlegt durch EGMONT Verlagsgesellschaften mbH,
Gertrudenstraße 30–36, 50667 Köln

1. Auflage
Redaktion: Angela Herrmann
Satz: Greiner & Reichel, Köln
Printed in Germany (670421)
ISBN 978-3-8025-9793-0

www.egmont-lyx.de

MIX
Papier
FSC FSC® C083411

Für Joe, danke für alles.

1

Gegenwart

Es hatte Wochen gedauert, ausreichend Mut aufzubringen, aber an einem sonnigen Freitag im Mai war ich endlich bereit, Matt zu sagen, dass wir so nicht weitermachen konnten. Aber natürlich hing ich in der Praxis fest.

Ich fühlte mich den ganzen Nachmittag, als ob ich ganz vorn auf einem hohen Sprungbrett stehen würde. Die Nervosität machte mich fertig. Als ich mit dem letzten Patienten des Tages fertig war – einem Kaninchen namens Bugs –, drängte ich Nellie durch die Betäubungsmittelkontrolle und die Sterilisierung der Instrumente. Ich wollte endlich mit Matt telefonieren. Wie gestern.

Als ich mir meine Tasche schnappte, um mein Handy herauszuholen, fand ich es nicht. *Oh, bitte lass es im Auto sein, bitte lass es im Auto sein …* Es wäre typisch, wenn ich mein Handy genau an dem Tag verlieren würde, an dem ich endlich den Mut aufbrachte, mit ihm zu reden. Mein Herz klopfte wie wild, als ich zum Parkplatz lief.

»Komm schon, komm schon, komm schon …« Ich legte meine Hände auf die Scheibe und spähte hinein. Dort lag das Handy auf dem Boden des Beifahrersitzes. »Oh, vielen Dank!« Ich wusste nicht, mit wem ich sprach. Die Worte drängten einfach aus meinem Mund heraus, und eine Welle der Erleichterung ließ meine Knie schwach werden.

Ich schnappte das Handy und presste es fest an meine Brust. Dann atmete ich tief durch. Ich würde das schaffen.

»Ruf ihn einfach an. Du musst ihn nur anrufen. Den Rest überlegst du dir später.«

Aber als ich auf das Display sah, wartete bereits eine Textnachricht von Matt auf mich.

Joss, ich brauche dich heute Abend. Ruf mich an.

Mir schlug das Herz bis zum Hals. Er würde mir nur aus einem einzigen Grund sagen, dass er mich brauchte, und zwar nach einer Trennung. Er war mit jemandem zusammen gewesen? Der Gedanke wirkte auf mich, als würde mir jemand einen Eimer mit Eiswasser über den Kopf schütten.

Die ganze Zeit, die ich überlegt hatte, wie ich ihm meine Liebe gestehen könnte, war er mit jemandem ausgegangen? Er hatte nie ein Wort darüber verloren.

»Oh Gott, ich bin so ein Idiot!« Ich ließ den Kopf auf das Lenkrad fallen. Ein wenig härter als erwartet. »Autsch!«

Vielleicht hatte ich etwas missverstanden. Vielleicht hatte er es aus Versehen geschrieben. Vielleicht hatte sein Autokorrekturprogramm eine dieser verrückten Sachen gemacht … vielleicht klammerte ich mich auch an jeden Strohhalm.

Ein Klopfen am Fenster ließ mich zusammenzucken. Es war meine Arbeitskollegin und Freundin Nellie, und sie lachte so sehr, dass ihr Pferdeschwanz wild auf und ab hüpfte. Ich schaltete den Motor aus und öffnete das Fenster.

»Das war wahnsinnig komisch«, sagte sie.

»Du hast mich zu Tode erschreckt.«

»Ja, ja. Ruf ihn an.« Ihre Stimme klang nun wieder ernst.

»Aber er …«

»Ah-ha!« Sie hob warnend den Zeigefinger. »Ist mir egal. Vor fünf Minuten warst du so weit, und ich werde nicht zulassen, dass du dich jetzt wieder herauswindest.«

»Aber ich glaube …«

»Stopp!«

»Nel–«

»*Shhh*!«, zischte sie. »Ruf ihn an. Jetzt sofort.« Und als ich mich nicht bewegte, tat sie so, als würde sie durch das Fenster greifen und es selbst tun.

Ich brachte mein Handy schnell aus der Gefahrenzone und stieß dabei mit dem Handrücken gegen die Plastikperlenkette, die am Rückspiegel hing. Die Perlen klimperten fröhlich. »Schon gut. Ich mach's.«

Sie stützte die Ellbogen auf den Fensterrand und gab mir mit einer Geste zu verstehen, dass ich fortfahren solle.

»Ich werde es nicht in deiner Gegenwart tun.«

»Wähl die Nummer, und ich bin sofort weg.«

Ich starrte sie böse an, aber sie machte einfach dieses typische Nellie-Gesicht, das sagte: »Versuch ruhig, mir das auszureden. Viel Glück dabei.«

»Ich hasse dich«, sagte ich, drückte aber den Kurzwahlknopf für Matt. Ich drehte das Display so, dass sie seinen Namen und seine Nummer sehen konnte.

»Vielen Dank.« Ihr Tonfall war jetzt ziemlich angriffslustig. »Und du rufst ihn bitte wirklich an, sonst werde ich dir am Montag eins mit dem Schuh überziehen, verstanden?« Und mit einem letzten drohenden Wackeln ihres Zeigefingers verschwand sie.

»Du bist eine furchtbare Freun–«, konnte ich ihr gerade noch hinterherrufen, als Matt mich unterbrach.

»Hallo?«

Sofort hatte ich Schmetterlinge im Bauch. »Ich hab deine Nachricht bekommen.«

Er kam direkt zur Sache. »Hast du Zeit?«

»Ja.« Ich hoffte, dass er nicht merkte, wie nervös ich war.

»Was hältst du von einem Abendessen?«

»Hm?« Ich blinzelte.

»Abendessen? Du weißt schon, wenn man isst?«

Ich musste unwillkürlich lächeln, obwohl mein Magen brannte. »Ja, ich weiß, was Abendessen ist.«

»Also, hast du Lust?«

Vielleicht hatte ich seine Nachricht wirklich falsch interpretiert. Vielleicht war es wirklich eine dieser Autokorrektur-Katastrophen gewesen. »Ähm, klar, hab ich.«

»Um sieben?«

»Okay.«

Wir verabschiedeten uns und beendeten das Gespräch. Ich starrte das Handy einen Moment lang an. Er hätte niemals ein Abendessen vorgeschlagen, wenn er nur Sorbet gewollt hätte. Also würde ich heute Abend vielleicht doch meine Gelegenheit bekommen. Der Gedanke ließ meinen Magen in eine krasse Bodenturnübung gehen. Mein Herz raste, und auf meiner Stirn war kalter Schweiß ausgebrochen. Ich würde jede Menge Mut brauchen, wusste aber leider nicht, wo ich auf dem Weg nach Hause noch welchen kaufen konnte.

Verdammt!

Die letzten sieben Jahre hatten zu diesem Punkt geführt. Es war eigentlich ein Wunder, dass wir nach allem, was wir durchgemacht hatten, überhaupt noch miteinander sprachen, und jetzt würde ich das alles riskieren.

Und dabei hatte es überhaupt nur wegen meiner Unfähigkeit, Bier zu trinken, angefangen.

2

Sieben Jahre zuvor … das erste Studienjahr

Matt Lehrers Mitbewohner war vor allem ein Diplomat. Das wurde mir mitten in seinem offensichtlich nicht ganz so spontanen Besuch in unserem Zimmer klar, das zufällig direkt über seinem lag. Er war gekommen, um uns zu einer Party einzuladen, ein paar Stunden bevor er vorhatte, ein Fass Light-Bier durch das Fenster hereinzuschmuggeln. Eigentlich wollte er nur dafür sorgen, dass meine Zimmergenossin Rachel und ich ihn nicht verpfiffen. Das hätten wir ohnehin nicht getan, aber das wusste er nicht, und ich würde die Einladung bestimmt nicht ablehnen. Ich war endlich selbstständig – na ja, so selbstständig, wie man in einem Zweibettzimmer im Wohnheim der Universität von Wisconsin-Madison sein konnte – und entschlossen, meine gerade eben gewonnene Freiheit auszukosten. Oder in diesem Fall eben das Light-Bier.

Rachel war mir ziemlich ähnlich – ein gutes Mädchen aus gutem Haus mit einem Freund, der gerade eine Fernbeziehung geworden war. Sie war sich mit der Party nicht so sicher, war aber bereit mitzukommen. Ich kannte niemanden dort, was zwar zu erwarten war, mich aber sehr unsicher machte. Ich fühlte mich noch kleiner als meine gewöhnlichen 1,57 Meter, und meine lockigen – seien wir ehrlich, damals ziemlich krausen – rotblonden Haare hatten die Wirkung einer Werbeanzeige zum Anderssein. Der einzige freie Platz, auf dem Rachel und ich sitzen konnten, war am unteren Ende eines der beiden Betten, eingekeilt zwischen einem großen Typen aus Wisconsin und der Ziegelwand. In dieser Position war es schwer, den Plastikbecher mit Bier an den Mund zu führen, aber das war schon in Ordnung. Ich hatte ziemlich schnell festgestellt, dass ich (a) den Geschmack von Bier nicht mochte und dass er (b) immer übler wurde, je wärmer das Bier in meiner Hand wurde.

Unser Gastgeber spielte Türsteher und schleuste Leute in kleinen Gruppen in den Raum wie ein Möchtegern-Fluchthelfer. Nur ein paar Zentimeter von Rachels nackten Knien entfernt hockte ein dunkelhaariger Typ auf dem Schreibtisch. Er warf einen Blick auf meinen Becher und sah mich komisch an. Schnell trank ich einen Schluck.

»Wie heißt du noch mal?«, fragte er mich.

»Jocelyn Kiel«, antwortete ich und schob schnell hinterher: »Joss.« Die einzigen Menschen, die meinen vollständigen Namen benutzten, waren Lehrer, Ärzte und meine Eltern, wenn ich in Schwierigkeiten steckte.

»Matt Lehrer.« Er streckte mir seine Hand entgegen, die ich unbeholfen mit meiner Linken schüttelte. Ich war nicht daran gewöhnt, jemandem die Hand zu geben, hätte mich aber noch blöder gefühlt, wenn ich sie nicht beachtet hätte. Seine Hände waren warm und sein Griff fester, als ich erwartet hatte.

»Bist du auch hier aus diesem Wohnheim?«, fragte ich.

»Ich wohne hier.« Er deutete auf den Boden. »Du sitzt auf meinem Bett.«

»Oh!« Ich hatte das Gefühl aufstehen zu müssen, auch wenn er mich hier seit über einer Stunde hatte sitzen sehen. Stattdessen starrte ich die Bettwäsche an, in der Hoffnung, durch sie Rückschlüsse auf ihren Besitzer ziehen zu können. Sie war dezent, braun-blau gestreift und viel zu neutral, um irgendetwas auszusagen. »Das ist cool.«

»Ihr seid die Mädchen von über uns, oder?«, fragte er und deutete dabei auf Rachel und mich.

»Ja. Woher weißt du das?«

Er grinste, wodurch neben seinem Mund Grübchen auftauchten. »Chris hat gesagt, dass ich nett zu euch sein soll.« Sein Blick glitt automatisch zur Tür, wo sein Mitbewohner immer noch Hof hielt. Dann schien er etwas auf der anderen Zimmerseite zu entdecken und stand mit einem verärgerten Gesichtsausdruck auf. »Entschuldigt mich mal kurz.«

Rachel war weggegangen, um sich mit einem Mädchen zu unterhalten, das sie von einer Orientierungsveranstaltung her kannte, und bis Matt zu seinem Platz auf dem Schreibtisch zurückkehrte, hatte mein Bier fast Körpertemperatur angenommen. Er warf einen Blick auf meinen Becher, seufzte und stand wieder auf. Dann flüsterte er mir etwas ins Ohr. »Komm mal kurz mit.«

»Wie bitte?«

»Komm einfach.«

Ich sah ihn misstrauisch an. »Warum?

»Entspann dich, ich habe etwas für dich.«

»Was denn?«

Er blickte umher, um festzustellen, ob jemand in Hörweite war. »Etwas, das ich nicht mit allen hier teilen will, okay?«

»Was soll das sein? Herpes?«

Er riss seine Augen auf und begann zu lachen. »Komm einfach mit.«

Ich sah ihn mir genauer an. Er schien harmlos zu sein – tatsächlich wirkte er wie der Inbegriff eines harmlosen netten Kerls. Außerdem hatte er über meine Herpes-Bemerkung gelacht, also wie schlimm konnte er schon sein? Ich quetschte mich an meinem Nachbarn vorbei und folgte ihm aus dem Raum.

»Wohin gehen wir?«, fragte ich, während wir den Flur entlanggingen.

»Du bist ja ganz schön misstrauisch.«

»Wärst du es an meiner Stelle denn nicht?«

»Entspann dich«, erwiderte er lächelnd und rollte mit den Augen.

Wir verließen das Gebäude durch einen Nebenausgang und durchquerten eine Rauchwolke, die immer in diesem Bereich in der Luft hing. Es war der einzige ausgewiesene Raucherbereich, und er war fast nie leer. Eine kleine Gruppe von Rauchern hing dort ab und lehnte sich gegen ein paar Fahrradständer. Matt führte mich um eine Ecke. Hier, abseits der beleuchteten Wege, war es ziemlich dunkel. Trotz seiner Netter-Junge-Aura wusste ich, dass ich mich nicht hier draußen alleine mit einem Typen herumtreiben sollte. Ich hätte sogar lieber eine Lunge voll Passivrauch genommen, um unter Leuten zu sein. Ich ging langsamer und sah zu den Rauchern zurück.

»Jocelyn, entspann dich doch mal!« Matt lachte. »Ich werde dir schon nichts tun.«

»Es heißt Joss. Und was machen wir hier draußen?«

Er griff in seine Hosentasche und zog eine kleine flache Flasche mit einer klaren Flüssigkeit darin hervor. »Ich habe nicht viel davon, aber du wirkst, als könntest du etwas … Süßeres brauchen.«

Ich zögerte, denn ich hatte das Gefühl, ich wäre in einem dieser Warnfilmchen gelandet, die sie einem immer in der Schule gezeigt hatten. Und war das Annehmen eines Getränks von einem Fremden nicht so etwas wie Nummer 2 auf der Liste der Verhaltensregeln gegen Vergewaltigungen, die in unserem Willkommenspaket enthalten gewesen war?

»Ich schwöre, die ist noch ungeöffnet«, sagte er.

»Du hast das Faltblatt über Vergewaltigungen wohl auch gelesen, was?«, fragte ich lächelnd.

»›Nein bedeutet nein‹«, zitierte er und ließ die Flasche tanzen. »Pfirsichlikör, jetzt auch ohne K.-o.-Tropfen.«

Ich lachte und griff nach der Flasche. Er hatte die Wahrheit gesagt, sie war noch original versiegelt. Mit einem Knacken schraubte ich den Deckel auf und schnupperte daran. Es roch nach Bonbons. Ich dachte mir, dass es auch nicht schlimmer als Bier schmecken konnte, also nahm ich einen kräftigen Schluck. Es schmeckte wirklich nach Bonbons, bis meine Kehle plötzlich brannte.

Ich hustete. »Gut.«

Sein Lachen war nicht gemein, aber ich bekam trotzdem knallrote Wangen.

»Gut.« Er nahm selbst einen Schluck und verzog das Gesicht.

»Was ist?« Ich lachte jetzt auch.

»Ziemlich mädchenhaft.«

Ich lächelte und nahm noch einen Schluck. »Und warum teilst du mit mir?«

»Es hat mich deprimiert, wie du die letzte Stunde dieses Bier gefoltert hast.«

Die Hitze in meinen Wangen breitete sich bis zu meinen Ohren aus. »Ich habe noch nie viel getrunken.«

»Ich auch nicht.«

Ich fragte mich, ob das stimmte, aber es spielte eigentlich keine Rolle. Wir lehnten nebeneinander an der Wand, und die Flasche wechselte zwischen uns beiden hin und her. Matt stand zu seinem Wort und behielt seine Hände bei sich. Vor uns lag eine große Rasenfläche, die optimistisch »Riviera« genannt wurde und gerade voller Glühwürmchen war. An diesem Ende des Campus war nach Einbruch der Dunkelheit praktisch nichts mehr los. Nur ab und an ein Bus und ein Auto, die in Richtung Uniklinik fuhren.

»Kann ich dir was sagen?«, fragte er.

»Schieß los.«

Er nahm noch einen Schluck aus der Flasche und gab sie mir wieder zurück, bevor er weitersprach. »Ich warte eigentlich nur darauf, dass jemand dahinterkommt, dass ich im Grunde überhaupt keine Ahnung habe, was ich hier tue.«

Ich wusste genau, was er meinte. Es war gut zu wissen, dass ich damit nicht allein war.

Er drehte den Kopf, um mich anzusehen, und sein Mundwinkel zuckte nach unten. »Würdest du das bitte nicht weitererzählen?«

Ich lachte. »Warum hast du es mir denn erzählt?«

»Keine Ahnung.« Er kniff die Augen zusammen und ließ sich noch einmal die Flasche von mir geben. »Du siehst aus, als würdest du es nicht gegen mich verwenden.«

»Da sieht man, dass du keine Ahnung hast. Ich könnte der Teufel in Menschengestalt sein.«

»Und, bist du es?«

Ich zuckte die Schultern. »Hab mich noch nicht entschieden.«

»Na dann muss ich dich wohl mit dem Pfirsichlikör bestechen.«

»Woher kommst du?«, fragte ich.

»Mequon.«

Ungefähr vierzig Minuten von meiner Heimatstadt entfernt. Ich kannte die Gegend ein wenig. »Mmm, Junge aus reichem Haus.«

Er grinste. »Wieso, woher kommst du denn?«

»Milwaukee«, antwortete ich.

»Lügnerin.« Er reichte mir die Flasche.

»Elm Grove«, korrigierte ich mich.

»Mädchen aus reichem Haus.«

»Ja, na klar.« Um ehrlich zu sein, stammten wir beide aus ziemlich wohlhabenden Vorstädten. Nicht gerade die Orte, wo die Hiltons und Trumps leben würden, aber komfortabel.

Er antwortete nicht, also blickte ich auf die dunkle »Riviera« und konzentrierte mich auf die Wärme des Pfirsichlikörs, die sich in meinem Inneren ausbreitete. Nach ein paar Minuten hatte sie meinen Nacken erreicht und prickelte in meinem Hirn. Gleichzeitig wurde mir schwindlig. »Whoa.«

»Merkst du was?«, fragte er.

»Ich glaube schon.« Ich drehte meinen Kopf in seine Richtung und bemerkte, dass sich irgendwie alles mitdrehte. »Oh ja!«

»Du verträgst ja gar nichts.« Er lachte.

»Scheint so.« Ich trank noch einen Schluck von dem süßen Likör und reichte die Flasche Matt zurück. »Ich sollte wohl mal ein Weilchen aussetzen.«

Er steckte die Flasche wieder in seine Hosentasche und beugte sich sehr weit vor zu mir. Er roch nach frischer Wäsche.

»Geht's dir gut?«, fragte er.

»Ja.«

Er musterte mich einen Augenblick. »Sicher?«

Ich nickte, dabei verschwamm meine Sicht. »Ich glaube, ich bin betrunken.«

Er lachte. »Wahrscheinlich nur ein wenig angeheitert.« Er strich mit einem Fingerknöchel über meinen Arm. »Du bist ganz rot.«

»Woher willst du das wissen? Es ist total dunkel.«

Er kam mir noch ein wenig näher und war jetzt nur noch Zentimeter von meinem Gesicht entfernt. »Du bist immer noch rot.«

Mein Herz begann wie wild zu schlagen. Er schien nicht wieder zurückweichen zu wollen. Ich dachte an meinen Freund daheim. Ben, der mich liebte und mir versprochen hatte, dass wir es trotz Fernbeziehung schaffen würden. Was würde er davon halten, dass ich hier draußen im Dunkeln mit diesem Fremden stand? Ich musste die Situation irgendwie entschärfen.

»War Cole Hall deine erste Wahl?« Die Frage war unter Erstsemestern praktisch obligatorisch. Alle wollten wissen, wo man eigentlich hatte unterkommen wollen – der ultimative Schlüssel zu deinem Charakter.

Er zuckte die Schultern. »Hauptsache irgendwo in Lakeshore.« Die Wohnheime auf dem Campus waren in zwei Hauptbereiche unterteilt, Southeast und Lakeshore. Southeast war zentraler, urbaner und neuer. Lakeshore war traditioneller und hatte kleine Gebäude, die um Rasenquadrate herum gebaut waren. Außerdem hatte die Hälfte der Zimmer Aussicht auf den See. »Es ist hier irgendwie netter, findest du nicht?«

»Nett und niedrig«, sagte ich, ohne nachzudenken. Trotz ihrer vielen praktischen Vorzüge waren die Southeast-Wohnheime richtige Hochhäuser, wohingegen selbst die höchsten Gebäude in Lakeshore nicht mehr als vier Stockwerke hatten.

»Was meinst du damit?«

»Oh, ich mag Höhen nicht besonders.« Genauer gesagt habe ich eine wahnsinnige Angst davor, mehr als ein paar Stockwerke über dem Boden zu sein. Es war nicht gerade die Art von Information, die man an jemanden bei einer ersten Begegnung weitergab. Oder überhaupt jemals, wenn es nach mir ging. Manche fühlten sich häufig verpflichtet, andere von ihren Phobien zu heilen, und darauf hatte ich keine Lust. Ich war mit meiner Strategie der Vermeidung völlig zufrieden.

»Das ist witzig«, sagte er und kam mir wieder sehr nah.

»Hier ist es sowieso netter«, fügte ich hinzu, obwohl ich wusste, wie lahm es klang.

Matt legte seine Hand um meine Taille, und ich schluckte. Als sein Mund nur noch einen Atemzug von mir entfernt war, schrillten in meinem Kopf die Alarmglocken. »Ich habe einen Freund.«

Er sah mich an. »Echt?« Er war so nah, dass ich seine Worte ebenso spürte wie hörte.

»Ja. Ben«, erwiderte ich.

»Okay.« Er zog sich zurück, und ich atmete tief durch.

»Oh!« Irgendwie hatte ich erwartet, dass er »Na und?« sagen und mich trotzdem küssen würde. Offenbar war er wirklich so nett, wie er zu sein schien. Oder er hatte dieses Faltblatt über Vergewaltigungen auswendig gelernt. Jedenfalls war er eindeutig nicht der romantische »Na und?«-Typ. Nicht, dass ich das gewollt hätte, erinnerte ich mich. Ich hatte einen Freund.

»Willst du wieder reingehen?«, fragte er. Ich nickte und folgte ihm.

Ich war für meine erste Chemiestunde spät dran. Ich mochte das Fach nicht mal, sondern hatte den Kurs nur belegt, weil ich den Fehler gemacht hatte, meinem Berater zu erzählen, dass ich als Kind Tierärztin hatte werden wollen. Und jetzt hatte ich mich verirrt. Ich fühlte mich wie die dümmste Studienanfängerin, die dieses College jemals gesehen hatte. Während meiner verzweifelten Odyssee durch das Untergeschoss des riesigen Chemiegebäudes hatten sich Tränen der Frustration in meine Augen geschlichen. Ich machte also nicht gerade eine gute Figur, als ich wieder auf Matt Lehrer traf, das erste Mal seit unserem Beinahekuss im Schatten unseres Wohnheims. Wir hatten zumindest darüber nachgedacht, uns zu küssen. Zumindest ich. Ich war sicher, dass er dasselbe gedacht hatte, aber als ich durch die Tür kam, grinste er mich an und deutete mit einem Kopfnicken auf den leeren Platz an dem Tisch neben dem seinen. Offenbar war er nicht sauer, dass ich ihm einen Korb gegeben hatte.

Ich setzte mich auf den letzten freien Stuhl an einem Tisch für vier Personen. Eines der Stuhlbeine war zu kurz, und der Stuhl wackelte so heftig, dass ich mit den Armen ruderte. Matt war auf der anderen Seite des Gangs, aber er schmunzelte über meine hektischen Bewegungen und machte eine Geste, die »Einen Moment« bedeutete. Nachdem er dem Kursleiter bei seiner Vorstellung zugehört hatte, tippte er dem Typen neben sich auf die Schulter und flüsterte: »Hey, würde es dir was ausmachen, mit meiner Freundin zu tauschen?«

Ich musste auf die Bezeichnung mit Befremden reagiert haben, denn Matt zwinkerte mir zu. Der Typ war bereit zu tauschen, und ich wollte nach meiner verspäteten Ankunft nicht noch mehr Aufregung verursachen, also übernahm ich seinen Platz.

Matt lehnte sich zu mir herüber, so nah, dass sein Atem beim Sprechen meine Locken bewegte. »Vielen Dank, der Typ hasst mich.«

Ich hob den Kopf und sah ihn verwirrt an. »Warum hat er dann neben dir gesessen?«

»Er weiß noch nicht, dass er mich hasst.«

»Was?«

»Ich hatte vor, ihn die ganze Arbeit machen zu lassen.«

Ich lachte laut genug auf, dass mich alle ansahen. Ich lief rot an. Matt lachte leise und flüsterte: »Tut mir leid.«

»Das sollte es auch.«

»Ich werde es wiedergutmachen.«

»Wie?«

»Siehst du die beiden auf der anderen Seite unseres Tischs?

»Ja.«

»Medizinstudenten. Stipendiaten. Wir werden diesen Kurs auf jeden Fall bestehen.«

Ich drehte mich auf meinem Stuhl zu ihm um. »Du bist ja genauso ein Teufel wie ich.«

»Ein Teufel? Du?« Er sah mich mit einer Mischung aus Ungläubigkeit und Belustigung an.

Ich nickte den beiden Medizinstudenten vor uns zu. »Ich kann Texte lesen, die auf dem Kopf stehen.«

Er grinste, und wir stießen unter dem Tisch unsere Fäuste gegeneinander.

Und so wurden Matt und ich Laborpartner und Freunde.

Anfang Oktober rief mich mein Freund Ben an, um mir zu sagen, dass er mich am Wochenende besuchen werde. Ich war so aufgeregt, dass ich kaum denken konnte. Es war das erste Wochenende, das Ben und ich allein miteinander verbringen würden. Ich fühlte mich ganz erwachsen, auch wenn ich das nie zugegeben hätte.

Rachel wusste, wie froh ich war. Es war auch kaum zu übersehen; ich kletterte praktisch die Wände hoch. Am Freitagnachmittag verzog sie sich netterweise.

Um sechzehn Uhr hatte ich bereits gesaugt, das Bett neu bezogen, geduscht und mich frisiert. Da es nichts weiter zu tun gab, saß ich auf meinem Bett und gab vor, Fernsehen zu schauen, starrte in Wirklichkeit aber immer wieder auf die Uhr. Die Minuten zogen sich. Es war fast unerträglich, nicht zu wissen, wann er ankommen würde.

Um sechzehn Uhr zweiundfünfzig ließ mich ein Klopfen an der Tür aufgeregt aufspringen. Als ich die Tür öffnete, erwartete mich Bens lächelndes Gesicht.

»Hi!«, quietschte ich und schlang meine Arme um ihn.

»Hi«, antwortete er und umarmte mich fest. Ich küsste ihn. Er führte mich rückwärts ins Zimmer, ohne seine Lippen von meinen zu nehmen.

»Schön, dich zu sehen«, hauchte ich und versuchte meine Hände auf jeden Zentimeter von ihm gleichzeitig zu legen.

»Es ist schön, dich zu sehen.«

Ich half ihm aus seiner Jacke und ließ seinen Rucksack auf den Boden plumpsen. Dann ließen wir uns küssend auf mein Bett fallen, er hatte seine Hände unter meinem Shirt und versuchte, meinen BH zu öffnen.

Innerhalb weniger Minuten waren meine sorgfältige Frisur und mein Make-up ruiniert. Wir waren unter der Bettdecke und nackt, bevor ich zu Atem kommen konnte. Es fühlte sich so gut an, wieder in Bens Armen zu sein.

»Liebe mich«, flüsterte ich und fühlte mich dabei ein wenig kitschig, obwohl ich es genauso meinte.

Er tat es. Immer und immer wieder, zwei Tage lang. Wir verschanzten uns wie Verbrecher in meinem Zimmer, aßen Pizza vom Lieferdienst und holten die langen Wochen nach, in denen wir voneinander getrennt gewesen waren. Ben war mein erstes Alles. Mein erster richtiger Freund, meine erste Liebe, mein erster *Erster* … und Telefonate allein hatten einfach nicht mehr genügt. Ich war in meinem ganzen Leben noch nie so froh gewesen, jemanden zu sehen. Es war unglaublich.

Am Sonntagmorgen war Ben früh wach – um acht Uhr. Er hatte eine lange Fahrt vor sich und musste bald aufbrechen. Als er anfing, seine Sachen zusammenzupacken, begann ich zu weinen.

»Jossie«, sagte er, während er sich neben mich auf das Bett setzte. »Nicht weinen.«

»Ich will nicht, dass du gehst«, jammerte ich.

»Jetzt komm schon. Du weißt, dass ich muss.«

Ich nickte kläglich.

»Hör bitte auf zu weinen. Ich muss mit dir reden, bevor ich fahre; also komm.«

Ich schniefte ein paar Minuten, bevor ich mich wieder unter Kontrolle hatte.

Sein Gesicht wirkte ganz steif und fremd.

»Was ist los?«

»Ich … ich …«, stotterte er.

»Was?«, wiederholte ich.

»Joss, ich … äh, hab irgendwie … jemanden kennengelernt.«

Ich blinzelte ihn an. Er hätte ebenso gut Mandarin sprechen können. Ich fühlte gar nichts – noch nicht. »Ich verstehe nicht.«

»Ich habe jemanden kennengelernt. Auf der Schule.« Er konnte mich nicht ansehen, sondern schaute stattdessen auf etwas über meiner Schulter.

»Was meinst du damit?« Die Wut entzündete ein Feuer in mir, aber bis jetzt war es nur ein Glimmen. Ich brauchte mehr Informationen.

»Sie heißt Kate.«

Ihr Name entfachte die Glut, und meine Wut breitete sich flammend aus. Ich starrte ihn schweigend an.

»Ich wollte nicht übers Telefon mit dir Schluss machen.«

Endlich erwachte ich aus meiner Erstarrung. Ich kletterte mit dem Laken um mich gewickelt aus dem Bett und schnappte mir meine Jeans vom Boden. Trotz fehlender Unterwäsche zog ich die Hose über und holte mir ein Sweatshirt aus meinem Schrank. Ich hielt es mir vor die Brust und starrte ihn wütend an.

»Du machst *jetzt* mit mir Schluss?« Meine Stimme wurde mit jedem Wort lauter.

»Es kam mir übers Telefon nicht richtig vor.«

»Es kam dir nicht *richtig* vor?«, wiederholte ich. »Du dachtest, es sei *besser*, herzukommen und … und mich zwei Tage lang zu *vögeln*?«, brüllte ich. Er zuckte zusammen. »Du … du *Arschloch*!«

In dem Schweigen, das nun folgte, zog ich mir das Sweatshirt über und knüllte das Betttuch zusammen, Als ich es in meinen Händen sah, warf ich es auf ihn. Es landete sanft auf dem Boden, und ich knurrte vor Wut.

»Reg dich ab«, bat er.

»Ich soll mich abregen? Du kannst mich mal!« Schnell schnappte ich mir die Decke wieder und presste sie gegen meine Brust. Am liebsten hätte ich ihn geschlagen. Mein Herz raste, und mit jedem Herzschlag schien meine Sicht mitzupulsieren. Ich wollte ihn wirklich schlagen. Ich brauchte etwas, das *wehtun* würde. Meine Finger hatten sich in die Decke gekrallt, aber mein Blick suchte nach etwas Handfestem.

»Joss, es tut mir leid.«

»Wie konntest du nur?« Meine unkontrollierte Wut ließ mich zittern, und mir schossen Tränen in die Augen.

»Ich wollte nicht, dass … das passiert. Ich wollte es nicht über … das Telefon sagen.« Er stand nur da und ließ die Arme zu beiden Seiten herunterhängen.

Ein Schluchzen entfuhr meiner Brust. Es war, als wäre der Damm, der die Flut zurückgehalten hatte, gebrochen. Ich heulte wie ein Baby, beschämt und wütend. Ich ließ die Decke fallen und bedeckte mein Gesicht mit beiden Händen.

»Jossie.« Er trat vor und streckte seinen Arm nach mir aus. Ich schlug ihm mit genügend Wucht darauf, um uns beiden wehzutun.

»Fass mich nicht an«, fauchte ich.

»Ich wollte nicht …«

Ein entsetzlicher Gedanke schoss mir in den Kopf. »Hast du mit ihr geschlafen?«

Er antwortete nicht, doch sein Gesicht verriet mir die Wahrheit.

Ich gab ein gurgelndes Geräusch von mir und rieb mit meinen Handballen an meinem Körper hinunter. Ich wollte ihn von mir abwischen, das Gefühl seiner Hände auf mir loswerden.

»Es tut mir leid«, sagte Ben.

»Hau ab«, stöhnte ich. »Hau sofort ab!« Er bewegte sich nicht, also griff ich nach der Türklinke und riss die Tür weit auf. Er bewegte sich immer noch nicht. »Verschwinde!« Ich schubste ihn, aber er musste nur einen halben Schritt tun, um mir auszuweichen. Ich fand es demütigend, dass ich ihn nicht verletzen konnte.

»Jossie, bitte ...«

»Lass mich endlich in Ruhe!«

»Joss«, sagte er, aber ich schaute weg. Er trat auf den Flur, und ich genoss es, ihm mit Wucht die Tür vor der Nase zuzuschlagen.

Dann sank ich heulend zu Boden.

3

Sieben Jahre zuvor

Es dauerte eine Woche, in der ich dreimal täglich duschte und immer wieder hysterische Weinkrämpfe bekam, bevor ich meinen idiotischen Plan im Kopf klar hatte. Er lautete: Die beste Art, um über eine erste Liebe hinwegzukommen, besteht eindeutig darin, bedeutungslosen Sex mit jemandem zu haben, den man nur bei seinem Vornamen kennt. Brillant, oder?

Also rekrutierte ich am folgenden Freitag ein paar Mädchen aus meiner Etage und informierte mich über eine Verbindungsparty.

Ich trug meine engste Jeans, ein bauchfreies Oberteil und keine Jacke. Selbst damals wusste ich schon, dass man sich als Erstsemester outete, wenn man keine Jacke trug, aber ich hatte keine Ahnung, was ältere Studentinnen mit ihnen taten, wenn sie ausgingen. Ich wusste nur, ich wollte nicht, dass sie zusammengeknüllt in irgendeiner Ecke lag und wer weiß was darauf landete. Bewaffnet mit fünf Dollar für Bier und ein Kondom, führte ich die Gruppe in das Verbindungshaus.

Ich flirtete nacheinander mit ein paar Kerlen, bis ich einen fand, der betrunken genug schien, um es mit mir zu treiben und hinterher zu vergessen. Genau das, was ich wollte. Sein Name war Jeff, er war ziemlich groß und nicht der Hellste. Die Art von Typ, die Sportstipendien ihren schlechten Ruf einbringt.

Gegen ein Uhr nachts schwor ich meinen Freundinnen diverse Male, vorsichtig zu sein, und schickte sie weg. Jeff nahm mich mit auf sein Zimmer. Es war nicht bloß unordentlich, es war richtig schmutzig. Der Teppich war abgenutzt und fleckig, die Tapeten eingerissen, und die Möbel brachen unter der Last leerer Limo- und Bierdosen fast zusammen. Der ganze Raum stank nach getragenen Socken. Ich widerstand meinem Fluchtinstinkt und zwang mich zu einem Lächeln.

Er klappte die Bettdecke zurück. Das Laken darunter hatte einen Schweißfleck. Mit einem Grinsen ließ er sich aufs Bett fallen.

»Komm her, Süße«, sagte er. Ich setzte mich voll angezogen auf seinen Schoß. Ich hatte wirklich Schiss, die Schuhe auszuziehen, aber ich wusste, dass es irgendwann so weit sein würde.

Sein Atem roch nach billigem Bier, und seine Küsse waren schlabberig. Je länger wir herummachten, desto loser wurde der Griff von Jeffs Händen auf mir, aber ich blieb dran. Als ich mich aufsetzte, um mein Oberteil auszuziehen, bemerkte ich, dass er eingeschlafen war.

Na, das war ja großartig.

In meiner Verzweiflung tastete ich tatsächlich seinen Schritt ab. Schlaff. Ich stieg von meinem bewusstlosen Verbindungsstudenten herunter, stellte mich hin und bedachte die Situation. Fortfahren oder abbrechen?

Es war deprimierend. Ganz zu schweigen von peinlich. Ich konnte nicht glauben, dass ich tatsächlich daran gedacht hatte weiterzumachen. Wollte ich wirklich einen sexuellen Übergriff an jemandem begehen, der nicht bei Bewusstsein war? Ich? Auf keinen Fall. *Hau ab!*, entschied ich. Das Brennen in meiner Nase kündigte Tränen an. Das hier war ein neuer Tiefpunkt für mich. Wahrscheinlich der tiefste meines Lebens.

Ich knöpfte meine Jeans zu und schlich mich aus dem Zimmer. Die Party war immer noch in vollem Gang, als ich herunterkam, aber ich fand die Tür. Ich war bereit, nach Hause zu gehen.

Draußen war es still und kühl. Der Himmel war klar und voller Sterne, aber ich wollte keine Zeit damit verschwenden, sie zu betrachten. Ich zitterte ohne meine Jacke und verfluchte meinen Entschluss, sie in meinem netten warmen Zimmer gelassen zu haben. Eigentlich verfluchte ich meinen ganzen dämlichen Plan. Die Straße mit den Verbindungshäusern war voller Musik, Gelächter und dem Geräusch von hochhackigen Schuhen, die über den Bürgersteig klackten. Ich kam an Paaren vorbei, an Verbindungsschwester-Trios mit ineinandergehakten Armen, Gruppen von Jungs, die so betrunken waren, dass sie miteinander zu rangeln begannen. Niemand war allein. Ich ging ein wenig schneller.

Am Ende der Langdon Street fand ich die Buslinie, die mich zu meinem Wohnheim zurückbringen würde, und wartete auf den nächsten Bus. Mein Atem gefror zu Wölkchen, und meine Nase begann zu laufen. Ich wischte sie an meinem Ärmel ab und merkte dabei, dass mein Oberteil nach Bier und billigen Zigaretten stank. Gott sei Dank roch es nicht nach Jeffs Zimmer. Ich blinzelte, doch ich schien keine Tränen mehr übrig zu haben.

Ich schlang die Arme um meinen entblößten Bauch und hinterfragte zum millionsten Mal in dieser Nacht mein Urteilsvermögen. Mein Wohnheim lag am anderen Ende des Campus, und die einzigen Wege dorthin verliefen über einen großen Hügel oder am dunklen See entlang. Ich dachte gerade darüber nach, ob ich am See zurückgehen sollte, als der Bus um die Ecke bog.

Wir nannten ihn den Blauen Bus, und zwar aus gutem Grund. Nach Einbruch der Dunkelheit gab es auf dem Campus vier kostenlose Buslinien Richtung Stadt. Es war die beste Methode, große Gruppen betrunkener Studenten zu transportieren, und alle waren sich darüber im Klaren. Der Bus kam vor mir zum Stehen. Durch die Fenster konnte ich sehen, dass er bereits voller Studenten war.

Als sich die Türen öffneten, war betrunkenes Gegröle wie eine Erkennungsmelodie zu hören. Ich kletterte die Stufen hinauf und benutzte die Handgriffe, um mich durch den vollgestopften Gang zu ziehen. Da die Passagiere nichts zahlen mussten, hatten die Fahrer kein Problem damit, die Busse weit über ihre eigentliche Kapazität hinaus vollzuladen. Die rotgesichtigen Betrunkenen an Bord stimmten gerade eine stürmische Interpretation von »You've Lost That Loving Feeling« an, als der Bus wieder losfuhr.

Es gelang mir, mich in die Nähe des hinteren Ausstiegs durchzuquetschen, wo ich auf Matt Lehrer stieß, der dort auf einem der Seitensitze saß.

»Hey, Joss«, sagte er mit verschwommenem Blick.

»Matt, wie geht's?« Ich zwang mich zu einem Lächeln.

»Bist du allein unterwegs?«, fragte er.

»Sieht so aus.« Ich zuckte die Schultern.

»Ich wusste nicht, dass ihr so was tut.« Er grinste.

»Wen meinst du mit ›ihr‹?«

»Mädchen. Ich dachte, ihr jagt nur im Rudel.«

»Ich bin eine Rebellin.« Ich wollte ihn davon abbringen, weiter nach meinem Abend zu fragen. Es war zu erbärmlich. »Und du bist auch allein?«

»Ja, ich hab ein paar Jungs von der Highschool getroffen, aber die wohnen in Southeast.«

Der Bus ging an der Bibliothek in eine enge Kurve, und ich musste meine Arme um die nächste Haltestange wickeln.

»Willste sitzen?«, bot Matt an.

»Nein, geht schon.«

Der Chor der Betrunkenen war nun bei den ersten Tönen von »Hooked on a Feeling« angelangt und gab sich bei den Ooga-Chakas wirklich große Mühe. Ich lächelte.

»Wo warsndu?«, fragte er.

»Verbindungsparty.«

»Cool.« Matt verzog sein Gesicht und machte die internationale Handgeste für »Rock On«.

»Hör schon auf. Was hast du gemacht?«

»Ein paar Bars auf der State Street gecheckt.«

»Wie bist du reingekommen?«, fragte ich erstaunt.

Matt holte seine Geldbörse heraus und zeigte mir einen ziemlich passablen Führerschein aus Utah, der sein Alter als einundzwanzig angab.

Ich sah ihn mir genauer an. »Utah?«

»Ich dachte mir, dass die hier nicht viele Ausweise aus Utah zu sehen bekommen, wegen der ganzen Mormonen. Die trinken nicht viel.«

Ich lachte. »Interessante Theorie. Woher hast du den? Wieso hast du mir nicht Bescheid gesagt?«

»In Chadbourne gibt es so einen Typen, der sie einem für fünfundsiebzig Mäuse verkauft.« Chadbourne war eines der Wohnheime für die sogenannten »Ehrenstudenten«.

»Fünfundsiebzig?«, wiederholte ich. »Ganz schön teuer.«

»Aber es hat bis jetzt immer funktioniert.«

Ich dachte nach. »Hast du seinen Namen?«

»E-Mail. In meinem Zimmer.«

»Süß.«

Der Bus kam an der Lakeshore-Haltestelle zum Stehen, und die Betrunkenen strömten auf die stille Straße hinaus. Sie grölten immer noch den Refrain von »Hooked on a Feeling«. Ich folgte der Menge, und Matt schloss sich mir an.

»Mal ernsthaft, warum bist du allein?«, fragte er.

»Ich war mit ein paar Mädchen aus meiner Etage unterwegs, aber sie sind weitergezogen.«

»Ohh, habt ihr euch gestritten?« Er grinste.

»Nein, ich hab mich da mit diesem Kerl unterhalten …« Ich presste seine Hand auf meinen nackten Bauch. Auch wenn ich nicht mal seinen Namen genannt hatte, rief der Gedanke an Jeff eine Mischung aus Scham und Übelkeit in mir hervor.

»Hattest du nicht einen Freund?«, fragte er.

»Äh …« Ich wollte nicht mit ihm über Ben sprechen, also sagte ich nichts weiter.

»Ah!«

Ich zuckte die Schultern.

Er ließ mir den Vortritt bei den schmalen Stufen, die vom Parkplatz der Cafeteria zu unserem Wohnheim hinunterführten. Er stolperte über die letzte Stufe und stieß gegen mich. Ich hielt ihn fest, und zusammen taumelten wir gegen eine Wand. Ich stieß mir den Kopf, fest genug, um ein fieses Geräusch zu erzeugen, aber nicht fest genug, um mir wehzutun … jedenfalls nicht sehr.

Matt begann zu lachen, bevor er es sich verkneifen konnte. »Oh, autsch! Bist du okay?« Er legte seine Hand auf meinen Hinterkopf.

»Ja ja, alles in Ordnung.« Ich legte meine Hand auf seine.

»Das klang ziemlich schlimm«, sagte er mit unterdrücktem Lachen.

»Was ist schon ein kleiner Hirnschaden unter Freunden?« Ich wollte die Sache mit einem Scherz abtun, aber es hatte wirklich wehgetan.

Er blinzelte mich an, als ob er kein betrunkener Collegestudent, sondern ein Arzt wäre. Wieder waren wir allein in einer dunklen Ecke, fast Nase an Nase. Ich war davon überzeugt, dass er mich jetzt küssen würde. Ich wollte, dass er mich küsste. Ben hätte mich geküsst. Bevor wir zusammengekommen waren, meine ich.

Ein kalter Windstoß blies um die Ecke des Gebäudes, und ich zitterte.

Matt trat zurück und sagte: »Komm schon. Du frierst ja. Lass uns reingehen, und ich gebe dir die E-Mail-Adresse von dem Typen.«

Das war genau das, was ein netter Kerl tun würde, aber ich muss zugeben, dass es mich wahnsinnig frustrierte. Ich wollte, dass ein Junge das machte, was ich wollte, ohne dass ich ihn darum bitten musste. Jemand, der mich aus dem Griff meines fiesen Verbindungsstudenten befreite und auf seinem weißen Pferd mit mir davonritt. Oder zumindest merkte, dass ich mich nach einem Kuss sehnte, wie ich da so gegen die Wand gelehnt stand. Matt war entweder viel zu nett, fand mich nicht attraktiv genug, um mich zu küssen, oder er hatte nicht einen einzigen romantischen Knochen im Leib.

Was der Grund auch sein mochte, es würde nichts passieren. Und das bedeutete, dass er nicht mein Typ war.

Aber er war ein Kumpel, das Einzige, was Chemie erträglich machte, und er kannte jemanden, der gefälschte Führerscheine verkaufte. Er musste gar nicht mein Typ sein.

Wir eilten über die Wiese zum Eingang von Cole. Matt steckte seinen Schlüssel ins Schloss, und wir traten ein. Ich folgte ihm den Korridor entlang zu seinem Zimmer. Im Gang hing der muffige Geruch der Wochenenden. Auf dem blau gemusterten Fußabstreifer vor einem der Zimmer war ein dunkler Fleck. Ich rümpfte die Nase. Aus einem anderen Zimmer drang der pulsierende Bass einer Stereoanlage. Die Frequenz war tief genug, um in meiner Brust zu vibrieren, auch wenn die Musik nicht sehr laut war.

Er schloss seine Zimmertür auf, und ich folgte ihm ins dunkle Innere.

»Wo ist dein Mitbewohner?«, fragte ich.

»Keine Ahnung.«

»Oh!« Ich setzte mich auf den Futon des entschwundenen Mitbewohners und sah Matt bei seiner Ankommensroutine zu. Es war ziemlich düster im Raum, da nur die Schreibtischlampe und eine Wandleuchte eingeschaltet waren. Aber ich konnte sehen, dass er und Chris das Zimmer seit der Party ein wenig verändert hatten. Das Futonbett war zum Beispiel neu. Und es hingen ein paar Poster an der Wand. Über seinem Bett hatte Matt ein riesiges schwarz-weißes Plakat eines brünetten Pin-up-Girls aus den Vierzigern oder Fünfzigern hängen. Der Rest der Wanddeko war eine Mischung aus Fotos, einer deutschen und irischen Flagge und einem Uni-Wimpel.

»Wer ist das?« Ich deutete auf das Poster.

»Rita Hayworth«, antwortete er. »Ich grabe mir durch die Wand dahinter einen Fluchttunnel.«

Ich grinste ihn an. »Nett.«

Er ließ sich auf seinen Schreibtischstuhl plumpsen und sah mich an.

»Also, mit wem warst du heute Abend unterwegs?«

»Jessie, Geena, äh … Kerry und Megan.«

»Ich kenne Jessie«, sagte er, warum auch immer. Ich antwortete nicht.

Matt loggte sich in sein E-Mail-Konto ein und scrollte die Mails durch. »Wie ist deine Adresse?«

Ich gab sie ihm, und er leitete die Mail an mich weiter. »Danke.«

»Sag mir Bescheid, wenn du deinen hast. Dann können wir mal zusammen um die Häuser ziehen.«

»Cool.« Ich stand auf.

»Geht es dir gut?«, fragte er.

»Ja.« Ich nickte. »Ich denke schon.« Ich schluckte und zwang mich zu einem Lächeln. »Bin wahrscheinlich nur ein bisschen betrunken.«

»Du musst unbedingt trinkfester werden.« Er drehte sich zu dem kleinen Kühlschrank um und holte eine offene Flasche mit blauer Powerade heraus. »Willst du auch?«

»Ich trinke nichts, was blau ist«, erwiderte ich.

Er lachte. »Warum nicht?«

»Ich habe es mir zur Regel gemacht, nichts zu trinken, was eine unnatürliche Farbe hat.«

»Blau ist doch natürlich. Der Himmel ist blau«, sagte er.

»Man kann den Himmel nicht trinken.«

Er lachte wieder. »Eine komische Regel.«

Ich zuckte die Schultern. »Ich finde es einfach seltsam.«

»*Du* bist seltsam, Jocelyn.«

»Ich steh einfach nicht auf blaue Nahrungsmittel.«

Er nahm einen großen Schluck. »Was ist mit Blaubeeren?«

»Die sind innen nicht blau.«

»Du schälst sie also?«

»Okay, na gut. Ich esse keine neonblauen Sachen.«

Wieder lachte er, ließ das Thema aber endlich fallen. »Übrigens vielen Dank dafür, dass du mich diese Woche im Labor hast hängen lassen. Muss ja eine tolle Woche mit deinem Freund gewesen sein.« Ich hatte mich immer noch mies gefühlt, als der Chemie-Kurs wieder dran war, und ihn einfach geschwänzt.

Offenbar waren mir die Tränen doch noch nicht ausgegangen. Ich wandte mich ab, als sie mir in die Augen stiegen, aber ich war wohl nicht schnell genug.

»Whoa, was hab ich denn gesagt?«, fragte Matt und stand auf.

»Es ist nichts. Tut mir leid.« Ich blinzelte fest.

»Bist du sicher?«

Ich atmete tief durch und bemühte mich, meine Stimme unter Kontrolle zu bringen, versagte jedoch jämmerlich. »Er hat Schluss gemacht.«

»Oh!«

»Er hat jemanden kennengelernt.«

»Oh!«, wiederholte Matt nur.

Ich bedeckte mein Gesicht mit beiden Händen.

»Was für ein Mistkerl!«, sagte Matt nach einem Moment.

Ich stieß ein ersticktes Lachen aus und sah ihn an. »Du hast recht.« Meine Augen brannten. Ich bedeckte wieder mein Gesicht und schluchzte.

Er legte seine Arme um mich. Ich schmolz in seine Umarmung und versuchte, keinen Rotz auf sein Hemd zu schmieren.

»Schon okay, Joss«, sagte er in meine Haare.

»Es tut mir leid.« Ich versuchte mich von ihm zurückzuziehen, aber er hielt mich fest.

»Schon gut. Es ist okay.«

Ich ließ ihn mich halten, mir über den Rücken streichen und mich sanft hin und her wiegen, aber nach einer Weile schien mir die Luft auszugehen. Ich drehte meinen Kopf, lehnte meine Wange an seine Brust und seufzte.

»Es tut mir leid. Ich wollte nicht … keine Ahnung. Sorry.«

»Schon gut.« Er ließ mich los.

Ich wischte mir übers Gesicht. »Gott, ich sehe bestimmt furchtbar aus.«

»Gar nicht.« Er musterte mich. »Setz dich.«

Wir setzten uns auf sein Bett, und er legte seinen Arm um meine Schulter.

»Wie lange wart ihr zusammen?«

»Seit der zehnten Klasse.«

»Wow!«

»Ja, ich weiß.« Ich lehnte meinen Kopf an seine Schulter.

»War er dein erster Freund?«

»Mehr oder weniger.«

Er lachte leise.

»Das ist nicht witzig«, protestierte ich.

»Doch, ein bisschen«, erwiderte er.

»Ist es nicht.« Ich zwickte ihn ins Bein. Er sagte nichts, sondern drückte meine Schulter.

Ich wischte mir mit einem Ärmel Schminke aus dem Auge. Mein Oberteil stank immer noch wie eine Verbindungsparty.

»Gott, weißt du, was ich heute Abend gemacht habe?« Ich seufzte.

»Nein.«

Ich ließ mich nach vorn fallen und vergrub den Kopf in den Armen. »Ich wollte einen Verbindungstypen namens Jeff dazu bringen, mit mir zu schlafen«, sagte ich in meinen Schoß.

Matts Hand landete auf meinem Rücken, und er trommelte nachdenklich mit seinen Fingern darauf herum. »Ich bin nicht sicher, was erbärmlicher ist: Dass du dachtest, das sei eine gute Idee, oder dass du es nicht geschafft hast.«

Ich setzte mich auf. »Hey! Er ist eingeschlafen. Es war nicht meine Schuld.«

Er grinste mich an. »Das ist so traurig.«

»Oh, er war so eklig. Gott sei Dank ist er eingepennt!«

»Warum hast du dann überhaupt mit ihm schlafen wollen?«

»Es ging gar nicht um ihn! Ich wollte nur … keine Ahnung.«

»Deinen Exfreund aus deinem System bekommen?«

»Genau.« Es war ernüchternd, es laut ausgesprochen zu hören. »Ich wollte, dass er nicht mehr der letzte Typ ist, mit dem ich Sex hatte.«

»Wie Sorbet.«

Ich muss ihn wohl verwirrt angesehen haben, denn er erklärte: »Du weißt schon, in diesen teuren Restaurants gibt es zwischen den Gängen immer Sorbet. Um den Gaumen zu neutralisieren.«

»Genau das ist es!« Ich schlug ihm mit beiden Händen auf den Oberschenkel.

Er lachte.

»Ich muss ›meinen Gaumen reinigen‹.« Ich machte Anführungszeichen in der Luft. »Sorbet-Sex.«

»Da gibt es nur ein Problem«, sagte Matt.

»Welches?«

»Wenn du den Sorbet-Sex mit der falschen Person hast, musst du danach wieder jemanden finden, mit dem du schlafen kannst. So würde es immer weitergehen … jahrelang.«

Ich dachte darüber nach. »Jeff wäre definitiv die falsche Person gewesen.«

»Gott sei Dank ist er eingeschlafen.«

Ich grinste. »Wie gut, dass es Komasaufen gibt.«

Wir wurden still und sahen uns an. Ich befeuchtete meine Lippen, um ihn dazu zu bringen, den ersten Schritt zu tun. Mich in seine Arme zu nehmen und wie die miederbewehrte Protagonistin einer historischen Liebesschnulze auf sein Bett zu pressen. Es wäre so viel leichter gewesen, wenn er einfach die Führung übernommen hätte – ich hätte dann nicht nachdenken müssen. Doch er tat es nicht. Er sah aber auch nicht weg, und seine Mundwinkel kräuselten sich zu einem winzigen Lächeln. Ich hatte keine Ahnung, was ich von ihm halten sollte. Doch ich wusste, dass mir nicht mehr viel Zeit blieb, bis der Moment von peinlich in unheimlich umschwenken würde.

Bring es einfach hinter dich. Ist doch scheißegal, dachte ich und lehnte mich vor. Gerade als sich unsere Lippen berührten, ertönten Geräusche an der Tür. Ein Schlüssel wurde umgedreht, und Matts Mitbewohner Chris kam herein.

»Hey.«

»Hey«, erwiderte Matt.

Chris schälte sich aus seiner Jacke und den Schuhen, bevor er sich mit dem Gesicht voran aufs Bett fallen ließ. Wir sahen ihm eine Weile beim Atmen zu und wagten weder, uns zu bewegen, noch zu sprechen. Nach ein paar Minuten zappelte Chris auf dem Bett hin und her, sodass die Decke mehr auf als unter ihm lag. Kurz darauf begann er laut zu schnarchen.

»Ich geh dann mal«, sagte ich.

Matt nickte langsam, ohne den Blick von Chris' bewegungslosem Körper zu nehmen. »Ja, ist wohl besser.«

Matt folgte mir zur Tür und hielt sie mir auf. Auf dem Gang drehte ich mich noch einmal um und betrachtete ihn im trüben Licht des Raums. Ich war mir ziemlich sicher, dass er zu nett war, um mich zu bitten, ob er mich in mein Zimmer begleiten könne. Ich war mir nur nicht ganz sicher, ob er das überhaupt wollte. Ich wusste, ich konnte ihn fragen, aber ich hatte keine Ahnung, wo Rachel war. Außerdem war der Moment irgendwie verflogen. Matt und ich sollten wohl einfach Kumpel bleiben. Ich entschied mich für Direktheit.

»Danke, dass ich dich vollheulen durfte.«

»Gern geschehen.«

Impulsiv umarmte ich ihn. »Du bist echt nett.«

Er sah mich an, als würde er mich für verrückt halten.

»Gute Nacht!«

»Gute Nacht, Joss!«

4
Gegenwart

Ich schaffte es nach einem kleineren Kampf mit dem Verkehr nach Hause. Mein Kater Dewey begrüßte mich an der Tür mit seiner üblichen lautstarken Forderung nach Aufmerksamkeit. Ich beugte mich hinunter, um ihm den Kopf zu kraulen, aber das reichte ihm nie, und er verfolgte mich durchs Haus, schlängelte sich zwischen meinen Beinen hindurch und miaute.

»Schon gut, schon gut«, sagte ich und kniete mich hin, um ihm eine gründlichere Streicheleinheit zu verpassen. Er plumpste auf die Seite und begann mir seine besten Yoga-Dehnübungen zu zeigen. Ich rieb ihm den Bauch und schwindelte ihm vor, dass er ein guter Junge sei. Er glaubte mir.

Endlich wurde ich von dem einigermaßen zufriedengestellten Dewey in Ruhe gelassen. Ich ließ meinen Laptop hochfahren, während ich die Sachen wegräumte, die ich zur Arbeit mitgeschleppt hatte. Ich hatte eine beeindruckende Anzahl von Spam-Mails bekommen. Die einzigen interessanten Nachrichten waren ein Hallo von meiner Freundin Deanna und die Mitteilung, dass meine Bestellung von Gap.com verschickt worden sei. Aber ich konnte mich nicht ausreichend konzentrieren, um Deannas Mail zu lesen, geschweige denn darauf zu antworten.

Dewey sprang auf meinen Schoß und legte seine Pfoten auf die Tastatur, was den Computer verrücktspielen ließ. Ich schob ihn weg, aber er war wie ein kleiner behaarter Bungeespringer, der immer wieder in die gleiche Position hüpfte. Dank Deweys Pfoteneinsatz begann der Laptop mit einem Neustart. Ich nahm das als Zeichen und beschloss, stattdessen die Briefpost durchzugehen.

Wieder eine bemerkenswerte Sammlung von Werbung mit einigen wenigen Ausnahmen. Die neue Ausgabe von *Glamour*, eine lustige Postkarte von meiner Schwester Darcy und die unverkennbare Kalligrafie einer Hochzeitseinladung. Ich öffnete sie und zog den inneren Umschlag heraus. Er war rechteckig. Sah teuer aus. Das bedeutete normalerweise auch eine teure Hochzeit. Die Einladung war von Jessie. Ich hatte irgendwie verdrängt, dass Jessie verlobt war. *Ups!*

Ich heftete die Karte an die Pinnwand, die für Einladungen und Ankündigungen vorgesehen war. Dieses Jahr sah bereits aus wie ein einziges Hochzeitsspektakel. An der Pinnwand hingen vier Save-the-Date-Karten, zwei Hochzeitseinladungen und eine zu einer Brautparty. Wie es der Zufall wollte, überschnitt sich Jessies Hochzeitstermin bis jetzt mit keinem anderen. Gott bewahre, dass ich eine Gelegenheit verpasste, unbequeme Schuhe zu tragen und lauwarmes Hähnchen-Cordon-bleu zu essen. Ich gab das Datum in den Kalender meines Handys ein und nahm mir vor, nachzufragen, ob Matt ebenfalls eingeladen war.

Wahrscheinlich würde er da sein. Jessie vergötterte Matt schon seit dem ersten Studienjahr. Sie sagte immer, dass er der netteste Junge der Welt sei, selbst jetzt, da man ihn wohl kaum noch als Jungen bezeichnen konnte. Und das alles nur wegen Halloween.

5
Sieben Jahre zuvor

Halloween ist in Madison praktisch eine Religion. Sich nicht zu verkleiden gilt als Fauxpas, und am Samstagabend geht jeder aus, um sich auf der State Street alles anzusehen und gesehen zu werden. Die Straße wird für den Verkehr gesperrt, und die verkleideten Massen übernehmen die Regie. Je kreativer dein Kostüm, desto besser. Zumindest für die erfahrenen Profis. Als Studienanfänger folgte ich der ungeschriebenen Regel: Trage etwas Klischeehaftes und Knappes. Ich entschied mich für die Engel-Version. Meine Freundinnen Jessie, Geena, Kerry und Megan gingen als Bauchtänzerin, Krankenschwester, Piratin und Schmetterling. Wir sahen eigentlich genauso aus wie Go-go-Tänzerinnen, die aus ihrem Club abgehauen waren. Aber das galt für praktisch alle Mädchen auf der Straße.

Matts Zimmergenosse, der berüchtigte Chris, hatte einen ebenso verrufenen älteren Bruder. Er gab eine Hausparty und hatte Chris die Erlaubnis gegeben, jeden einzuladen, der fünf Dollar zu zahlen bereit war. Ich schaffte es auf die Liste.

Geena schmuggelte eine Flasche Malibu-Likör in mein Zimmer, und wir fünf verbrachten die nächsten Stunden damit, uns für unser Halloween-Debüt zu stylen und vorzuglühen.

Gegen einundzwanzig Uhr überredeten mich die Mädels, Ben anzurufen und ihm was Gemeines auf den Anrufbeantworter zu sprechen. Er ging dran. Ich legte schnell auf.

Eine halbe Stunde später versuchte ich es noch mal und hatte den AB dran. Meine wahnsinnig erwachsene Nachricht ging ungefähr so:

»Hi, Ben, hier ist Jocelyn. Wenn – äh, wie war noch mal ihr Name? – Kate nicht bei dir sein sollte, heb ihr die Nachricht doch für später auf. Hast du ihr erzählt, dass du mit mir gevögelt hast, als du hergekommen bist? So ungefähr hundertmal? Weiß sie das? Wollte nur mal nachfragen.«

Es war total unreif und bescheuert, aber ich fühlte mich richtig toll hinterher. Bis zum heutigen Tag hoffe ich, dass er Kate in sein Zimmer mitgenommen und sie es gehört hat.

Kurz darauf schlossen wir uns den kostümierten Massen auf der Straße an. Es war voll und eiskalt, aber die Kostüme, die wir zu sehen bekamen, machten das wieder wett. Eine Gruppe von zehn Jungs, die nichts trugen als Badehosen und Polohelme, rannte auf und ab. Nicht besonders kreativ, aber mutig.

Kerry führte uns zur Hausparty. Wir winkten mit unseren Fünfdollarscheinen und kamen hinein. Drinnen war alles voller Schwarzlicht und Leuchtfarbe. Die Wände waren mit einer Art Plastikfolie bedeckt, auf der Sprüche wie »Happy Halloween« und »Go Badgers« standen. Außerdem eine Menge alberner Kritzeleien, von denen viele unleserlich waren. Das Schwarzlicht erfüllte den Raum mit einem unheimlichen Leuchten, und eine Nebelmaschine trug noch zu dieser Unheimlichkeit bei. Das einzige helle Licht kam aus der Küche, wo das Fass stehen würde. Wir gingen wie die Motten auf das Licht zu. An der Küchentür sah ich Chris.

»Wie geht's, Ladys?«, grüßte er. Dabei musterte er uns wie Fleischstücke. »Seht gut aus.«

Er war an diesem Abend unser Gönner, also sagte ich nur »Danke«, ungeachtet der Tatsache, dass er bei mir eine Ekelgänsehaut hervorrief.

Wir wechselten uns am Fass ab und füllten unsere Plastikbecher. Dann kehrten wir in das dunkle Wohnzimmer zurück. Die Musik war laut, und es war schwer, sich zu unterhalten, also standen wir hauptsächlich in einem Halbkreis herum, wippten zum Takt der Musik und tranken unser Bier. Ich verabscheute den Geschmack immer noch, aber meine Zunge war von dem Malibu-Likör, den wir vorher getrunken hatten, noch ganz taub, also war es nicht so schlimm wie sonst.

Jemand tippte mich von hinten an, und ich drehte mich um. Es war Matt, als Teufel verkleidet.

»Hey«, sagte ich. »Nettes Kostüm.«

»Welches Kostüm?«, rief er über die Musik hinweg.

Ich lachte.

»Du trinkst ja Bier«, stellte er fest.

»Jedenfalls versuche ich es.« Ich nickte.

Er beugte sich zu meinem Ohr vor und fragte: »Alles gut?« Er war wegen der ganzen Ben-Sache echt süß gewesen und hatte jedes Mal, wenn wir uns gesehen hatten, gefragt, wie es mir gehe.

»Ja.« Ich nickte wieder. »Danke.«

»Gut.«

Chris erschien neben Matts Schulter und rief etwas von »Bierjunge«.

Matt sah uns an. »Seid ihr dabei?«, fragte Chris mich und die anderen Mädchen.

Ich schüttelte den Kopf, doch Jessie und Geena wollten mitspielen. Ich sah eine Weile zu, bis ich auch in ein paar Runden hineingezogen wurde. Ich verlor beide Male, weil ich überhaupt nicht auf ex trinken konnte, und erklärte mich für unfähig. Danach begnügte ich mich damit, Jessie und Geena anzufeuern, die ein überraschendes Können zeigten. Zunächst.

Es war erst halb zwei, als Geena ein wenig grün um die Nase auszusehen begann. »Ich fühle mich nicht so gut.«

Chris zeigte ihr das Badezimmer, und ich folgte ihr mit zwei Bechern Wasser. Ich hockte mich hinter sie, während sie kotzte, achtete aber darauf, mich nicht auf den Boden zu setzen. Der war bereits klebrig und voller Fußabdrücke, und ich konnte mir nicht vorstellen, ihn mit etwas anderem als meinen Schuhen zu berühren. Geena war nicht so pingelig, und ich konnte es ihr nicht verdenken. Immer wieder hämmerten Leute an die Tür, aber sie hatte eine Menge getrunken – ihr Magen schien bodenlos. Sobald die Spuckerei etwas nachgelassen hatte, überredete ich sie, mit mir an die frische Luft zu gehen. Die frische Luft würde ihr guttun, und ich fand, dass es besser für sie sei, sich draußen weiter zu übergeben, als einen Aufstand wegen des Badezimmers zu riskieren.

Sie schaffte es bis ins Wohnzimmer. Dort lehnte sie sich gegen eine Wand.

»Ich muss mich hinsetzen«, sagte sie.

»Nein, komm schon, lass uns nach draußen gehen.«

Sie antwortete nicht, sondern sackte mit geschlossenen Augen zu Boden.

Ich sah mich nach Jessie, Kerry und Megan um, konnte aber nur Jessie entdecken. Sie lag auf einem Sofa und döste vor sich hin. Ich schüttelte sie wach. »Wo sind Kerry und Megan?«

»Sind gegangen«, murmelte sie.

»Geena kotzt«, informierte ich sie.

Sie antwortete nicht, verzog aber das Gesicht.

»Wir müssen sie nach Hause bringen.«

Jessie nickte langsam. »Bin dabei.«

Ich drängte mich durch die Menge zu der Stelle, wo ich Geena zurückgelassen hatte. Als ich dort war, hatte ich Jessie verloren. Es war, wie Flöhe zu hüten. Ich stöhnte und ging vor

Geena in die Hocke. Dabei hätte ich ihr volle Sicht unter meinen Rock gewährt, wenn sie geschaut hätte. Tat sie natürlich nicht. Sie wollte nichts anderes sehen als die Innenseite ihrer Augenlider.

»Geht es dir etwas besser?«, fragte ich,

»Nein«, ächzte sie.

»Komm, wir gehen an die frische Luft.« Ich zog sie hoch und schleppte sie nach draußen. Dort fand ich einen trockenen Platz auf den Eingangsstufen und wies Geena an, sich hinzusetzen. »Bleib hier«, sagte ich ihr und drängte mich zurück in die Party, um Jessie aufzutreiben. Sie war genau dort, wo ich sie verlassen hatte, und immer noch im Halbschlaf. Ich runzelte die Stirn und fragte mich, wie ich die beiden nach Hause bekommen sollte.

Wieder ließ ich Jessie für ein paar Minuten allein und suchte Chris. Ich fragte ihn, wo sein Bruder das Telefon habe. »Ich muss ein Taxi rufen«, erklärte ich.

Ein Typ in Hörweite begann zu lachen. »Na klar. Du wirst an Halloween kein Taxi bekommen, Süße.«

»Nicht?«

Er schüttelte den Kopf. »Auf keinen Fall.«

»Scheiße!« Ich musste also mein Glück auf der Straße versuchen. Hoffentlich würde sie an der frischen Luft ein wenig wacher werden.

Ich zog Jessie auf die Beine und legte ihren Arm über meine Schultern. Sie war ohnehin schon immer größer als ich gewesen, doch in den hochhackigen Schuhen überragte sie mich noch mehr. Ich torkelte mit Jessie auf die Tür zu und wurde auf dem Weg mit wenig hilfreichen Kommentaren bedacht.

»Achtung: Wandelnde Leiche!«

»Baum fällt!«

Chris' Bruder sah mich kommen und schob ein paar Kostümierte zur Seite. »Macht doch mal Platz, Leute!« Ich hatte den Eindruck, dass er eher daran interessiert war, eine spektakuläre Zurschaustellung von Körperflüssigkeiten in seinem Wohnzimmer zu verhindern, als daran, dem kleinen lockenköpfigen Engel dabei zu helfen, die größere und weniger standfeste Bauchtänzerin an die frische Luft zu bringen.

Matt stand in der Nähe und kam schnell herüber, um Jessies anderen Arm über seine Schulter zu legen. »Warte, ich helfe dir.«

Ich war nicht in der Lage, zu protestieren oder ihm zu danken.

»Alles okay mit ihr?«, fragte er, als wir draußen waren.

»Ich hoffe es. Geena muss ich auch irgendwie nach Hause schaffen.«

Geena war inzwischen aufgestanden, hing aber über dem Geländer und übergab sich.

»Ich helfe dir«, sagte Matt.

»Das musst du nicht«, erwiderte ich.

»Ich weiß.« Er zuckte die Schultern.

»Ernsthaft, Matt, du brauchst nicht mit uns zu kommen. Ich schaff das schon.« Jessie löste sich von meinen Schultern und plumpste gegen die Tür.

»Ja, das sehe ich«, sagte Matt.

Geena stieß einen besonders kehligen Würgelaut aus, und Jessie verzog ihr Gesicht. »Eklig.«

»Halt die Klappe«, stöhnte Geena und übergab sich.

»Letzte Chance«, bot Matt an.

Ich seufzte. Es hatte keinen Sinn, gegen das Unvermeidliche anzukämpfen. »Es wäre nett, wenn du mir hilfst.«

»Kein Problem.«

Der Weg zurück zum Wohnheim, der normalerweise in zehn, fünfzehn Minuten zu schaffen war, dauerte eine halbe

Stunde. Jessie setzte sich immer wieder hin, und Geena war so schlaff wie ein Sack Kartoffeln. Matt schleppte Geena, während ich mich darum kümmerte, die ziellose Jessie voranzutreiben. Sie flehte mich an, stehen zu bleiben oder sie zurückzulassen, damit sie endlich schlafen könne.

»Zumindest ist sie nicht so nutzlos wie Geena«, sagte ich, während ich Jessie von einem Gullydeckel hochzog.

»Hey!«, protestierte Geena.

»Wenn ich die Wahl hätte, wäre ich morgen früh lieber Geena als Jessie«, sagte Matt.

»Wieso?«

»Zumindest ist alles aus ihrem Magen raus. Jessie muss ihren Rausch noch ausschlafen.«

»Ich glaube, ich muss noch mal …«, gurgelte Geena, und Matt führte sie schnell auf die Wiese und stützte sie, achtete aber darauf, nicht in der Spritzzone zu sein.

Jessie nutzte die Gelegenheit, um sich auf den Asphaltboden zu legen.

»Nein, Jess, komm schon!« Ich stupste sie mit meinem Fuß an. »Du musst aufstehen.«

»Ich kümmere mich gleich drum«, sagte Matt.

»Warum bist du so nett?«, fragte ich. »Hast du nicht manchmal genug davon?«

»Wie meinst du das?«

»Du bist der netteste Kerl der Welt. Du hilfst jedem.«

Er sah mich wieder mit diesem Blick an, der besagte, dass er mich für vollkommen verrückt hielt. »Das stimmt doch gar nicht.«

»Und warum hilfst du dann mir?«

»Weil wir Freunde sind, du Verrückte.« Er tätschelte Geenas Rücken. »Fertig?« Sie nickte, und er führte sie auf den Gehweg zurück. »Und warum hilfst du den beiden?«

»Weil sie meine Freunde sind.«

»Bei dir ist es also okay, bei mir aber nicht?«, fragte er, während er sich vorbeugte und Jessie seine Hände entgegenstreckte.

»Mir ist kalt«, verkündete Jessie.

»Du musst vom Boden aufstehen!«, erwiderte Matt.

»Weil du ein Junge bist«, antwortete ich, als hätte Jessie nichts gesagt.

»Na und?«

»Die meisten Jungs, die ich kenne, würden nie im Leben eine Party verlassen, um einem Freund dabei zu helfen, ein paar Betrunkene nach Hause zu bugsieren.«

»Du kennst nicht besonders viele nette Jungs, was?« Er zog Jessie hoch und stellte sie auf dem Gehweg ab, damit er Geena holen konnte.

»Ben war nett«, sagte ich. »Vorher, meine ich.«

»Klar.«

»Das war er wirklich!«

»Nette Jungs …« Er bremste sich gerade noch. »Tun nicht, was er getan hat.«

Ich zuckte zusammen, aber es war nicht Matts Schuld. Ich war diejenige, die Ben ins Spiel gebracht hatte. »Ich schätze, du hast recht.«

Matt antwortete nicht, atmete aber tief durch.

Es stimmte natürlich, ein netter Junge hätte mich nicht das ganze Wochenende an der Nase herumgeführt, mich mit Kate betrogen, Kate dann mit mir betrogen und dabei so getan, als sei es irrational von mir, darüber wütend zu sein. Aber er hatte gesagt, dass er es nicht so geplant hatte, und nur zwei Wochen nach der Trennung musste ich davon überzeugt sein, dass er kein Monster war. Denn ich konnte ja schlecht meine gesamte bisherige romantische Karriere und meine Unschuld einem Monster geopfert haben, oder?

Jessie war uns inzwischen einen halben Block voraus. Gerade suchte sie sich eine Stelle zwischen zwei Büschen neben der Landwirtschaftsbibliothek und rollte sich zu einem Nickerchen zusammen.

»Wenn sie dieses Mal nicht aufsteht, lasse ich sie da schlafen«, sagte ich zu Matt.

Er lachte. »Denkst du, ihr ist klar, dass das Wohnheim gleich da drüben ist?«

»Jessie!«, rief ich. »Wir sind fast da! Steh auf!«

Sie rührte sich, blickte umher und sprang dann auf. »Zu Hause!« Ihre Absätze klackten, während sie zum Eingang lief. Ich fragte mich, ob sie einen Schlüssel dabeihatte.

Wir brauchten ein paar Minuten, um auch Geena zum Haupteingang von Cole Hall zu bringen. Dort fanden wir Jessie auf den Stufen sitzen.

»Hast du deinen Schlüssel verloren?«, fragte Matt.

»Geena hat ihn«, stöhnte sie.

Matt benutzte seinen Schlüssel, um die Haupttür zu öffnen, und wir beide manövrierten unsere betrunkenen Schützlinge in den uralten Aufzug. Geena hätte die Treppe auf keinen Fall geschafft.

»Wo ist der Schlüssel?«, fragte ich Jessie, als wir vor Zimmer 213 standen.

»Mmm …« Sie wirkte einen Moment verwirrt, dann tätschelte sie Geenas Hüfte. »Hier!« Sie zog Geenas Rock beiseite und da war der Schlüssel, mit einer Sicherheitsnadel an ihrer Unterwäsche befestigt.

»Schlau«, stellte Matt fest, während ich den Schlüssel abmachte und die Tür aufschloss.

»Oh, Bett, Bett, Bett, Bett, Bett!«, murmelte Jessie und stieg die Leiter des Hochbetts hinauf. Nach einem Moment fielen ihre Plateauschuhe zu Boden.

Ich betrachtete Geenas Hochbett und entschied, dass sie auf der Couch darunter besser aufgehoben war. Wir legten sie darauf und deckten sie mit einer Decke zu. Matt stellte einen Papierkorb neben Geenas Kopf und warf einen Blick in den winzigen Kühlschrank. Das einzige vorhandene Getränk war eine Diätcola, also stellte er sie auch neben den Papierkorb. Ich zog den Reißverschluss ihrer Stiefel auf und zog sie ihr von den Füßen, dann ließen wir sie beide schlafen.

»Danke«, sagte ich, als wir im Flur waren.

»Kein Problem.«

Mein Zimmer war auf der anderen Seite und nur zwei Türen entfernt. »Willst du noch reinkommen?«, fragte ich.

»Wo ist Rachel?«, fragte er.

»Oh Gott, sie ist so lahm. Sie ist übers Wochenende nach Hause gefahren.«

»Über Halloween?« Er verzog das Gesicht.

»Verrückt, oder?« Ich verdrehte die Augen und wandte mich kurz um, damit ich unauffällig den Schlüssel aus meinem BH ziehen konnte. Ich schloss auf, und wir betraten mein Zimmer. Rachel hatte ein Hochbett und darunter einen Zweisitzer, aber mein Bett stand auf dem Boden – im zweiten Stock zu wohnen, war mit meiner Höhenangst schon schwierig genug. Hochbetten machten mir Angst. Das Bett schien furchtbar klein zu sein, als ich es jetzt genau betrachtete, und das war mir irgendwie peinlich. »Willst du was trinken?«, fragte ich. »Keine Ahnung, was ich dahabe.«

»Ich glaube, ich muss mal ein Weilchen aussetzen. Ich hab ziemlich Sodbrennen.

Ich sah ihn an. »Willst du was dagegen haben?«

»Nein danke.« Er setzte sich auf mein Bett.

Ich stand einen Moment nur da und wusste nicht, was ich machen sollte. Schließlich setzte ich mich auf meinen Schreibtischstuhl und betastete den Verschluss meiner hochhackigen Schuhe. »Meine Füße bringen mich um.«

»Du siehst aber gut dabei aus«, sagte Matt.

Ich verdrehte die Augen und grinste.

»Du musst nicht da drüben sitzen«, sagte er. »Ich werde schon nicht über dich herfallen oder so was.«

»Ich weiß.« Ich zögerte einen Moment, stand dann auf und trat zum Bett. Ich setzte mich neben Matt und stellte meinen Fuß so hin, dass er seinen berührte. »Danke, dass du mir geholfen hast, sie nach Hause zu bekommen.«

»Na klar.« Er rieb seinen Haaransatz, wo die Teufelshörner angebracht waren. Ich konnte sehen, dass der Kleber dabei war, den Geist aufzugeben.«

»Deine Hörner lösen sich.«

Er grinste. »Soll das ein Anmachspruch sein?«

»Nicht an Halloween.« Ich lächelte und versuchte, mit einer Hand seine Hörner zu richten.

Er griff nach meinem Heiligenschein und brachte ihn zum Wackeln. Als er seine Hand wieder herunternahm, ließ er sie über meinen Arm gleiten. Ich dachte an den Moment, als wir uns vor dem Wohnheim fast geküsst hätten.

»Es ist irgendwie seltsam, mit einem Jungen allein zu sein und mich nicht zu fragen, ob Ben eifersüchtig wäre«, sagte ich. Alkohol brachte mich immer dazu, sehr ehrlich zu sein.

»Ironie des Schicksals, dass er derjenige war, der dich betrogen hat, oder?«

»Ja, schätze schon.« Ich sah auf eine kleine Wunde an meinem Knie. Ich hatte mich beim Rasieren geschnitten. »Dieser Idiot.«

Matt lachte überrascht auf. »Wenn meine Uroma jemanden beleidigen wollte, nannte sie ihn einen Gartenzwerg. Als ich klein war, habe ich mich immer gefragt, was sie eigentlich gegen Gartenzwerge hat.«

Ich lachte. »Dann ist Ben also ein Gartenzwerg.«

»Ich nehme an, du hast immer noch keinen Verbindungsbruder gefunden, der bei Bewusstsein ist?«, fragte er.

»Halt die Klappe.« Ich schubste ihn, und er lachte. »Nein, hab ich nicht. Auch wenn dich das überhaupt nichts angeht.«

»Du suchst also immer noch nach einem Sorbet-Typen?«

Ich wurde rot und schaute weg. »Ja.«

Er hob die Hand, um sich an der Stelle zu kratzen, wo das Horn angeklebt war, und seine Finger strichen danach wieder meinen Arm entlang, also sah ich ihn wieder an.

»Es sollte vielleicht am besten niemand sein, den ich kenne, oder? Ich meine, sollte es nicht lieber …« *Was? Ein schäbiger One-Night-Stand sein?*

»Ich bin immer noch der Meinung, dass du riskierst, noch mehr Sorbet-Sex haben zu müssen, wenn du dich auf einen Fremden einlässt. Du weißt doch gar nicht, was du bekommst.«

»Aber wenn es jemand ist, den ich kenne, wird es hinterher bestimmt total seltsam zwischen uns.« Mein Herz begann heftig zu klopfen.

Er zuckte die Schultern. »Vielleicht. Aber vielleicht auch nicht, wenn er von Anfang an weiß, worauf du aus bist.«

»Und was hätte er dann von diesem Arrangement?«

»Die Gelegenheit, ohne Bedingungen mit einem süßen Mädchen zu schlafen.«

»Das klingt irgendwie billig.« Mein Magen spielte jetzt ebenfalls verrückt. Ich fühlte mich irgendwie schuldig und versuchte, dieses Gefühl loszuwerden. Ich hatte schließlich nichts getan.

»Ich bin vielleicht ein netter Typ, aber ich bin trotzdem ein Mann. Vertrau mir, der Sex allein wäre es schon wert.«

Ich lachte und betrachtete noch mal seine Hörner, bevor ich ihm in die Augen sah. Ohne zu zögern, erwiderte er meinen Blick.

»Also … meldest du dich freiwillig?«, fragte ich.

Er hob eine Augenbraue. »Ich diskutiere einfach nur eine hypothetische Situation mit dir durch.«

Mein Herz hüpfte mir in die Kehle und machte es mir schwer zu schlucken. Dachte ich ernsthaft darüber nach? Bot er es wirklich an, oder ging es tatsächlich nur um eine hypothetische Situation? Andererseits, was hatte ich zu verlieren? Wenn ich wollte, konnte ich im Labor wahrscheinlich auf meinen alten Platz am anderen Tisch zurück. Wenn ich wollte. Ich befeuchtete meine Lippen. »Bist du sicher, dass das nicht seltsam sein wird?«

»Es wird nicht seltsam sein. Wir brauchen einander, um Chemie zu bestehen.«

Erleichtert beruhigte sich mein Magen ein wenig, aber mein Puls freute sich über den Vorwand, im Turbogang zu bleiben. »Ich dachte, du sprichst über eine rein hypothetische Situation.«

»Ups!« Er grinste. »Richtig.«

Das Faltblatt über Vergewaltigungen hatte keine Informationen darüber enthalten, wie man einen Typen dazu *brachte*, mit einem zu schlafen. Ich verfluchte seine »Ich bin ja so ein netter Kerl«-Art. Er würde mich tatsächlich die ganze Arbeit allein machen lassen, oder?

»Würdest … was …« Ich hielt inne. Es war schwieriger, als ich dachte.

Er lächelte und sah auf meine Hände.

»Ich weiß nicht, wie …« Ich versuchte, wieder zu Atem zu kommen, und fühlte mich plötzlich unwirklich. »Wie ich fragen soll …«

»Schon gut«, sagte er. »Das musst du nicht.«

6

Sieben Jahre zuvor

Er legte seine Hand auf mein Bein und zog mit seinem Zeigefinger einen Kreis um mein Knie. Meine Haut war vom Weg nach Hause so kalt, dass ich kaum spürte, dass er mich berührte. Das Bier trug möglicherweise ebenfalls zu der Taubheit bei. Ich konzentrierte mich auf seine Hand, bis ich jede Zelle spüren konnte, die uns verband. Wie hypnotisiert hob ich den Kopf und sah ihn an. Er beugte sich vor und küsste mich.

Matt war die dritte Person, die ich seit der zehnten Klasse küsste. Es war ein merkwürdiges Gefühl und sehr aufregend. Ein Schauer lief mir über den Rücken, und ich kicherte.

»Was ist denn so lustig?«, fragte er.

»Es tut mir leid. Ich höre schon auf.«

Er küsste mich erneut, und wieder zuckten meine Mundwinkel.

»Was hast du?« Er lehnte sich zurück.

»Keine Ahnung. Tut mir leid.« Ich bemühte mich, ein ernstes Gesicht zu machen, aber das Kichern kam immer wieder hoch.

»Du bist verrückt«, sagte Matt mit einem Grinsen. Ich presste die Hand auf den Mund und kicherte wieder. »Sollen wir aufhören?«

»Nein«, erwiderte ich sofort.

»Dann halt die Klappe«, scherzte er leise und ließ es sexy klingen.

Während des nächsten Kusses lächelte ich, schaffte es aber, das nervöse Lachen in Schach zu halten.

»Alles klar?«, fragte er

»Ja klar. Alles gut.«

»Gut.« Er lächelte mich kurz an. Er hatte mit seinem Mund Besseres zu tun.

Wir küssten uns eine lange Zeit und kamen uns dabei immer näher. Als Matt seinen Arm um mich legte, stieß er gegen die Flügel meines Kostüms. Ich lehnte mich zurück und zog meine Arme aus den Halteriemen. Als ich die Flügel abnahm, traf ich Matt mit einem am Kopf.

Er zuckte zusammen. »Darum vertragen sich Engel und Teufel nicht.«

Ich lachte. »Liegt nur an den Flügeln«, stimmte ich ihm bei.

Er lächelte und küsste mich erneut. Nachdem die Flügel nicht mehr im Weg waren, gelang es ihm, den Reißverschluss meines Kleids herunterzuziehen. Ich wollte, dass die Sache fair blieb, also begann ich mit seiner Kleidung. Er verzog das Gesicht, als ich die Teufelshörner abzog, aber er hielt mich auch nicht auf. Kurz darauf waren wir in unserer Unterwäsche, und ich zuckte zusammen.

»Warte«, keuchte ich.

»Okay, okay.« Matt hob die Hände, als ob ich ihn ausraubte.

»Das meinte ich nicht.« Ich lächelte. »Mir ist kalt.«

»Oh.« Er wirkte unsicher.

»Die Bettdecke«, soufflierte ich. Endlich dämmerte ihm, was ich wollte, und er breitete die Decke über uns. Dann machten wir damit weiter, den Körper des anderen zu erforschen. Er war muskulös, aber eher wie ein Fußballspieler, nicht wie ein aufgepumpter Bodybuilder. Ich war erstaunt, dass er diesen Körper die ganze Zeit, die ich in Chemie neben ihm gesessen hatte, unter seiner Kleidung hatte verstecken können. Seine

Haut war weich und warm – fast heiß. Wenn er auch noch rote Wangen gehabt hätte, hätte ich gedacht, er habe Fieber. Unter meinen kalten Händen fühlte er sich unglaublich an. Er war stärker als Ben; als er mich an sich zog, um unsere Position zu verändern, raubte es mir fast den Atem.

Matt küsste jeden Teil meines Körpers, den er erreichen konnte: meine Schulter, mein Kinn, meine Handinnenfläche. Wenn es ums Küssen ging, war bei ihm alles gleichwertig. Es war eine neue Erfahrung für mich und machte mich wahnsinnig an.

Die Nervosität hielt mich angenehm auf Trab. Ich wollte das hier – mit jeder Sekunde mehr. Aber es war gleichzeitig unheimlich. Ich war nie mit jemand anders als Ben zusammen gewesen. Ich fragte mich, ob ich gut im Bett war. Woher sollte ich das wissen, wenn es nur eine Person gab, die ich fragen konnte? Eine Person, die offensichtlich ein verlogener Mistkerl war.

Vergiss Ben, konzentrier dich auf Matt.

Das war nicht schwer. Er hatte einen Weg in meinen Slip gefunden und tat sein Bestes, um meine Aufmerksamkeit auf sich zu ziehen. Ich biss mir auf die Lippen und schloss meine Augen. Wenn ich es zuließ, würde er mich in zwei Atemzügen kommen lassen.

»Ich will dich.« Ich zog an seinen Boxershorts und versuchte, sie ihm auszuziehen. Er tat es an meiner statt, warf sie auf den Boden und nahm mich in die Arme.

»Joss«, flüsterte er in mein Ohr. »Bist du dir sicher?«

Ich gab einen zustimmenden Laut von mir und grub meine Finger in seinen Rücken. Körperlich war ich mir zweihundertprozentig sicher. Mental würde ich mir wohl niemals vollkommen sicher sein, dass dies die richtige Entscheidung war. Aber ich war sicher genug.

»Ist das ein Ja?«

»Ja. Bitte, du machst mich verrückt.« Ich wollte ihn an mich ziehen, aber er entwand sich mir. »Was ist los?«, fragte ich.

»Einen Moment«, sagte er und kramte auf dem Boden herum.

Als er wieder hochkam, hatte er ein Kondom in der Hand, und ich hätte mir in den Hintern treten können, dass ich selbst nicht daran gedacht hatte. Nachdem er es sich übergezogen hatte, sah er mich an. »Bist du dir wirklich sicher?«, fragte er erneut.

»Oh Gott, hör endlich auf zu fragen! Ich bin mir sicher.« Er musste damit aufhören. Ich war mir wegen dieses eindeutig heiklen Plans so sicher wie ich es jemals sein würde. Er lachte. Als er mich küsste, schmolzen die letzten Zweifel dahin. Er war ein verdammt guter Küsser. Er war verdammt gut in allem.

Als es vorbei war, stützte sich Matt schwer keuchend auf seine Ellbogen und lehnte seine Stirn gegen meine. Ich rümpfte die Nase und wusste, dass mein Atem wahrscheinlich nicht angenehmer war als seiner. Nach einem Moment schien er wieder genug zu Atem gekommen zu sein, um seinen Kopf zu heben.

»Alles klar?«, fragte er.

»Ja. Und du?«

Er schmunzelte. »Ziemlich fertig«, gab er zu. »Ich sollte aufstehen.«

Als er aus dem Bett stieg, bekam ich Gänsehaut. Dort wo er gerade noch gelegen hatte, war es kalt, und diese Kälte betraf nicht allein diese Stelle. Ich kaute an der Innenseite meiner Wange herum, während ich ihm dabei zusah, wie er im dunklen Zimmer seine Sachen zusammensuchte. Ich nahm an, dass er sich anziehen und mich für den Rest der Nacht allein lassen würde. Eine Nacht, die zu lang und einsam schien, um sie allein durchzustehen. Ich hatte gewusst, dass ein One-Night-Stand ein Risiko war – selbst wenn es mit einem Freund geschah. Aber Matt kehrte zum Bett zurück und glitt zu mir unter die Decke. Sofort verlangsamte sich mein Herzschlag. Er legte seine Arme um mich und küsste jede Stelle meines Gesichtes.

»Alles in Ordnung?«, fragte er erneut.

Als ich darüber nachdachte, wurde mir klar, dass tatsächlich alles in Ordnung war. »Ja.« Ein Jucken in meiner Nase wies mich darauf hin, dass man mir meine Erleichterung wahrscheinlich ansehen konnte. Ein kurzes Kneifen in die Nase hielt die Tränen zurück.

»Fühlst du dich jetzt besser?«, fragte er. »Gaumen neutralisiert?«

»Ja.« Das war er wirklich.

»Gut.«

»Danke«, flüsterte ich gegen seine Brust.

»Danke *dir*.«

»Wofür?« Ich sah ihn an.

»Das fragst du nicht ernsthaft, oder?«

»Das war nicht dein erstes Mal, oder?« Ich hatte die Möglichkeit vorher gar nicht in Betracht gezogen.

Er lachte. »Äh, nein, tut mir leid.«

»Nein, es … keine Ahnung, ich dachte, ich sollte fragen.«

»Diese zweifelhafte Ehre ging vor ein paar Jahren an ein Mädchen namens Sarah.«

»Ein paar?«

»Ich kann jetzt nicht nachrechnen, Joss, ich bin zu erschöpft.«

Ich antwortete nicht, sondern drehte mich um, sodass wir unsere Körper wie Löffel ineinander schmiegen konnten. Matts Arm lag auf meiner Taille, Hüfte an Ellbogen. Er drückte leicht mein Bein und suchte sich eine bequeme Position.

»Gute Nacht!«

Ich erwachte steif und unbequem. Matt hatte sich auf den Bauch gedreht und mich an die Wand gedrückt. Mein rechter Arm war unter mir eingeklemmt, und meine Beine waren kalt von der Wand. Ich ächzte und versuchte Matt fortzuschieben. Er wachte langsam auf und rollte sich von mir weg. Dabei wäre er fast aus dem Bett gefallen, wenn er nicht in der Decke eingedreht gewesen wäre.

»Matt, wach auf!«, zischte ich.

»Oh nein«, keuchte er. »Nein.«

»Was ist los?« Ich drehte mich zu ihm um. »Alles okay?«

Er rieb sich mit der Hand über sein Gesicht. »'tschuldige.« Er sah mich an wie eine Eule. »Ich hatte so einen Traum …«

»Schon gut.«

»Ich wollte dich nicht erschrecken.«

»Schon gut«, wiederholte ich. Dann legte ich meine Hand auf seine Wange, um ihn zu beruhigen. »Was hast du denn geträumt?«

»Ich erinnere mich nicht an alles. Irgendwas mit einer Klippe. Gott!«

»Du bist fast aus dem Bett gefallen«, sagte ich ihm.

»Ja.« Er rieb sich die Augen und blinzelte mich noch ein paar Momente länger an. »Wir haben letzte Nacht miteinander geschlafen.«

Ich konnte nicht anders, als zu lachen. »Äh, ja.«

»Das dachte ich mir.«

»Schön, dass du dich noch daran erinnerst.«

»Ich meinte nicht … ich hab es nicht vergessen«, protestierte er. »Es kam mir nur ein wenig wie ein Traum vor.«

»*So* gut bin ich nun auch wieder nicht«, sagte ich.

Er starrte mich an. »Es gibt keine Möglichkeit, darauf zu antworten.«

»Na klar, du sagst einfach: ›Doch, das bist du.‹«

»Würdest du mir glauben?«

»Nein.«

»Siehst du?« Er grinste und rollte sich zu mir, um mich zu küssen. Ich legte meine Hand in seinen Nacken und hielt ihn, während wir uns eine Weile küssten.

Dann stützte er sich auf seinen Ellbogen und sah mich an. »Ich hab wahnsinnige Kopfschmerzen.«

»Ich auch«, erwiderte ich.

»Hast du Hunger?«, fragte er.

»Ein bisschen.«

Er tippte mit seiner Nasenspitze meine Schulter an. »Lass uns was frühstücken.«

»Okay.«

Er rollte sich aus dem Bett und suchte seine Kleidung zusammen. »Oh Mann, die lass ich jetzt aber weg«, murmelte er und hielt seine Teufelshörner hoch.

Ich lachte. »Kannst du mir mal bitte meinen Morgenmantel geben?« Ich deutete auf den Haken an der Wand.

Er sah mich an, ein Bein in der Hose. »Nein.«

»Was?«

»Zieh dich einfach an.«

»Nicht vor dir!«, protestierte ich.

»Ich mach es doch auch«, argumentierte er.

»Das ist nicht dasselbe.«

»Doch, das ist es.«

»Ich nehme alles zurück. Du bist gar nicht nett.«

»Nett hat damit gar nichts zu tun.«

»Matt!« Ich musste auf Quengeln zurückgreifen. Ich wusste nicht, was ich sonst tun sollte.

»Oh, na gut, aber beeil dich.« Er warf mir den Morgenmantel zu und setzte sich auf Rachels Zweiersofa, um seine Schuhe anzuziehen.

Es gelang mir, aus dem Bett zu schlüpfen, ohne auch nur einen Zentimeter Haut zwischen meinem Hals und meinen Knien zu entblößen. Slip und Yogahose waren leicht angezogen, aber ich hatte keine Ahnung, wie ich ein Shirt anziehen sollte, ohne vorher den Morgenmantel auszuziehen. Ich warf einen Blick über meine Schulter. Und stellte mich genauso hin, dass Matt nichts als meinen Rücken sehen konnte. Schnell ließ ich den Morgenmantel fallen und zog mir das Shirt über. Ich drehte mich zu ihm um und machte eine kleine »Tadaaa!«-Geste.

»Ich hab sie letzte Nacht gesehen, weißt du?«, sagte er.

»Du warst betrunken.«

»Nicht *so* betrunken.«

Unsicher verschränkte ich die Arme vor der Brust.

»Komm schon.« Er öffnete die Tür und machte mir verständlich, dass ich vorgehen solle. Der Korridor war verlassen. Wir gingen gemeinsam in die Cafeteria, die genauso leer war.

»Wir sind wohl früh dran«, sagte ich.

Matt warf einen Blick auf seine Uhr. »Die anderen sind alle spät dran.«

Ich betrachtete die warmen Speisen, aber bei dem Anblick der Eier drehte sich mir der Magen um. Ich entschied mich stattdessen für Müsli. Ich war vor Matt fertig und fand einen Tisch mit guter Sicht auf den Fernseher in der Ecke.

Matt setzte sich auf den Platz mir gegenüber und begann, eine Riesenportion Eier mit Ketchup zu verdrücken. Ich musste von seinem Essen wegsehen, um den ersten Löffel Müsli auch nur in den Mund zu bekommen.

»Alles in Ordnung?«, fragte er nach einem Blick auf mich.

»Was du da isst, verursacht mir Übelkeit.«

Er nickte. »Du bist verkatert.«

»Nein, es ist das Ketchup.«

»Wieso, was ist denn damit?«

»Abgesehen davon, dass es auf den Eiern ist?«

»Ich dachte, deine Regel gilt nur für blaues Essen.«

»Neue Regel: Ketchup kommt auf Burger, Fritten und Hotdogs.« Ich zählte die einzelnen Punkte der Liste mit meinen Fingern ab.

»Du hast eine Menge Regeln.«

»Nur über ekelhafte Sachen.«

»Hast du Eier mit Ketchup schon mal probiert? Das ist lecker.«

»Nein und nein.«

Er reagierte sehr erwachsen, indem er seinen Mund öffnete und mir sein Gekautes zeigte.

Ich kniff die Augen zu und konzentrierte mich darauf, mein Müsli zu schlucken.

»Weichei.« Matt lachte.

Ich trat ihn unter dem Tisch, und er trat zurück.

»Autsch!« Ich hob mein Schienbein und rieb es. Er grinste mich an, und ich zog das andere Bein vorsorglich auch hoch. »Das ist nicht sehr romantisch, weißt du?«, sagte ich.

»Ach ja?« Seine Gabel erstarrte in der Luft.

»Ja! Das hier ist nicht gerade das, was ein Mädchen im Sinn hat für ein Frühstück am Morgen nach …«

Die Gabel mit Ketchupei verschwand in seinem Mund, und er schüttelte den Kopf. »Romantik wird überbewertet. Außerdem ist es mit Sorbet-Sex was anderes«, sagte er.

»Ach wirklich?«

Er nickte.

»Und du bist ein Experte?« Ich verschränkte die Arme und lehnte mich zurück.

»Du hattest vor mir doch noch nie davon gehört.«

»Auf mir herumzuhacken gehört also einfach dazu?«

»Das gehört einfach dazu.«

»Du bekommst also bedingungslosen Sex, *und* du darfst mich am nächsten Tag ärgern?«

»Das mit dem bedingungslos habe ich nie gesagt.«

»Du hast ›ohne Bedingungen‹ gesagt.«

Nachdenklich kniff er die Augen zusammen. »Vergiss das einfach.«

»Ich soll es vergessen?«

Er spießte eine weitere Gabel in das Ketchupei und wedelte damit. »Neue Regel, okay?«

»Es gibt Regeln?« Ich hatte Herzklopfen, auch wenn ich nicht recht wusste, ob ich wegen der Zukunft meiner Freundschaft zu Matt nervös war oder ob mir mein Magen ein frühes Warnzeichen gab, dass er bald revoltieren würde.

»Wenn du Regeln über Essen aufstellen kannst, kann ich auch welche über Sex aufstellen.«

Ich sah mich schnell um, um zu sehen, ob jemand unsere Unterhaltung mitbekam. Doch die nächsten Leute saßen drei Tische entfernt.

»Also gut. Wie lautet die Regel?«

Er legte seine Hand mit der Innenfläche nach oben auf den Tisch. »Also, dafür müssen wir Freunde bleiben.« Ich sah ihn verwirrt an, und so redete er weiter. »Verstehst du, wenn wir nach dieser Nacht nichts mehr miteinander zu tun haben, war es nur ein One-Night-Stand, und du wirst vielleicht jemand anders finden müssen, um den hier auszugleichen.« Ich nickte, und er fuhr fort. »Aber wenn wir Freunde bleiben, dann war letzte Nacht nur eine gute Methode, um deinen Ex aus dem System zu bekommen. Sorbet.«

»Ich verstehe.« Und das tat ich wirklich. Matts Beweisführung war zwar ein wenig bizarr, aber ich konnte sie nachvollziehen.

Ich legte meine Hand auf seine. Wir hatten eine Abmachung.

7

Gegenwart

Und jetzt standen wir kurz vor einer neuen Runde Sorbet. Zumindest schien es so. Ich sah an mir herunter. Mein Praxiskittel war voller schwarzer und grauer Tierhaare. Mittendrauf hatte ich außerdem einen Fleck, wo mich heute Morgen ein Meerschweinchen angepinkelt hatte. *Igitt!* Ich zog den Kittel aus und meine Hose, während ich die Treppe hinaufstieg. Beides landete im Badezimmer in der Waschmaschine.

Dewey schlich in den Raum. Er wurde immer nervös, wenn ich Zeit im Badezimmer verbrachte. Ich nehme an, dass er von meiner Fähigkeit, mich in Wasser zu tauchen, beeindruckt war. Vielleicht wartete er auf den Tag, an dem ich endlich begriff, wie schrecklich es war, nass zu sein. Ich weiß es nicht. Er setzte sich jedenfalls auf die Badematte und sah mich interessiert an. Ich kraulte seinen Kopf mit meinen Zehen und stellte die Dusche an.

Ich hatte in meinem ersten Monat als tiermedizinische Fachangestellte gelernt, dass es keinen Sinn hatte, vor einer Schicht zu duschen. Ich hätte es zwar gekonnt, es dann aber am Ende des Tages wiederholen müssen.

»Miau«, kommentierte Dewey.

»Ich schaff das schon«, sagte ich ihm und trat unter die Dusche.

Es fühlte sich toll an, den Meerschweinchenurin von meinem Körper und den Geruch von Tierangst aus meinen Haaren zu waschen. Es war irgendwie paradox, dass Tiere so viel Angst vor Tierärzten hatten, obwohl alle in diesem Beruf Tiere so sehr liebten. Bedingungslos. Man entscheidet sich nicht für diesen Beruf, wenn man Tiere nicht liebt. In meinem Fall erstreckte sich diese Liebe nur auf die haarigen Exemplare. Glücklicherweise nahm meine Praxis keine Reptilien und Vögel auf, vielen Dank auch.

Ich hörte mein Handy auf der Waschbeckenablage klingeln, wusste aber, dass ich meine Hände nicht schnell genug würde abtrocknen können, um dranzugehen. Außerdem mochte es nicht jeder, mit jemandem zu sprechen, der unter der Dusche stand.

Als ich fertig war, öffnete ich die Schiebetür der Duschkabine. Dewey sprang auf und begann laut miauend im Kreis zu laufen.

»Es geht mir gut, du Idiot«, sagte ich, während ich auf die Badematte trat. Er überprüfte meine Behauptung, indem er sich an meinen nassen Knöcheln rieb. »Hör auf«, mahnte ich und schob ihn weg. Ich brauchte keine frische Schicht Katzenhaare.

Ein Blick auf das Handy verriet mir, dass Nellie angerufen hatte. Sie sprach nie auf die Mailbox, also rief ich sie einfach zurück.

»Wie ist es gelaufen?«, fragte sie statt einer Begrüßung.

Sie würde von mir enttäuscht sein. »Gar nicht.«

»Warum nicht?«, rief sie so laut, dass ich das Handy vom Ohr nehmen musste.

»Er schrieb, dass er mich brauche.«

Nellie war einer der wenigen Menschen in meinem Leben, die alles über mein Sorbet-Arrangement mit Matt wussten. Zu sagen, dass sie es nicht besonders guthieß, wäre untertrieben.

»Du wirst *nicht* mit ihm schlafen?«

»Ich weiß es nicht«, schwindelte ich.

»Du bist richtig gestört, was ihn angeht«, protestierte sie. »Du hast mir versprochen – nein, vergiss es – du hast dir *selbst* versprochen, du würdest mit diesem Mist aufhören.«

»Nellie.« Ich seufzte. »Du verstehst das nicht.«

»Oh doch, ich verstehe das nur zu gut. Du sitzt herum und wartest darauf, dass Matt mit seiner neuesten Flamme Schluss macht, damit er dich wieder ranlässt.«

Ich presste die Finger auf meine Stirn. Wir hatten diese Unterhaltung schon *ad nauseam* geführt. »So ist es nicht. Er tut dasselbe für mich. Es ist von beiderseitigem Vorteil.«

»Es ist beiderseitig krank.«

»Nellie«, winselte ich.

»Ich mag Matt, das weißt du.« Jeder mochte ihn. Er war einer dieser Typen, die jeder mochte. »Aber die ganze Sache ist wie eine Folge von Jerry Springer. Mal ernsthaft, was wirst du tun, wenn er heiratet?«

Der Gedanke verursachte mir Übelkeit. »Er heiratet nicht.«

»Diskutiere jetzt nicht über Formulierungen mit mir, Joss. Du musst es beenden. Sofort.«

»Nicht übers Telefon«, erwiderte ich.

»Meinetwegen. Aber tu es. Heute Abend. Du bist mehr wert als diese Bumsbeziehung.«

»Nellie«, wiederholte ich, aber ohne den winselnden Tonfall.

Sie seufzte. »Joss, ich mag dich sehr. Das weißt du. Bring die Sache in Ordnung.«

»Ich weiß.«

»Ruf mich später an.«

Aber trotz Nellies Schelte und meinem Entschluss von heute Morgen ging ich immer noch die üblichen Rituale nach der Dusche durch, die ich immer für Matt durchführte.

Ich muss zugeben, dass ich mich vor einer Nacht mit Matt immer besonders stylte. Es ist wohl leichter, die Illusion von Perfektion aufrechtzuerhalten, wenn man höchstens ein paarmal pro Jahr miteinander ins Bett geht. Ich rasierte meine Beine babyweich, rubbelte meinen Körper mit einem Handtuch, bis er ganz rot war, und rieb mich dann mit einer teuren Körperlotion ein. Ich tupfte mir sogar etwas Parfüm in die Kniekehlen und in mein Dekolleté.

Ich verbrachte einige Zeit damit, ein Outfit auszusuchen, und begann mit der hübschesten Unterwäsche, die ich besaß. Seide, Spitze und Schleifchen, was konnte ein Mädchen mehr verlangen? Ich war schon immer ein großer Fan hübscher Dessous gewesen. Wenn ich an einem Victoria's Secrets vorbeigehe, vernehme ich immer einen Sirenengesang, dem ich nicht widerstehen kann. Ich fühle mich hübsch, wenn ich die Wäsche trage, selbst wenn ich Meerschweinchenurin auf meinem Kittel habe. Matt hatte meine Sammlung immer gemocht, und ich erwischte mich dabei, Teile auszuwählen, die er noch nicht gesehen hatte, obwohl ich mir gleichzeitig einredete, dass das keine Absicht war.

Ich war wirklich erbärmlich.

Dewey sprang auf das Bett und begann auf meine Höschen einzuschlagen.

»Aufhören!«, rief ich, da ich genau wusste, was seine Krallen mit Seide anstellen konnten.

Er nahm sie ins Maul und sprang vom Bett. Dann raste er zu einem seiner Verstecke. Ich rannte hinterher und erwischte ihn am oberen Treppenabsatz. Vorsichtig nahm ich ihm die Unterhose aus dem Maul. Es schien alles heil geblieben zu sein.

»Du hast Glück, dass du sie nicht zerrissen hast! Ich hätte dich …« Ich schüttelte meine Faust, aber der Kater wirkte unbeeindruckt.

Als ich wieder im Schlafzimmer war, klingelte mein Handy erneut. Dieses Mal war es Matt.

»Hey, Joss, ich bin's.«

»Hallo, Matt.«

»Ich hab mir überlegt, statt essen zu gehen, könntest du ja zu mir kommen, und ich koche was. In Ordnung?«

Das kam überraschend. Es dauerte einen Moment, bis ich mich gefangen hatte. »Wow, du verwöhnst mich ja heute. Ich kann's kaum abwarten, die Geschichte zu hören.«

»Ich erzähl's dir beim Abendessen. Ist Pasta okay?«

»Ja, klingt prima. Soll ich was mitbringen?«

»Nur dich selbst. Sei um sieben hier.«

Ein Blick auf die Uhr sagte mir, dass es kurz nach sechs war. Ich hatte also genügend Zeit, mich zu frisieren und es rechtzeitig zu Matt schaffen. Wir verabschiedeten uns voneinander. Dewey beäugte mich mit einem ziemlichen Maß von Verachtung von der Schlafzimmertür aus.

»Was geht nur im Kopf deines Busenfreundes vor?«, fragte ich ihn. Dieser Kater liebte Matt mit sklavischer Hingabe.

»Tja, ich hab auch keine Ahnung.«

Er gähnte und starrte das Seidenhöschen in meiner Hand an.

»Zu spät«, sagte ich und schüttelte es in seine Richtung. »Ich zieh es jetzt an.«

Nachdem ich das getan hatte, ging ich ins Badezimmer zurück, um gegen meine Haare in die Schlacht zu ziehen. Mit Locken ist nicht zu spaßen – wenn man sie beherrscht, hat man lebenslang gute Haare, aber wenn nicht … kann man sich gleich eine Hutsammlung zulegen. Es ist hoffnungslos.

Drei Produkte und einmal Föhnen mit einem Diffusoraufsatz später war ich mit dem Ergebnis zufrieden. Der letzte Schritt war ein wenig Make-up, dann hieß es zurück vor den

Schrank. Ich konnte nicht anders. Normalerweise würde ich mir irgendetwas herausgreifen und es damit gut sein lassen, aber Matt hatte mit dieser ganzen Abendessen-Sache Sand ins Getriebe gestreut.

Habe ich es falsch gedeutet?, dachte ich. *Vielleicht meinte er gar nicht, dass er mich braucht.*

Ich trommelte mit den Fingern auf die Tür des Schranks und überlegte hin und her. Irgendetwas war ungewöhnlich an diesem Abend, und ich konnte nicht genau sagen, was. Ich wusste, ich hätte Matt anrufen und ihn fragen können, was los war. Das war Teil der Abmachung. Wir waren Freunde. Gute Freunde.

Er würde mich wahrscheinlich auslachen und sagen, dass ich zu viel grübele.

Ich seufzte und wählte ein schwarzes Top. Es war eines dieser verlässlichen Shirts, die man anzog, wenn alles andere nicht richtig schien. Es war in Ordnung für ein Essen, es würde in Ordnung sein, wenn ich morgen früh nach Hause schlich. Ich hätte natürlich auch einfach Kleidung zum Wechseln mitnehmen können, aber das hatte nie zu unserer Abmachung gehört. Ich weiß nicht genau, warum, abgesehen davon, dass wir die Regeln im College festgelegt hatten.

Schriftlich festgehaltene Regeln. Jetzt, da ich darüber nachdachte, konnte ich mich nicht mehr daran erinnern, wer von uns beiden die Liste zuletzt hatte, aber ich wusste noch genau, wie Matt mit ihr begonnen hatte …

8

Sieben Jahre zuvor

Es ist eine Kunst und Wissenschaft für sich, mit jemandem befreundet zu bleiben, nachdem man miteinander geschlafen hat. Doch Matt und ich hatten noch zusätzlich Neuland betreten, da wir beide vor dem Sex nicht in einer Beziehung gewesen waren. Da er sich das Konzept von Sorbet-Sex ausgedacht hatte, war es verlockend, ihm die Führung zu überlassen. Doch er hatte nicht mehr Ahnung, was zu tun war, als ich. Wir sprachen nie darüber, aber das zufällige Berühren war der schwerste Teil.

Wenn ich ins Chemielabor kam, wartete er auf seinem Platz, und ich wusste nie genau, was ich tun sollte. So tun, als hätte er mich niemals nackt gesehen, und auf Distanz bleiben? Dazu stehen und ihn auf die Wange küssen? Ihn abklatschen? Die Fäuste gegeneinanderstoßen? Vielleicht ein Daumen nach oben? Irgendwann entschieden wir uns für eine hohe Toleranz, was zufälliges Berühren anging. Wenn ich also zum Beispiel zu spät in den Kurs kam, lehnte er sich vor und legte seine Hand auf mein Bein, um mich zu fragen, ob alles in Ordnung sei. Aber wir gingen niemals darüber hinaus. Und das war gut, denn ein anderer Typ an unserem Tisch bat mich vor den Abschlussprüfungen, mit ihm auszugehen.

Es war mein erstes Date seit meinem ersten Date mit Ben. Um ehrlich zu sein, war ich wahnsinnig nervös. Aber ich wusste, dass ich ohne den Zauber des Sorbet-Sex noch nervöser gewesen wäre. Ich war nicht länger das Mädchen, das seine Unschuld seinem ersten Freund von der Highschool geschenkt hatte und dann kurzerhand abserviert worden war. Der Typ aus meinem Chemiekurs würde einfach nur jemand sein, mit dem ich mal ein Date hatte. Wie sich herausstellte, mochte ich Dates.

Im zweiten Semester war ich mit drei Typen ausgegangen oder hatte mich mit ihnen zum Lernen getroffen. Ich hatte sie alle geküsst – selbst den, der mich den ganzen Abend über seine Exfreundin vollgelabert hatte –, weil ich es gewollt hatte. Es hatte mal eine Zeit gegeben, in der ich mich als eines dieser Mädchen gesehen hatte, die früh ihre wahre Liebe fanden und für immer glücklich waren. Jetzt, da Ben mir das Gegenteil bewiesen hatte, stellte ich fest, dass ich gar nicht das Mädchen sein wollte, das herumsaß und auf den Richtigen wartete. Versteht mich nicht falsch, ich wollte ihn finden, aber es war in Ordnung, auf dem Weg dorthin ein paar Für-den-Moment-Richtige zu finden. Also küsste ich sie alle und ließ einen von ihnen an meine Wäsche. Ich schlief nicht mit ihm, aber er bekam mein gepunktetes Höschen zu sehen. Außerdem nutzte ich auf zwei Partys die Gelegenheit und machte mit Typen herum, an deren Namen ich mich später nicht mal erinnern konnte. Nicht meine stolzesten Momente, aber ich bereute nichts. Ich konnte damit leben, eine Weile das Mädchen zu sein, das mit allen herumknutschte. Es machte keinen Spaß, ein gutes Mädchen zu sein.

Matt und ich waren im zweiten Semester im gleichen Volkskundekurs, und da traf ich Ihre Hoheit. Sie hatte einen Namen, Courtney, aber so nannte ich sie nie. Zuerst weil ich nicht wusste, wer sie war. Dann, weil ich es wusste.

Sie war hübsch, das muss ich zugeben. Wohl eher wunderschön. Lange dunkle Haare, olivfarbene Haut und perfekt gerade weiße Zähne. Sie war einer von diesen Menschen, von denen man sich kaum vorstellen kann, dass es sie wirklich gibt. Besonders wenn man selbst zum durchschnittlicheren Teil der Menschheit gehört: Ich hatte lockige Haare, mit denen ich noch nicht fertig wurde. Zu jenem Zeitpunkt sah meine Frisur oftmals schrecklich kraus aus, und ich trug häufig einen Pferdeschwanz. Außerdem hatte ich die Figur eines vierzehnjährigen Jungen und ein lautes Lachen, bei dem man alle meine Zähne sehen konnte, einschließlich meiner Plomben. Ihre Hoheit hatte keine Plomben.

Matt brauchte ein paar Wochen, um den Mut aufzubringen, sie anzusprechen. Er saß damals rechts neben mir, und Geena zu meiner Linken. Sie unterhielten sich zwar flüsternd, weil wir im Kurs waren, aber ich konnte trotzdem jedes Wort hören.

»Ich versuche schon lange, mir zu überlegen, wie ich es anstelle, dass du mit mir sprichst«, sagte er. »Und mir fällt einfach nichts ein.«

Sie sah ihn misstrauisch an. »Na und?«

Er zuckte die Schultern. »Ich finde einfach, dass du wunderschön bist und dass ich dich kennenlernen möchte.«

Sie lächelte – ein wenig – und flüsterte: »Ich bin Courtney.«

»Matt«, sagte er und streckte ihr seine rechte Hand entgegen, genauso wie er es bei unserer ersten Begegnung gemacht hatte.

Sie zog eine Augenbraue in die Höhe, gab ihm aber die Hand.

Am Ende der Stunde schob Ihre Hoheit Matt einen Zettel mit ihrer Telefonnummer zu. Wir ließen sie erst weggehen, bevor wir darüber redeten.

»Wow, die Eiskönigin schmilzt«, scherzte Geena.

»Gut gemacht, Matt.« Ich hob meine Hand, und er klatschte mich ab. Dass ich mich für ihn freute, war der Beweis dafür, wie gut wir gelernt hatten, Freunde zu sein.

»Danke.« Er grinste uns an.

»Ich kann nicht glauben, dass du ihr einfach die Wahrheit gesagt hast und sie darauf eingegangen ist«, sagte ich, während ich meine Arme in die Jacke steckte.

»Es war einen Versuch wert.« Er grinste wieder. »Schätze, es hat funktioniert.«

»Hey, Leute, ich muss zu meiner Vorlesung«, sagte Geena nach einem Blick auf die Wanduhr. »Bis später.«

Matt und ich verabschiedeten uns von ihr und traten auf den belebten Gehweg hinaus.

»Und was wirst du jetzt tun, nachdem du ihre Nummer hast?«, fragte ich.

»Sie anrufen.« Er warf mir einen Blick zu, der »offensichtlich« bedeutete.

»Und was wirst du tun, um … Wie-hieß-sie-noch-mal zu beeindrucken?«

»Courtney.«

»Ja, genau.«

Er ließ mir an ein paar Stufen den Vortritt. »Ich habe keine Ahnung.«

»Du bleibst bei dieser Ehrlichkeitstour, hm?«, scherzte ich.

»Ja, sie wird bestimmt total beeindruckt sein, wenn ich sie anrufe und sage: ›Ich will mit dir ausgehen, weiß aber nicht wohin.‹«

»Doch klar, Mädchen lieben das.«

Er lächelte mich an. »Mir fällt schon noch was ein.«

Er musste etwas richtig gemacht haben, denn als ich die Woche darauf in den Kurs kam, saß Courtney mit der ganzen Kraft ihres blendend weißen Lächelns neben Matt. Ich setzte mich neben Geena in die Reihe hinter ihnen.

»Ich glaube, sie hat zusätzliche Zähne«, flüsterte mir Geena zu, nachdem ich mich gesetzt hatte.

»Ich glaube, sie reflektieren nur das Licht und dadurch *wirkt* es so, als wären es mehr«, erwiderte ich.

»Wie bei Diamanten?«

»Genau.« Ich lehnte mich vor und flüsterte Matt ins Ohr. »Ich nehme an, du hast dich am Telefon gut geschlagen?«

Er sagte nichts, nickte aber langsam.

Nach nur ein paar Wochen waren Matt und Courtney offiziell zusammen. Oder zumindest kam es mir so vor. Er ging ein paarmal mit ihr aus, und sie saßen im Kurs immer nebeneinander. Bevor sie am Ende der Stunde den Raum verließ, gab sie ihm immer einen Kuss auf die Wange und schenkte ihm ein strahlendes Lächeln. Matt sagte, dass sie direkt im Anschluss einen anderen Kurs habe, also bekam ich nie die Gelegenheit, mich mit ihr zu unterhalten, bis Matt sie Mitte des Semesters zu einer Lernsitzung einlud.

Geena und ich betraten zusammen die Bibliothek und sahen Matt, der mitten im überfüllten Bereich für Lerngruppen einen Tisch freihielt.

»Hey! Wo ist Ihre Ho–, Courtney?«, fragte ich.

Er warf mir einen strengen Blick zu, ignorierte meinen Ausrutscher aber. »Sie müsste gleich hier sein.«

»Schön, dass wir endlich mal mit ihr reden können«, sagte ich. »Ich habe schon das Gefühl, du hältst sie vor uns versteckt oder so etwas.«

Matt schüttelte seinen Kopf. »Nein, sie ist nur so gut wie nie auf unserer Seite des Campus.«

»Du kannst sie doch trotzdem mal mitbringen. Wir müssen

schließlich die Chance haben, dir unser Okay zu geben«, pflichtete mir Geena bei.

»Ja ja, in Ordnung.« Er verdrehte die Augen.

»Hast du Angst davor, zu erfahren, was wir denken?« Ich zog die Augenbrauen in die Höhe, was nicht besonders beeindruckend ist, da sie rotblond und damit auf meiner mit Sommersprossen besprenkelten Stirn kaum zu sehen sind.

»Nein. Sie ist toll.«

»Hast du Angst davor, was *sie* denken wird?«, fragte Geena.

»Das schon eher«, sagte ich.

»Genau, also benehmt euch«, sagte er und stand auf, um Courtney, die gerade gekommen war, zu zeigen, wo wir saßen.

Geena verdrehte die Augen, lächelte aber freundlich, als Ihre Hoheit an unseren Tisch kam. Es folgte die übliche Vorstellungsrunde, und Courtney ließ ihren Lederrucksack mitten auf den Tisch plumpsen.

»Ihr seid also mit Matt befreundet?«, fragte sie.

»Wir leben im selben Wohnheim«, antwortete Geena.

»Oh!« Sie wühlte in ihrem Rucksack, während sie mit uns sprach, und holte schließlich ihr Handy heraus. Sie warf einen Blick auf das Display und verzog ihren Mund zu einer hübschen Schnute, bevor sie das Telefon wieder wegpackte.

Wir lernten eine Weile, aber es war schwer, sich zu konzentrieren. Ihre Hoheit schien die Hälfte der Leute in der Bibliothek zu kennen, und immer wieder kam jemand an unseren Tisch, um mit ihr zu reden. Erst nach ein paar Unterbrechungen wurde mir klar, was nicht stimmte: Sie stellte Matt immer nur als jemanden aus ihrem Kurs vor.

Nach einer Stunde stieß Geena ein frustriertes Seufzen aus. »Hört mal, Leute, ich hab für meinen Physikkurs noch eine Menge zu tun. Ich mach mich auf den Weg.«

Wir verabschiedeten uns voneinander, während sie zusammenpackte. Nachdem sie die Bibliothek verlassen hatte, war ich offiziell das fünfte Rad am Wagen.

»Hey, wollt ihr was essen gehen?«, fragte Matt und sah erst Ihre Hoheit, dann mich an.

»Na klar«, sagte sie.

Ich zögerte. Ich wollte wirklich nicht mit den beiden ausgehen, aber ich hatte Hunger. »Wenn das für euch okay ist.«

Ihre Hoheit zuckte die Schultern. »Was auch immer.«

Obwohl ich offensichtlich unwillkommen war, wollte ich trotzdem mit. Ihre eisige, unfreundliche Art war so faszinierend wie ein Verkehrsunfall. Ich brauchte mehr Zeit, um sie anzustarren. Ich wollte sehen, wie sie auftaute, und einen Blick darauf erhaschen, was Matt an ihr so anziehend fand. Abgesehen von ihrem Gesicht und diesen verdammten Zähnen.

Wir packten ein und traten auf die Straße hinaus. Courtney wollte zurück auf die Southeast-Seite des Campus, um näher an ihrem Wohnheim zu sein. Das bedeutete später einen langen Heimweg, aber ich hatte in dieser Cafeteria noch nie gegessen. Also dachte ich, dass es das Abenteuer wert sei.

Neben Ihrer Hoheit beim Essen zu sitzen war genauso, wie neben ihr in der Bibliothek zu sitzen. Sie schien jeden zu kennen. Oder zumindest jeden, der von der Ostküste kam. Die Mädchen sahen alle ähnlich aus – dunkle Haare, gebräunte Haut und wahnsinnig weiße Zähne. Es war, als stammten sie aus einer Klonfabrik. Ich fühlte mich mit meinen rötlichen Haaren und skandinavischem Aussehen ziemlich deplatziert.

Courtney unterhielt sich gerade mit einer besonders lauten Gruppe Mädchen, als ich mich nicht länger zurückhalten konnte. Ich lehnte mich zu Matt vor und flüsterte: »Bist du sicher, dass wir hier sitzen dürfen? Ich habe gar keine Pradatasche.«

»Hast du nicht gesagt, du seist ein Mädchen aus reichem

Haus?« Er zog dabei eine Augenbraue in die Höhe, als genösse er es, dass ich einen Dämpfer bekam.

»Das habe ich nie behauptet«, erinnerte ich ihn

Er grinste. »Stimmt, das war ja ich.«

»Willst du diese Behauptung zurücknehmen?«

»Nö.«

Ich trat ihm gegen das Schienbein, und er lachte.

»Ähm, Matt?« Ihre Hoheit widmete ihm zum ersten Mal seit längerer Zeit ihre Aufmerksamkeit. »Ich muss mal los, okay?«

»Oh!« Er blinzelte überrascht. »Dann bis später.«

»Toll.« Sie lächelte ihm zu, und wieder war ich davon überwältigt, wie hübsch sie war. »Klingt gut.« Sie lehnte sich vor und gab ihm einen Kuss auf die Wange. »Bis dann!«

Sie verschwand mit ihren Freundinnen, und wir starrten ihr hinterher. Matt schien noch viel beeindruckter zu sein als ich.

»Wohin geht sie?«, fragte ich.

»Keine Ahnung.«

»Stört dich das nicht?«

Er drehte seinen Kopf zu mir. »Warum?«

»Ich dachte, ihr beiden seid ein Paar oder so.«

»Wir sind ein paarmal miteinander ausgegangen«, sagte er achselzuckend. »Ich nehme an, das bedeutet es wohl.«

»Du sprichst auf jeden Fall von ihr, als wärt ihr ein Paar.«

Er zuckte die Schultern und stopfte sich seine letzte Fritte in den Mund.

Ich musterte seinen Gesichtsausdruck, konnte ihm aber nichts entnehmen. Er schien … teilnahmslos. »Sie küsst dich immer auf die Wange«, sagte ich. »Hat sie schon mal mehr gemacht als das?«

Er lachte. »Äh, ja.«

»Oh?«

Er grinste mich an. »Das erzähle ich dir nicht.«

»Warum nicht?«

»Weil das unhöflich wäre.«

Ich hob eine Augenbraue. »Es gibt nichts zu erzählen?«

Er zuckte die Schultern. »Nicht viel.«

»Du hast nicht mit ihr geschlafen?«

»Ähm …« Er trommelte mit seinen Fingern auf das Kunststofftablett der Cafeteria. »Doch. Hab ich.«

Ich sah ihn überrascht an. »Wirklich?«

»Du klingst so überrascht.«

»Nein … ich meine, ich … du klingst nur so … so unsicher.«

»Was meinst du damit?«

Ich suchte die Decke über uns nach den richtigen Worten ab, fand sie aber natürlich nicht. »Matt … du hast mich einfach so« – ich schnippte mit meinen Fingern – »dazu gebracht, mit dir zu schlafen, also wieso bringt dich diese Prinzessin dazu, dich so komisch zu verhalten?«

Er lachte. »Okay, also erstens war es überhaupt nicht so.« Er schnippte selbst. »Wir hatten eine Abmachung. Es gab Regeln …«

»Ach ja, stimmt.« Ich nickte, als ob es mir gerade eben wieder eingefallen sei. »Diese Regeln. Habe ich einen Vertrag unterschrieben, von dem ich nichts weiß?«

»Ja.« Er nickte. »Mit Blut.«

»Wow! Wann ist das passiert?«

»In der Nacht, in der du dich über diesen Verbindungsbruder hermachen wolltest. Erinnerst du dich wirklich nicht? Ich habe eine Kopie an dein Büro gefaxt …«

»Erinnere mich daran, meine Assistentin zu feuern.« Ich lachte.

Er schob sein Tablett beiseite und holte einen Stift sowie einen Notizblock aus seinem Rucksack. »Ich schreib dir nur mal schnell die wichtigsten Punkte auf.«

»Super, danke.«

Ein paar Minuten später schob Matt mir den Notizblock zu. Seine Schrift war ein Testosteron-induziertes Gekrakel, aber ich konnte es lesen.

Regeln für Sorbet-Sex

1. *Nach dem Sorbet-Sex muss man die Nacht mit seinem Sorbet-Partner verbringen.*
2. *Man muss danach Freunde bleiben.*
3. *Man muss seinen Sorbet-Partner am nächsten Tag ärgern.*

»Das ist alles?«, fragte ich.

Er verdrehte die Augen. »Na ja, ich kann mich jetzt auf Anhieb nicht an alles erinnern.«

»Steht in diesem Vertrag auch etwas über das Tragen von Hörnern?«

»Das ist rein optional.«

Ich lachte.

»Kannst du behalten.« Er riss die Seite vom Block und gab sie mir.

»Großartig. Das lasse ich von meiner Assistentin laminieren.« Ich steckte den Zettel in meinen Rucksack.

»Sollen wir von hier verschwinden?«

»Ja, lass uns abhauen.« Ich nahm mein Tablett und folgte Matt zum Rückgabeband. »Warte mal – was war denn dein Zweitens?«

»Wovon redest du?«

»Du hast vorhin ›Erstens war es überhaupt nicht so‹ gesagt.« Ich schnippte. »Was ist das Zweitens? Warum benimmst du dich wegen Prinzessin Courtney so komisch?«

Er stellte sein Tablett auf das Rückgabeband und seufzte. »Vergiss es.«

»Ach, komm schon, was ist es?«

»Es wird dir nicht gefallen.«

Ich spürte, wie meine Wangen heiß wurden. »Jetzt *musst* du es mir sagen.«

Er runzelte die Stirn, hielt mir aber die Tür auf, als wir uns zu den winterlichen Southeast-Wohnheimen aufmachten. »Meine Güte, ist das kalt!«, knurrte er. »Sollen wir den Bus nehmen?«

»Auf jeden Fall. Aber du musst es mir trotzdem sagen.«

»Sie ist scharf, okay?« Er hielt seinen Blick auf den Gehweg. »Sie ist echt verdammt scharf.«

Das stimmte, aber ich konnte nicht anders, als innerlich zusammenzuzucken. Ihre Hoheit war schärfer, als ich jemals sein würde, und sie verwandelte Matt in ein schüchternes Häuflein Elend. Ich hingegen hatte noch nie jemanden zum Stottern gebracht oder dafür gesorgt, dass sich jemand nach mir umdrehte. Man redet sich immer ein, dass Kerle an mehr interessiert sind als einem hübschen Gesicht. Aber es stimmt einfach nicht.

Als ich nicht antwortete, sagte er: »Ich habe dir gesagt, dass es dir nicht gefallen wird.«

»Hey, das Herz macht, was es will, richtig?« Ich dachte kurz nach. »Na ja, in deinem Fall ist es wohl nicht das Herz, aber du weißt, was ich meine.«

»Ach komm schon, mehr traust du mir nicht zu?«

»Ich bin nicht jemand, der mit seinem …« Ich stoppte mich im letzten Moment. »Mit reiner Libido denkt.«

Er lachte. »Gut gerettet.«

»Danke.«

»Und erzähl mir nicht, dass du, was ihr Aussehen angeht, nicht ebenso voreingenommen bist wie ich. Nur halt negativ.«

Ich seufzte. »Ich bin sicher, dass sie ganz toll ist, Matty. Ich würde mir nur wünschen, dass sie ein wenig netter zu dir wäre.«

»Matty?«, wiederholte er. Ich hatte ihm nie einen Kosenamen gegeben.

»Wechsle nicht das Thema.«

»Na gut.« Er seufzte. »Du hast recht. Ich wünschte mir das auch.«

»Du klingst wie eine geschlagene Ehefrau.«

Er runzelte die Stirn. »Schon kapiert.«

»Ich sag ja nur – du hast deinem Penis gegeben, was er wollte, und vielleicht ist es jetzt an der Zeit, auch an deine Seele zu denken.«

Er unterdrückte ein Lachen. »Du sagst immer, was du denkst, oder?«

»Ich glaube schon.«

»Könntest du das vielleicht lassen? Nur bei dieser einen Sache?«

»Na gut.« Ich hob kapitulierend die Hände. »Aber wenn du es dir anders überlegst, bin ich jederzeit für einen Realitätscheck für dich da.«

»Ich werde meiner Sekretärin eine Notiz diktieren.«

9

Sieben Jahre zuvor

Am nächsten Tag sahen sich Rachel und ich uns gerade *Grey's Anatomy* an, als Matt an unsere offene Tür klopfte.

»Hey, heute ist Nacho-Bar, kommt ihr mit?«, fragte er.

»Ich hab schon gegessen«, sagte Rachel.

»Aber es ist Nacho-Bar«, protestierte er.

»Ich bin dabei«, sagte ich und stand auf.

»Du verpasst das Ende«, warnte Rachel.

»Das ist *Grey's Anatomy*«, erwiderte ich. »Eine Person wird gerettet, eine andere stirbt, und alle haben Existenzangst. Kannst mir ja später erzählen, ob irgendetwas Interessantes passiert ist.«

Rachel warf mir einen bösen Blick zu. Sie liebte diese Serien. Ich schaute sie mir an, wenn ich nichts Besseres zu tun hatte.

»Bis nachher«, sagte ich.

»Okay.« Die Werbung war vorbei und ihre Aufmerksamkeit wieder ganz auf den Bildschirm gerichtet.

Matt führte mich die Treppe hinunter und über den kalten Platz zum Eingang der Cafeteria. Wir trugen beide keine Jacken, und der eisige Wind fand jedes Loch in meinem Pulli. Sobald wir im Warmen waren, schüttelte ich mich am ganzen Leib.

»Wenn du das machst, erinnerst du mich immer an meinen Hund«, sagte er mir.

»Du erinnerst mich immer an meinen Hund«, erwiderte ich. Irgendwie stimmte das sogar. Matts Augen waren genauso braun wie die von Maxie, meinem Golden Retriever.

»Na toll!« Er schüttelte den Kopf und ging die Stufen zur Theke hinauf.

»Wollte sonst niemand Nachos?«

»Offenbar nicht.«

»Verrückt.« Ich liebte die Nacho-Bar. Wir reihten uns in die kurze Schlange ein und warteten ungeduldig darauf, unsere Tabletts mit Bohnen, Käse, Oliven und Jalapeños vollzuladen.

»Gute Arbeit, Joss«, sagte Matt, als wir an der Kasse standen. Er bewunderte meinen Stapel Essen.

»Ich glaube, wenn ich könnte, würde ich jeden Tag Nachos essen.«

»Ich glaube, dann würden deine Gedärme verrotten.«

Ich steckte mir eine Jalapeño in den Mund und zuckte die Schultern.

»Was, wenn sie blau wären? Würdest du sie dann auch noch immer jeden Tag essen?«

»Nein. Aber ich würde gar nicht wissen, was ich verpasse, weil ich sie niemals probiert hätte.«

Er grinste. »Ich kann nicht glauben, dass du dir durch deine komischen Vorurteile Nachos entgehen lassen würdest.«

»Blaues Essen ist eklig.«

Er lachte. »Du bist total verrückt.«

Der Speiseraum war fast leer, und die meisten Leute hockten vor dem Fernseher, wo *Grey's Anatomy* lief. Wir gingen in einen Bereich, wo fast niemand saß, und suchten uns einen schönen Tisch. Ich setzte mich ihm gegenüber hin und legte meine Füße auf den Rand seines Stuhls.

»Ich muss dir was sagen.« Matt sah mich an.

»Was denn?« Ich beschäftigte mich mit meinen Nachos und

verteilte die Jalapeños so, dass ich mit jedem Bissen ordentlich viel Schärfe mitbekam.

»Weißt du noch, dass du mich gefragt hast, ob ich mit Courtney geschlafen habe?«

»Ja, und du wurdest ganz komisch«, sagte ich und schob mir einen gut bestückten Nacho in den Mund.

»Ja. Darum geht es. Ich glaube, sie erinnert sich gar nicht.«

Sofort bedauerte ich den Bissen. Es war schwer, mich nicht zu verschlucken, als ich »Was?« keuchte.

»Sie tut so, als wäre es nie passiert.«

»Ihr habt es nur einmal getan?«

Er wirkte gereizt, aber antwortete: »Ja. Das erste Mal, als wir miteinander ausgegangen sind.«

»Also, warte mal … und seitdem hast du … was? Einfach nur gewartet?«

»Na ja, wir waren seitdem nicht mehr richtig allein.«

»Und wenn ihr ausgeht?«

»Das ist es ja.« Er zuckte die Schultern. »Wir gehen nicht mal mehr in ihr Zimmer zurück oder so.«

Ich lehnte mich erstaunt zurück. »Wow, Matt …«

Er seufzte. »Ich glaube, sie mag mich gar nicht so besonders.«

Ich überlegte meinen nächsten Schritt gut. Ich war genau seiner Meinung, war mir aber nicht sicher, ob er Bestätigung oder Zuspruch wollte. »Ähm … Warum denkst du das?«

»Na ja, mein erster Hinweis bestand darin, dass ich sie heute mit einem Kerl namens Chuck getroffen habe.«

»Woher weißt du, dass er Chuck heißt?«, fragte ich.

Er seufzte und sah an mir vorbei, als er antwortete. Ich hatte das Gefühl, dass ihm die ganze Sache ziemlich peinlich war. »Sie hat ihn mir vorgestellt.«

Am liebsten wäre ich aufgesprungen, um ihn zu umarmen.

Gleichzeitig fiel es mir schwer, nicht zu lachen. *Armer Kerl.* »Warte, erzähl mir genau, was passiert ist.«

»Ich war nach meinem letzten Kurs in die Sporthalle gegangen, um ein bisschen zu trainieren. Sie kam gerade aus der Umkleide. Ich blieb stehen, um Hallo zu sagen, da kam dieser Typ aus der Männerumkleide und blieb auch bei ihr stehen. Ich hab ihn angestarrt, und sie sagte: ›Oh, tut mir leid, das ist Chuck. Chuck, das ist Matt, er ist mit mir in Afrikanistik.‹ Und ich so: ›Hey, was geht ab?‹, und er sieht sie nur an und sagt: ›Kann's losgehen, Babe?‹« Er wiederholte das, was Chuck gesagt hatte, in einer Idiotenstimme.

»Vielleicht ist er nur einer von diesen Leuten, die alle mit einem Spitznamen ansprechen«, versuchte ich es.

Er sah mich vielsagend an. »Ich bin noch nicht fertig.« Er hatte Courtney gefragt, ob er mal kurz mit ihr sprechen könne, und sie hatte Chuck vorgeschickt. »Ich wollte wissen, ob sie vielleicht am Wochenende was machen wollte. Sie hat mich nur angesehen, als ob ich Altgriechisch spräche. Dann sagte sie plötzlich: ›Mein Freund wartet draußen, Matt. Können wir ein anderes Mal darüber sprechen?‹«

»Autsch«, sagte ich mitleidig.

»Ja. Das war das eindeutigste Indiz.«

»Aber echt.«

»Findest du, ich sollte sie anrufen?«

»Ich finde, du solltest dir lieber einen anderen Platz in Afrikanistik suchen.«

Er seufzte.

»Was für ein Miststück!«

Ein schwaches Lächeln erhellte für einen Moment sein Gesicht.

»Im Ernst, Matt, die ist es nicht wert. Mehr als eine hübsche Fassade hat sie nicht zu bieten.«

Er seufzte wieder und sah an mir vorbei ins Leere. »Es wäre nett gewesen, wenn sie mich auch ein bisschen gern gehabt hätte«, sagte er.

Mein Instinkt wollte, dass ich »Ooooh« sagte, als wäre er ein süßer kleiner Welpe, aber ich wollte seine Gefühle nicht verletzen. »Sie ist zu dumm, um es besser zu wissen.«

Er sah mich wieder an und lächelte. »Danke.«

»Isst du jetzt deine Nachos, oder willst du sie nur anstarren?«

»Ich werde sie essen.« Um seinen guten Willen zu demonstrieren, schob er sich einen großen Nacho mit Soße und allem in den Mund. Als er wieder einigermaßen deutlich sprechen konnte, fragte er: »Und was läuft bei dir so? Triffst du dich mit jemandem?«

Ich lachte. »Nicht seit dem Typen, der mir gesagt hat, dass meine Brüste zu klein seien.«

»Wer war das?«

»Dieser Typ aus Bradley. Jonas.«

»Er hat echt gesagt, sie seien zu klein?«

»Nein, es war eher so: ›Normalerweise gehe ich ja mit Mädchen aus, die eine größere Oberweite haben, aber du bist ganz niedlich.‹«

»Ich entschuldige mich im Namen meines Geschlechts.«

Ich verdrehte die Augen. »Ach was. Er war total betrunken.«

»Macht es die Leute nicht normalerweise ehrlich, wenn sie betrunken sind?«

»Ja. Und unsympathisch.«

»Also nur nebenbei, ich finde sie sehr hübsch.« Matt ließ seinen Blick einen Moment auf meiner Brust verharren.

Nach dieser Bemerkung konnte ich nicht anders, als rot anzulaufen. *Schnell ablenken.* »Du bist so nett, du bist sogar zu meinen winzigen Titten nett.«

Er lachte. »Hast du das gerade wirklich gesagt?«

»Was denn?« Ich sah auf meine Brust. »Ich glaube, wir sind uns einig, dass ich dringend was machen lassen muss, wenn ich Pornodarstellerin werden will.«

»Ich bin echt nicht daran gewöhnt, dass Mädchen so reden.«

Ich zuckte die Schultern. »Was soll ich sagen? Du weckst meinen inneren Proll.«

Er schüttelte den Kopf. »Du bist überhaupt nicht so, wie ich bei unserer ersten Begegnung gedacht habe, das kann ich dir sagen.«

»Was hast du denn gedacht?«

»Keine Ahnung. Vielleicht, dass du in einem Ferienlager arbeitest und eine Kirchengruppe leitest.«

Ich brach in schallendes Gelächter aus. »Tut mir leid, dich enttäuschen zu müssen.«

»Das musst dir nicht leidtun. Ich finde das gut. Du erinnerst nur nicht besonders an eine Kirchengruppe.«

»Ich habe drei Jahre lang im Hundesalon meiner Schwester ausgeholfen. Wenn man dauernd Hundeärsche wäscht, wird man irgendwann ein bisschen prollig.«

Er hob seine Hände. »Das will ich nicht wissen.«

Ich grinste. »Vielleicht ist ja in dir ein bisschen zu viel Kirchengruppe?«

»Hey, ich bin derjenige, der dir vom Sorbet-Sex erzählt hat. Ich bin definitiv kein Bibelkreisleiter.«

»Stimmt.« Ich sah ihn misstrauisch an. »Deine Nettigkeit ist also nur Fassade, um deine schwarze Seele zu tarnen, was?«

Er lachte. »Ich wusste, dass du die richtige Begleitung zur Nacho-Bar bist.«

»Das bin ich immer.« Ich nahm eine Jalapeño vom Teller und steckte sie mir diabolisch lächelnd in den Mund.

Als ich später wieder in mein Zimmer kam, holte ich die *Regeln für Sorbet-Sex* aus meinem Rucksack und schrieb einen weiteren Punkt auf die Liste.

4. Man muss den/die Ex seines Sorbet-Partners hassen.

Ich dachte kurz darüber nach, ihm die Liste direkt zu bringen, entschied mich aber dagegen. Ich verstaute den Zettel wieder dort, wo er vorher gewesen war.

»Was von Courtney gehört?«, fragte ich ihn ein paar Tage später, als wir nach dem Abendessen unsere Post checkten.

»Nö.« Er betonte das N und schlug sein Postfach unnötig fest zu.

Ich bemühte mich um einen neutralen Gesichtsausdruck. »Bist du schon wütend?«

»Fast.«

»Gut.«

»Du magst sie nicht besonders, oder?«, fragte er, während er von seinem kleinen Poststapel aufsah.

Statt einer Antwort kramte ich in meinem Rucksack herum und suchte nach den Regeln. Als ich die Liste gefunden hatte, gab ich sie Matt. »Ich habe eine neue Regel aufgeschrieben.«

Er las sie und lachte. »Nett.«

»Ich befolge also nur die Regeln.«

»Ist das … ein Angebot?« Er sah mich nicht einmal an, während er fragte, sondern trat nur zur Seite, als ein paar Leute aus den Gemeinschaftsräumen kamen.

»Ich bin … verfügbar. Nur damit du Bescheid weißt.« Meine Ohren wurden ganz heiß. Trotz all der Dates, die ich in den letzten Monaten gehabt hatte, war ich nicht daran gewöhnt, den ersten Schritt zu tun. Es war ziemlich aufregend.

Er lächelte. »Danke.«

Wir gingen nebeneinander her.

»Ich wünschte, ich wäre schärfer«, sagte ich.

»Was? Warum?«

»Damit du Ihre Hoheit mit mir eifersüchtig machen könntest.«

Matt lachte wieder. »Weißt du, Joss, obwohl du nach außen so niedlich wirkst, bist du ganz schön hinterhältig.«

Ich grinste ihn an. »Ich denke dabei nur an dich.«

»Das weiß ich zu schätzen.«

»Und niedlich ist genau das Problem, das ich meine. Ich bin wie ein kleines Eichhörnchen oder so was. Du brauchst ein verdammtes Einhorn, um Ihre Hoheit eifersüchtig zu machen.«

»Ein Eichhörnchen?«, wiederholte er.

»Ach komm schon. Ich habe rote Haare und Sommersprossen. Die kleine Waise Annie hat nie jemanden eifersüchtig gemacht.«

»Es ist eher so ein Rotblond«, konterte er.

»Meine Mutter hat es immer *erdbeer*blond genannt.« Ich zog das Wort in die Länge und verdrehte die Augen.

»Wie auch immer.« Er öffnete die Tür zu unserem Wohnheim und winkte mich an sich vorbei. »Du siehst nicht aus wie die kleine Waise Annie.«

»Danke.«

»Oder ein Eichhörnchen.«

Ich lachte. »Na, da bin ich aber erleichtert.«

Wir blieben im Eingangsbereich stehen, und unsere Blicke trafen sich. »Ich müsste eigentlich … meinen Shakespeare-Aufsatz fertig schreiben.«

»Womit du anfangen meinst?«

»Genau.«

Ich nickte. »Das dachte ich mir.«

Er hielt die Regeln gefaltet zwischen zwei Fingern hoch. »Danke.«

»Aber immer.«

Als ich eine Woche später in den Afrikanistikkurs kam, war ich überrascht, Matt an unserem üblichen Platz im Hörsaal zu sehen. Das bedeutete, dass Ihre Hoheit in der Nähe sitzen würde.

»Ich dachte, du wolltest dir einen neuen Sitzplatz suchen«, sagte ich.

Er zuckte die Schultern. »Wenn sie so tun kann, als wäre nichts passiert, kann ich das auch«, antwortete er.

»Mutig.«

Ein Test stand an. Wir wurden angewiesen, nur an den Tischen mit ungeraden Zahlen zu sitzen, damit zwischen uns Platz war, und der Dozent verteilte die Testblätter. Die Aufgaben waren leicht – Multiple-Choice-Fragen –, und ich war lange vor Ende der Stunde fertig. Ich gab meinen Test ab und ging nach draußen. Ich wollte auf Geena und Matt warten, um sie zu fragen, wie es bei ihnen gelaufen war.

Geena kam kurz nach mir raus und fand ebenfalls, dass der Test leicht gewesen sei. Sie nutzte die Gelegenheit, ein bisschen früher bei ihrer nächsten Prüfung zu sein, und ließ mich allein zurück. Ein paar Minuten später kam Courtney heraus, und ich entschied mich, die Klügere zu sein, die nachgab.

»Hey, Courtney!« Ich winkte ihr zu. »Wie ist es gelaufen?«

»Ganz gut.« Sie zuckte die Schultern. »Nicht besonders schwer.«

»Cool. Hast du heute noch mehr Prüfungen?«

»Nein, ich muss nur noch eine Hausarbeit abgeben.« Ihr Akzent war nicht so stark wie bei den anderen von der Ostküste, aber er war immer noch deutlich hörbar. Für mich klang es immer so, als hätten sie ein paar Murmeln im Mund und versuchten, sie nicht zu verschlucken.

»Super.« Ich sah Matt, der aus dem Hörsaal kam, und rief seinen Namen.

»Hey, Joss.« Er kam zu uns und nickte Ihrer Hoheit zu. »Was läuft, Courtney?«

»Was denkst du?«, fragte ich ihn.

»Keine große Sache.«

»Toll, dann lass uns von hier verschwinden«, sagte ich.

»Nichts wie weg.« Er zog den zweiten Träger seines Rucksacks über seine Schulter und lächelte Ihre Hoheit an. »Bis dann, Court.«

Wir waren erst ein paar Stufen entfernt, als sie hinter Matt herlief und ihn mit einer perfekt manikürten Hand aufhielt. »Hör mal, Matt, wegen letztens …«

»Keine große Sache«, wiederholte er.

»Es ist nur, dass Chuck ziemlich eifersüchtig sein kann …« Sie zog eine hübsche kleine Schnute.

»Und es gibt ja nichts, auf das er eifersüchtig sein müsste, oder?«, fragte er mit einem Gesichtsausdruck, der besagte, dass sie ein wenig verwirrt, wenn nicht sogar total verrückt war.

»Oh …« Sie verbarg ihre Überraschung nicht besonders gut. »Ich schätze nicht.«

»Cool. Bis dann!« Er wandte sich von ihr ab, und ich hakte mich bei ihm ein.

Als wir ganz außer Hörweite waren, flüsterte ich: »Das war irre! Ich bin so stolz auf dich!«

»Vielen Dank.«

»Bist du echt so cool, oder war das nur so eine Sache von richtiger Ort, richtige Zeit?«

»Natürlich bin ich wirklich so cool.« Er warf mir einen Blick zu, um zu sehen, ob ich ihm das abkaufte. Das tat ich nicht. »Okay, na gut. Ich bin nass vor Angstschweiß.«

»Tja, dann solltest du dem Hersteller deines Deos mal einen Dankesbrief schreiben, denn du, mein Freund, wirkst absolut gelassen, cool und gesammelt.«

Er lachte. »Ich werde meinen Assistenten etwas aufsetzen lassen.«

Am Abend war ich gerade mitten in einer fesselnden Runde Candy Crush, als mein Handy klingelte und ich dadurch meinen Punktestand total versaute. Ich warf dem Foto auf dem Display einen bösen Blick zu, bevor ich dranging.

»Ich war kurz davor, Level zweihundertfünfunddreißig zu schaffen, Matt!«

»Du musst das Spiel unterbrechen.«

Ich stieß ein Seufzen aus. »Was ist los?«

»Ähm … ich … ich muss dich sehen. Kannst du zu mir runterkommen?«

Ein Schauer lief mir über den Rücken, und meine Verärgerung war auf der Stelle wie weggeblasen. Ich war mir ziemlich sicher, dass ich wusste, was er wollte. »Gibst du mir ein paar Minuten?«, fragte ich.

»Okay.« Er atmete ein paarmal tief durch. »Chris ist heute Abend weg.«

»Oh!« Meine Stimme brach, und ich räusperte mich. »Okay.«

»Dann bis gleich!«

»Bis gleich!«

Ich warf mein Handy aufs Bett und schnappte mir meine Duschsachen. Wenn Matt vorhatte, mein Sorbet-Angebot anzunehmen, wollte ich dafür sorgen, dass es sich lohnte.

Meine Vorbereitungen dauerten etwa zwanzig Minuten,

dann musste ich eine Entscheidung bezüglich meiner Garderobe treffen.

Rachel hatte sich auf ihr Hochbett zurückgezogen, um ein Ferngespräch mit ihrem Freund zu führen. Sie achtete nicht darauf, wie ich meine Unterwäsche durchging. Ich hatte hübsche Unterwäsche immer schon gemocht. Es war die weiblichste Seite an mir. Mit neunzehn war meine Sammlung weder riesig noch besonders gut bestückt, aber ich nahm mir trotzdem Zeit, meine Highlights herauszusuchen. Was ich darüber trug, war nicht so wichtig, solange ich etwas aus Seide oder Spitze darunter anhatte, wie ein Superheldenkostüm, das auf die große Enthüllung wartete.

»Gute Nacht, Rach«, sagte ich beim Hinausgehen.

»Was?« Sie sah zu mir. »Oh … bis nachher!«

»Du schläfst wahrscheinlich schon, wenn ich zurückkomme.«

»Okay.« Sie winkte mir abgelenkt zu, und ich schloss die Tür.

Dann atmete ich tief durch und begab mich durch die diversen Wolken aus Lärm- und Luftverschmutzung, die für ein Wohnheim so typisch sind, zur Treppe.

Im ersten Stock ging ich zu Matts Tür. Sie war nicht geschlossen, also drückte ich sie vorsichtig auf.

»Matt?«, fragte ich.

»Hey, Joss. Komm rein.« Er saß an seinem Schreibtisch.

»Soll ich die Tür schließen?«

»Ja, mach mal.«

»Okay.« Ich lehnte mich gegen die Tür, bis sie einrastete, und legte das Schloss vor. »Ist alles in Ordnung?«

»Mh-hm.« Er stand auf und kam in die Mitte des Zimmers.

»Was ist los?« Ich trat ein paar Schritte auf ihn zu.

»Ich hab eine Du-kannst-mich-mal-Mail von Courtney bekommen.«

»Ernsthaft? Was bildet sie sich eigentlich ein?«, fragte ich.

Er lächelte. »Ich hatte gehofft, dass du das sagen würdest.«

»Was hast du denn gedacht, das ich sagen würde?«

»Wie nennst du sie noch mal immer?«

»Ihre Hoheit?«, fragte ich.

»Genau das …« Er nickte. »Was für eine Zicke!«

»Willst du mir die Mail zeigen?« Ich ging weiter auf ihn zu.

Er seufzte. »Nein, ich glaube, meine Beschreibung von eben fasst sie ganz gut zusammen.«

Ich konnte nicht anders, als ein mitleidiges Gesicht zu machen.

»Also. Steht … steht das Angebot noch?«, fragte er, während er die letzten paar Schritte zwischen uns zurücklegte.

Ich lächelte. »Auf jeden Fall.« Ich stellte mich auf die Zehenspitzen und küsste ihn. Dabei legte ich sanft meine Fingerspitzen auf seine Schultern, um mich abzustützen. Er packte mich an den Hüften und zog mich zu sich. Überrascht stolperte ich fast. Da er größer war als ich, fiel ich nur gegen ihn und nicht auf den Boden. So wie er mich dabei hochhob, schien es für ihn in Ordnung zu sein. Ich hakte ein Bein um seine Taille und tat mein Bestes, um mich festzuhalten.

Mein Körper reagierte schnell – es bestand ein unbestreitbarer Nervenkitzel in dem Wissen, nicht entscheiden zu müssen, wie weit ich die Dinge gehen lassen würde. Ich legte den Arm um Matts Hals und küsste ihn. Er machte eine zögerliche Bewegung auf das Bett zu, und ich zog mich zurück.

»Ist das nicht das Bett von Chris?«

»Es ist frisch bezogen«, sagte er nur.

»Okay, gut.« Ich wandte mich wieder seinem Mund zu. Ich liebte das Gefühl seiner Lippen und Zunge an meinen. Er war immer noch ein wirklich guter Küsser, obwohl ich inzwischen ein wenig Erfahrung hatte, um vergleichen zu können, und ich hatte vor, sie zu nutzen.

Er setzte sich auf das Bett und zog mich zu sich hinunter. Dabei stießen wir mit den Zähnen gegeneinander.

»Au!«, rief ich und überprüfte meine Lippen nach Blut.

»Oh, tut mir leid! Alles okay?«

Ich brachte ihn mit meinem Mund zum Schweigen, und er schien das als positive Antwort zu werten. Wir ließen uns auf die Matratze fallen, und ich streifte meine Schuhe ab. Sie fielen auf den Boden. Dann setzte ich mich kurz auf, zog meinen Pullover aus und machte mich an das T-Shirt darunter.

»Soll ich das Licht ausmachen?«, fragte Matt.

»Nein, egal«, murmelte ich, während ich mit dem T-Shirt kämpfte. Ich wollte ihn auf der Stelle und scherte mich nicht um die Atmosphäre.

Er lachte, breitete aber seine Hände über meinen entblößten Bauch und strich mit seinen Daumen über die Spitze an meinem BH. »Hübsch.«

»Danke.« Ich war froh, dass ich mir die Zeit genommen hatte, sorgfältig auszuwählen.

Es erforderte einiges an Teamwork, um die restlichen Schichten unserer Wisconsin-Winterkleidung auszuziehen, aber irgendwann hatten wir es geschafft und waren nackt unter der Decke. Matts Hände wanderten eifrig über meinen Körper, während ich meine Bemühungen auf seinen Mund konzentriert hielt. Ich mochte schon immer gerne küssen, und das war es, was ich am meisten an einer fehlenden festen Beziehung vermisste. Seit meiner Trennung von Ben hatte ich einiges an Küssen gesammelt, aber niemand küsste wie Matt. Ich wollte so viel davon kriegen, wie ich konnte.

»Du hältst niemals still, oder?«, murmelte Matt, als ich mit meinem Fuß über sein Schienbein strich.

»Warum sollte ich?«, fragte ich lächelnd. Um die Wahrheit zu sagen, machte mir das wahnsinnig viel Spaß. »Nur so.« Er rückte mich so zurecht, dass wir uns ansehen konnten, dann schob er eine Hand zwischen uns nach unten. Als er genau die richtige Stelle berührte, stockte mir der Atem, und ich drängte mich an ihn.

»Das musst du nicht …«, sagte ich, während meine Bewegungen meinen Worten auf das Heftigste widersprachen. »Hier geht es um dich.«

»Wir müssen beide etwas davon haben. Das steht in den Regeln.«

»Mmm …« Es wurde schwer, sich zu konzentrieren, aber ich gab mir Mühe. »Hat mir dein Assistent eine überarbeitete Kopie gegeben?«

»Ich habe ein Memo verschickt.«

An diesem Punkt konnte ich nicht mehr sprechen, auch wenn sich mein Mund weiterbewegte, während ich um Atem rang. Mit meinem letzten Rest Selbstkontrolle packte ich seine Handgelenke und machte die Augen auf. Zu meiner Verlegenheit musste ich feststellen, dass er mich angrinste. Ich kniff meine Augen wieder fest zu und sagte: »Bitte. Jetzt.«

»Aber …« Er begann zu protestieren, doch ich grub meine Finger in seine Schulter. »Okay. Bleib dran.«

»Beeil dich.« Er lehnte sich zurück und zog sich ein Kondom über. Dann riss ich ihn fest an mich. Als er eindrang, stöhnten wir beide auf, was uns sofort danach zum Lachen brachte.

»Tut mir leid, es ist eine Weile her«, sagte ich.

»Für mich auch.« Er küsste mit offenem Mund mein Kinn.

»Was war mit Ihrer Hoheit?«

»Eine Weile her, seit irgendwas Gutem«, gab er zu, und ich verspürte ein unerwartetes Triumphgefühl. Ich feierte den Moment, indem ich mich auf ihn setzte und seine Rippen mit meinen Knien einklammerte.

Danach dauerte es nicht mehr lange. Er schwitzte, als ich

mit ihm fertig war, und ich zögerte nur kurz, bevor ich mich auf ihn legte. »Ist das okay?«, fragte ich. »Oder bin ich zu schwer?«

»Sei nicht so ein Mädchen«, erwiderte er.

»Was soll das bedeuten?«

»Du bist für niemanden über zwölf zu schwer.«

»Sind wir jetzt schon wieder beim Beleidigungsteil angelangt?«

»Ja.« Matt legte seine Arme um meinen Nacken und küsste mich.

»Ich dachte, dieser Teil hört auf, wenn wir beim Ärgern sind«, sagte ich, während ich ihm mit den Fingerspitzen über die Lippen fuhr.

»Dieser Teil hört erst auf, wenn du wieder angezogen bist.«

»Aber die Beleidigungen fangen sofort an?«

»Jetzt hast du es verstanden.« Wir trennten uns.

»Da habe ich ja einen ziemlich komplizierten Vertrag unterschrieben.«

Er stieg aus dem Bett und zog sich seine Boxershorts an. »Ja. Ich hätte ihn mir an deiner Stelle gründlicher durchgelesen.«

Ich setzte mich auf und zog die Bettdecke über mich. »Zukünftige Verträge von dir werde ich von meinem Anwalt prüfen lassen.«

»Ist wohl besser.« Er zog sich ein T-Shirt über. »Ich bin in einer Minute zurück. Nicht weglaufen.«

Ich lächelte. »Ich bin vertraglich dazu verpflichtet zu bleiben.«

»Ach, stimmt ja …« Er klang aufrichtig erfreut.

Wir verbrachten die Nacht zusammen und sprachen über alles Mögliche. Anders als an Halloween war es erst zweiundzwanzig Uhr, und wir waren überhaupt nicht müde. Es war nett, einfach nur Zeit miteinander zu verbringen. Ich zog eines von Matts T-Shirts an, ließ aber meine Hose weg, um mir die

Option zum Knutschen offenzulassen. Ich wusste, es war nur eine alberne Formalität, aber ich liebte das irgendwie. Unsere Abmachung hing davon ab, dass wir uns an die Regeln hielten, und ohne sie würden wir uns nach dieser Nacht nicht mehr als Freunde begegnen können. Es wäre zu verwirrend.

Am Morgen musste ich in mein Zimmer zurück, um meine Jacke und meinen Rucksack für den ersten Kurs zu holen.

»Warte einen Moment«, sagte Matt und beugte sich über seinen Schreibtisch.

»Was denn?«

Er hob um Geduld bittend den Zeigefinger und schrieb weiter. Schließlich reichte er mir den inzwischen ziemlich zerknitterten Zettel, auf dem die *Regeln für Sorbet-Sex* standen. Er hatte ein paar Ergänzungen gemacht:

5. *Beide Partner müssen etwas von der Begegnung haben.*
6. *Der Ärgerteil beginnt sofort nach der Sorbet-Begegnung.*
7. *Die Sorbet-Begegnung ist erst dann offiziell vorbei, wenn beide Partner vollständig angezogen sind.*
8. *Der besuchende Partner muss in der gleichen Kleidung gehen, in der er gekommen ist. Er darf keine Sachen zum Wechseln mitbringen.*

»Was soll denn die letzte Regel?« Ich hob fragend die Augenbraue.

Er zuckte die Schultern. »Ich fand es irgendwie witzig.«

»Ach so.«

Er legte den Arm um mich und gab mir einen freundschaftlichen Kuss auf meinen Mundwinkel. »Danke, Joss.«

»Aber bitte.«

10

Gegenwart

Ich ging noch einmal durchs Haus und sah nach, ob irgendetwas meine Aufmerksamkeit erforderte, da ich wusste, dass ich erst morgen wieder zurückkommen würde. Dewey freute sich zuerst, eine extragroße Portion Katzenfutter zu bekommen, doch nach einem Moment der Innenschau sah er mich vorwurfsvoll an. Er wusste, was das bedeutete – er würde heute Abend allein sein.

»Tut mir leid, Kumpel«, sagte ich und kraulte ihn hinter den Ohren. »Matt geht vor. Das ist so eine Collegesache … du verstehst schon.«

Ich kniete mich hin und schüttelte meine Locken. Er schlug halbherzig danach und drehte mir dann sein Hinterteil zu.

»Igitt! Na danke!«

»*Miau*.«

»Hab einen schönen Abend, Kumpel.«

Ich zog meine Jacke über und schnappte mir die große Schultertasche, die ich für heute Abend als Handtasche tarnen würde. Sie war voller Dinge, die laut unseren Regeln eigentlich nicht erlaubt waren: saubere Unterwäsche, ein paar Toilettenartikel und mein Ladekabel. Mein Handy wäre in ein paar Stunden tot, wenn ich es nicht über Nacht wieder aufladen würde.

»Du hast das Sagen, Dewey. Keine wilden Partys«, rief ich

ins leere Wohnzimmer. Der Kater war verdächtig abwesend. »Meinetwegen. Schmoll ruhig. Bis morgen dann.«

Ich warf meine Tasche ins Auto und schrieb Matt noch schnell eine Nachricht: *Bin auf dem Weg. Soll ich wirklich nichts mitbringen?*

Ich war gerade aus der Garage gefahren, als die Antwort kam. *Alles bereit. Bis gleich!*

Ich stellte über mein Handy eine Playlist aus dem College an und fuhr Richtung Schnellstraße. Doch das erste Lied, das kam, ließ mich fast von der Straße abkommen. Nicht das Lied selbst, aber die Tatsache, dass ich es schnell überspringen musste. Es erinnerte mich viel zu sehr an einen meiner Exfreunde, der besser vergessen bleiben sollte …

Sieben Jahre zuvor …

Ein paar Wochen nach dem Courtney-Sorbet-Vorfall dachte ich immer noch viel zu sehr über Matts Lippen auf meinen und seine Hände auf meinem Körper nach. Ich wusste, dass ich mich ablenken musste, weil Matt eindeutig nicht als fester Freund infrage kam. Er war zu nett, zu ausgeglichen – er war ein toller Kumpel, aber ich mochte Typen, die ein wenig leidenschaftlicher waren. Es war seltsam, dass ich gleichzeitig stolz auf Matt war, weil er die Geschichte mit Courtney so gut gehandhabt hatte, in meinem Herzen jedoch wusste, dass ich an Courtneys Stelle irgendeine große Geste erwartet hätte, um mich zurückzugewinnen. Das war das eigentliche Problem – er war vollkommen unromantisch. Ich wollte aber Romantik in meinem Leben. Courtney wahrscheinlich auch, und Matt war einfach nicht der Typ dafür. Er war ein toller Kerl, aber nicht ihrer. Oder meiner. Wir waren nicht füreinander bestimmt, und ich musste jemanden finden, der eher mein Typ war.

Und dann traf ich Alex.

Er sah mich an einem Sonntagmorgen in meinem Pyjama und mit meiner Brille – die ich kaum trug, außer wenn ich die Laufbandnachrichten im Fernsehen der Cafeteria lesen wollte. Ich hätte ihn ignorieren sollen. Doch während wir darauf warteten, dass der Toaster frei wurde, begann er zu lachen.

»Was machst du da?«, fragte er.

Ich sah von meiner Schale Frühstücksflocken auf. »Ähm … ich sortiere die blauen aus.«

»Und warum?«

Irgendetwas sagte mir, dass ich nicht komplett ehrlich sein sollte. »Die mag ich nicht so gerne.«

Er lachte wieder. »Ganz schön seltsam. Ich bin Alex.«

»Jocelyn.«

Der Typ, der den Toaster gekapert hatte, war endlich fertig, und Alex trat beiseite. »Ladies first.«

Ich verspürte den Drang, meine Brille in den nächsten Mülleimer zu werfen und meinen Pferdeschwanz zu lösen. Ritterlichkeit bringt mich dazu, die Art Dame zu sein, die solche Aufmerksamkeit verdient. »Danke«, sagte ich und steckte meine Brotscheibe in den Toaster.

»Magst du vielleicht mit mir frühstücken?«

Dieses Mal hob ich die Hand unwillkürlich an meine Brille. Gott, war das peinlich! »Ich, äh, ich …«

»Bitte?«, fragte er mit einem unwiderstehlichen Welpenblick.

»Okay.« Die ganze Zeit über, während wir darauf warteten, dass unsere Toasts fertig wurden, und nach einem Platz suchten, musste ich mir gut zureden. Am liebsten hätte ich ihm gesagt, dass ich gleich wieder da sei, und wäre in mein Zimmer gelaufen, um mich ordentlich anzuziehen und meine Brille loszuwerden. Aber mir fiel einfach nicht ein, wie ich das auch nur mit einem Hauch Raffinesse durchziehen könnte.

Es schien ihm aber auch egal zu sein.

Das Frühstück war für Alex und mich nur der Anfang. Danach trafen wir uns zum Lernen in der Bibliothek. Was natürlich nur ein Vorwand war, da wir keine gemeinsamen Kurse hatten und er zwei Jahre weiter war. Schon bald waren es Filme und Konzerte im Studentenwerk und Spaziergänge im Botanischen Garten. Er hatte ein Einzelzimmer im Wohnheim für Studenten im letzten Jahr, und die Privatsphäre dort war himmlisch.

Als die Sommersemesterferien kamen, wollte ich nicht nach Hause.

Am letzten Tag, an dem die Cafeteria geöffnet hatte, ging eine Tutorin durch den Eingangsbereich und suchte nach Leuten, die in die Cafeteria wollten. Sie hatte auf ihrer Mensakarte noch eine Menge Geld übrig und wollte es aufbrauchen. Ich war gerade in Matts Zimmer und zog mir eine seiner CDs auf meinen Computer. Wir entschieden, ihr Angebot anzunehmen.

»Kommst du jetzt eigentlich mit zum Cottage?«, fragte er, während wir mit etwa einem Dutzend anderer Leute Richtung Cafeteria gingen. Matts Eltern hatten ein Teilzeitwohnrecht in einem Erholungsort am Lake Michigan. Matt wollte dort über den vierten Juli hin, und ich hatte ihm noch keine endgültige Antwort gegeben.

»Ähm …«

»Ach komm schon, ich bin sicher, dass Darcy dich mal für einen Freitag entbehren kann. Sie ist deine Schwester.«

»Darum geht es gar nicht. Es ist nur …« Ich presste meine Lippen zusammen.

»Alex«, beendete er meinen Satz grimmig.

Wir waren nicht gerade einer Meinung, was meinen Freund anging. »Er macht sich halt Gedanken.«

»Worüber?« Matt breitete fragend seine Arme aus.

»Na ja, er kann halt nicht mit. Man kann ihm kaum verübeln, dass er sich Gedanken macht, was passieren könnte.«

»Doch.«

»Matt …«

Er hob die Hand, um mich zu unterbrechen. »Okay, schon gut. Mach, was du willst … die Einladung steht jedenfalls. Es wird bestimmt lustig. Alle sind dabei.«

»Jocelyn!« Alex' Stimme erklang von der anderen Seite des Platzes.

»Wenn man vom Teufel spricht …«, murmelte Matt.

»Hör auf«, sagte ich und sah ihn böse an.

Alex näherte sich uns im Laufschritt und legte seinen Arm um meine Taille. »Hallo, Schatz.« Dann nickte er Matt kurz zu. »Hey, Mann.«

Matt nickte zurück. »Ich habe Joss gerade gesagt, dass sie echt versuchen soll, am vierten Juli zum Ferienhaus meiner Eltern zu kommen. Das wird ganz toll.«

Alex' Griff um meine Taille verstärkte sich. Wir hatten uns nun deutlich von den anderen Leuten, die in die Cafeteria wollten, entfernt. »Ja, sie hat mir davon erzählt. Aber leider können wir ja nicht.« Er zog mich an sich und küsste meine Schläfe. »Ich hab versucht, dich anzurufen, Jocelyn.«

»Tut mir leid.«

»Gut, dass ich immer weiß, wo du steckst.« Er lachte ein wenig.

»Hmm. Ich seh dich dann wohl später, Joss.« Matt winkte und ging ein paar Schritte weiter, bevor er sich zu mir umdrehte. »Aber bitte versuch es, okay?«

»Ich versuche es«, erwiderte ich.

Er drehte sich wieder um, und Alex massierte meinen Rücken, während wir Matt davongehen sahen. »Du denkst doch nicht wirklich darüber nach hinzufahren, oder?«, fragte er.

Ich zuckte die Schultern. »Keine Ahnung. Es wird bestimmt nett. Viele meiner Freunde werden dort sein.«

»Aber du weißt doch, dass ich wegen einiger Kurse den Sommer über in Madison bleiben muss, Schatz.« Er sah mich mit diesem Welpenblick an, den ich immer so unwiderstehlich fand. »Es wird ohnehin schon schrecklich, von dir getrennt zu sein. Du würdest doch nicht ohne mich gehen wollen, oder?«

»Na ja, nein …« Ich steckte meine Hände in die Hosentaschen. »Könntest du nicht wenigstens das Wochenende vom vierten Juli frei machen? Wir könnten zusammen hinfahren.«

Er lächelte und küsste meine Stirn. »Ich bin sicher, dass uns etwas Besseres einfallen wird als das.«

»Aber es wird bestimmt toll. Matt sagt, dass das Ferienhaus seiner Eltern großartig ist.«

Alex blickte in Richtung Cafeteria. »Dieser Kerl will dich nur ins Bett kriegen.« Er runzelte die Stirn. »Mir gefällt einfach nicht, wie er dich immer ansieht.«

Schuldgefühle nagten an mir. Ich hatte Alex nie erzählt, dass Matt mein Sorbet-Kumpel war, und würde es natürlich auch nie tun. »So ist das nicht. Matt und ich sind Freunde.«

Alex' Stirnrunzeln vertiefte sich, dann atmete er aus und umarmte mich. »Kannst du es mir übel nehmen, dass ich dich ganz für mich allein haben will? Du bist so wunderschön. Wer würde dich nicht wollen?«

Ich genoss den Schauer, den seine Worte über meinen Rücken laufen ließen, auch wenn ein Teil von mir seine Frage mit *Jeder außer dir?* beantwortete. Er himmelte mich an und schien keine Ahnung zu haben, dass ich … nur ich war. »Du bist so süß«, sagte ich.

Er küsste mich wieder auf die Stirn. »Und, was hast du getrieben? Ich hab dreimal versucht, dich anzurufen, bevor ich mich auf die Suche nach dir gemacht habe.«

Ich hatte mein Zimmer verlassen, aber ich wusste, dass ich lügen musste. »Ich habe Jessie bei ihrem Hochbett geholfen. Hab es nicht klingeln gehört.«

Er lächelte. »Ich wünschte, du würdest nicht nach Hause fahren. Ich hasse es, nicht zu wissen, wo du bist oder was du tust …«

»Keine Sorge, ich werde bei meinen Eltern wie Rapunzel in ihrem Turm hocken, im Hundesalon arbeiten und mit meinen alten Highschoolfreunden abhängen. Mehr nicht.«

»Und mich besuchen. Jedes Wochenende. Weil du es nicht aushältst, von mir getrennt zu sein.«

Ich lachte. »Na klar. Und das. Wirst du mich denn gar nicht besuchen?«

»Willst du wirklich, dass ich den Bus nehme? Du kannst doch einfach herfahren.«

»Stimmt, du hast recht. So machen wir es.«

»Braves Mädchen.« Er lächelte. »Warte, ich hab eine Idee. Was hältst du davon, wenn ich meine wunderschöne Freundin richtig zum Essen ausführe, damit sie etwas Besseres zu essen bekommt als diesen Cafeteria-Müll?«

»Davon halte ich viel.« Ich lächelte, und er drückte mich selig seufzend an sich. Ich wollte auch gar nicht nach Hause. Ich wollte bei Alex bleiben. Durch ihn fühlte ich mich wie ein kostbarer Diamant, und ich fand es großartig, dass er mich für den Hauptgewinn hielt, den er errungen hatte. Er war absolut davon überzeugt, dass jeder Junge, den ich kannte, mich ihm ausspannen wollte. Ich wusste, dass er damit absolut falschlag, aber das gehörte zu den Gründen, warum ich unsere Beziehung so liebte. Mit seinem Beschützerinstinkt erinnerte er mich an Ben, doch im Gegensatz zu meinem Exfreund war er kein fremdgehendes Arschloch.

Jessie und ich fuhren am Feiertag gemeinsam nach Door County. Sie hatte mich auf ihrem Weg von Illinois in Milwaukee abgeholt, und wir waren beide froh, die Reise nicht allein antreten zu müssen. Drei Stunden Fahrt, die in einer fieberhaften Suche nach kleinen, unmarkierten Straßen enden würden, waren nichts, was man allein auf sich nehmen sollte.

»Ich kann einfach nicht glauben, dass das der gleiche See ist, den ich unten in Chicago gesehen habe«, sagte Jessie, die ihr Gesicht gegen das Beifahrerfenster presste.

»Tja, ist aber so«, sagte ich. »Und es ist der gleiche See wie drüben in Michigan und an der oberen Halbinsel.«

Jessie streckte mir die Zunge raus, grinste aber. Sie hatte nicht aufgehört, den See zu bestaunen, seit er in Sicht gekommen war.

»Ich bin so froh, dass du mitgekommen bist!«, quietschte sie. »Es wäre total bescheuert gewesen, allein zu fahren!«

»Ich wünschte nur, Alex hätte mitkommen können.«

»Du siehst ihn doch ohnehin die ganze Zeit, das wird dir guttun.«

»Die Wochenenden sind nicht die ganze Zeit.«

Sie verdrehte die Augen. »Wie auch immer. Er ist derjenige, der sich deswegen wie ein Idiot benimmt.«

Ich sagte nichts, obwohl ich selbst ziemlich sauer auf Alex war. Aber ich wollte nicht darüber reden. Es auszusprechen würde bedeuten, es zuzugeben, und aus Gründen, die ich mir selbst nicht richtig erklären konnte, wollte ich nicht zugeben, was mit meiner Beziehung zu Alex nicht stimmte. Es galt, Stellung zu beziehen, und da ich von Freunden umgeben war, die nur zu gerne meine Seite vertreten würden, fiel es mir umso schwerer, mich daran zu erinnern, dass Alex lieb und wundervoll war und mich vergötterte. Er war wegen seiner Sommerkurse nur furchtbar gestresst. Und getrennt zu sein war viel schwerer, als wir erwartet hatten. Ich war mir sicher, dass er mich nicht hatte aufregen wollen. Wahrscheinlich war ihm nicht einmal bewusst, dass er es getan hatte.

Nicht, dass er es hätte wissen können – er war mit »einem Kumpel« zelten. Er hatte gewollt, dass ich ihm versprach, nicht zu Matt zu fahren, während er weg war, aber ich war dem Thema ausgewichen. Er dachte jedenfalls, dass ich nicht gehen würde, und ich wusste, dass es doch der Fall sein würde. Wir würden uns darum kümmern, wenn er wieder in Reichweite eines Handymastes war.

»Bringt Matt übers Wochenende eigentlich, ähm, ein Mädchen mit?«, fragte Jessie.

Ich lachte. »Du meinst außer dir, mir, Geena und Annemarie?«

»Ja.« Sie lehnte sich vor und stellte die Lautstärke des Radios auf fast unhörbar. »Ich meine, ist er gerade mit jemandem zusammen?«

»Oh! Nicht, dass ich wüsste. Als ich mit ihm das letzte Mal gesprochen habe, gab es niemanden.«

»Hm.«

Ihre Bemühungen, beiläufig zu klingen, waren erbärmlich. »Stehst du auf Matt?«, fragte ich.

»Nein, ich …«, stotterte sie. »Er ist nur … er ist echt nett, mehr nicht, und ich dachte …«

Mein Fuß ging vom Gas, und das Auto wurde langsamer.

»Was? Was hab ich gesagt?«

»Jess …« Was zum Teufel sollte ich ihr sagen? Die Wahrheit? Etwas total Erfundenes, um sie abzuschrecken.

»Du findest, das ist eine schlechte Idee, oder?«, fragte sie.

»Das ist es nicht …«

»Mag er mich nicht? Hat er das gesagt?«

»Nein! Natürlich nicht.« Ich zwang mich dazu, den Wagen wieder auf die Mindestgeschwindigkeit zu bringen. »Ich, ähm … es ist nur, dass ich irgendwie …«

»*Du* magst ihn, ist es das?«, fragte sie. »Aber du bist doch mit Alex zusammen!«

»Das weiß ich! Gott! Alex ist total verrückt nach mir, und wir sind übrigens vollkommen glücklich …«

Sie schnaubte.

»Ich habe mit ihm geschlafen.«

»Ach was!«

»Nicht mit Alex. Mit Matt.«

»*Was?*«, quietschte sie.

Schließlich erzählte ich ihr die ganze Sache und ließ dabei nur die irrelevanten Details aus, wie die Tatsache, dass er immer noch der beste Küsser war, den ich kannte. Als ich fertig war, wollte sie nur eines wissen: »Weiß Alex Bescheid?«

»Denkst du, ich bin wahnsinnig?«, fragte ich sie entsetzt.

»Gott!« Sie zog eine Sandale aus und legte ihren Fuß auf das Armaturenbrett. »Tja, *den* Plan kann ich wohl vergessen.«

»Tut mir leid.«

Sie zuckte die Schultern. »Hey, es ist nicht deine Schuld, dass du zuerst da warst.«

»Ich wusste nicht, dass du dich für ihn interessierst.«

Sie sah zu mir hin. »Nicht genug, um deine Reste zu übernehmen.« Ich ließ das Steuer lange genug los, um ihr einen Schubs zu verpassen.

Sie lachte. »Also warte mal – was zum Teufel machst du mit Alex, wenn du Matt hättest haben können?«

»So ist das nicht mit uns. Er ist ein guter Freund, aber überhaupt nicht mein Typ.«

»Du weißt, dass du gerade wie eine Vollschlampe wirkst, oder?«

Ich schubste sie wieder.

»Ich sag ja nur …« Sie grinste. »Würdest du Alex betrügen, wenn Matt dieses Wochenende was von dir wollte?«

»Nein! Du meine Güte! Wofür hältst du mich?«

»Hey, ich glaube, da vorne müssen wir abbiegen.« Jessie zeigte auf die Straße und warf einen Blick auf die Karte. Ich wurde wieder langsamer und bog nach rechts ab, als sie den Straßennamen entdeckt hatte. Wir ließen meine Frage unbeantwortet, während wir beide nach dem Hinweis suchten, wann wir das nächste Mal abbiegen mussten.

Nachdem wir ihn gefunden hatten, legte Jessie wieder ihren Fuß auf das Armaturenbrett und sah mich an. »Wärst du sauer, wenn ich sagen würde, dass du lieber mit Matt als mit Alex zusammen sein solltest?«

»Was hast du bloß gegen Alex? Warum mag ihn keiner?«

»Warum sagt dir das nichts?«, erwiderte sie.

Ich warf ihr einen bösen Blick zu. »Ihr wisst ja nicht, wie er ist, wenn wir unter uns sind. Er ist so süß und findet, dass ich wunderschön bin. Weißt du, was für ein tolles Gefühl das ist?«

»Klingt für mich eigentlich ziemlich normal.«

»Was meinst du damit?«

»Sollte es nicht immer so sein? Dass dein Freund dich für die schönste Frau der Welt hält?«

»Wahrscheinlich schon.«

»So einen will ich auch.« Ihr zweiter nackter Fuß gesellte sich zu dem ersten. »Abgesehen davon, dass er mir trauen sollte.« Sie warf mir einen vielsagenden Blick zu.

»Er hat einfach einen starken Beschützerinstinkt. Ich finde das süß.«

»Ein starker Beschützerinstinkt ist süß. Krankhafte Eifersucht hingegen …« Sie sog durch ihre geschlossenen Zähne Luft ein. »Die kann einem ziemlich schnell auf die Nerven gehen.«

Wir stritten uns. Die restlichen sechs Wochen Semesterferien stritten wir uns. Ich entschuldigte mich häufig. So häufig, dass ich irgendwann die Nase davon voll hatte, aber das schien ihm egal zu sein. Jessie hatte recht, Eifersucht konnte einem ziemlich schnell auf die Nerven gehen. Natürlich war es süß, dass er dachte, ich sei so ein guter Fang, dass andere Typen nur auf die Gelegenheit warteten, mich ihm wegstehlen zu können. Aber es gibt da noch diese kleine Sache namens Vertrauen, und Alex schien nichts davon für mich übrig zu haben.

Selbst nachdem ich im August nach Madison zurückgekehrt war, hörte es nicht auf. Ich hatte gehofft, dass ihn unsere Nähe wieder beruhigen würde, doch nichts veränderte sich. Jedes Mal, wenn ich mit Freunden essen ging, dachte er, dass ich ihn betrog. Jedes Mal, wenn mich ein Mann in der Öffentlichkeit anlächelte, wurde er wütend. Wenn ich meinen Freunden von unseren niemals endenden Streitereien erzählt hätte, hätten sie mir nur dazu geraten, Schluss zu machen, also tat ich es nicht. Ich fraß alles in mich hinein und wurde dadurch angespannt und nervös.

Das Problem war, abgesehen von seiner Eifersucht, dass ich ihn mochte, jedoch nicht mehr daran glaubte, dass sich etwas ändern würde. Sechs Monate lang redete ich mir ein, dass er sich ändern, sich entspannen oder mir endlich vertrauen würde. Dann folgten drei weitere Monate, in denen ich mir sagte, dass es Zeit sei, die Beziehung zu beenden. Doch es scheint, als wäre ich irgendwie süchtig danach, jemandes Freundin zu sein. Es war sehr schwer, mir das einzugestehen. Ich mochte es einfach, einen festen Freund zu haben. Es gefiel mir, immer zu wissen, mit wem ich das Wochenende verbringen konnte. Jemand, der mir dabei half, meine Möbel zu verrücken. Mit dem ich kuscheln konnte. Und Alex war nach Ben meine erste längere Beziehung. Es war schwer, sich vorzustellen, diesen ganzen Komfort aus meinem Leben zu verbannen.

Also wartete ich. Und vielleicht habe ich wirklich ein paar Knöpfe gedrückt, um mich irgendwie aus dem Komfortkoma zu befreien. Doch letztendlich war es seine Entscheidung. Das erste Mal.

Ich hatte vor, mit Jessie, Annemarie und Kerry abends auszugehen. Nur ein Mädelsabend, nichts Aufregendes. Wir wollten Champagner trinken, Fremde dazu bringen, uns Drinks auszugeben, und sie dann sitzen lassen. Unsere typische Definition von Spaß.

Alex hatte an diesem Abend ebenfalls etwas vor. Es schien perfekt.

»Wollt ihr nach dem Spiel zu uns stoßen?«, fragte er, als wir miteinander telefonierten, bevor er zur Hockeyarena aufbrach.

»Keine Ahnung. Ich glaube, die Mädels wollen heute Abend unter sich bleiben.«

»Warum? Versucht ihr, andere Typen abzuschleppen?«

»Nein!«, sagte ich und spürte, dass meine Geduld am Ende war. »Gott, Alex, wann wirst du mir endlich vertrauen?«

»Das tue ich doch. Aber ich vertraue den anderen Typen nicht.«

»Das ist doch bescheuert. Wenn du mir vertraust, brauchst du dir doch keine Sorgen zu machen.«

»Sag mir wenigstens, wo ihr hingeht.«

»Das weiß ich nicht.« Ich hatte wirklich keine Ahnung.

»Du willst es mir nur nicht sagen.«

»Nein.« Es fiel mir immer schwerer, nicht wütend zu werden. »Ich weiß es wirklich nicht.« Jedes Wort wurde einzeln betont, während ich kurz vor dem Ausflippen stand.

»Von mir aus.« Er legte auf.

Ich starrte einen Augenblick mein Telefon erstaunt an. Er hatte noch nie einfach so aufgelegt. Ich spielte kurz mit dem Gedanken, ihn zurückzurufen, um dann selbst einfach aufzulegen, aber daran ist ohnehin nichts Befriedigendes. Ich entschied, dass es der Mühe nicht wert war.

Als wir abends ausgingen, tat ich das mit aller Macht. Ich war wütend, und ich brauchte die Mädels, um mir dabei helfen zu lassen, meiner Beziehungsträgheit zu entkommen. Es war das erste Mal, dass ich komplett ehrlich war, was meine Beziehung anging, und es war, als hätte ich ein Schleusentor geöffnet. Als ich alles erzählt hatte, zitterte ich wie von zu viel Koffein, und meine Sprache war derb genug, um eine Nonne in Ohnmacht fallen zu lassen. Meine Freundinnen waren allerdings alles andere als überrascht. Und sie waren sofort zur Stelle, um mir unter Anwendung der Klassiker zu helfen:

»Du bist zu gut für ihn.«

»Du hast jemand Besseren verdient.«

»Für wen hält er sich denn?«

»Du solltest ihn jetzt gleich anrufen und zum Teufel jagen.«

Das hätte ich wahrscheinlich ohnehin, aber Alex kam mir zuvor. Er hatte eine Nachricht auf meiner Mailbox hinterlassen. In der vollen Bar hatte ich mein Handy nicht mal klingeln gehört. Ich hörte die Nachricht ab, als wir uns gerade zur nächsten Kneipe aufmachten.

»Jocelyn, hier ist Alex. Ich weiß nicht, ob ich das weiter aushalte. Ich kann es einfach nicht ertragen, wenn ich nicht weiß, was du tust. Und dir scheint das vollkommen egal zu sein. Ich glaube, es funktioniert einfach nicht.« Die Nachricht war durch den Hintergrundlärm schwer zu verstehen. Mir wurde klar, dass er wahrscheinlich an einem Münztelefon in der Arena stand, und das machte mich wütender als alles andere.

»Dieses Arschloch hat gerade in der Halbzeitpause mit mir Schluss gemacht!«, rief ich den Mädels zu.

»Was?!«, lautete die allgemeine Reaktion. Alle bestanden darauf, die Nachricht zu hören, und verfielen dann in eine fünfminütige Hetzrede über Alex' Persönlichkeit. Sie enthielt Ausdrücke, die viel schlimmer waren als die, die ich mir hätte einfallen lassen können.

»Los«, sagte Annemarie, »lass uns für dich ein paar Typen finden, um ihn richtig eifersüchtig zu machen.«

»Auf keinen Fall«, protestierte ich. »Ich werde nicht mit irgendeinem Fremden rummachen, um mir irgendetwas zu beweisen.«

»Ach komm schon«, erwiderte Jessie. »Das geschähe ihm nur recht.«

»Ich habe eine bessere Idee«, sagte ich, während ich bereits meine Kontaktliste nach Matts Nummer durchsuchte. Normalerweise war sie bei meinen Favoriten, aber ich hatte immer Angst gehabt, dass Alex sie dort sehen und ausflippen würde.

»Hallo?«, rief er, nachdem er drangegangen war.

»Matty, hier ist Joss.«

»Hey, Joss, alles klar?«

»Wo bist du?«

»Beim Hockey-Spiel«, rief er. »Warum?«

»Ich brauche dich heute Nacht.«

Es folgte eine lange Pause.

»Matt?«

»Bei dir oder bei mir?«, rief er.

Ich grinste. »Bei mir.«

»Ich kann in einer Stunde da sein.«

11

Sechs Jahre zuvor …
das zweite Studienjahr

Meine Nase war vom Heimweg in der Kälte immer noch rot, als Matt vor meiner Tür stand. Ich ließ ihn herein und sagte ihm, dass er sich schon mal auf die Couch setzen solle, während ich meine Stiefel auszog. Stattdessen folgte er mir ins Schlafzimmer und hockte sich aufs Bett.

»Also, was ist passiert?«, fragte er.

»Ha«, schnaubte ich und warf ihm mein Handy zu. »Hör dir mal die Nachricht an.« Er aktivierte meine Mailbox und hielt das Handy mit undurchdringlicher Miene an sein Ohr.

»Wann hast du die bekommen?«, fragte er.

»Kurz bevor ich dich angerufen habe. Er war auch beim Hockeyspiel. Der Mistkerl hat tatsächlich bis zur Halbzeit gewartet, um mich dann von einem Münztelefon aus anzurufen!« Ich zerrte den Stiefel von meinem Fuß.

»Beim Hockey gibt es keine Halbzeit«, sagte Matt.

Ich warf ihm einen strengen Blick zu. »Ist doch egal.« Der Stiefel prallte gegen die Rückwand meines Schranks, als ich ihn hineinwarf.

»Ich meine ja nur …«

»Lass es lieber«, sagte ich und warf den zweiten Stiefel seinem Gefährten hinterher.

Er grinste. »Hockey hat drei Drittel.«

»Matt, ich schwöre, ich werde …« Ich ließ die Drohung in der Luft hängen.

»Mann, du bist echt sauer, oder?«

»Wärst du das nicht?«, blaffte ich.

»Schon irgendwie …«

»Ich wurde an einem verdammten Samstagabend per Mailbox abserviert!«, tobte ich. »Das ist selbst für mich neu!«

»Zumindest war es keine E-Mail.«

»Oh ja, stimmt, was für ein Silberstreif am Horizont.« Ich zog mir die Ohrringe so schnell ab, dass es ein wenig wehtat und ich mein Gesicht verzog.

»Ich glaube, die Sache ist zu frisch«, sagte er. »Bist du sicher, dass du …?«

»Auf jeden Fall.« Ich schälte mich aus den albernen weißen Schlauchsocken, die ich getragen hatte, um meine Füße in den Stiefeln warm zu halten. »Ich bin so fertig mit ihm, dass ich nicht mal mehr darüber reden will.«

»Bist du dir sicher?«, wiederholte er. »Weil du dafür ziemlich viel darüber redest.«

»Matt. Im Ernst. Halt die Klappe.« Ich riss mir mein Top über den Kopf und zerrte meinen Rock nach unten.

»Du weißt genau, wie man einen Kerl in Stimmung bringt«, flapste er.

»Ich zieh mich doch gerade aus, oder?«

»Und du meinst, das reicht?«

Inzwischen trug ich nur noch einen schwarzen Satin-BH und ein Spitzenhöschen. Ich stemmte meine Hände in die Taille. »Etwa nicht?«

»Joss …«

Sein Zögern drang durch meinen roten Wutnebel, und endlich sah ich die Szenerie, wie sie wirklich war. »Verdammt!« Ich presste den Handballen gegen meine linke Augenbraue und schloss meine Augen. »Ich bin einfach nur … so wütend!«

»Ich weiß.«

»Er ist so ein … Idiot.«

»Komm her.«

»Warum?«

Er verdrehte die Augen und winkte mich heran. Ich setzte mich neben ihn auf das Bett und ließ ihn seinen Arm um mich legen. »Alles okay?«

»Ja. Nein. Keine Ahnung.«

»Okay.« Er zog mich an sich und küsste meine Schläfe. Ich drehte meinen Kopf und gab ihm einen Kuss auf die Lippen. Dabei hielt ich sein Kinn fest. »Immer noch scharf auf mich, was?«, scherzte er.

»Kannst du einfach … bitte?«

»Ja, okay.« Er seufzte.

Ich sah ihn überrascht an. »Wirklich? Du gibst nach?«

»Na ja, Himmel, Joss, es ist ein bisschen schwer, Nein zu sagen, wenn du in deiner Verführungsunterwäsche neben mir sitzt.«

Ich lachte überrascht auf und schloss für einen Moment meine Augen. »Ja?«

»Du hast echt einen guten Geschmack, was Unterwäsche angeht.«

»Danke. Schön, dass es dir gefällt.«

»Es gefällt mir sehr.« Er stieß mich mit seiner Schulter an.

»Und, machen wir es jetzt?«, fragte ich.

»Wir machen es.« In einer bemerkenswert fließenden Bewegung drehte er sich um und drückte mich mit seinem Körper aufs Bett. Das Druckmotiv seines T-Shirts fühlte sich auf meiner Haut kalt an, also zog ich es ihm aus. Er war kleiner als Alex, aber kräftiger, und ich mochte es, wie sich sein Rücken anfühlte. Ich mochte eine Menge Dinge daran, mit ihm nackt zu sein. Er war das perfekte Gegenmittel für eine schale Beziehung. Mit Matt zusammen zu sein war eine seltsame Mischung aus vertraut und neu. Die Nervosität des ersten Mals war verschwunden, aber die langen Pausen zwischen unseren Begegnungen machten es jedes Mal wieder aufregend.

Auch wenn es nicht unsere beste Arbeit war, war es doch genau das, was ich wollte. Matt lenkte mich von meiner Empörung ab, und ich fühlte mich gut. Er legte sich sogar richtig ins Zeug, damit ich mich gut fühlte.

»Schon gut …«, stöhnte ich, während ich seine Hände auf meinen Körper presste. »Ich weiß nicht, ob ich heute Nacht …«

»Denk an die Regeln«, sagte er nur.

Ich atmete tief aus und fühlte mich ein wenig eingeschüchtert.

»Entspann dich«, sagte er. »Ich bin heute nur für dich da.«

Ich nickte, und er machte damit weiter, mich an den richtigen Stellen zu berühren. Ich schloss die Augen und konzentrierte mich auf seine Hände, seinen Mund und seinen sanften Atem. Schließlich begann sich zwischen meinen Hüften etwas zusammenzuziehen. Meine Hände krallten sich in das Laken. Mein Rücken bog sich durch, und meine Zehen rollten sich ein. Ein schwaches Stöhnen entkam meinen Lippen, einmal, zweimal, und beim dritten Mal dehnte es sich zu einem Laut, der nur von einer Sache kommen konnte …

Sobald ich wieder sprechen konnte, schnappte ich mir Matt und wurde richtiggehend fordernd. »Jetzt, jetzt, jetzt!«

Er kam meiner Forderung nach und seufzte gegen mein Ohr, als wir uns miteinander vereinigten. Ich schlang meine Beine um seine Taille und zog seinen Mund an meinen. Immer noch durchströmte Lust meinen Körper, und ich wollte, dass es so blieb.

Während wir uns miteinander bewegten, schoss mir vage ein Gedanke durch den Kopf. Etwas über den Kontrast zwischen Matt und meiner kurzen Liste anderer Liebhaber. Ich schob ihn beiseite zugunsten eines leeren Kopfs und eines sehr beschäftigten Körpers.

Danach blieb er auf mir liegen. Mit seinem Gewicht auf mir fiel mir das Atmen schwer, aber das machte mir nichts aus. Er fühlte sich warm und vertraut an. Ich fuhr mit meinen Fingerspitzen über seine Schulterblätter und fand die kleine Kuhle über seiner Wirbelsäule. Er lachte auf und wich meiner Berührung aus.

»Das kitzelt.«

»Tut mir leid«, sagte ich.

»Sind deine Mitbewohner daheim?«, fragte er.

»Ich bin nicht sicher.«

»Nackt ins Badezimmer zu gehen ist also nicht empfehlenswert?«

Ich lachte. »Äh, nein.«

»Wie schade!« Er seufzte. »Ich bin in einer Minute zurück.«

Während er fort war, zog ich meine Pyjamahose und ein Sweatshirt an. Dann ging ich in die Küche, um etwas zu trinken. Ich hatte den ganzen Abend nichts anderes als Champagner und einen Wodka-Cranberry-Cocktail zu mir genommen und fühlte mich ausgetrocknet. Matt fand mich, als ich gerade bei meinem zweiten Glas Wasser angekommen war.

»Du hast dich angezogen«, stellte er fest.

»Du erinnerst dich an das Gespräch, in dem wir festgestellt haben, dass es keine gute Idee ist, nackt herumzuwandern?«, sagte ich und hielt ihm mein Glas hin.

Dankbar nahm er einen Schluck daraus und füllte es aus dem Krug im Kühlschrank wieder auf. »Weißt du, technisch gesehen hast du damit dieses … Treffen beendet.«

Ich zog den Bund meiner Hose gerade genug herunter, um meine nackte Hüfte zu zeigen. »Keine Unterwäsche.«

Er grinste. »Clever.«

Schweigend tranken wir noch ein paar Gläser, dann sagte Matt: »Ich bin am Verhungern.«

»Pizza?«, schlug ich vor.

»Du bist ein Genie.«

Wir bestellten uns eine Pizza und gingen in mein Zimmer zurück, um darauf zu warten. Ich hob meine auf den Boden geworfene Kleidung auf, während sich Matt auf dem Bett ausstreckte und durch die Kanäle meines Fernsehers zappte.

»Wie kannst du auf diesem winzigen Bildschirm überhaupt etwas erkennen, Joss?« Er schirmte seine Augen ab und blinzelte in Richtung Fernseher.

»Er steht keine zwei Meter entfernt. Vielleicht musst du mal zum Augenarzt.«

Er klimperte mit den Wimpern und ging wieder dazu über, durch die Kanäle zu zappen.

Ich hob meinen BH vom Boden auf und legte ihn sorgfältig in meine Unterwäscheschublade.

»Mal ernsthaft, hast du wirklich immer sexy Unterwäsche an?«, fragte er.

»Sicher«, log ich.

Er sah mich zweifelnd an, sagte aber: »Ich wusste, es gibt einen Grund, warum ich dich so mag.«

Ich steckte mein Spitzenhöschen in einen Wäschesack, der am Schrank hing, und stieg auch ins Bett. »Na klar, hier geht es den ganzen Tag total sexy zu. Ich meine, sieh mich an.« Ich deutete auf mein übergroßes Sweatshirt und die Flanellhose.

»Es spricht auf jeden Fall etwas für Klamotten mit leichtem Zugang«, erwiderte er und steckte eine Hand in das zeltartige Innere meines Oberteils.

Ein Klopfen an der Tür war die einzige Vorwarnung, bevor sie sich öffnete und meine Mitbewohnerin Laurel ihren Kopf hereinsteckte. »Hey, Joss, hast du eine Pizza bestellt?« Sie riss überrascht ihre Augen auf. »Was geht denn hier vor?«

Ich setzte mich auf, und Matt zog seine Hand aus meinem Shirt. »Alex und ich haben Schluss gemacht.«

»Oh nein!«, sagte sie. »Geht es dir gut?«

»Absolut.« Ich schüttelte den Kopf. »Na ja, eigentlich bin ich ziemlich sauer.«

Laurels Gesichtsausdruck schwankte zwischen Neugier, Besorgnis und Verwirrung. »Und … was …?« Sie schien nicht genau zu wissen, welche Frage sie stellen sollte.

»Ist der Pizzabote da?«, fragte ich.

»Ach ja, genau. Tut mir leid.«

»Ich geh schon«, sagte Matt und kletterte über mich aus dem Bett.

»Warte, ich gebe dir Geld …« Ich wollte aufstehen, aber er stoppte mich mit erhobener Hand.

»Du zahlst die nächste.« Er quetschte sich an Laurel vorbei, um zum Haupteingang zu gehen.

»Joss, was ist denn hier los?«, zischte sie, sobald er außer Hörweite war. »Alles okay?«

»Es geht mir gut, wirklich. Ich amüsiere mich nur ein bisschen mit Matt. Er … er lenkt mich ab.« Das war eine gute Umschreibung, fand ich. Bis jetzt hatte ich Sorbet-Sex erst zwei Leuten erfolgreich erklärt, und Laurel gehörte nicht dazu. Ohne Erfolg hatte ich es schon einer Handvoll anderer Leute erklärt. Die übliche Reaktion war die Annahme, dass ich einen One-Night-Stand mit einem Freund hatte oder dass ich mit einem Typen geschlafen hatte, den ich kaum kannte, und wir danach Freunde geworden waren. Nur meine Freundinnen Kerry und Geena schienen das Konzept verstehen zu wollen.

Tatsächlich suchte Geena gerade nach einem Sorbet-Partner für sich selbst. Kerry hatte ihre Zweifel, wie lange wir eine solche Abmachung durchhalten würden, verstand aber, wie sie entstanden war.

Laurel sah mich einen Moment misstrauisch an. »Kann ich irgendetwas tun?«, fragte sie.

»Ich bin okay, Laur. Danke.«

Sie nickte. »Okay, dann … lass mich einfach wissen, wenn du etwas brauchst.« Ohne weiteren Kommentar verschwand sie aus der Tür. Laurel und ich befanden uns an den entgegengesetzten Enden der Kettenreaktion, die meine Vierer-WG bildete. Ich war mit Kerry befreundet, die mit Lisa befreundet war, die mit Laurel befreundet war. Ich war überhaupt erst dazugekommen, nachdem es sich ein anderes Mädchen im letzten Moment anders überlegt hatte. Das machte mir nicht viel aus; manchmal ist es einfach, mit Leuten zusammenzuwohnen, mit denen man nicht befreundet ist. Dieser geschäftsmäßige Ansatz am Bezahlen von Rechnungen ist nicht so stark emotional aufgeladen.

Matt kam mit der Pizza zurück, und wir setzten uns zu unserem Mitternachtssnack auf den Boden. Mittendrin kam Kerry nach Hause und folgte dem Geruch von heißem Käse und Soße in mein Zimmer. Als sie sah, wer bei mir war, riss sie die Augen auf.

»Du hast mit Alex Schluss gemacht?«, fragte sie.

»Hör dir das mal an.« Ich rief seine Nachricht in meiner Mailbox auf und reichte ihr mein Handy.

Ihr Gesichtsausdruck wechselte von ruhig zu angewidert. »Er hat mit dir per Voicemail Schluss gemacht?«

»Ja.«

»Jetzt verstehe ich, warum du hier bist«, sagte sie zu Matt.

»Zu Ihren Diensten.« Er salutierte.

»Nein, zu *ihren* Diensten«, korrigierte ihn Kerry mit einem Nicken zu mir.

Ich lächelte und lehnte mich nah genug an Matt, um meinen Kopf auf seine Schulter zu legen. Er tätschelte ihn freundschaftlich.

»Okay, das ist offiziell die seltsamste Fünftes-Rad-am-Wagen-Situation, in der ich jemals war«, erklärte Kerry. »Ich geh schlafen.«

»Gute Nacht, Kerr«, sagte ich.

»Gute Nacht«, wiederholte Matt.

»Ich seh euch beide dann wohl morgen früh«, sagte sie mit einem amüsierten Blick.

»Jepp.«

Sie schloss die Tür zu meinem Zimmer hinter sich, und wir waren wieder allein.

»Du steckst das alles ja ziemlich gut weg«, sagte Matt.

»Ich tue einfach so, als wäre es nicht passiert.«

»Willst du, dass ich gehe?«

»Nein. Bitte bleib.«

»Es steht in meinem Vertrag.« Er grinste. »Komm schon, lass uns ins Bett gehen.«

Kurz nach vier Uhr morgens klingelte mein Handy. Ich nahm an, dass es entweder Alex war oder jemand, der sich verwählt hatte. So oder so, ich war nicht interessiert. Ich stopfte das klingelnde Handy unter mein Kissen, um das Geräusch zu dämpfen, aber Matt war bereits aufgewacht. Er wälzte sich hin und her, sodass sein Körper am Schluss wie ein Tortilla eingewickelt war.

»Hey!«, protestierte ich leise und zog an der Bettdecke.

»Mmm, tut mir leid …«, murmelte er und rollte sich erneut umher, um die Decke zu befreien. »Wer war das am Telefon?«

In seinem schlaftrunkenen Zustand klang es eher wie »Wewadasamtefon?«.

»Keine Ahnung.« Ich seufzte.

»Alles okay?«, fragte er und legte seinen Arm über meinen Bauch.

»Ja ja.« Ich schob mich ein wenig näher an ihn heran und landete auf einer kalten Stelle. »Ich … denke nur ein wenig nach.«

»Das ist mitten in der Nacht keine gute Idee.«

»Ich weiß.

»Was kann ich tun?«

Ich rutschte noch näher und legte meine Hand auf seine Brust, dort, wo sein Herz war, dann küsste ich ihn. »Ist das okay?«, fragte ich.

»Mmm hmm.«

Stunden später durchdrang die Sonne endlich mein Bewusstsein, und ich ergab mich der wachen Welt. Matt schlief immer noch neben mir, mit offenem Mund und einer getrockneten Speichelspur auf seiner Wange. Unwillkürlich musste ich lachen. Meine Stimme war noch ganz kratzig. Seine Augenlider flatterten auf, und er sah mich.

»Worüber lachst du?«

»Du hast gesabbert.« Ich tippte auf seine Wange.

»Oh, großartig.« Er wischte sich übers Gesicht und sah mich blinzelnd an. »Besser?« Ich machte eine So-lala-Geste. Er seufzte und begab sich in eine sitzende Position. »Bin gleich wieder da.«

Während Matt im Badezimmer war, grub ich mein Handy aus, um nach der Nachricht des nächtlichen Anrufers zu schauen. Es gab sie, und sie war von Alex.

»Jocelyn, es tut mir leid. Ich hätte dir nicht diese Nachricht draufsprechen sollen. Ich weiß nicht mal, wovon ich da eigentlich geredet habe. Können wir nicht noch mal von vorn anfangen? Bitte ruf mich an! Bitte! Es tut mir leid, dass ich manchmal so ein Arschloch bin. Ich will das hier nicht versauen. Ruf mich bitte an, ja?«

Ich kaute an meiner Lippe und überlegte, was ich tun sollte.

»Was ist los?«, fragte Matt, als er in mein Zimmer zurückkam.

»Alex hat mir eine Nachricht draufgesprochen.«

»Oh!« Sein Gesichtsausdruck war nachdenklich und fast neutral. Fast. Da war ein Schatten von … irgendetwas. Etwas Negativem.

»Hör mal.« Ich startete die Nachricht von vorne und gab ihm das Handy.

»Worüber habt ihr euch denn überhaupt gestritten?«, fragte er.

Ich stieß ein Seufzen aus und ließ mich rückwärts aufs Bett fallen. »Das, worüber wir immer streiten. Er ist dauernd so wahnsinnig eifersüchtig. Er ist quasi immer davon überzeugt, dass ich ihn betrüge.«

Matt gelang es nicht, ein Schmunzeln zu unterdrücken. »Oh, und das würdest du natürlich niemals tun.«

Plötzlich fühlte ich mich wahnsinnig schuldig und massierte meinen Nasenrücken. »Tja, ich schätze, er hatte wohl recht.«

»Es ist kein Fremdgehen, wenn man Schluss gemacht hat.«

»Ich bin mir nur nicht sicher, ob Alex sich darüber bewusst ist, dass wir Schluss gemacht haben.«

»Tja …« Matt zögerte. »Das könnte in der Tat ein Problem darstellen. Aber nicht, wenn du ihm jetzt sagst, dass ihr Schluss gemacht habt.«

»Oh Gott, ich weiß nicht.«

Er runzelte die Stirn. »Joss, komm schon. Du kannst nicht

wieder mit einem Typen zusammen sein, der dich so wütend macht wie gestern Abend.«

»Du hast recht.« Ich setzte mich auf und nickte. »Du hast recht, du hast recht, du hast recht.«

Er musterte mich. »Glaubst du schon daran?«

»Ähm …«

Er schüttelte den Kopf. »Dafür schuldest du mir jetzt aber gewaltig was.«

Ich verzog mein Gesicht zu einer »Ich weiß«-Miene.

»Tu mir nur einen Gefallen.«

»Was du willst.«

»Warte nicht zu lang, bis du mich wieder anrufst.«

»Wie meinst du das?«

»Ruf mich an, wenn du dich wirklich von ihm getrennt hast, ja? Und warte lieber nicht zu lange.«

»Matt, komm schon. Du kennst mich doch.«

»Du wirst dich also nicht wieder mit ihm versöhnen?«

»Ich … ich weiß nicht.«

Er seufzte und lehnte sich über das Bett, um mir einen sachten Kuss zu geben. »Ruf mich einfach an, wenn es vorbei ist.«

»Matt …«, protestierte ich. »Du bringst es fertig, dass ich mich wie eine ganz schreckliche Person fühle. Ich dachte, das hier soll dafür sorgen, dass wir uns besser fühlen.«

»Ich hab mich letzte Nacht besser gefühlt. Und du?«

Etwas in meiner Brust schnürte sich zusammen. Mein verlässlicher Matt, mein Sorbet-Partner, hatte es geschafft, dass ich mich wie eine Vollidiotin fühlte. »Tut mir leid.«

»Mir auch.«

»Kannst du mir bitte sagen, dass du mich nicht hasst?«

Er riss die Augen auf. »Ich hasse dich doch nicht, Joss. Darum geht es doch überhaupt nicht.«

»Warum bist du dann so?«

»Ich kann einfach nur nicht glauben, dass du zu ihm zurückkehrst.«

»Ich habe nicht gesagt, dass ich das tue.«

»Das musst du gar nicht.«

»Matt …«

»Mach was du willst, Joss. Deine Entscheidung. Ich werde dich nicht aufhalten, wenn du deine Zeit verschwenden willst.«

»Klingt aber ganz so.« Ich spürte, wie ich allmählich wütend wurde.

Er schluckte seine Worte ein paarmal hinunter, bevor er mir schließlich fest in die Augen sah. »Weißt du noch, wie du zu Courtney gestanden hast?«

»Ja.«

»So stehe ich zu Alex.« Er rieb sich den Hinterkopf und seufzte frustriert. »Ich geh am besten. Wir unterhalten uns später, okay?«

»Matt …« Ich versuchte es noch einmal. Er sah mich an, und ich wusste nicht mehr, was ich sagen wollte. Schließlich versuchte ich es mit »Es tut mir leid«.

»Ja, mir auch.«

12

Sechs Jahre zuvor ...
das zweite Studienjahr

Danach war mein Leben von Schuldgefühlen geprägt. Weil ich Alex betrogen hatte, weil ich zu ihm zurückgegangen war, ohne ihm davon zu erzählen, weil ich Matt enttäuscht hatte. Ich konnte die verschiedenen Ursachen kaum mehr auseinanderhalten. Jedes Mal, wenn ich Alex sah, fühlte sich mein Bauch an wie von Schrotkugeln zerfetzt.

Nachdem er sich quasi überschlagen hatte, um sich für sein idiotisches Benehmen zu entschuldigen, merkte er, dass mich etwas belastete. Er nahm an, dass es um ihn ging. Er sagte, dass er noch nie zuvor so stark für jemanden empfunden habe, und es falle ihm schwer, zu glauben, dass ich ihn ebenso gern habe. Er sagte, dass er mal betrogen worden sei und es lange nicht herausgefunden habe und dass er deswegen immer so misstrauisch sei. Er sagte, dass er an seiner Eifersucht arbeiten wolle, um der Freund zu sein, den ich verdiente. Ich fühlte mich so schrecklich, weil ich ihn betrogen hatte – auch wenn ich davon ausgegangen war, dass wir Schluss gemacht hatten –, dass ich seine Entschuldigungen annahm und seinen Versprechungen, sich zu bessern, glaubte. Innerlich schwor ich mir das Gleiche.

Wir schafften es noch zwei Wochen.

Der Tropfen, der das Fass zum Überlaufen brachte, war ein Streit über unsere Feiertagspläne. Weihnachten stand vor der

Tür, und mein Geburtstag war nicht lang danach. Alex kam aus St. Louis, und ich war nicht bereit, auf meine Familie zu verzichten, um mit ihm nach Missouri zu fahren, auch wenn er sagte, dass ich ihm dadurch das Leben mit seiner Familie schwer machen würde. Dieser Streit entbrannte, während wir telefonierten. Am Telefon fiel es mir immer leichter, offen zu sein. Wenn ich seinen Welpenblick sah, verlor ich immer meine Entschlossenheit.

»Jocelyn, sie rechnen fest damit, dich kennenzulernen. Wir sind jetzt seit neun Monaten zusammen. Da ist es nicht nur angebracht, sondern notwendig.«

»Warum?«

»Muss ich dir das wirklich erklären? Ich bin sicher, deine Familie versteht es, wenn du über die Feiertage nach St. Louis mitkommst.«

»Würde es deine?«, erwiderte ich.

»Meine Eltern haben dich eingeladen«, sagte er. Sein Tonfall war eindeutig: Er nahm es mir übel, dass ich ihm keine Einladung von meiner Familie ausgesprochen hatte. Der Gedanke, ihn meinen Eltern und meiner Schwester vorzustellen, war mir unangenehm. Ich wusste, was Darcy von ihm halten würde, und ich wollte nicht diesen Ausdruck in ihren Augen sehen. All das summierte sich in meinem Kopf zu einem großen blinkenden roten Neonschild: »WARNUNG! DIESE BEZIEHUNG IST VORBEI! SOFORT RAUS!«

»Alex, ich komme nicht mit nach St. Louis. Ende der Diskussion.«

»Woher rührt denn diese ganze Feindseligkeit? Das klingt gar nicht nach dir.«

Oh doch, dachte ich. *Das klingt total nach mir. Ich war nur einfach nicht ich selbst, seit ich dich getroffen habe.* »Ich habe nur einfach keine Lust mehr, immer wieder über das Gleiche zu streiten. Ich will über Weihnachten nach Hause und meine Familie sehen. Nicht deine.«

»Du triffst dich dort mit einem Kerl, oder?«, fragte er. »Darum willst du mich nicht dahaben. Du hast einen Kerl, der zu Hause auf dich wartet.«

»Nein!«, rief ich und zwirbelte dabei eine meiner Haarsträhnen so stark, dass es wehtat. »Es. Gibt. Keinen. Anderen.« Auch wenn das streng genommen stimmte, tauchte vor meinem inneren Auge unwillkürlich ein Bild von Matt auf. Ich kniff meine Augen zusammen, als ob ihn das fernhalten würde.

»Was soll ich denn sonst denken, wenn du dich so verhältst?«

»Oh, keine Ahnung, vielleicht könntest du mir einfach glauben?«

»Dann sag mir, mit wem du dich treffen willst.«

»Nein.«

»Warum nicht?«

»Weil du mir sowieso nicht glauben wirst.« In meinem Kopf dröhnte mein Herzschlag.

»Oder vielleicht willst du nur etwas vor mich verbergen.«

»Freunde!« Ich presste einen Handballen an meine pochende Schläfe. »Ich treffe mich mit ein paar Freunden aus der Highschool.«

»Welche Freunde?«

»Niemanden, den du kennst, Alex.« Ich sagte seinen Namen mit der gleichen Betonung, in der ich die viel weniger schmeichelhaften Namen gesagt hätte, die ich ihn nennen *wollte*.

»Wen?«

»Meine Freundin Lila und ihren Freund Tom, meine andere Freundin Danielle … keine Ahnung, ich weiß noch nicht!«

»Wen sonst?«

»Keine Ahnung! Hör auf, davon auszugehen, dass ich in der Zukunft fremdgehen werde!«

»Das tue ich doch gar nicht.«

»Doch, genau das tust du.«

»Ich hasse es, wenn du mir sagst, was ich denke!«, blaffte er, und ich hielt entnervt das Handy von meinem Ohr weg.

»Aber du denkst doch ständig, dass ich dir etwas verheimliche!«, erwiderte ich. »Du vertraust mir einfach nicht.«

»Doch, das tue ich.«

»Das tust du offensichtlich nicht.«

»Jocelyn, ich gebe mir wirklich Mühe. Aber so hilfst du mir nicht. Du sagst mir nicht, was du machst, wen du triffst … es ist, als ob du mir absichtlich Dinge vorenthältst.«

»Vielleicht mache ich das ja auch«, sagte ich und legte auf. Sofort fühlte ich mich wie ein unreifer Idiot. Also wählte ich seine Nummer und log ihn an. »Tut mir leid, ich hab das Handy fallen lassen.«

»Warum sagst du so was? Du weißt, dass mich das jetzt verrückt machen wird.«

Ich seufzte. »Vielleicht ist das ja der Punkt.«

»Was hast du zu verbergen?«

»Alex, hör einfach auf.«

»Nein, sag es mir!«

»Es gibt nichts zu erzählen.« Auch wenn mein Gewissen protestierte. *Doch, das gibt es, du Riesenlügnerin.*

»Jocelyn, ich hasse es, wenn du diese Scheiße machst.«

»Diese Scheiße?«, wiederholte ich. »Wann habe ich das hier denn schon mal gemacht? Warum bist du immer so verdammt misstrauisch? Was habe ich dir jemals getan, dass du mich für eine so furchtbare Person hältst?«

»Tut mir leid. Ich weiß.« Er seufzte. »Du bist keine furchtbare Person.«

»Ich glaube, das hier funktioniert einfach nicht.«

»Was meinst du?«

»Ich kann nicht dauernd so gestresst sein. Du bist zu intensiv für mich.«

»Was willst du damit sagen?«

»Ich will damit sagen … ich finde, wir sollten uns nicht mehr treffen.« Das nervöse Flattern in meinem Magen beruhigte sich, sobald die Worte ausgesprochen waren. »Ich glaube, wir passen einfach nicht zusammen.«

»Sag das nicht. Wir können daran arbeiten. Ich schwöre es.«

»Es ist doch nicht nur das«, sagte ich.

»Egal, was es ist, ich arbeite daran. Sag es mir einfach.«

»Du kannst nicht daran arbeiten, Alex. Das funktioniert einfach nicht.«

»Warum nicht? Wir stehen das durch. Rede einfach mit mir.«

Ich schloss die Augen und bedeckte sie mit der Hand, um jegliches Licht abzublocken. »Ich … bin fremdgegangen.«

Auf der anderen Seite der Leitung herrschte Totenstille.

»Hast du mich gehört?«, fragte ich.

»Wer war es?«

»Spielt keine Rolle.«

»Wer *war* es?«, sagte er mit einem Knurren in der Stimme

»Nein.« Ich schluckte, um die Tränen zurückzuhalten, die mich zu ersticken drohten. »Das spielt keine Rolle.«

»Für mich spielt es aber eine Rolle«, blaffte er.

»Ich werde es dir nicht sagen.«

Das Klicken und anschließende Schweigen an meinem Ohr sagte mir, dass er auf dem Weg zu mir war.

Ich hätte mit ihm Schluss machen können, ohne es ihm zu gestehen. Ich weiß nicht, warum ich es tat. Vielleicht aus der irrigen Annahme heraus, dass es gut für meine Seele wäre. Vielleicht wollte ich ihm auch wehtun. Ich weiß es nicht, aber nachdem ich es nun einmal gesagt hatte, musste ich mit den Konsequenzen umgehen.

Es war ein hässlicher langer Trennungsstreit epischen Ausmaßes. Im Film wäre es eine beschleunigte Musikmontage gewesen, die uns beide zeigt, wie wir in meinem Zimmer herumlaufen. Ich weigerte mich, den Namen meines Komplizen zu verraten, und das mit immer schrillerer Stimme, nachdem klar war, dass Alex es nur wissen wollte, um den Kerl zusammenzuschlagen. Er begann mit der »Was habe ich getan, dass du mir das antust?«-Tour und arbeitete sich zu »Du miese Schlampe!« vor.

Nachdem ich vom Diskutieren schon ganz heiser war, meine Schultern vor Anspannung quasi an meinen Ohren lagen und mein Kopf vor Erschöpfung hämmerte, fand ich schließlich meine letzten Worte. Diejenigen, die diesen Streit beenden und Alex aus meinem Leben entfernen würden.

»Ich wusste, dass ich mit dir Schluss machen muss, als ich das Gefühl hatte, *ihn* zu betrügen, wenn ich mit dir zusammenbleibe.«

»Liebst du diesen Kerl?«, fragte Alex, den Kopf in seinen Händen. Er hatte keinen Kampfeswillen mehr. Seine Stimme war heiser und leise. Ich fühlte mich wie der Teufel.

»Irgendwie schon …«, sagte ich, da ich zu erschöpft war, um zu erklären, was das bedeutete.

»Und mich liebst du nicht?«

»Offenbar nicht auf dieselbe Art.«

Er verzog sein Gesicht. »Okay. In Ordnung.« Er erhob sich vom Sofa und sah mich an. »Ich hoffe, ihr werdet glücklich zusammen.«

»Wir sind nicht zusammen«, sagte ich, ohne nachzudenken.

Wieder verzog er sein Gesicht. »Dann hoffe ich, dass er dir dein verdammtes kaltes Herz bricht.«

»Vielen Dank, Alex«, sagte ich tonlos.

»Du bist ein Miststück.«

Mein Temperament regte sich wieder, und ich warf ihm einen bösen Blick zu. »Du kannst jetzt gehen.«

»Ich bin noch nicht fertig.«

»Doch, das bist du.« Ich sprang auf, legte beide Hände auf seinen Rücken und schob ihn zur Tür. Ich denke, dass er zu überrascht war, um sich zu wehren – er war viel schwerer als ich und mindestens einen Kopf größer. »Du bist total. Vollkommen. Mehr als. Fertig!« Ich riss die Tür auf und gab ihm einen letzten Schubs. Er hätte mich aufhalten können, er hatte es kommen sehen müssen, aber er ging zur Tür hinaus und drehte sich nicht um, als ich sie hinter ihm zuschlug.

Als Nächstes setzte ich mich schnurstracks an den Computer und schickte eine E-Mail an Matt. *Es ist aus. Auf beschämende, aufreibende und demütigende Weise aus, und ich bin eine Riesenidiotin. Entschuldige!*

Ich bekam nicht gleich eine Antwort, aber er rief mich am nächsten Tag an.

»Hey, Joss!«

»Hi!«

»Ich hab deine Mail bekommen.«

»Es tut mir so leid.«

»Ist in Ordnung.«

»Nein, echt. Ich hätte dich einfach nicht da mit hineinziehen dürfen.«

»Ist wirklich in Ordnung«, wiederholte er.

»Du hattest absolut recht. Er war einfach nur ein Mistkerl.«

»Ich muss ihn hassen, erinnerst du dich? Steht so in den Regeln.«

Bei der Erwähnung der Regeln verspürte ich große Erleichterung. Es gab mir Hoffnung, dass ich unsere Freundschaft nicht unrettbar zerstört hatte. »Stimmt.«

»Du bist dir dieses Mal also sicher?«

Ich dachte an die nervenaufreibenden Stunden des Streits vom Vorabend. Wenn ich Alex niemals wiedersah, wäre das noch zu früh. »Oh, ich bin mir sicher.«

»Klingt nach einer interessanten Geschichte.«

»Eigentlich vollkommen uninteressant«, erwiderte ich. »Es war einfach nur ein wahnsinnig langer, wahnsinnig sinnloser Streit, an dessen Ende er mich als Schlampe bezeichnet hat und ich ihn rausgeworfen habe.«

»Na, das hätte ich ja gern gesehen.« Sein Grinsen war praktisch hörbar.

Der Funken Hoffnung in meiner Brust breitete sich aus. »Ich war großartig.«

»Da bin ich mir sicher.« Er lachte.

»Heißt das, du bist nicht mehr sauer auf mich?«

»Ich war niemals sauer. Eher enttäuscht.«

»Oh nein! Das ist ja noch schlimmer! Meine Mutter ist immer enttäuscht von mir.«

Er lachte. »Gut, dann war das genau das Wort, nach dem ich gesucht habe.«

»Matt …« Ich konnte den Gedanken nicht ertragen, dass er wirklich *enttäuscht* war. Am liebsten hätte ich mich irgendwohin verkrochen und zusammengerollt.

»Das war nur ein Scherz.«

»Warum glaube ich dir das nur nicht?«

»Das liegt allein an dir, Joss.« Ich konnte mir bildlich vorstellen, wie er die Schultern zuckte.

»Habe ich schon erwähnt, dass es mir leidtut?« Ich kaute auf der Innenseite meiner Wange herum.

»Hast du.«

»Aber du vergibst mir nicht. Geht es darum?«

Er seufzte laut. »Das würde ich so nicht sagen.«

»Gibt es etwas, das ich tun kann, um es wiedergutzumachen? Drei Vaterunser beten oder so etwas?«

»Das jedenfalls nicht.«

»Okay, na gut … was sonst?«

Er summte einen Moment. »Ich bin mir nicht sicher. Aber ich würde mir meine Optionen gerne offenhalten.«

Diese Antwort war scherzhaft genug, damit ich mich ein wenig besser fühlen konnte. »Du benimmst dich wie ein verdammter Mafiapate.«

Er lachte.

»Also … darf ich wieder mit dir im selben Raum sein?«

»Joss, so war das doch gar nicht …«

»Okay, aber deine … *Enttäuschung* hing irgendwie immer zwischen uns, oder?«

Er lachte leise. Die Vorstellung schien ihn zu amüsieren.

Ich ging zu meiner letzten Überprüfung über. »Hast du heute Abend Zeit?«

»Ich könnte es arrangieren. Warum?«

»Ich möchte dich gern sehen.«

»*Brauchst* du mich denn?«

»Das habe ich nicht gesagt …« Genau das hatte ich gemeint, aber nicht gesagt. Ich war nicht sicher, wie weit wir im Entschuldigungsprozess gekommen waren. Ich wollte die ersten Ansätze einer neu errichteten Brücke zwischen uns nicht direkt wieder zerstören. »Ich hab dich seit *Tagen* nicht mehr gesehen.«

»Schon gut, schon gut.« Er lachte. »Es wird aber spät werden, weil ich arbeiten muss.«

Matts Spätschicht im Restaurant verschaffte mir ausreichend Zeit, die üblichen Vorbereitungen hinter mich zu bringen. Ich hatte keine Ahnung, was der Abend bringen würde, aber wenn auch nur die kleinste Chance bestand, dass er sehen würde, was ich unter meiner Kleidung trug, wollte ich bereit sein. Ich wollte mehr als bereit sein. Bis er um dreiundzwanzig Uhr endlich auftauchte, war ich geduscht und rasiert, ich hatte mich aufgedonnert – zumindest was meine Unterwäsche anging –, mein Atem war minzfrisch und die Bettwäsche sauber. Das alles war nicht unbedingt jeden Abend der Fall, aber ich kannte meine Absichten. Sie waren nicht unschuldig.

»Warte, bevor du etwas sagst. Ich habe etwas für dich.« Mit diesen Worten ließ ich ihn herein. Mit lockend gekrümmtem Zeigefinger lotste ich ihn ins Schlafzimmer und nahm dort das zerknitterte Blatt Papier von meinem Schreibtisch. Es waren die Regeln, und ich hatte eine neue hinzugefügt. Ich reichte Matt das Blatt.

»Nummer neun. Die Beziehung, die Sorbet erfordert, muss beendet sein, bevor Sorbet stattfinden kann«, las er laut, dann lachte er. »Guter Punkt.«

»Habe ich schon erwähnt, dass es mir leidtut?«

»Erst zwei- oder dreihundertmal.«

»Ich habe mich schlechter gefühlt, weil du auf mich sauer warst, als ich mich über meine Trennung von Alex gefühlt habe.«

»Ich war überhaupt nicht sauer, Joss.« Matt verdrehte die Augen.

»Stimmt, stimmt. Aber du weißt, was ich meine.«

»Ja, schon klar.«

»Also … ich habe die Regeln gebrochen, und es tut mir leid.« Als sein Gesichtsausdruck einen Schritt in Richtung Genervtheit machte, hob ich meine Hände. »Das letzte Mal.«

»Das hoffe ich.« Er studierte den Vertrag. »Laut deiner eigenen Ergänzung … ja, du hast die Regeln gebrochen.«

In diesem Moment kam mir der Gedanke, dass niemand,

den ich sonst kannte, dieses alberne Spiel mitgemacht hätte. Es lag nicht nur daran, dass Matt es angestoßen hatte – er war die einzige Person, die sich so hingebungsvoll einer willkürlichen Liste unterwerfen würde, die praktisch auf eine Cocktailserviette geschrieben war. Wir beide hatten schon immer einen Hang zum Absurden gehabt.

»Vielleicht …«, murmelte er, bevor er meinen Schreibtisch nach einem Stift absuchte. Er beugte sich einen Moment über die Regeln. »Da.«

Ich nahm ihm das Blatt aus der Hand und las:

10. *Nach dem Sorbet-Sex muss man die Nacht mit seinem Sorbet-Partner verbringen.*
11. *Jeder Konflikt zwischen den Partnern kommt für eine Sorbet-Auflösung infrage.*

»Ich bin also nicht bis an mein Lebensende verbannt?«, fragte ich.

»Nö.«

»Was genau meinst du mit Regel elf?«, fragte ich.

»Na ja, warum brauchst du Sorbet-Sex?«

Ich verschränkte meine Hände wie eine gute Schülerin. »Um die schlechten Gefühle vom letzten Typen loszuwerden.«

»Also kann es zwischen uns keine schlechten Gefühle geben, oder es funktioniert nicht, richtig?«

Das Ganze klang nach dem Versuch, das hier zu rationalisieren, aber ich wollte zustimmen. »Also müssen wir uns unseren Weg in die Sorbetität zurücksorbeten.«

Er lachte. »Wow, das sind ja vielleicht Worte.«

»Die habe ich mir nur für dich ausgedacht.« Ich lächelte.

»Danke.«

»Also …?«

»Ja, ich bin dabei.«

Ich lächelte wieder und legte ihm die Arme um den Hals. »Vielen Dank.«

»Schon okay. Ich glaube, wir brauchen es beide.«

Ich küsste ihn und war froh, eine ebensolche Erwiderung zu bekommen. »Ich hab echt schöne Unterwäsche für dich ausgesucht.«

»Du warst dir ziemlich sicher, dass du deinen Willen bekommst, oder?«

»Ich war bereit, mich auszuziehen, wenn es darauf hinausgelaufen wäre«, antwortete ich ehrlich.

Er lachte. »Das ist deine Antwort auf alles, oder?«

»Letztes Mal hat es funktioniert.«

»Stimmt.«

»Also … willst du sie sehen?«, fragte ich.

»Auf jeden Fall.«

In der Nacht fiel Schnee, und die Temperatur in meinem Schlafzimmer sank dramatisch. Der Dezember war ungewöhnlich warm gewesen, auch wenn ein paar kühlere Nächte mich bereits auf die schlechte Isolation meines Zimmers aufmerksam gemacht hatten. Es ging nach Norden und Osten raus, was während der Wintermonate dafür sorgte, dass es stark auskühlte.

Ich wusste, dass es kalt war, als ich mit laufender Nase aufwachte. Versuchsweise streckte ich einen Arm unter der Decke hervor und bedauerte es sofort. Ich schauderte und rutschte näher zu Matt, um mir ein wenig von seiner Körperwärme zu borgen.

»Hey«, begrüßte er mich und zog mich enger an sich.

»Du bist wach?«, fragte ich.

»Ja, schon seit einer Weile. Ich traue mich nicht, das Bett zu verlassen.«

»Warum?«

»Weil es so wahnsinnig kalt ist!«

»Ich weiß!«

»Schau dir das an.« Er hauchte in die Luft und sandte damit eine Wolke gefrorener Atemluft in die Höhe. »Mein Atem gefriert. Im Haus.«

»Ich weiß, es ist furchtbar.«

»Ist es immer so?«

»Nur wenn die Temperatur sinkt.«

»Meine Güte.« Er umarmte mich. »Weiß dein Vermieter davon?«

»Ha!«, schnaubte ich. Unser Vermieter war nicht gerade dafür bekannt, auf die Beschwerden seiner Mieter einzugehen. Wir würden in einem Jahr ohnehin alle umziehen, und er konnte in aller Ruhe auf die Beschwerden der nächsten Mieter warten, dass die Heizung in den beiden vorderen Schlafzimmern nicht funktionierte. Überall in Madison waren die Hausbesitzer, die an Studenten vermieteten, ein unmoralischer, abstoßender Haufen. Doch bis man das bemerkt hatte, war es immer zu spät – der Mietvertrag war unterschrieben und die Kaution hinterlegt.

»Da hast du wohl recht«, sagte er.

»Ich bin froh, dass du gestern Abend hergekommen bist«, sagte ich. »Mit dir ist es hier viel wärmer.«

Er lachte. »Du benutzt mich also nur wegen meiner Stoffwechselrate.«

»Nein, nein, nein. Ich benutze dich für viele Dinge.«

Er lachte wieder, und ich küsste ihn.

»Ich bin wirklich froh, dass du hier bist«, sagte ich.

»Ich auch.«

»Dann liege ich jetzt also vorne?«

»Zwei zu eins.«

»Nicht, dass du mitzählen würdest, was?«

»Natürlich nicht.« Er grinste.

»Tja, dann solltest du dich wohl mal wieder auf den Markt werfen«, sagte ich.

»Glaub mir, ich bin auf dem Markt.«

»Okay, du musst also jemanden finden, den du wirklich öfter sehen willst.« Ich schob einen Fuß zwischen seine Schienbeine und wackelte mit den Zehen.

»Ich komm schon klar, vielen Dank.«

»Ich meine es ernst, Matt, du bist toll, du solltest dir eine neue Freundin suchen.«

Er strich eine Locke aus meinem Gesicht. »Dir ist klar, dass das hier eine total bizarre Unterhaltung ist, oder?«

»Wie kannst du das sagen?« Ich schlang meine Oberschenkel um seine Taille und grinste ihn teuflisch an.

Er bedeckte mein Gesicht mit einer Hand und seufzte. »Okay, ich habe eine Frage.«

»Schieß los.«

»Warum willst *du* mich nicht?«

Angst schoss mir durch den Magen. »Matty, ich … ich …«

»Entspann dich.« Er verdrehte die Augen. »Ich frage aus reiner Neugier. Du befindest dich in einer einzigartigen Position, weißt du?«

»Du bist einfach …« Ich zuckte die Schultern. »Du bist einfach nicht mein Typ, schätze ich.«

»Dieses Typen-Ding ist Schwachsinn.«

»Ach wirklich? Und warum willst du mich nicht?«, fragte ich herausfordernd.

»Das werde ich dir auf keinen Fall sagen.«

Ich hob meinen Kopf und sah ihn mit zusammengekniffenen Augen an. »Warum nicht?«

»Ich müsste ein Idiot sein, um einem Mädchen, mit dem ich

gerade im Bett bin, zu erklären, warum es kein Freundinnenmaterial ist.«

Ich spielte mit dem Gedanken, weiter nachzubohren, aber er hatte wahrscheinlich recht. Ich wollte meinen Sorbet-Partner nicht verlieren und, viel wichtiger, einen guten Freund. Ehrlichkeit ist nicht unbedingt immer die beste Strategie. Alex würde mir wahrscheinlich zustimmen. »Es liegt daran, weil ich nichts Blaues esse, oder?«

Er lachte.

»Vergiss es, sag es mir nicht.«

Er streckte mir seine Hand entgegen. »Ich werde für immer schweigen, wenn du es auch tust.«

»Abgemacht.« Wir besiegelten den Pakt mit einem Händedruck. Und ich entknotete meine Beine von seiner Taille.

»Dann stehe ich jetzt wohl mal auf«, seufzte Matt.

Ich stöhnte. »Wenn du dich bewegst, wird es unter der Decke ganz kalt.«

»Ich dachte, du willst, dass ich jemanden kennenlerne.«

»Ja! Aber ich will nicht, dass du deine ganze Wärme mitnimmst.«

»Du bist eine komplizierte Frau.«

»Was soll ich sagen? Du bist so schön warm.«

»Und wieder benutzt du mich nur.« Er schüttelte den Kopf und warf mir einen gespielt traurigen Blick zu.

»Ich bekenne mich schuldig.« Ich zog die Bettdecke über meine Schultern. »Wer weiß! Dies könnte das letzte Mal sein, dass wir das hier tun. Vielleicht triffst du gleich auf dem Heimweg die Liebe deines Lebens.«

»Bei diesem Wetter werde ich sie niemals erkennen«, sagte er. »Zu viele Schichten.«

»Stimmt.«

»Und außerdem müsste ich dazu das Bett verlassen.«

»Stimmt auch.«

»Da draußen ist es verdammt kalt.«

»Also vielleicht nicht heute.« Ich zuckte mit den Schultern. »Vielleicht triffst du sie ja morgen.«

»Ja, ich werde einfach warten.«

13
Gegenwart

Matts Apartment war zwar per Luftlinie nicht weit entfernt, aber es dauerte eine Weile, um dorthin zu gelangen. Er wohnte auf der Ostseite der Stadt in einer der seltsamsten Unterkünfte, die ich jemals gesehen hatte. Es war das ehemalige Dienstbotenquartier eines der größeren Herrenhäuser am Lake Drive. Es war von den Besitzern des Hauses in eine Mietwohnung umgebaut worden. Ihnen gehörte ebenfalls eine Eigentumswohnung in Florida, eine Skihütte in Aspen und eine Jacht, die sich unerklärlicherweise in Virginia befand. Sie mochten Mieter, die ihre Post hereinholten und wahrscheinlich auf potenzielle Diebe abschreckend wirkten, wenn eines der vier schmalen Fenster im nordwestlichen Teil des Anwesens beleuchtet war. Offenbar hatten die Diener früher ganz gut dort gelebt: Parkettböden, ein Kamin im Wohnzimmer und hohe Stuckdecken. Dagegen war meine eigene Wohnung nicht mehr als ein Fertigbaualbtraum.

Ich parkte in der Einfahrt hinter dem Haus und ging um eine efeuumrankte Ecke zum Nebeneingang, der Matt gehörte. Ich drückte auf die Klingel und wartete, bis er die Stufen heruntergekommen war, um mich hineinzulassen. Die Besitzer hatten das Haus beim Umbau vollkommen modernisiert, jedoch eine Möglichkeit vergessen, die Tür vom zweiten Stock aus zu öffnen.

Es dauerte lange, bis er da war, was mich noch nervöser werden ließ. Ich schluckte und bewegte meine Schultern. Irgendwie schien meine dünne Strickjacke plötzlich um zwei Nummern kleiner geworden zu sein. Sie fühlte sich furchtbar eng an – als ob sie mich zerdrücken wollte. Schnell knöpfte ich sie auf und zog sie aus. Dann war es mein Haar, das sich um meinen Hals zu wickeln und mich zu erdrosseln schien. Ich bündelte es zu einem Pferdeschwanz und verschnaufte dann kurz. In diesem Moment merkte ich, dass ich vor lauter Zerstreutheit meine Brille aufgelassen hatte. Schnell nahm ich sie ab und steckte sie in meine Handtasche. Ich wusste, dass es ein Wunder wäre, wenn ich später noch wissen würde, wo ich sie hingetan hatte, aber zumindest sah ich nicht mehr wie ein Nerd aus.

Dann kam Matt plötzlich auf Socken die Stufen herunter und rutschte fast auf der drittuntersten aus. Er streckte seine Arme aus, um das Gleichgewicht zu bewahren. Ich beobachtete das Ganze durch die unterteilte Scheibe der Haustür und musste lachen.

»Hey, komm rein«, sagte er und stieg ohne weitere Begrüßung sofort wieder die Stufen hinauf.

»Es ist auch schön, *dich* zu sehen!«, rief ich ihm hinterher, während ich meine Schuhe auszog.

»Tut mir leid!, rief er zurück. »Aber der Küchenwecker hat gerade geklingelt!«

Ich würde das, was Matt am unteren Ende der Treppe hatte, keine Diele nennen, aber es gab ein paar Haken für Mäntel an der Wand und eine kleine Kollektion von Schuhen, die er dort stehen hatte. Ich zog meine immer aus, wenn ich kam, auch wenn er mich nie darum gebeten hatte. Es schien einfach angebracht zu sein.

Als ich meinen Mantel an den üblichen Haken hängen wollte, bemerkte ich, dass dieser schon von einer schmutzigen

Baseballkappe besetzt war. Als ich sie erkannte, musste ich lachen. Matt war keiner von den Typen, die ständig solche Dinger trugen, wie so viele Jungs, die ich im College gekannt hatte. Aber es hatte einen Sommer gegeben, in dem er anscheinend auch immer so etwas auf dem Kopf gehabt hatte. Als ob er sich verkleiden wollte. Und es war diese traurige dreckige Kappe gewesen. Wenn ich so darüber nachdachte, hatte ich sie seitdem nicht mehr gesehen. Ich dachte, er hätte sie verloren.

Ich meinte sogar, sie selbst in den Lake Mendota geworfen zu haben.

14

Fünf Jahre zuvor … das dritte Studienjahr

Ich war zwanzig, als ich mich verliebte.

Leider handelte es sich nicht um ein menschliches Wesen. Nach zwei Jahren, in denen ich mich durch Biologie als Hauptfach gequält hatte, ohne eine wirkliche Ahnung zu haben, was ich eigentlich damit anfangen wollte, verliebte ich mich in einen Kurs. Es war Tierbiologie.

Ich hatte Tiere immer schon geliebt. Es hätte auch gar keine andere Erklärung dafür gegeben, dass ich so viele Stunden klitschnass im Hundesalon meiner Schwester verbracht hatte, wo ich verängstigte Hunde zu beruhigen versucht hatte und dafür gekratzt worden war. Hunde zauberten mir einfach ein Lächeln ins Gesicht, sie entspannten mich und gaben mir einen Grund, mich auf die nasse Aufgabe, sie zu waschen, zu freuen.

Am Ende meines zweiten Studienjahrs wurde mir also klar, dass ich Tierarzthelferin werden wollte. Es war eine Möglichkeit, mit Tieren umzugehen, ohne diesen nervigen Abschluss in Veterinärmedizin machen zu müssen, den ich nicht wollte. Diese Offenbarung erforderte jedoch, freiwillig ein Nerd zu werden. Ich schrieb mich an der örtlichen Fachhochschule ein und begann an zwei Hochschulen gleichzeitig Kurse zu besuchen. Wenn ich alles sorgfältig plante, konnte ich immer noch in vier Jahren meinen Abschluss machen. Dafür musste ich nur die Sommerkurse belegen.

Währenddessen sank mein Liebesleben auf seinen absoluten Tiefpunkt. Zuerst dachte ich, dass es mit meiner erhöhten Kursbelastung und eingeschränkten Freizeit zu tun hatte. Aber es hatte wohl auch ein wenig mit Pech zu tun. Oder mit einem Karma, das mir in den Hintern trat.

Zuerst kam John, der den Maßstab für Romantik im College setzte. Er eroberte mich mit den umwerfenden ersten Dates im Sturm. Wir picknickten und machten einen langen Spaziergang, wir gingen ins Kunstmuseum und tranken mitten am Nachmittag Wein, wir besichtigten das Capitol-Gebäude in Madison, und als er sich das Kuppeldach ansehen wollte und ich mich wegen meiner Höhenangst nicht traute, verzichtete er sofort darauf. In der Geschichte meiner College-Verabredungen stach er als perfektes Beispiel klassischer Romantik heraus. Ich dachte, er sei mein persönlicher Traumprinz.

Aber nach unserer fünften Verabredung bekam er einen Anruf, während er noch in meinem Bett lag. Als er auf das Display sah, lächelte er. Dann legte er einen Finger auf seine Lippen und ging dran.

»Hey, Süße, ich hab gerade an dich gedacht«, sagte er ins Telefon.

Mich ergriffen erste Zweifel.

»Nicht viel. Ich hänge nur ein wenig mit den Jungs ab.« Er schmunzelte mir zu, als würde es sich um einen guten Scherz zwischen uns handeln. »Ich vermisse dich auch, Baby.«

Das war der Punkt, an dem ich aus dem Bett stieg. Meine Hände zitterten, während ich meinen Bademantel vom Haken nahm.

»Aber natürlich werde ich«, fuhr er fort, als wäre ich gar nicht da. »Ja, ich weiß. Das wollte ich auf keinen Fall verpassen.«

Wenn es so etwas wie Karma gab, war John wohl meine Bestrafung dafür, dass ich Alex betrogen hatte. Oder so etwas Ähnliches getan hatte. Jedenfalls musste ich eindeutig etwas getan haben, um so einen »karmischen« Tritt in den Hintern zu verdienen.

Meine Lunge schmerzte schon vor Anstrengung, ein Schluchzen zu unterdrücken, während ich damit begann, Johns Kleidung vom Boden aufzuheben. Er beachtete mich gar nicht. Als ich alles zum Fenster trug, versuchte er deshalb auch nicht, mich aufzuhalten. Dann holte ich noch seine Schuhe.

»Hey, was machst du da?«, sagte John, als ich den ersten Schuh aus dem Fenster warf. »Süße, ich ruf dich gleich zurück.« Er beendete seinen Anruf, als ich den zweiten Schuh seinem Kumpel nachschickte. »Was zum Teufel machst du da?«

»Du hast eine Freundin?«, sagte ich. »Was zum Teufel machst du dann hier?« Ich konnte vor zurückgehaltenen Wuttränen nur noch verschwommen sehen.

»Sie wohnt in Portland!«, rief er. »Bist du verrückt?«

»Verschwinde einfach!«

»Was hast du für ein Problem?«, sagte er und rutschte an die Bettkante, um nach seiner Kleidung auf dem Boden zu suchen. Er schien noch nicht begriffen zu haben, dass ich sie ebenfalls aus dem Fenster geworfen hatte.

»Was ich für ein Problem habe? Du bist ein fremdgehendes Arschloch! Verschwinde aus meinem Haus!« Ich deutete auf die Tür.

»Oh, und ob ich verschwinden werde.«

»Nicht schnell genug.« Ich stapfte durch das Zimmer und riss die Schlafzimmertür auf. »Raus!«

»Wo sind meine Klamotten?«

»Tja, der Müllcontainer ist direkt unter meinem Fenster, also würde ich es zuerst mal da versuchen.«

»Verrücktes Miststück.« Er stand auf und hielt dabei sein Handy vor seine Genitalien wie einen winzigen Schild.

»Hau ab!« Ich stampfte mit dem Fuß auf und blinzelte, während ich versuchte, mich zusammenzureißen.

»Joss?« Die Stimme kam vom unteren Treppenabsatz. »Alles okay?«

»Alles bestens!« Meine Stimme klang nasal, und ich wusste, dass es nur noch ein paar Sekunden dauern würde, bevor ich zu weinen anfing.

»So gehe ich auf keinen Fall runter«, zischte John.

»Und ob du das tun wirst.«

»Fick dich!«, sagte er.

»Das hast du doch schon gemacht, Arschloch.« Ich hob meine Stimme. »Jessie, bist du allein?«

»Nein, Evan ist hier.« Jessies Freund. Ein Hockeyspieler. Perfekt.

»Bist du in Ordnung, Joss?«, rief Evan hoch.

»Kannst du mal raufkommen?«, rief ich zurück.

Johns Gesicht verfinsterte sich. »Hetzt du mir jetzt deinen Kumpel auf den Hals? Macht dich so was an?«

Ich kniff kurz meine Augen zu. »Ich will einfach, dass du gehst.«

Auf der Treppe waren Evans schwere Schritte zu hören.

John starrte mich böse an.

»Vielleicht beeilst du dich ein bisschen«, sagte ich. »Sonst haut vielleicht noch jemand mit deinen Schuhen ab.« Das war eine leere Drohung, aber in Madison nicht außerhalb des Möglichen. College-Studenten sind nicht gerade für ihr rechtschaffenes Benehmen und gutes Urteilsvermögen bekannt.

»Verrückte Schlampe«, murmelte John zur Verabschiedung, während er sich an mir vorbeidrückte, gerade als Evan oben angekommen war.

»Whoa, tut mir leid, Kumpel!«, sagte Evan, der sich schnell eine Hand vor seine Augen hielt, um dem Anblick des nackten John zu entgehen.

John sagte kein Wort, sondern stürmte die Stufen hinunter. Dabei hielt er das Handy immer noch wie ein Feigenblatt vor sich. Jessie kreischte, als er in Sicht kam, hielt ihn aber nicht davon ab, durch die Haustür zu verschwinden. Schnell lief ich im Bademantel die Treppe hinunter, um durch ein Fenster auf die Straße zu sehen.

»Was ist denn hier los?«, wollte Jessie wissen.

Ich antwortete nicht, sondern presste mein Gesicht an die Scheibe, bis John außer Sicht war. Dann eilte ich zur anderen Seite des Hauses und stieg schamlos auf die Küchenarbeitsfläche, um aus dem Fenster über der Spüle zu schauen. Das war der ultimative Beweis dafür, wie sauer ich war. Normalerweise wäre mir das bereits zu hoch gewesen. Aber wenn ich meinen Kopf genau in den richtigen Winkel drehte, konnte ich die nackte Gestalt Johns erkennen, der das Gebäude umrundete und auf dem Bürgersteig seine Kleidung zusammensuchte.

»Joss, was ist passiert?« Evan erschreckte mich, und ich stieß mir den Kopf an der Glasscheibe.

»Autsch!« Ich rieb meine Schläfe. John bewegte sich aus meinem eingeschränkten Sichtfeld hinaus. »Verdammt!«

»Joss!«, sagte Jessie laut.

Ich drehte mich um und stieg von der Arbeitsfläche. »Steht auf meiner Stirn so was wie ›Nur Arschlöcher‹?«, fragte ich.

»Also, ich kann nichts sehen«, sagte sie.

»Ich auch nicht«, pflichtete ihr Evan bei.

Es schauderte mich. »Ich muss jetzt duschen. So ungefähr neun Stunden.«

So viel zu Traumprinzen auf weißen Rössern.

Zwei Tage bevor ich den nackten John auf die Straße schickte, traf Matt Shelby, ein Mädchen aus den Südstaaten, die zwar einen Großteil ihres Lebens im Norden gelebt hatte, ihre Identität und ihren Akzent aber mit einer Hartnäckigkeit verteidigte, die mich an einen Kunden meiner Schwester erinnerte, einen Rat-Terrier namens Buster. Er hatte immer, wenn ich sein Fell gewaschen hatte, die Zähne gefletscht. Shelby war genauso, allerdings tat sie es mit subtilen Bemerkungen.

Sie war auf diesem Gebiet wirklich geschickt. Als ich sie das erste Mal traf, sagte sie: »Ach du meine Güte, dir stehen rote Haare besser als den meisten anderen, was?« Ich brauchte einen Moment, um zu entscheiden, was sie damit meinte, so gut war sie. Ich hätte es persönlich genommen, aber sie machte das mit jedem.

»Es ist so erfrischend, dass sich die Leute hier nicht um Mode scheren.«

»Ich finde es einfach bezaubernd, dass du immer noch mit den gleichen Leuten abhängst, die du hier am College als Erstes getroffen hast.«

»Mein Vater hat vor seiner Beförderung einen BMW gefahren. Der war ganz in Ordnung, aber jetzt fährt er einen Mercedes.«

Sie war natürlich sehr hübsch. Matt konnte einem hübschen Mädchen niemals widerstehen, egal wie viel Gift es verspritzte. Es war seine größte Schwäche als Mann und einer der drei wichtigsten Gründe, warum ich niemals mit ihm zusammenkommen würde. Sie war klug genug, in seiner Anwesenheit ihre mit Honig überzogenen Spitzen einzuschränken, was nur bewies, dass sie genau wusste, was sie tat.

Ich nannte sie immer Miss Alabama.

Die Beziehung hielt drei Wochen.

Das war unser erster Fall von gegenseitig benötigtem Sorbet. In späteren Jahren bezeichneten wir es als die »Was haben wir uns nur dabei gedacht«-Zeit.

Dann kamen Ryan, Brian und Bryan, in dieser Reihenfolge und so wenig voneinander unterscheidbar, dass ich das Gefühl bekam, in einem Paralleluniversum gefangen zu sein und das gleiche erste Date neunmal hintereinander zu erleben.

Als Nächstes entschied ich, Jessie mit der Auswahl eines Kandidaten zu beauftragen. Nachdem sie Evan gefunden hatte, war sie ein wenig selbstgefällig geworden, aber ich war zu der Zeit mit meinen zusätzlichen Kursen voll ausgelastet und hatte das Gefühl, dass es sinnvoller wäre, die Aufgabe zu delegieren, als sie vollkommen aufzugeben. Was folgte, war eine Reihe von Blind Dates oder unangenehmen Doppeldates mit Jessie, Evan, mir und dem Kerl der Stunde.

Memo an mich: Blind Dates sind ein Werk des Teufels, und keine mitfühlende Person sollte ihre Freunde jemals dieser Situation aussetzen, ganz egal für wie großartig sie das Spiel hält. Nichts ist weniger romantisch, als dazu gezwungen zu sein, Zeit mit jemandem zu verbringen, den man nicht kennt. Das ist, als würde man neben einem Fremden im Flugzeug sitzen und erwarten, sich zu verlieben.

Doppeldates haben zudem noch den besonderen Bonus, dass sich die potenziellen Partner abwechselnd wie das fünfte Rad am Wagen fühlen.

JESSIE: Evan und Tim haben mal mit diesem Typen namens Brooks zusammengewohnt – erzähl ihr das mit dem Fisch …

EVAN und TIM lachen und erzählen eine Geschichte über den ehemaligen Mitbewohner.

JOSS lacht höflich.

EVAN: Tim stammt aus North Carolina. Hat Jessie nicht mal erzählt, dass du in North Carolina ein paar Verwandte hast?

JOSS: South Carolina

EVAN: Ach ja, richtig.

JESSIE [lacht]: Oh mein Gott, das erinnert mich an diese Halbfinalparty letztes Jahr, wisst ihr noch?

JOSS und EVAN [zusammen]: Diese Pizza schmeckt nach Salzstangen!

JESSIE: Heiliger Bimbam!

JOSS [lachend]: Heiliger Bimbam!

EVAN [zu Tim]: Du hättest dabei sein sollen, Kumpel.

TIM: Scheint so.

Nach drei Varianten dieser Verabredung und zwei weiteren Blind Dates bat ich Jessie darum, mit der Kuppelei aufzuhören.

Nachdem ich also wieder auf mich allein gestellt war, schmiedete ich einen neuen Plan: etwas vollkommen anderes ausprobieren. Mein sogenannter Typ funktionierte offensichtlich nicht. Körperlich hatte ich ohnehin keine besonderen Vorlieben, es ging mehr um bestimmte Charakterzüge. Ich wollte jemanden, der ein romantisches Picknick plante, mir Blumen mitbrachte, und ja – jemanden, der ein wenig eifersüchtig war. Es fiel mir schwer, das zuzugeben, sogar vor mir selbst, aber ich hatte dieses sichere Gefühl immer genossen, das ein eifersüchtiger Junge in mir hervorrief. Mir war klar, dass es dumm und unreif war – mein eifersüchtigster Freund war unerträglich gewesen, und die nur leicht eifersüchtigen Jungs waren selbst fremdgegangen. Jeder Studienanfänger im Fach Psychologie konnte sehen, dass sie nur projizierten, aber das war kaum ein Trost. Aber egal, eines war klar: Romantik ging nicht automatisch mit Vertrauen, Geborgenheit und einer gesunden Beziehung einher. Also schien der nächste Schritt für mich darin zu bestehen, jemanden zu finden, der nichts davon hatte.

Kevin war dieser Kerl. Er hatte nichts von einem Traumprinzen an sich, was genau der Grund dafür war, warum ich entschied, mit ihm zu flirten. Er war der typische schüchterne Bücherwurm, der sich in Teenagerfilmen immer als toller Kerl herausstellte. In der echten Welt sind sie genau so nett wie in den Filmen, kommen aber selten mit dem Mädchen ihrer Träume zusammen. Da ich ohnehin nicht dieses Traummädchen war, hatte ich insgeheim immer befürchtet, mit einem solchen Typen zu enden, bevor ich mit Ben zusammenkam. Darum kam ich mir ziemlich scheinheilig vor, als ich einwilligte, mich mit Kevin am Memorial Union zu treffen. Davor hatte ich mich noch damit herausreden können, dass ich nicht an ihm interessiert sei, weil er ein intellektueller Snob sei oder zu oft seine Nase reibe. Danach, als ich wusste, dass er klug, aufrichtig und ein interessanter Gesprächspartner war, musste ich mir eingestehen, dass ich mich körperlich einfach nicht zu ihm hingezogen fühlte.

Aber ich war entschlossen, mit meinen schlechten Gewohnheiten zu brechen, also traf ich mich weiter mit ihm. Und obwohl er mir ans Herz wuchs – er war sogar nett genug, mich nicht zu sich in den neunten Stock eines neuen Wohnheims einzuladen, nachdem er von meiner Höhenangst erfahren hatte – fühlte ich doch niemals dieses Kribbeln, das ich spüren wollte. Schließlich machte ich Schluss mit ihm. Ich würde gerne sagen, dass es mich härter traf als ihn, doch seinem Gesichtsausdruck nach war das unwahrscheinlich.

»Du musst aufhören, dir wegen Kevin den Kopf zu zerbrechen«, riet mir Jessie am Anfang meiner zweiten Woche mit Schuldgefühlen. Wir fläzten uns mit Eis am Stiel auf dem Sofa, während wir darauf warteten, dass der Vermieter auftauchte und die Klimaanlage einschaltete. Es war fast Juli, und er hatte endlich meine zehnte Anfrage erhört, mich davor zu bewahren, in meiner Wohnung eines Hitzetodes zu sterben. »Man kann sich nicht zwingen, jemanden anziehend zu finden.«

»Ich fühle mich aber wie ein Riesenmiststück, weil ich diesen total netten Kerl abserviert habe. Er hat absolut nichts verkehrt gemacht.«

»Aber er hat auch nichts richtig gemacht«, erwiderte sie.

»Ich schwöre dir, dafür wird mir das Karma noch in den Hintern treten. Ich werde nie wieder einen Freund finden, weil ich den armen Kevin abgeschossen habe.«

Sie lutschte an ihrem orangefarbenen Wassereis. »Das Universum hat es nicht auf dich abgesehen.«

»Das weißt du nicht mit Sicherheit.«

»Du aber auch nicht. Also bitte, es ist doch nicht so, als hättest du ihn vor dem Altar stehen gelassen. Es hat einfach nicht sein sollen. Komm drüber weg.«

Mein Wassereis – Kirsch – schmolz schnell, und ich musste ein Rinnsal von meinem Handgelenk ablecken. »Trotzdem fühle ich mich schlecht«, sagte ich,

»Warum, hast du ihn etwa entjungfert oder so was?« Sie lachte.

»Nein. Wir haben nicht miteinander geschlafen.«

»Dann bist du besonders bescheuert, wenn du dich deswegen fertigmachst. Was ist mit Tim und Rob und Carlos?« Das waren drei der Typen, die sie mir auf den Hals gehetzt hatte – auf meine Bitte hin, okay, aber das war nicht der Punkt. »Mit denen bist du nicht mal ausgegangen. Warum heulst du nicht ihretwegen herum?«

Ich warf ihr einen bösen Blick zu und lutschte aggressiv an meinem Eis. Das obere Ende löste sich in meinem Mund, und ich bekam sofort Kältekopfschmerzen. »Ah, verdammt!« Ich presste meine Hand auf die Stirn und stöhnte.

Jessie lachte.

»Siehst du? Hab ich doch gesagt. Karma.« Außer dass ich gerade einen kleinen Eisberg mit Kirschgeschmack im Mund hatte und es deswegen eher so klang: »Siche? Haidochgecha. Kawa.« Ich wälzte das Eisstück in meinem Mund herum, bis ich es schlucken konnte, und wiederholte: »Karma.«

»Ja, ja«, sagte sie. »Bring einfach dein Qi in Ordnung und vergiss Kevin.«

»Ich glaube, du vermischst da ein paar östliche Religionen, Jess.«

Sie winkte ab. »Qi, Karma, deinen Frieden mit Jesus machen – wie du es auch nennen willst, mach es einfach,«

Ich wollte es Sorbet nennen.

Glücklicherweise war Matt zu diesem Zeitpunkt ungebunden und blieb praktischerweise den Sommer über wegen seines Jobs in Madison. Wir nannten dieses Sorbet den Karma-Retter.

Liebesangelegenheiten sind keine mathematischen Gleichungen, aber allmählich stellte ich eine Liste von Konstanten zusammen.

1. Romantik ist nicht gleich Liebe.
2. Traumprinzen sind gewöhnlich verzogene Bälger.
3. Körperliche Anziehung ist unbedingte Voraussetzung.
4. Schuldgefühle sind kein Grund, mit jemandem zusammenzubleiben.
5. Wenn mich schon am Anfang eine Sache stört, wird es mit der Zeit nur noch schlimmer.

Diese letzte Lektion brachte mir der Entenmaler bei. Sein Name war Seth, und in seiner Freizeit bemalte er Entenfiguren. Als er mir das bei unserer ersten Verabredung erzählte, dachte ich, er mache Witze. Ich lachte.

Es war kein Witz.

Und obwohl Seth attraktiv, klug und bereit war, sich mit mir eine Liebeskomödie anzuschauen, musste ich ihn abschießen, als ich seine Wohnung sah. Denn sie war voller Entenfiguren in verschiedenen Stadien der Fertigstellung. Eine wäre noch in Ordnung gewesen. Fünf schon hart an der Grenze. Aber die sechsundfünfzig Stück, die er auf jeder verfügbaren Fläche stehen hatte, waren zu viel für mich.

Ich ging nicht dran, als er mich am nächsten Tag anrief. Und danach auch nicht mehr.

Währenddessen ging Matt gerade eine Reihe von Mädchen durch, die ich gerne »Die Truppe« nannte. Vier Blondinen und eine Brünette. Es war eine schwungvolle Sammlung: eine ehemalige Turnerin, zwei ehemalige Cheerleaderinnen, ein Mitglied des Show-Chors und das Mädchen, das bei *American Idol* vorsprechen wollte. Fairerweise muss ich sagen, dass sie viel netter waren als Matts bisherige Freundinnen. Ein paar von ihnen dünsteten quasi gute Laune aus. Irgendwie passten sie dadurch ganz gut zu dem stets liebenswürdigen Matt, auch wenn seine lockere Freundlichkeit von der manisch guten Laune dieser Truppe Welten entfernt war.

Sie waren alle jünger als wir. Die Letzte, eine Blondine namens Kelly, war mit achtzehn die Jüngste. Die Tatsache, dass sie keinen gefälschten Ausweis hatte, war nur deswegen tolerierbar, weil wir Sommer hatten und sie ihre Zeit am See verbringen konnten. Auch wenn die meisten Studenten den Sommer über wegfuhren, hatten genug Leute ungünstige

Mietverträge, sodass ich immer darauf zählen konnte, auch in der vorlesungsfreien Zeit ein paar Freunde um mich zu haben. Und Matt gehörte stets dazu, also verbrachte ich viel Zeit mit Kelly. So viel, dass sich mir Kelly eines Abends, als Matt gerade Bier holen war, anvertraute.

»Ich bin noch Jungfrau. Denkst du, das ist ein Problem?«

Nachdem ich mich fast an meiner eigenen Spucke verschluckt hatte, krächzte ich: »Was meinst du mit ›Problem‹?«

»Na ja, Matt ist es doch wohl nicht mehr.« Die Hoffnung in ihrem Blick war fast greifbar. »Oder?«

Meine Lippen zitterten, während ich gegen den Impuls kämpfte, laut aufzulachen. »Ähm, nein. Ist er nicht.«

In einiger Entfernung sah ich Matt, der stehen geblieben war, um sich mit jemandem zu unterhalten. Es gab aus dieser Unterhaltung kein Entkommen.

»Denkst du, dass ihn das stören würde?«

Es gab zwei mögliche Wege, die sie gehen konnte. Ich verschaffte mir einen Moment Zeit zum Nachdenken, indem ich einen Schluck von meinem Getränk nahm und in Matts Richtung sah. Er war nur ein Jahr älter als sie, aber was ihre Unschuld anging, hätte er genauso gut vierzig sein können.

»Worauf wartest du? Auf … die Ehe?«

»Nein.« Kelly zuckte die Schultern. »Nur auf den Richtigen.«

Ich wurde unverbindlich. »Mmm.«

»Sag es ihm bitte nicht, okay?«, sagte sie. »Sollte er der Richtige sein, will ich nicht, dass es deswegen komisch zwischen uns wird.«

»Klar«, erwiderte ich und bestätigte damit ihren letzten Satz, ließ sie aber in dem Glauben, dass ich damit ihre Frage beantwortet hatte. Hinterhältig? Ja, aber an eine solche Bitte würde ich mich nicht halten.

Sobald ich konnte, nahm ich Matt beiseite. »Du kannst mit diesem Mädchen nicht schlafen.«

»Warum nicht?«

»Sie ist noch Jungfrau.«

Ich sah, wie unter der Kappe seine Augen aufleuchteten. »Bist du sicher?«

»Ja. Sie will nicht, dass du es weißt. Sie denkt, dass du ›der Richtige‹ sein könntest.«

Er warf einen Blick über seine Schulter in die Richtung, in die sie gegangen war, um eine Toilette zu suchen. »Wirklich?«

»Matt!« Ich zwickte ihn in den Arm. »Das kannst du nicht tun.«

»Warum nicht?«

Mein Unterkiefer klappte herunter. »Willst du mich auf den Arm nehmen? Du *bist* nicht der Richtige.«

»Könnte ich aber sein.« Er schmunzelte, und da wusste ich, dass er mich wirklich aufzog. »Manchmal ist es einfach Schicksal, weißt du?«

»Hör mit diesen Quatsch auf.« Ich boxte ihn gegen die Schulter. »Du bist nicht ihr Richtiger.«

»Warum nicht?«

Ich legte den Kopf schief. »Hast du vor, dieses Mädchen zu heiraten?«

»Nein«, erwiderte er, ohne zu zögern.

»Dann verdirb ihr nicht ihr erstes Mal, indem du der Typ bist, der sie sitzengelassen hat.«

»Das ist gar keine so große Sache«, sagte er. »Warum macht ihr Mädchen immer eine so große Sache daraus? Du hast doch nicht ernsthaft geglaubt, du würdest Ben heiraten, oder?«

»Na ja …« Absolut, aber das würde ich ihm nicht verraten.

Er runzelte die Stirn und grinste. »Ach, komm schon, für so was bist du doch viel zu cool, Joss.«

»Lass es einfach, okay? Ruiniere es ihr nicht – sie ist so niedlich.«

»Niedlich?«

Ich streckte ihm die Zunge raus. »Wie Bambi. Wie ein getretener Welpe.«

Er atmete tief ein und seufzte. »Hast du eine Ahnung, was du da von mir verlangst?« Er spielte den Märtyrer.

»Wenn es für sie keine große Sache sein sollte, warum ist es dann für dich eine große Sache, darauf zu verzichten?« Ich sah ihn mit erhobenen Augenbrauen an.

»Komm schon, wer will nicht der Erste bei jemandem sein? Das ist so, als wäre man der erste, der über frisch gefallenen Schnee läuft.«

»Sei nicht so ein Arsch.«

Er lachte. »Das musst gerade du sagen.«

»Matt, ich meine es ernst!«

»Dass ich mich wie ein Arsch benehme?«

Ich sah, dass Kelly auf dem Rückweg zu uns war. »Sie kommt.«

»Ach, ich weiß einfach nicht, Joss. Wie oft kommt es vor, dass einem jemand seine Jungfräulichkeit auf dem Silbertablett serviert?«

»Gott, kenne ich dich überhaupt?«

»Was, wenn sie mich anfleht?«

»Diese widerliche Kappe hat dein Gehirn verseucht. Du bist ekelhaft geworden! Ich sollte sie dir abnehmen und in den See werfen.« Ich tat so, als würde ich nach seiner Kappe greifen, aber er wich mir lachend aus.

Er hielt die Kappe mit einer Hand fest. »Ich mach doch nur Quatsch – komm schon, du kennst mich doch. Und lass meine Kappe aus dem Spiel.«

Kelly war nur noch ein paar Meter entfernt.

»Schwör mir, dass du dieses arme Mädchen nicht entjungfern wirst, Matt, oder ich werde es dir niemals verzeihen.«

»Entjungfern?«, wiederholte er, als ob das Wort einen sauren Beigeschmack hätte.

Ich nickte und sah Kelly an.

Er drehte sich zu ihr um – einem zierlichen rosigen blonden Mädchen vom Land – dann sah er mit enttäuschtem Welpenblick wieder zu mir. »Weißt du, mein eigenes Gewissen hätte ausgereicht. Das ist wie Eulen nach Athen tragen.«

Ich versuchte noch einmal, mir die Kappe zu schnappen, aber er wich erneut aus. »Sehr ehrenhaft von dir, dich nicht wie Abschaum zu benehmen.«

»Jetzt nicht übertreiben, Alvin.« Er nannte mich Alvin, seit ich den Fehler gemacht hatte, mich mit einem Streifenhörnchen zu vergleichen.

»Ich erzähle ihr von uns«, drohte ich mit hochgezogenen Brauen.

»Das wäre einfach nur niederträchtig.«

»Was denn?«, fragte Kelly, die wieder an unserem Tisch angekommen war.

»Nichts«, erwiderte Matt und ließ sich von ihr auf die Wange küssen. »Ich hab Joss nur daran erinnert, dass sie mir einen Gefallen schuldet.«

»Sobald du deinen Teil erfüllt hast, Matty.« Mein Blick schoss kurz zu Kelly.

Er starrte mich finster an. »Schon klar.«

Kelly wirkte verwirrt, aber nach einem Augenblick täuschte sie ein Gähnen vor. »Huch, ich bin plötzlich ganz müde! Begleitest du mich nach Hause?« In ihren Augen funkelte das Licht der nächsten Straßenlaterne. Sie war aufgeregt und nervös. Sie hatte sich entschieden.

»Na klar«, sagte Matt.

Als er aufstand, trat ich unter dem Tisch gegen sein Schienbein.

»Ich hoffe, es macht dir nichts aus, Joss. Es war nett, heute Abend mit dir zusammen zu sein.«

»Danke. Schönen Abend noch!«

Sie sprang auf, während Matt einen letzten Schluck aus seinem Glas nahm. »Wir sprechen uns später, Joss. Du schuldest mir was.«

»Und du weißt, dass ich meine Schulden bezahle.«

Er grinste. »Immer.«

Er rief am nächsten Tag an. Dieses Sorbet nannten wir »Die Abrechnung«.

15
Gegenwart

Ich schob die Erinnerungen an jenen Sommer beiseite und folgte ihm in die Wohnung. Ich war überrascht, als ich im Wohnzimmer einen Konzertflügel stehen sah.

»Wow! Seit wann hast du denn ein Piano?« Letztes Mal, als ich hier gewesen war, hatte es noch nicht dort gestanden.

»Es hat meinem Vater gehört.«

»Oh!« Das ließ mich innehalten. Matts Vater war vor sechs Wochen unerwartet an einem Herzinfarkt gestorben. Ich stellte meine große Tasche auf der Couch ab und trat näher, um mir das Instrument genauer anzusehen. Es war offensichtlich in gutem Zustand, auch wenn ein paar der Tasten abgenutzt waren. Mir kam ein Gedanke, und ich ging zur Küche, um nicht rufen zu müssen. »Wie ist es hereingekommen?«

Matt grinste mich an. »Sehr vorsichtig.«

»Ich meine es ernst.«

»Wir haben dafür Profis angeheuert«, sagte er. »Meine Mutter wollte es nicht mehr im Haus haben. Sie zieht um, hab ich dir das erzählt?«

»Nein. Wohin denn?«

»Nach Arizona.«

»Warum?«

Er zuckte die Schultern. »Ihre Schwester lebt dort unten. Mein Bruder ist in Nevada. Ich reiche offenbar nicht, um sie hier zu halten.« Er lächelte, um mir zu zeigen, dass er einen Scherz machte.

»Meine Mutter zog nach Arizona, und alles, was ich bekam, war dieses lausige Piano«, sagte ich.

»So etwas in der Art.« Er nahm einen Topf vom Herd und goss seinen Inhalt in ein wartendes Sieb.

»Kann ich dir helfen?«

»Nö.«

»Und was soll ich stattdessen tun?«

»Dich amüsieren.« Er machte mir ein Zeichen, mich zu entfernen, ohne den Blick von seiner Tätigkeit zu heben. Es war eine vertraute Geste, aber ich hatte so viel über die ersten Jahre unserer Freundschaft nachgedacht, dass mir plötzlich deutlich wurde, wie viel älter er jetzt aussah.

Ich ging ins Wohnzimmer zurück. Wie immer wurde ich von der Pinnwand über seinem Schreibtisch angezogen. Er hatte sie in jeder seiner Wohnungen seit dem ersten Studienjahr hängen. Über die Jahre hatten sich die Fotos angehäuft, so sehr, dass einige der älteren gar nicht mehr sichtbar waren, aber er nahm niemals welche ab. Es war ein Wunder, dass gewöhnliche Reißzwecken immer noch den Korkuntergrund erreichten. Ich betrachtete ein paar der weiter oben befindlichen Fotos. Es war auch eine Collage meines eigenen Lebens, da es so stark mit Matts verbunden war. In einer Ecke, kaum sichtbar, entdeckte ich das unverkennbare Meerblau von Megan Lowrys Auge.

Meine Güte … Megan …

Drei Jahre zuvor – das erste Jahr nach dem Abschluss

Das erste Date, das ich hatte, als ich eine halbwegs annehmbare Nachbildung einer Erwachsenen geworden war – eine College-Absolventin mit einem richtigen Job und einer eigenen Wohnung –, verdanke ich meinem Kater. Ich hatte vergessen, wie es war, mit einer Katze zusammenzuleben, und ich ließ die Tür auf, als ich ein paar Umzugskisten hereintrug, die ich am Fahrstuhl hatte stehen lassen.

Als ich die letzte Kiste holte, sah ich gerade noch Deweys buschigen Schwanz die Treppe am Ende des Flurs hinunterhuschen.

Ich vollführte eine unfreiwillige Slapsticknummer, als ich mich erst Richtung Kiste, dann auf Tür und Treppe zubewegte. Schließlich schleuderte ich die Kiste mehr oder weniger durch die Tür, knallte sie zu und rannte dem Kater hinterher. Er hatte es erst einen Stock tiefer geschafft und kratzte und miaute vor der Tür von Nummer 207. Sein Ziel war eindeutig die Quelle des köstlichen Dufts, der darunter hervorströmte. Ich griff gerade nach ihm, als die Tür geöffnet wurde. Auf der anderen Seite stand ein Kerl mit einem freundlichen Lächeln und der hässlichsten Hose, die ich jemals gesehen hatte.

Ich erstarrte mit dem strampelnden Dewey im Arm. »Tut mir leid, mein Kater …«

»Ich hatte so was gehört …«

»Tut mir leid«, erwiderte ich.

»*Miiaauu*!« Dewey befreite sich aus meinem Griff und lief schnurstracks in die Küche des Fremden.

»Dewey!« Ich stellte mich auf die Zehenspitzen und sah ihm nach, traute mich aber nicht, ihm zu folgen.

»Mein Hühnchen«, murmelte der mit der hässlichen Hose und eilte der Katze hinterher.

Ich blieb im Türrahmen stehen. »Soll ich reinkommen und ihn holen?«, rief ich.

»Ach ja, natürlich. Komm rein.« Seine Stimme war ein sanfter Tenor, der so gar nicht zu seinem Bürstenhaarschnitt und der Tätowierung passte, die unter dem Ärmel seines T-Shirts hervorlugte.

Ich ließ die Tür offen und trat mitten hinein in die volle Wucht der Kochdüfte. »Oh mein Gott, was ist das?« Seine Wohnung war schlicht, aber nett eingerichtet. Ein krasser Gegensatz zu der Welt der Studentenwohnheime, die ich gerade verlassen hatte, und dem Umzugschaos meines eigenen Apartments. Als ich in die Küche trat, hielt Mister Schreckliche Hose einen gefüllten Teller über sich, als gedachte er ihn als Kopfbedeckung zu tragen. Währenddessen stand Dewey auf dem Küchentresen auf seinen Hinterbeinen und streckte die Pfoten nach dem Teller aus. »Dewey!« Ich schnappte ihn mir und hielt ihn fest. Er versuchte ein weiteres Fluchtmanöver, doch ich presste den Ellbogen fest an seine Rippen und schlang meine andere Hand um seine Hinterbeine.

Er protestierte mit einem mitleiderregenden Maunzen.

»Gib endlich Ruhe, du schreckliches Tier.«

»Hast du ihn?«, fragte Mister Schreckliche Hose, während er immer noch das Hühnchen außer Reichweite der Katze hielt.

»Ja, es tut mir furchtbar leid. Wirklich. Er ist mir einfach entwischt.«

»Schon okay. Das passiert dauernd.«

»War er schon einmal hier unten?«, fragte ich erschrocken.

»Nein, aber praktisch immer, wenn jemandem in diesem Gebäude ein Tier entwischt, endet seine Flucht vor meiner Haustür.« Zum ersten Mal lächelte er mich ungezwungen an, da jetzt sein Teller in Sicherheit war. Ich konnte sehen, dass er älter war als ich. Wahrscheinlich über dreißig, wenn die kleinen Lachfältchen um seine Augen ein Hinweis waren.

Wieder begann Dewey sich zu winden und konnte sich fast befreien, aber ich brachte ihn in einen Griff, bei dem ich alle vier Pfoten mit einer Hand hielt. Ich wollte nicht, dass er mich kratzte.

»Es ist der Geruch von Hühnchen«, sagte ich. »Das ist wie Crack für ihn.«

Mister Schreckliche Hose lachte. »Ich habe noch nie gehört, dass es jemand so beschreibt.«

Ich verzog mein Gesicht, als mir klar wurde, dass ich für eine erste Unterhaltung wahrscheinlich ein wenig zu krass geworden war. »Oh … ich … was kochst du denn eigentlich? Es riecht unglaublich gut.«

»Hühnchen mit Schalotten, Pflaumen und Armagnac.«

»Oh!« Plötzlich fiel mir ein, wo ich solch eine entsetzliche Hose schon mal gesehen hatte. »Bist du Koch?«

»Ja.«

»Oh wow! Das ist …« Ich stoppte mich, bevor ich »sexy« sagte. Denn ich hatte bereits »Crack« in unsere erste Unterhaltung eingebracht und wollte mich nicht weiter blamieren.

Dewey versuchte erneut, seine Freiheit wiederzuerlangen. Dieses Mal hatte er genug Schwung, dass ich ein paar Schritte zurücktreten musste, um die Kontrolle über ihn wiederzuerlangen. »Ich sollte ihn wohl besser mal von hier wegbringen. Nochmals Entschuldigung.«

»Ist schon gut.«

Ich war an der offenen Tür, als er wieder sprach. »Wo wohnst du denn? Nur für den Fall, dass … Dewey? … zurückkommt.«

Ich drehte mich zu ihm um. »Drei Null Fünf.«

Seine Lippen formten die Worte, als er lautlos meine Wohnungsnummer wiederholte. Er lächelte. »Jedenfalls nett, dich kennenzulernen …«

Aus irgendeinem Grund gab ich ihm meinen ganzen Namen. »Jocelyn. Und du bist …« Ich spürte seinen Blick auf mir, und plötzlich wurde mir ganz warm.

»Martin.«

Dewey begann schon wieder, sich zu winden, und brachte mich damit in die Realität zurück. Dies war nicht der richtige Augenblick, um den Nachbarn anzuhimmeln – selbst wenn er ein hübscher tätowierter Koch war, der mich ebenso anzulächeln schien. »Dann sieht man sich wohl mal … Martin.« Ich machte den Abgang, während der Kater seine Anstrengungen verdoppelte, bei der Quelle des berauschenden Dufts von Hühnchen mit Schalotten, Pflaumen und was auch immer er noch gesagt hatte, zu bleiben.

Ein paar Minuten nachdem ich Dewey die Leviten gelesen und ihm ein wenig Trockenfutter gegeben hatte, hörte ich ein Klopfen an der Tür. Es war Martin.

»Hi!«, sagte er.

Ein Schwarm Schmetterlinge stieg aus meinem Bauch in den Brustkorb auf. »Hi!«

»Ich wollte fragen, ob du vielleicht mitessen willst«, fragte er. »Ich koche immer viel zu viel.«

Ich lächelte. »Sehr gerne.«

»Bei mir?«, bot er an.

»Wenn dieses Hühnchen noch da ist – ja.«

Martin war elf Jahre älter als ich. Ich war niemals mit jemandem ausgegangen, der jünger war als ich, aber der größte Altersunterschied, den es jemals bei mir gegeben hatte, war zwei Jahre gewesen. Elf war eine ganz andere Sache. Als ich meinen Highschoolabschluss machte, stand er kurz vor seinem dreißigsten Geburtstag. Als er seinen Abschlussball hatte, fuhr ich noch mit Stützrädern herum.

Wir verbrachten unser erstes Essen damit, die extremsten Beispiele unseres Altersunterschieds herauszufinden und darüber zu lachen. Es schien ein Thema, von dem Martin nie genug bekommen konnte. Das zweite Mal, als er mich zum Abendessen in seine Wohnung einlud, begann er wieder damit.

»Dein erstes Konzert«, verkündete er.

Ich lächelte. »Das sage ich dir nicht.«

»Ach komm schon, jedermanns erstes Konzert ist ein wenig peinlich«, sagte er. »Meines war Iron Maiden.«

Ich lachte. »Dann willst du meines auf keinen Fall hören.«

»Es war doch nicht etwa *NSYNC, oder?«, fragte er mit gerümpfter Nase.

Mit vor Wein und Scham geröteten Wangen gestand ich: »Britney Spears – aber es war nicht meine Idee.«

Er ließ seinen Kopf auf die Arme sinken. »Du bist so jung.«

Ich grinste ihn an. »Ach bitte, du stirbst doch auch nicht gleich an Altersschwäche.«

Er seufzte und stand auf, um den Tisch abzuräumen. Ich nahm mit, was er nicht mehr schaffte, und folgte ihm in die Küche. Er stellte alles ins Spülbecken und ließ heißes Wasser darüberlaufen.

»Wenn du möchtest, kann ich abtrocknen«, bot ich ihm an. Er war größer als ich – aber das war ja praktisch jeder – und breit gebaut. Wenn diese entsetzliche Hose nicht gewesen wäre, hätte ich darauf getippt, dass er auf dem Bau arbeitete oder in seiner Freizeit mit einer Motorradgang abhing.

»Das mache ich später«, entgegnete er und nahm mir das Küchentuch ab.

Wir sahen einander drei Atemzüge lang tief in die Augen.

Die Fältchen um seine Augen wurden ein wenig tiefer und glätteten sich dann wieder, während er mich betrachtete.

»Wie alt warst du bei deinem ersten Mal«, fragte ich, weil ich dachte, jetzt sei auch alles egal.

Er befeuchtete seine Lippen. »Achtzehn.«

Ich hob eine Augenbraue. »Ich war …«

»Sieben, ich weiß.« Er unterbrach den Blickkontakt und rieb zwei Sekunden lang eines seiner Ohrläppchen zwischen zwei Fingern.

»Willst du wissen, wie alt ich war?«, fragte ich.

»Nicht die Spur.« Er umfasste meine Taille und presste seine Lippen auf meine.

Martin verfügte über viele Geschichten, Möbel, die er sich selbst gekauft hatte, und eine Geduld im Bett, durch die ich mich wie ein Kindergartenkind fühlte. Er ließ es mich nie spüren, aber der Kontrast war einfach nicht zu übersehen.

Es gab Momente, in denen er den Altersunterschied geradezu zu genießen schien – er erwähnte immer wieder, wie angenehm er meine entspannte Einstellung und Bereitschaft fand, alles auszuprobieren. Glücklicherweise wäre ihm als Profi niemals eingefallen, etwas Blaues zu kochen. Er liebte meine Dessoussammlung und steuerte einiges dazu bei. Er hatte einen tollen Unterwäschegeschmack. Aber manchmal, wenn ich einen Film oder ein Lied nicht kannte, auf das er sich bezog, oder als er herausfand, dass ich während der Anschläge auf das World Trade Centre noch zur Grundschule gegangen war, schloss er einfach seine Augen und rieb sich die Schläfen, als wollte er sagen, dass sein Kopf gleich explodierte.

Wir wussten beide von Anfang an, dass unsere Beziehung nicht lange funktionieren würde – wir hatten sogar bei unserem ersten Date darüber gesprochen. Ich war dennoch überrascht, als zwei Tage vor Silvester der Altersunterschied einen weiteren Auftritt hatte. Ich wollte, dass er mit mir nach Madison kam, wo ich auf drei Partys eingeladen war. Er hatte keine Lust.

»Komm schon, das wird bestimmt lustig!« Ich wackelte mit meinen fast unsichtbaren Augenbrauen und nickte.

»Süße, ich weiß, dass du viel Spaß haben wirst, aber ich bin einfach zu alt für diese Leute.« Er räumte gerade auf, nachdem er mir ein weiteres dieser unfassbar köstlichen Gerichte gekocht hatte.

»Denen ist das vollkommen egal.« Ich sah ihn an. »Ich schwöre dir, die sind alle echt nett. Du wirst es mögen.«

»Mir ist es aber nicht egal.« Er durchquerte die kleine Küche, um mich zu umarmen und sein Kinn auf meinen Kopf zu legen. »Ruf mich einfach um Mitternacht an.«

»Nein, schon gut. Wir müssen nicht gehen.«

»Tu es einfach, Joss. Das sind doch deine Freunde.«

»Aber du bist auch mein Freund.«

»Ich sehe dich doch viel öfter als sie.« Er entließ mich aus der Umarmung und lächelte. »Bitte geh hin.«

Ich runzelte die Stirn, aber ich wollte wirklich gerne auf diese Partys. Ich vermisste meine College-Freunde ganz schrecklich.

Martin bemerkte mein Zögern. »Ich dachte, du wärst total scharf darauf, Matts neue Freundin kennenzulernen.«

Das stimmte. »Na ja, schon, aber …«

»Geh hin.« Sein sanftes Lächeln milderte den Eindruck, dass er Silvester nicht unbedingt mit mir verbringen wollte. »Lern die Freundin kennen. Trink Champagner. Amüsiere dich.«

Ich versuchte es mit einem letzten Lockmittel. »Geenas Party hat ein James-Bond-Thema.«

»Hast du erwähnt.«

Ich nahm einen Schluck aus meinem Weinglas, während sich meine Gedanken in zwei entschiedene Lager teilten: die, die bei Martin bleiben wollten und die, die zurück an meine alten Tummelplätze wollten, um ihr Vergnügen zu haben. Der einzige wirklich überzeugende Gedanke auf Martins Seite war ein Schuldgefühl. Was irgendwie blöde war, da er selbst mich praktisch dazu nötigte zu gehen.

»Ich möchte Meghan wirklich gerne kennenlernen«, sagte ich, auch wenn ich wusste, wie sehr das nach Ausredensuchen klang. »Matt sagt, dass ich sie mögen werde, aber er hat einen scheußlichen Frauengeschmack.«

»Nicht den schlimmsten.« Martin sah mich mit schief gelegtem Kopf an. »Nicht mal annähernd.« In einem Moment weinseliger Offenheit hatte ich ihm alles über mein seltsames Arrangement mit Matt erzählt. Er fand die ganze Sache amüsant.

»Danke.« Ich wurde rot. »Ich stelle mir gerne vor, dass ich das Beste bin, was ihm jemals passiert ist.« Es geht doch nichts über ein wenig falsche Unbescheidenheit, um ein Kompliment abzuwehren.

»Da bin ich mir sicher.« Er hörte kurz mit seinen Schmeicheleien auf, um mir einen Kuss auf die Stirn zu geben. »Und ich glaube, wir müssen miteinander reden.«

Wir müssen miteinander reden. Vier Worte, die aussagekräftiger sind als alles, was danach kommt. Ich wusste, dass ich ihn hätte unterbrechen müssen, um ihm die Mühe zu ersparen. Aber es wäre immer diese leichte Neugier geblieben: Was würde er als Grund angeben? Und was war der echte, unausgesprochene Grund? In Martins seltenem Fall waren die beiden wohl identisch – der Altersunterschied. Wir befanden uns an vollkommen unterschiedlichen Punkten in unserem Leben, bla, bla, bla, *et cetera, et cetera, ad nauseam.*

»Ich weiß.« Ich vergrub meine Hände in seinem T-Shirt und zwang ihn, mich anzusehen. »Du musst es nicht sagen.«

Er lächelte traurig. »Selbst wenn es nur fünf Jahre wären …«

Ich schüttelte den Kopf. »Nicht.«

»Es tut mir leid, Süße.« Er küsste mich. »Aber es hätte niemals funktioniert.«

Er hatte recht, aber das hielt mich nicht davon ab, mich schlecht zu fühlen. Ich war nicht todunglücklich und verspürte auch nicht dieses entsetzliche Gefühl des Abscheus, das einige meiner Exfreunde bei mir zurückgelassen hatten. Ich fühlte mich … leer. Es war, als würde man bei einem Wettbewerb mitmachen, obwohl man eigentlich schon weiß, dass man keine Chance auf den Sieg hat, es aber doch irgendwie hofft. Es gibt kein Heilmittel für Enttäuschungen, die aus falschen Erwartungen resultieren.

Geena begrüßte mich an der Tür mit einem »Hallo, ich heiße«-Schild in der Hand. Ohne mich zu fragen, befestigte sie es an meiner Hüfte. Ich betrachtete sie.

»Solitaire?«

»*Leben und sterben lassen*«, sagte Geena. »Wurde von Jane Seymour gespielt. Du hast was Gutes erwischt.«

»Und das ist nicht zufällig eine Anspielung darauf, dass ich heute solo unterwegs bin?«

Sie riss die Augen auf. »Nein! Oh Gott, tut mir leid, du bekommst etwas anderes!« Sie griff nach meinem Schildchen, doch ich legte meine Hand darauf.

»Das war ein Scherz, Geena-Beana. Ich bin Solitaire.«

»Yay!« Sie grinste und hob einen Finger in die Höhe. »Zum Champagner!«

Ich ahmte ihre Geste nach. »Zum Champagner!«

Auf der Party zu sein, umgeben von meinem alten Leben,

war eine willkommene Abwechslung nach meiner Trennung von Martin. Es war, als ob mein Leben in Milwaukee nicht mehr als ein Traum gewesen und ich an Silvester aufgewacht wäre. Die Illusion wäre perfekt gewesen, wenn mich nicht jeder wie die verlorene Tochter begrüßt hätte. Umarmungen, Küsse und unser traditioneller Unigruß »Lass uns einen Kurzen kippen!«. Ich war aus der Übung – was wahrscheinlich gesünder war – und hatte schon früh am Abend begonnen, Angebote abzulehnen. Dennoch war ich mehr als nur ein wenig angeheitert, als Matt mit seiner neuen Freundin auftauchte.

Als ich sie sah, war ich schockiert. Dies war nicht sein üblicher Typ Mädchen, die hübscher waren, als ihnen guttat. Sie war eher niedlich als hübsch, etwas, mit dem ich mich identifizieren konnte. Wenn ich ein Streifenhörnchen war, war sie ein Hundewelpe. Straßenköterblonde Haare und Sommersprossen, ein Lächeln, das für eine klassische Schönheit ein wenig zu breit war, und die erstaunlichsten blauen Augen, die ich jemals gesehen hatte. Es war ein Himmelblau wie von der Postkarte einer tropischen Insel. Aber es war die Wärme in ihnen, die sie von all den Courtneys, Shelbys und Show-Chor-Mitgliedern unterschied, mit denen er zuvor zusammen gewesen war.

»Joss, Meghan; Meghan, Joss.«

»Joss!« Sie schlang ihre Arme um mich. »Ich habe schon so viel von dir gehört! Ich dachte schon, Matty hätte sich dich ausgedacht!«

Über ihre Schulter hinweg warf ich Matt einen Blick zu, mit der unausgesprochenen Frage: *Weiß sie von uns?* Er schüttelte ganz leicht den Kopf. Meghan ließ mich los.

»Okay, tut mir leid.« Sie streckte mir die Hand entgegen. »Ich bin Meghan.«

Ich grinste und schlug ihre Hand aus. »Vergiss es. Wir gehen jetzt doch nicht wieder zurück.«

Gegen Mitternacht waren Meghan und ich bereits vertraut wie alte Freundinnen. Sie war klug und witzig, und es machte unheimlich viel Spaß, Zeit mir ihr zu verbringen. Sie schaffte es, dass ich mit ihr auf Geenas Couchtisch stand, mit einer langen Perlenkette um unsere beiden Hälse, und gerade den Refrain eines Liedes schmetterte, den sie sich gewünscht hatte, als jemand die Stereoanlage abdrehte und rief: »Noch fünf Minuten bis Mitternacht!«

Alle beeilten sich, ein Glas Champagner – oder in manchen Fällen eine ganze Flasche – in die Hand zu bekommen und sich in die Nähe der Person zu stellen, die sie im ersten Moment des neuen Jahres küssen wollten. Das rief mir meinen frischen Single-Status wieder schmerzhaft in Erinnerung. Mein altes Leben fühlte sich ein bisschen weniger komfortabel an, als sich der Raum als Vorbereitung für Mitternacht in Paare aufteilte. Sie waren jetzt überall, wohin ich sah. Alte Freunde mit neuen Flammen und ich ganz allein. Ich beobachtete, wie sich Meghan und Matt fanden und das Neue Jahr um dreißig Sekunden betrogen.

Ich presste meine Lippen zusammen. Unwillkürlich erinnerte ich mich daran, wie sich Matts Mund auf meinem anfühlte. Er war immer ein guter Küsser, aber allein und einsam kam er mir an diesem Silvester vor wie ein Glas Wasser außerhalb meiner Reichweite, während ich vor Durst umkam. Ich riss meinen Blick von ihnen los und bekam von Geena einen freundschaftlichen Kuss auf die Wange.

Ich durchquerte den Raum, um von Matt und Meghan wegzukommen. Dabei sammelte ich Umarmungen und Küsse, die von trocken und auf die Wange bis zu feucht und ein bisschen zu freundlich reichten. Schließlich war es Meghan, die mich von hinten schnappte und in eine Umarmung hineinzog.

»Frohes neues Jahr!«, rief sie, bevor sie mir einen schmatzenden Kuss auf die Stirn gab. Dann schob sie mich zu Matt, der seinen Arm um meine Taille legte.

»Frohes neues Jahr, Joss!«

»Frohes neues Jahr!« Ich legte meine Hand auf seine Brust, um mein Gleichgewicht wiederzufinden, und starrte auf seinen Mund.

Er lächelte ein wenig, lehnte sich vor und küsste mich auf den Mundwinkel.

Ich zwang mich dazu, sein Lächeln zu erwidern. »Ich mag sie.«

»Ja, das merkt man.«

»Dein Geschmack ist besser geworden.«

»Das sagst du nur, weil sie dir ein wenig ähnelt.«

Ich drehte mich um und warf einen Blick auf Meghan. Wir waren nicht gerade Zwillinge, aber sie hatte ungefähr meine Größe und Statur. »Wie ich schon sagte, er ist besser geworden.«

Die Nacht schleppte sich dahin, wie das bei Silvesterpartys so oft der Fall ist, bis die unausweichliche dämliche Idee aufkam. Daher fand ich mich um fünf Uhr morgens im Garten von Geenas Freund wieder und röstete über einem Grill Marshmallows an einem Holzspieß. Der Januar in Wisconsin ist kalt. Besonders so frühmorgens. Aber wir hatten alle lange genug getrunken, um die ungewöhnlich milde Temperatur von fünf Grad zum perfekten Grillwetter zu erklären. Innerhalb von fünf Minuten war offensichtlich, was für eine schreckliche Idee es gewesen war, aber wir gingen mit der Entschlossenheit an die Sache, mit der sich nur betrunkene und total übermüdete Menschen einer Sache widmen können.

»Ich brauche eine Art Drehmechanismus.« Meghan wandte dem Grill den Rücken zu und wirbelte dann sofort wieder herum. »Vorne verbrenne ich, und hinten friert mir der Hintern ab.«

Matt lehnte sich nach hinten, um ihre Worte zu überprüfen. »Noch alles da.«

Sie drehte sich selbst herum. »Na so was.«

Ich lachte. Dabei fiel mein Marshmallow in die Glut. Ich stöhnte.

»Drinnen sind noch mehr«, sagte einer der Jungs, die ebenfalls hier wohnten.

Ich wusste, es bestand die Möglichkeit, dass ich nicht zurückkehren würde, wenn ich erst mal wieder im Warmen war, aber ein gerösteter Marshmallow klang so gut. Ich ging ins Haus zurück, schnappte mir die ganze Tüte und eine kuschelige Decke von der Couch. Als ich zurückkam, erzählte Meghan gerade eine Geschichte über ihren halbherzigen Versuch, sich im ersten Semester einer Studentenverbindung anzuschließen. Sie war von einer Gruppe Mädchen aus ihrem Wohnheim davon überzeugt worden, dass man dadurch lebenslange Freunde gewann und etwas Wichtiges auf dem Campus machte.

»Keine Ahnung, was ich mir dabei gedacht habe«, sagte sie.

»Aber echt, Meghan«, pflichtete ihr jemand anders bei. »Du bist so was von überhaupt nicht der Verbindungstyp.«

»Tja, das weiß ich jetzt auch«, erwiderte sie mit einem theatralischen Augenrollen. »Ich hab es nach drei Tagen aufgegeben.«

»Gott sei Dank«, sagte ich.

Sie drehte sich zu mir um und bemerkte die Decke. »Das ist nicht fair!«

»Ich würde teilen, aber ich gebe sie nicht ganz her«, sagte ich.

»Yay!« Sie wankte über den niedergetrampelten Schnee um den Grill und schnappte sich ein Ende der Decke. Wir drängten uns aneinander und schafften es, den Wind draußen zu halten.

»Ahhh …«, seufzte Meghan erleichtert und schmiegte sich noch ein wenig näher an mich.

»Apropos Studentenverbindungen … habe ich schon erzählt, wie ich mal fast einen Verbindungstypen sexuell belästigt hätte?« Das rief das Gelächter hervor, das ich erwartet hatte, und ich begann mit der Geschichte meines mitleiderregenden Versuchs, den halb bewusstlosen Jeff zu verführen. Ich erwähnte kurz den Grund, den ich dafür gehabt hatte. Die emotionale Wunde, die mir Bens Fremdgehen zugefügt hatte, war inzwischen gut verheilt.

»Und hast du dann noch einen willigeren Helfer gefunden?«, fragte Meghan.

Ich bemerkte Matts flehenden Blick von der anderen Seite des Grills. Ich hatte nichts anderes erwartet, und ich zwinkerte ihm zu. »Eine ganze Weile lang nicht. Aber ist wahrscheinlich auch besser so … wahrscheinlich hätte ich mich nach Jeff ekelhafter als nach Ben gefühlt.«

Ich blieb über das Wochenende in Madison und schlief auf Sofas und Gästebetten, wo immer ich konnte. Ich hatte Dewey bei meiner Kollegin Nellie untergebracht, also musste ich nicht unbedingt schnell nach Milwaukee zurück. Erst mal nicht in meine Wohnung zurückzukehren schien ohnehin eine gute Idee zu sein. Geena ertrug meine Analyse der Trennung von Martin besser, als ich erwartet hatte. Wahrscheinlich war sie durch die Tatsache, dass wir uns eine Weile nicht gesehen hatten, eher bereit, sich mein Beziehungsdrama anzuhören.

Matt war die letzte Person, die ich sah. Wir trafen uns am Sonntag zu einem Frühstück, das man getrost als Mittagessen bezeichnen könnte. Meghan arbeitete sonntagmorgens immer in der Telefonzentrale der Uniklinik, also waren wir unter uns. Das erinnerte mich an die unzähligen Male, die ich ihm in den vier Jahren, die wir uns kannten, gegenübergesessen hatte. Selbst die Umgebung war vertraut – Mickie's Dairy Bar, eine Frühstücksinstitution in Madison. Es war laut und voll, und es dauerte normalerweise ewig, bis man einen Platz bekam, aber wir hatten Glück und erwischten nach nur zwanzig Minuten einen Tisch. Die Stadt schien immer noch ihren kollektiven Kater zu pflegen. Ich hatte es immer gemocht, auf den roten Hockern in der Nähe der Fenster zu sitzen. Es verlieh mir das Gefühl, eine fast normale Größe zu haben, auch wenn ich dabei die ganze Zeit wie ein kleines Kind mit den Füßen baumelte.

Wir sprachen über meine Arbeit, über seine Entscheidung, nicht an der Abschlussfeier im Dezember teilzunehmen, über meinen Kater, wo Matt leben wollte, wenn er zu seinem Jurastudium nach Milwaukee zog, über Martin und Meghan. Wir sprachen viel über Meghan.

»Was hat dazu geführt, dass du es mal woanders als im Barbie-Regal probiert hast?«, fragte ich und nahm einen Bissen Rührei. Wir teilten uns einen unanständig hoch beladenen Frühstücksteller. Mit einem Messer hatte ich dafür gesorgt, dass die beiden Teile hübsch getrennt voneinander waren. Matt hatte auf sein Rührei Ketchup gegossen, und ich hatte enorme Reife gezeigt, als ich mich bei dem Anblick nicht übergeben hatte. Und es war mir sogar gelungen, eine gute Portion meiner Hälfte zu essen. Ich wusste, dass sie letztendlich als Siegerin hervorgehen würde, aber ich hatte vor, ihr einen guten Kampf zu liefern.

Er runzelte die Stirn. »Toller Spruch. Hast du dir den schon lange aufgehoben?«

Ich antwortete nicht, lächelte aber.

»Willst du es wirklich wissen? Du hast mich dazu gebracht.«

Mein Magen begann zu rebellieren, und ich musste einen Schluck Kaffee trinken, um ihn abzulenken. »Was meinst du damit?«

»Du warst mit einem Dreiunddreißigjährigen zusammen.« Er schüttelte den Kopf. »Ich dachte mir, ich sollte auch mal was Neues ausprobieren.«

»Das ist hier doch kein Wettbewerb«, sagte ich.

»Nun ja, es ist …« Er zuckte die Schultern. »Keine Ahnung. Ich sah sie in der Uni, sie war nett und lustig, und ich dachte, warum frage ich sie nicht einfach, ob sie mit mir ausgehen will?«

»Hörst du das auch?« Ich legte meine Hand hinter ein Ohr. »Das ist der Klang von Matt Lehrer, der erwachsen wird.«

»Du kannst mich mal.«

»Ach nein, doch nicht.« Ich grinste ihn an.

»Tu mir einfach den Gefallen und erzähl ihr nicht von all den Mädchen, mit denen ich was hatte, okay?«

»Das würde ich doch nie …«, begann ich.

»Nicht mal, wenn du zu viel Wein getrunken hast?«, unterbrach er mich.

»Sie weiß also nicht, dass du ein männliches Flittchen bist.«

»Du weißt ganz genau, dass ich diesen Ausdruck hasse.«

»Was denn? Ist doch nicht meine Schuld, dass du ihn nicht in der Hose behalten kannst.« Ich lächelte, weil ich einen Scherz machte, aber in meinem Bauch verspürte ich plötzlich eine gewisse Nervosität. Als ob ich kurz davorstand, gemeine Sachen zu sagen, damit er sich schlecht fühlte. Offenbar nahm mich die Trennung doch mehr mit, als ich zugeben wollte. Verspätet schob ich nach: »Du weißt doch, dass ich das nicht ernst meine.«

Matt nahm die Ketchupflasche und hielt sie mit zugeklapptem Deckel über meine Hälfte des Essens. »Bist du dir da sicher?«

Ich rümpfte die Nase und lehnte mich so schnell zurück, dass ich fast vom Hocker fiel. »Das würdest du nicht wagen.«

Er lächelte und stellte die Flasche wieder hin. »Was wolltest du sagen?«

»Ich nehme an, du hast ihr das Sorbet-Prinzip noch nicht erklärt?«

»Äh … nein.«

»Ich verstehe, warum du es ihr nicht sagst, aber gleichzeitig frage ich mich: Wovor hast du Angst? Du kanntest sie doch noch gar nicht, als wir das letzte Mal …«

Ich schlug meine Beine übereinander und verschränkte meine Knie. Wir waren Experten darin, unsere Beziehung in diese zwei Aspekte zu unterteilen, aber jedes Mal, wenn wir am helllichten Tag über unseren gelegentlichen Sex sprachen, durchlief es mich heiß und kalt.

»Ich weiß.« Er nickte. »Aber ich bin mir nicht sicher, ob sie damit klarkommt, dass wir noch Freunde sind.«

»Aber das steht so in den Regeln«, erinnerte ich ihn.

»Stimmt.«

»Vielleicht solltest du ihr einfach den Vertrag zeigen.« Ich stieß ihn mit dem Fuß an.

»Hast du die denn noch? Die Regeln, meine ich.«

In einer Umzugskiste in meinem Flurschrank. »Ach, irgendwo bestimmt.«

»Gut.«

Ich dachte an all die möglichen Bedeutungen seines undeutbaren Tonfalls, während ich mich mit den Kartoffelecken und dem Rührei beschäftigte. Der Hälfte *ohne* Ketchup. Natürlich fielen mir die richtigen Worte ein, als ich immer noch kaute. »Hast du vor, dich in nächster Zeit auf sie zu berufen?«

Er sah auf seinen Kaffee und lächelte. »Ich hoffe nicht.«

»Oh-oooh!« Ich grinste. »Matty ist verliiihiiiebt!« *Ah, guter alter Spott … erprobter Balsam für unaussprechliche Seelenwunden*, dachte ich. Irgendwie lag viel zu viel Ironie darin, dass Matt Lehrer eine feste Partnerin fand, während ich mich gerade von einem weiteren unpassenden Mann getrennt hatte. *Oje.*

Er lachte. »Du kannst mich mal, Joss.«

»Dagegen hätte Meghan wahrscheinlich etwas.«

»Oh, stimmt.«

Ich trommelte mit den Fingern auf mein Bein. Es wäre so viel leichter, wenn ich einfach noch mal mit Matt schlafen könnte. Wenn er Meghan erst nächste Woche getroffen hätte oder einfach für immer mein Sorbet-Partner bliebe. Es war viel einfacher, Risiken einzugehen, wenn man ein Sicherheitsnetz hatte. Ohne Matt würde ich vielleicht aufhören müssen, wie ein Kleinkind mit Zuckerrausch durch die Beziehungswelt zu tapsen. Außer … »Und, kannst du mir vielleicht einen Nachfolger empfehlen, da du ja demnächst nicht mehr als mein Sorbet-Partner zur Verfügung stehen wirst?« Nicht, dass ich mir vorstellen konnte, mit irgendjemand anders als Matt einen solchen Vertrag zu haben.

»Ich denke, Jay wäre mehr als glücklich einzuspringen.«

»Okay, ich mag Jay, aber das ist ekelhaft.« Jay war ein Bekannter, der mich einmal gefragt hatte, ob ich mit ihm ausgehen wolle. Ich hatte damals einen Freund gehabt und war froh gewesen, eine Entschuldigung zu haben, um Nein sagen zu können. Man konnte sich ganz gut mit ihm unterhalten, aber er war ziemlich von sich eingenommen und hatte es ehrlich gesagt nicht so mit Körperpflege.

»Ekelhaft?«

»Ach, komm schon, Matt.«

Sein Mund verzog sich zu dem Grinsen, das er bis jetzt unterdrückt hatte. »Stimmt … total ekelhaft.«

»Danke«, seufzte ich erleichtert.

»Tut mir leid, dass ich dir bei der Geschichte mit Martin nicht aushelfen kann …«, begann Matt.

Ich lachte. Es war nicht lustig, aber es war etwas Absurdes an seiner Entschuldigung, mir keinen Sex liefern zu können. »Nein, schon okay. Ich brauche es auch nicht.« Das stimmte nur teilweise. Ich war wegen Martin nicht verzweifelt oder so, aber ich hätte es auf keinen Fall abgelehnt, wenn er mir das Angebot gemacht hätte.

»Wirklich?« Er zog seine Augenbrauen in die Höhe. »Ich dachte, du magst diesen Typ.«

»Tu ich auch. Ich meine, habe ich auch.« Ich schüttelte den Kopf. »Es war von Anfang an dem Untergang geweiht. Ich stelle mich nur blöd an.«

»Na ja, es tut mir auf jeden Fall leid.«

»Braucht es nicht.« Ich sah aus dem Fenster auf die Regent Street. »Du gehörst mir nicht.«

»Ich weiß. Ich wollte nur …« Er zuckte die Schultern und griff nach seiner Kaffeetasse.

Ich sah ihn wieder an und lächelte. »Das Ende einer Ära, was? Wir sind jetzt ungeheuer wichtige College-Absolventen.« Vielleicht war es einfach an der Zeit, erwachsen zu werden und mit unserem albernen Spiel aufzuhören. Wenn wir den Sorbet-Sex in Madison ließen, würde er einfach Teil einer wilden Studentenzeit sein.

Matt klopfte mit einem Fingerknöchel auf meine Hand. »Wir sind noch Freunde, oder?

»Na klar. Steht doch im Vertrag.«

Er lachte. »Aber jetzt mal ernsthaft. Zwischen uns ist alles cool, oder?«

Ich verdrehte die Augen. »Komm schon, Matty, *so* gut bist du nun auch wieder nicht im Bett.« Lügen, Lügen, Lügen.

Er warf eine zerknüllte Serviette nach mir. »Ein Semester weg, und schon habe ich vergessen, was für eine Riesennervensäge du bist.«

»Ich werde Meghan alle meine Tricks beibringen müssen, bevor ich nach Hause fahre.«

»Glaub mir, davon kennt sie auch schon ohne dich eine ganze Menge.«

»Ich wusste, dass ich sie gern habe.«

»Und sie hat dich auch gern. Gott steh mir bei.«

»In Ordnung, dann will ich einen guten Platz bei der Hochzeit.«

Er erbleichte. »Das ist nicht witzig.«

»Ich schätze, so erwachsen ist der kleine Matty dann wohl doch noch nicht.« Ich lachte. »Also gut, dann versuch einfach, es nicht zu versauen, okay?«

Er legte seine Hand auf sein Herz. »Glaub mir, ich habe nicht die Absicht, irgendetwas zu versauen.«

16

Drei Jahre zuvor …
das erste Jahr nach dem Abschluss

Dewey war im Wohnzimmer, als ich bei Nellie ankam, um ihn abzuholen, aber sobald er mich sah, raste er davon. Nellie lauschte und verzog das Gesicht.

»Und das ist das Geräusch eines fetten Katers, der sich hinter eine Waschmaschine quetscht«, sagte sie. »Wir werden warten müssen, bis er von alleine herauskommt.«

»Er ist sauer auf mich.« Ich seufzte und sank auf Nellies Sofa. Dann lehnte ich mich wieder vor, um ein Hundespielzeug aus der Ritze zu ziehen.

»Katzen sind solche Diven«, pflichtete mir Nellie bei und schnappte sich eine ihrer eigenen Katzen, bevor sie sich auf die Lehne setzte. »Und, wie war dein Wochenende?«

»Gut. Größtenteils gut.« Ich rieb mit meinem Handgelenk über die Stirn. »Ich glaube, ich habe Kopfschmerzen.«

»Immer noch der Silvesterkater?«, neckte sie.

Ich zählte meine Gründe an einer Hand ab. »Zu viel getrunken, auf unbequemen Sofas geschlafen, jeden Abend zu lange auf, nach dem Brunch heute wie eine Versagerin gefühlt.«

»Warum bist du eine Versagerin?«

Ich lachte leise. Typisch Nellie, es so zu formulieren. »Mein Kumpel Matt hat eine neue Freundin.« Ich schüttelte den Kopf. »Es ist … kompliziert.«

»Du wärst gern selbst mit ihm zusammen«, sagte sie.

»Nein! So ist es nicht. Ich freue mich für ihn. Und sie. Sie ist toll.« Ich sackte noch mehr auf dem Sofa zusammen und presste meine Handballen fest genug gegen meine Augen, um ein Feuerwerk zu sehen. »Es ist eine lange Geschichte.«

»Ich habe Zeit.«

Nellie hörte sich die Sorbet-Geschichte an, ohne sie groß zu kommentieren, aber am Ende, nach ein paar nachdenklichen Atemzügen, sagte sie: »Das ist total krank.«

»Ach, komm schon, hast du noch nie von Sexfreunden gehört?«

»Na klar, und das funktioniert ja auch immer so gut.« Nellie verdrehte ihre Augen. »Mal ernsthaft, hast du wirklich geglaubt, ihr würdet einfach immer so weitermachen können?«

»Es läuft jetzt schon seit vier Jahren«, sagte ich. »Wir sind ziemlich gut darin.«

»Früher oder später musste so etwas passieren. Einer von euch beginnt eine ernsthafte Beziehung mit jemand anders, oder ihr kommt beide zusammen.«

»Auf keinen Fall. Er ist überhaupt nicht mein Typ.«

Sie öffnete ihren Mund, zögerte und schloss ihn wieder. Das wiederholte sie ein paarmal, bis sie ihre Stimme wiedergefunden hatte. »Also, dazu sage ich am besten gar nichts.« Sie hob den Finger, als ob ich sie unterbrochen hätte. »Wenn er also nicht dein Typ ist, was soll dann dieses ganze Drama um seine neue Freundin?«

»Es ist nur … ich bin einfach …« Ich biss mir auf die Innenwange, während ich darüber nachdachte, wie ehrlich ich sein sollte. »Ich habe immer gedacht, dass ich es wäre, die zuerst den perfekten Partner findet. Matt wäre es egal, wenn ich unser Arrangement aufgelöst hätte, aber jetzt fühle ich mich wie eine Versagerin, weil er Meghan hat und ich gerade mit Martin Schluss gemacht habe.«

»Wie alt bist du noch mal?«, fragte Nellie.

»Dreiundzwanzig.«

Sie gab ein Geräusch von sich, das eine Mischung aus spöttischem Schnauben und Unglauben war. »Oh bitte! Du bist doch noch keine Rentnerin, Joss. Du wirst jemanden finden. Glaub mir.«

»Ich weiß.« Eigentlich bezweifelte ich das auch gar nicht. Aber es hielt mich nicht davon ab, ein wenig Sorbet-Sex zu wollen, um mein Ego zu streicheln. Die Trennung von Martin, Silvester allein zu verbringen, der Verlust meines Sorbet-Partners – all das hatte mich verletzt. Und das einzige Heilmittel für diese Wunden war genau das, was ich nicht haben konnte. Ich war regelrecht bockig. Zumindest wusste das niemand.

»Du solltest nur nicht von jeder Beziehung erwarten, dass es sich um *die* Beziehung handelt«, sagte Nellie.

Wenn das nur mein Problem wäre. »Ich glaube, das ist einer der Gründe, warum ich mich wie eine Versagerin fühle. Ich fange immer wieder was mit Typen an, bei denen ich von Anfang an weiß, dass es keine Zukunft hat.«

»Daran ist doch nichts verkehrt. Das nennt man Spaß miteinander haben.«

»Ja, aber …« Ich suchte nach den richtigen Worten. »Wenn man diese Beziehungssache mit einem Kreuzworträtsel vergleicht, habe ich mit Bleistift geschrieben, und Matt war mein Radiergummi. Jetzt habe ich plötzlich das Sonntagsrätsel aus der *New York Times* und einen Edding.«

»Okay, zuerst mal, sei nicht so eine Dramaqueen. Zweitens, so geht es allen anderen auch. Das ist vollkommen normal.«

»Na großartig, ich bin also normal. Bis jetzt ist das Erwachsensein ganz schön beschissen.«

Sie lachte. »Das ist das Geheimnis, weißt du? Erwachsen zu sein ist beschissen.«

»Ich hätte weiterstudieren sollen.«

Martin zog im Februar aus unserem Haus aus, was das Leben viel einfacher machte. Ich war ihm zwar kaum begegnet, aber hin und wieder war mir der Duft seines Essens in die Nase gestiegen, wenn ich die hintere Treppe nahm. Am Tag vor seinem Umzug klopfte er an meine Tür, um es mir zu sagen. Ich dankte ihm, dass er an mich gedacht hatte, umarmte ihn und wünschte ihm viel Glück an seinem neuen Wohnort. Er küsste mich, gerade genug, um mich darüber nachdenken zu lassen, ob ich ihn ein letztes Mal in mein Schlafzimmer zerren sollte, aber das wäre ein Fehler gewesen. Der Ausdruck in seinen Augen hatte mir verraten, dass er dasselbe gedacht hatte. Am Ende trennten wir uns an meiner Tür, und er wurde für eine lange Zeit die letzte Person, die ich geküsst hatte.

Ich legte eine Männerpause ein. Zu meiner Überraschung war es gar nicht so schwer. Ich verbrachte viel Zeit mit meinen Freunden, meiner Schwester und ihrem Mann, und genoss es, mich jeden Abend in den gleichen Schlabberklamotten auf dem Sofa auszubreiten. Dewey hieß meinen neuen Lebensstil gut und fand jede Nacht eine neue, für mich unbequeme Stelle in meinem Bett, um sich dort breitzumachen.

Matt begann im April damit, zwischen Milwaukee und Madison zu pendeln. Er hatte ein Praktikum in einer örtlichen Kanzlei ergattert, was bedeutete, dass er von Montag bis Freitag in der Stadt bleiben musste. Meghan bedeutete, dass er so oft nach Madison fahren musste, wie er konnte. Sie war noch am College, und so würde es während Matts Jurastudium auch bleiben. Er war zuversichtlich, dass sie eine Fernbeziehung hinbekommen würden, und ich konnte nicht widersprechen.

Das Praktikum war ziemlich kurzfristig zustandegekommen, und er schlief die ersten zwei Wochen auf meinem Sofa, während er sich nach einer Wohnung umsah. Er hatte vorher noch nie bei mir übernachtet, ohne in meinem Bett zu liegen. Ihm am ersten Abend Gute Nacht zu sagen, war irgendwie total seltsam und peinlich. Er lächelte und umarmte mich, dann zögerte er kurz, bevor er mir einen Kuss auf die Wange gab.

»Keine Sorge, ich habe nicht vor, dich im Schlaf zu belästigen«, versprach ich.

Er lachte. »Verdammt!«

Ich gab ihm einen Klaps. »Komm wieder runter. Deine Flittchentage sind vorbei, weißt du noch?«

Er verdrehte die Augen. »Ich fühle mich schon irgendwie ein wenig schuldig.«

»Wir haben doch gar nichts gemacht.« Auch wenn ich genau wusste, was er meinte. »Und das werden wir auch nicht.«

»Ich weiß. Es ist nur, weil sie nicht weiß, dass wir …«

Ich stemmte die Hand in die Hüfte. »Willst du sie gleich anrufen und es ihr erzählen?«

»Sehr lustig.«

Dewey maunzte und begann um Matts Knöchel zu streichen und Achten dabei zu drehen. Der Kater liebte Matt, seit er ihn das erste Mal gesehen hatte, und er mochte es nicht, wenn er nicht seine volle Aufmerksamkeit hatte. Matt befreite einen seiner Füße und streichelte damit über Deweys Kopf.

»Hör zu, Matty, wir können es nicht rückgängig machen. Es ist passiert. Und zwar bevor Meghan passiert ist. Wir müssen einen Weg finden, damit klarzukommen, oder wir können nicht mehr miteinander befreundet sein.«

Er nickte. »Ich hab das Gefühl, ich habe den richtigen Augenblick verpasst. Ich hätte ihr schon längst von dir erzählen sollen.«

»Du musst ihr ja nicht alles sagen«, entgegnete ich. »Ich verspreche auch, dass ich ihr gegenüber niemals ein Wort darüber verlieren werde.«

»Das weiß ich doch.«

»Aber wenn du dich weiter so seltsam verhältst, wird sie wahrscheinlich ohnehin denken, dass irgendetwas im Busch ist.«

Er seufzte. »Guter Einwand.«

»Ich weiß nicht, wie in solchen Fällen die Etikette lautet.« Ich zuckte die Schultern.

»Ich auch nicht.« Er schmunzelte. »Das weiß wahrscheinlich niemand.«

»Wir finden es schon noch raus.«

»Ich will euch beide in meinem Leben«, sagte er. »Du gehörst zu meinen besten Freunden.«

In meiner Brust breitete sich eine wohlige Wärme aus. »Danke, Matty.« Ich stellte mich auf die Zehenspitzen, um ihn noch mal zu umarmen, und er drückte mich so fest, dass mir die Luft wegblieb. Als ich wieder sprechen konnte, sagte ich: »Wir finden eine Lösung. Du kannst uns beide haben.«

Seine Augen funkelten eine Mikrosekunde, bevor er grinste. »Ach, wirklich?«

Ich verschränkte meine Arme. »Vergiss es, Kumpel.«

»Was?« Er machte das Welpengesicht. »Was hab ich denn gesagt?«

»Du brauchst gar nichts zu sagen. Ich weiß, wie dein Verstand funktioniert, du Perversling.«

»Was ist denn?«, versuchte er es erneut, musste dabei aber selbst grinsen. »Ich habe nichts gesagt.«

»Mh-mh.« Ich gab ihm einen Schubs. »Ich gehe jetzt ins Bett.«

Er lachte. »*Gar* nichts.«

»Das brauchtest du auch nicht.«

Er lachte immer noch, als ich ins Schlafzimmer ging.

»Männer.«

»Du hast damit angefangen!«, rief er mir hinterher.

Ich drehte mich um. »Okay, in Ordnung. Aber du bist immer noch ein Perversling.«

»Ist das ein definitives Nein?«, rief er lachend.

»Weißt du was, ruf Meghan an. Wenn sie sagt, dass sie dabei ist, reden wir noch mal darüber.«

Er hörte zu lachen auf, doch seine Schultern zitterten noch immer. »Glaub ja nicht, dass ich das nicht machen würde.«

»Ich *weiß*, dass du es nicht machst.«

»Gute Nacht, Joss!« Er lächelte.

»Gute Nacht!« Es gelang mir, meine Tür zu schließen, bevor ich selbst zu lächeln begann. Es war schön, wieder mit ihm herumzualbern. Ich hatte das Gefühl, dass wir uns einander wieder annäherten. Wir konnten wirklich Freunde bleiben.

Im Juni fiel brach alles auseinander.

Der jährliche Ausflug über den vierten Juli zu dem Ferienhaus von Matts Eltern war bereits geplant. Ich konnte es kaum abwarten, Zeit mit meinen alten Freunden zu verbringen. Matt lebte inzwischen in Milwaukee und besuchte Meghan regelmäßig wie ein braver Kirchgänger. Ich war immer noch Single und glücklich damit, auch wenn ich allmählich darüber nachdachte, das Männer-Embargo aufzuheben. Das Leben war schön.

Dann rief mich Matt eines Donnerstagabends an, und ich konnte seiner Stimme anhören, dass er bedrückt war.

»Ich glaube, ich stecke in Schwierigkeiten, Joss.«

»Was ist denn los?«

Er stieß ein langes Seufzen aus. »Es geht um Meghan … sie benimmt sich irgendwie seltsam.«

»Inwiefern?«

»Sie … ach, ich weiß auch nicht. Sie sollte eigentlich dieses Wochenende herkommen, hat mir aber gerade gesagt, dass sie nicht kann. Aber sie hat keinen Grund genannt.«

»Ich bin sicher, es ist gar nichts, Matty. Ein Mädchen darf doch wohl noch ein paar Geheimnisse haben.«

»Sie klang irgendwie aufgebracht.«

Ich schürzte die Lippen und dachte nach. Im Laufe der letzten sechs Monate hatte ich Meghan ziemlich gut kennengelernt. Wir sahen uns natürlich nur über Matt, aber ich hatte das Gefühl, gut genug mit ihr befreundet zu sein, um meine Hilfe anzubieten. »Soll ich sie einfach mal anrufen?«

»Würdest du das tun?« Er klang so erleichtert, dass ich es mir fast anders überlegt hätte. Wahrscheinlich würde ich gar nichts von Meghan erfahren, wenn sie nicht mal mit ihrem eigenen Freund darüber sprach.

»Ja, ich rufe sie an.«

»Danke, Joss. Ich schulde dir was.«

»Keine Sorge, den Gefallen werde ich irgendwann eintreiben.«

Er lachte ein wenig, und ich war erleichtert, dass er seinen Sinn für Humor nicht verloren hatte.

»Ich rufe sie jetzt gleich an.«

Wir verabschiedeten uns, und ich suchte Meghans Nummer raus. Während ich wählte, graute mir vor dem Gespräch. Ich wusste, dass ich mich nicht einmischen sollte.

»Meghan, hier ist Joss.«

»Oh mein Gott, wie geht's dir?« Sie klang erfreut, von mir zu hören.

»Prima. Und dir?« Meine Stimme kam mir selbst überfröhlich vor. Sie musste wissen, dass ich mich nicht einfach so meldete.

»Alles gut. Was ist los?«

»Bist du am vierten Juli dabei?« Das war der Vorwand, den ich mir für diesen Anruf ausgedacht hatte. Er schien berechtigt, wenn auch ein bisschen weit hergeholt.

»Ich denke schon«, antwortete sie unbestimmt.

»Warum habe ich das Gefühl, da hängt ein Aber in der Luft?«

Am anderen Ende der Leitung war ein Seufzen zu hören. »Ich weiß nicht, ob ich es schaffe.«

»Stimmt irgendwas nicht?« Ich wickelte eine Strähne um einen Finger, bis die Kopfhaut rebellierte. Ich war an Matts Stelle nervös.

Dieses Mal folgte ein langes Schweigen.

»Meghan?«, fragte ich, weil ich schon dachte, dass die Verbindung abgebrochen sei.

»Ich sollte wirklich nicht mit dir darüber reden.«

Mein Herz klopfte wie wild. »Schon gut. Du musst nicht.«

»Nein … ich …« Ihre Stimme brach, und ich hörte, wie sie nach Luft schnappte. »Oh Gott, ich bin die schlimmste Person der Welt!«

Nun war ich es, die schwieg. Ich konnte mir nicht vorstellen, was sie damit meinte.

»Meine Regel war spät dran, verstehst du, es war gar nichts, aber mir wurde klar – Oh Gott …«

»Ich verstehe nicht.«

»Es reicht einfach nicht«, sagte sie und schniefte.

»Meg, ich habe keine Ahnung, wovon du da redest. Was kann ich tun? Brauchst du Hilfe?« Eine Strähne um den Finger zu wickeln reichte nicht mehr aus. Ich begann an meinem Daumennagel zu kauen.

»Er hat dich gebeten, bei mir anzurufen, oder?«

»Nein.« Das stimmte, aber ich konnte den Rest nicht auslassen. »Ich habe es angeboten.«

»Mist«, murmelte sie, mehr zu sich selbst, denke ich. Und dann erzählte sie mir die Wahrheit. Es war alles ein schreckliches Missverständnis. Sie hatte die Tage auf ihrem Kalender falsch gezählt und einen Moment – einen entsetzlich langen Moment – lang gedacht, dass ihre Periode ausgeblieben sei. Dass sie schwanger sei. Aber dieser Moment hatte gereicht, um etwas klar zu erkennen: dass sie Matt nicht genug liebte, um seinetwegen ihr Leben komplett zu ändern.

»Es wäre vorbei gewesen, Joss. Vollkommen vorbei. Ich bin noch nicht bereit, ein Kind zu bekommen. Ich weiß nicht mal, ob ich überhaupt eines will, und die Sache ist die, ich weiß einfach ganz genau, dass es für Matt okay gewesen wäre. Er hätte mich geheiratet. Da bin ich mir ganz sicher. Und weißt du was? Ich will das nicht. Ich liebe Matt so sehr. So, so sehr. Aber ich kann nicht alles für ihn aufgeben, und das bedeutet, dass er nicht der Richtige ist.«

»Aber das war doch nur ein Irrtum«, sagte ich. »Es ist doch gar nichts passiert.« Ich versuchte, es herunterzuspielen, aber innerlich litt ich mit ihr. Mir selbst war das glücklicherweise noch nie passiert, aber ich konnte mir vorstellen, wie entsetzlich es gewesen sein musste, als sie auf den Kalender gestarrt hatte. Mein Magen zog sich aus lauter Solidarität mit ihr zusammen.

»Aber mir war alles vollkommen klar. Ich hätte es loswerden wollen. Und hätte es Matt noch nicht mal gesagt. Ist das nicht krank? Gott, was stimmt nur nicht mit mir?«

»Mit dir ist alles in Ordnung«, versprach ich. Nur zu gut konnte ich mir ihre Lage vorstellen. Aber ich zwang mich, zuversichtlich zu klingen. »Du hast einen Schreck bekommen, mehr nicht. Warum hast du Matt nicht einfach erzählt, was passiert ist?«

»Nein, das kann ich nicht. Ich werde ihm eines Tages das Herz brechen. Ich weiß, dass ich nicht die gleichen Dinge will wie er.«

»Woher weißt du das? Habt ihr schon mal darüber gesprochen?«

»Weißt du, dass ich seinetwegen mein Auslandssemester aufgegeben habe?«

»Was?« Der plötzliche Themenwechsel verwirrte mich.

»Ich sollte eigentlich nach Italien gehen. Im Herbst. Und ich hab es … einfach abgesagt. Ich habe ihm das nie erzählt.«

»Er hätte gewollt, dass du gehst«, sagte ich. »Er würde alles für dich tun, Meg.«

»Ich weiß. Das ist ja das Problem.« Sie seufzte. »Er hätte gewollt, dass ich gehe, und ich wäre weg gewesen, und die ganze Zeit über hätte er mich vermisst, und ich wäre zwar glücklich gewesen, hätte es aber gleichzeitig nicht so richtig genießen können. Ich hätte gewusst, dass er zu Hause auf mich wartet, und ich hätte mich für alles schuldig gefühlt, was dort drüben passiert wäre. Ich meine, wenn ich nun jemand anders begegnet wäre? Ich hätte ihm doch das Herz gebrochen. Ich meine, es ist Matt. Ich liebe ihn so sehr. Wie hätte ich mir das jemals verzeihen können?«

»Aber du denkst darüber nach, es jetzt zu tun«, argumentierte ich.

»Weil ich jetzt weiß, dass es früher oder später ohnehin dazu kommen wird«, sagte sie. »Ich glaube, ich liebe ihn nicht so sehr, wie ich sollte.«

»Aber vielleicht liebst du ihn ja für den Moment genug?«

»Genug für den Moment ist nicht genug«, sagte sie, und die Worte klangen in meinen Ohren wie Alarmglocken.

»Meg …« Ich wusste nicht, was ich darauf sagen sollte.

»Ich weiß«, erwiderte sie. »Es tut mir leid. Ich muss Schluss machen.« Sie legte auf.

Am nächsten Morgen kam der Anruf von Matt.

»Du weißt, warum ich anrufe«, sagte er als Begrüßung.

»Ja.«

»Was soll ich tun?«

»Ich … ich weiß nicht.«

»Scheiße …« Er seufzte. »Kommst du trotzdem nach Door County?«

»Du ziehst das durch?«

»Schätze schon.«

»Matty, du weißt, du musst das nicht tun.«

»Warum nicht?«

»Vielleicht solltest du die Sache lieber ausfallen lassen.«

»Nein, ich brauche das. Wirklich. Kommst du?«

»Na klar.«

»Danke.«

Matt gelang es hervorragend, so zu tun, als wäre alles in Ordnung, als wir am folgenden Wochenende alle im Ferienhaus waren. Natürlich wusste jeder über Meghan Bescheid, aber er schaffte es, dass wir uns seinetwegen keine Sorgen machten. Trotzdem war da etwas in seinem Blick – ich konnte es sehen.

Das Ferienhaus war gerammelt voll und laut, und alle amüsierten sich wahnsinnig gut. Außer Matt natürlich.

Am zweiten Tag waren wir mit dem Tretboot draußen, nur Matt und ich, und als wir weit genug vom Ufer entfernt waren, ließ er die Maske endlich fallen.

»Ich konnte sie nicht davon abbringen«, sagte er.

»Dachte ich mir.«

»Sie hat immer wieder gesagt, dass sie mich zu sehr liebt. Was zum Teufel soll das überhaupt bedeuten?«

»Mir hat sie gesagt, sie wisse, dass sie dir eines Tages das Herz brechen wird«, sagte ich.

»Na, offensichtlich ist dieser Tag heute.« Er versetzte dem Boot einen Tritt.

»Oh, Matty …« Ich wollte aufstehen, aber das Boot wackelte so heftig, dass ich mich schnell wieder hinsetzte. »Tut mir so leid.«

Matt warf den Kopf in den Nacken und schrie frustriert auf. Dann sank er auf dem Sitz zusammen und seufzte. »Ich will sie hassen.«

»Tust du das nicht?«

»Nein.« Er klaubte ein trockenes Blatt vom Boden des Boots und versuchte es wegzuschleudern, aber es flatterte einfach ins Wasser.

»Willst du, dass ich damit anfange, sie zu hassen?«, fragte ich.

»Ich will sie einfach nur zurück.«

»Tut mir leid.«

»Was kann ich tun, um sie zurückzubekommen?«

Ich streckte die Hand aus, um ihm über den Kopf zu streicheln. »Ich befürchte, das ist eine dieser furchtbaren Situationen, in der man den anderen einfach gehen lassen muss. Es hat einfach nicht sein sollen …«

»Ich will sie aber nicht gehen lassen.«

»Das weiß ich. Aber wenn du ihr hinterherjagst, wird sie dir nur davonlaufen.«

»Und wenn das alles Bockmist ist? Warum sollte ich etwas loslassen, das ich liebe? Das ergibt doch überhaupt keinen Sinn.«

Darauf hatte ich keine Antwort.

»Das ist alles scheiße«, sagte er.

Wir ließen uns eine Weile im Wasser hin und her schaukeln.

»Sag mir einfach Bescheid, wenn ich anfangen soll, sie zu hassen«, bot ich ihm schließlich an.

Er verzog sein Gesicht. »Ich will nicht, dass sie jemand hasst. Es ist Meghan. Ich liebe Meghan. Du liebst Meghan.«

Das tat ich. Sie war wundervoll, und ich war davon überzeugt gewesen, dass er die Richtige gefunden hatte. Aber ich war bereit zu sagen, dass ich sie hasste, wenn er sich dadurch nur ein wenig besser fühlte. »Na ja, mein Angebot steht.«

»Ich weiß.«

Ich zögerte, fügte dann aber hinzu: »Jedes Angebot.« Jeder Vorsatz, den Sorbet-Sex hinter mir zu lassen, war vollkommen vergessen. Ich würde alles tun, um den Schmerz seines gebrochenen Herzens zu lindern. Auch wenn sich das Angebot schal anfühlte, sobald ich es ausgesprochen hatte.

Er nickte und sah weg. »Ich glaube, das möchte ich gerade nicht.«

»Okay.« Mir drehte sich der Magen um. Es war genauso trivial, wie ich befürchtet hatte.

»Du weißt, es liegt nicht an dir, ja?«

»Du musst nicht versuchen, mich aufzuheitern, Matt. Hier geht es um dich.«

»Aber es liegt wirklich nicht an dir.«

»Ich weiß.«

»Okay.«

Ich konzentrierte mich auf das Ufer und bemerkte, dass wir schon ganz schön weit abgetrieben waren. »Ich glaube, ich werde ein wenig seekrank.«

»Wir können zurück.«

»Danke.«

Wir schipperten zum Dock zurück, und meine Übelkeit ließ

nach. Ich wusste nicht, ob ich wirklich seekrank geworden oder mir das Gespräch unangenehm gewesen war. So oder so war ich froh, wieder festen Boden unter den Füßen zu haben.

Matt schien an diesem Abend nicht schlafen gehen zu wollen. Er blieb an der Feuerstelle, bis seine Augen ganz glasig waren und sein Blick ins Leere ging. Einer nach dem anderen verließ das Feuer mit »Ich bin erledigt, Mann, ich hau mich hin« oder »Okay, das war's für mich«. Auch ich war schon fast eingeschlafen. Ich hatte mich auf dem Liegestuhl eingerollt, den ich über die Jahre zu dem meinen erkoren hatte. Ich hatte sogar immer dieselbe Fleecedecke. Sie hatte ein Karomuster und roch wie Holzfeuer mit einem Hauch See.

»Komm, Joss, lass uns pennen gehen«, sagte Kerry und kam mühsam auf die Beine.

»Ich komme sofort«, versprach ich. Ich war schläfrig und warm eingepackt, und ich wusste, dass die Nachtluft kalt war. Ich hatte keine Lust, die Decke aufzuschlagen.

»Ich bin zu müde, um zu warten«, sagte sie. Wir teilten uns ein Zimmer, da wir die beiden einzigen Mädels ohne Freund waren.

»Geh schon vor«, sagte ich ihr.

Matt stand auf und griff nach dem Eimer mit Sand neben dem Feuer. Er schüttete ihn auf die Glut und hüllte uns in noch tiefere Dunkelheit. »Komm schon, Joss«, sagte er leise.

Ich stand auf und wickelte mich, so gut ich konnte, in die Decke. Das fehlende Licht des Feuers ließ mich kurz zögern, bevor ich den Weg zurück zum Haus einschlagen konnte. »Ich kann nichts sehen.«

Er kam um die Feuerstelle herum zu mir und legte seine Hand tastend auf meine Schulter. »Da bist du ja.«

»Da bin ich.« Ich gähnte.

Matts Hand wanderte zu meinem Nacken hoch. Dann küsste er mich – in der Dunkelheit, mit dem Klang der Grillen um uns herum. Es war ein harter Kuss, sein geschlossener Mund auf meinem.

»Was tust du da?«, fragte ich, als er aufhörte.

»Ich weiß nicht.«

»Du bist noch nicht bereit dafür«, erwiderte ich.

»Vielleicht nicht.«

»Ich werde nicht etwas sein, was du später bereust, Matt. So funktioniert das nicht.«

Er stieß ein leises Lachen aus. »Und so wird die Schülerin zur Lehrerin.«

»Darauf kannst du wetten.«

Er zog mich näher an sich heran, umarmte mich dieses Mal nur.

»Komm, lass uns schlafen gehen«, sagte ich und öffnete dabei großzügig meinen Deckenkokon, um einen Arm um seinen Rücken zu legen.

»Danke.«

»Das ist kein vollkommen selbstloser Akt, weißt du? Ich bin erledigt.«

Wieder lachte er leise und drückte meinen Arm. »Ich auch.«

»Gut.«

Wir machten uns zum Ferienhaus auf und stolperten dabei ein paarmal im Dunkeln.

»Tut mir leid, dass ich dich geküsst habe«, sagte er, bevor er die Tür öffnete.

»Schon gut. Du hast mir schon viel schlimmere Dinge angetan.«

Als er dieses Mal lachte, war es echt. »Na toll, danke.«

»Ich bin für dich da, Matty.«

Sechs Wochen. Matts Verzweiflung brauchte sechs Wochen, um nachzulassen. Es war Mitte August, und nur ein paar Tage vor seinem Anruf hatte ich mein erstes Date seit Monaten gehabt. Es war ganz in Ordnung gewesen, aber es hatte nicht gefunkt, und er hatte sich nicht mehr gemeldet. Es war mir egal. Ich war einfach froh, dass ich nach der langen Pause wieder eine Verabredung gehabt hatte.

Nach dem Ausflug an den See hatte Matt ein paar gescheiterte Versuche unternommen, Meghan zurückzugewinnen. Schließlich hatte sie entschieden, dass sie ihr Auslandssemester doch noch nachholen wollte. Ich wusste nicht, wie es ihr gelungen war, so spät noch in das Programm einzusteigen, aber so war es. Es schien, dass ein Ozean und ein halber Kontinent ausreichen würden, um ihr endlich den Abstand zu geben, den sie brauchte. Als Matt sie fragte, ob sie ihn danach eventuell zurücknehmen würde, fand sie endlich die Worte, die ihm endgültig klarmachten, dass es vorbei war: »Ich weiß nicht, was ich will, Matt, aber ich weiß, dass ich nicht mit dir zusammenbleiben kann. Du liebst mich zu sehr. Du schaffst es, dass ich Dinge für dich aufgeben will, und damit komme ich nicht klar. Das ist schrecklich für mich. Ich könnte nicht damit leben, wenn ich dich in ein paar Jahren verabscheuen würde. Ich gehe, weil ich dich immer noch liebe. So wird es immer eine wunderbare Erinnerung sein.«

Inzwischen hasste ich sie doch schon ein wenig. Nur ein ganz klein wenig. Es lag gar nicht an ihr persönlich, sondern an der Art, wie sie sein Herz genommen und es zwischen ihren Fingern zerquetscht hatte. Er war am Boden zerstört. Selbst nachdem er endlich ihre verdrehte Logik verstanden hatte, ging es ihm noch schlecht.

Ihm dabei zusehen zu müssen, wie er diese Trennung durchlitt, ähnelte dem Anschauen eines Lehrvideos über die fünf

Phasen der Trauer von Kübler-Ross. Dem Schock und dem Nicht-wahrhaben-Wollen folgte das Verhandeln und die Wut. Die Depression dauerte länger als der Rest, aber schließlich wurde sie von Entschlossenheit abgelöst. Er würde sie nicht die Einzige sein lassen, die ihre Beziehung mit schönen Erinnerungen hinter sich ließ. Sobald er die Tatsache akzeptiert hatte, dass sie ein abgeschlossenes Kapitel in seinem Leben war, konnte er sogar von ihr reden, ohne wie ein misshandelter Welpe auszusehen.

Als der Anruf kam, war ich überrascht. Ich wusste, dass er langsam über Meghan hinwegkam, ich hatte es selbst erlebt. Aber ich hatte angenommen, auch das Sorbet sei vorbei. Ich hatte angenommen, dass er es nach Meghan als geschmacklos ansähe. Aber dann rief er an.

»Ich brauche dich heute Abend, Joss.«

»Oh! Wirklich?«

»Sie kann nicht länger die Letzte sein.«

»Ich komme.«

Der Sex war irgendwie trübsinnig, wenn das überhaupt möglich ist. Es ging mehr um Trost als um Rache. Der letzte Schritt des Loslassens. Ich küsste jeden Zoll seines Gesichtes und kämpfte gegen den Impuls an, mich dafür zu entschuldigen, dass ich nicht Meghan war.

Danach lagen wir nebeneinander im grellen Licht einer Straßenlaterne, die viel zu nah vor seinem Fenster stand. Die Wohnung lag in der Nähe seines Campus, und er war zur Untermiete während des Sommers dort. Am gleichen Tag, an dem er eingezogen war, hatte er begonnen, nach einem neuen Apartment zu suchen. Am liebsten noch weiter entfernt vom Elend des Campus. Viereinhalb Jahre Studentenwohnheime waren genug – kein richtiger Erwachsener würde sich die Bruchbuden gefallen lassen, die den Studenten Jahr für Jahr angeboten wurden. Ich hatte Toiletten gesehen, die sich am oberen Ende der Kellertreppe befanden, Zimmer, die so klein waren, dass ein Besenstiel als Schrank diente und die Kleidungsstücke über dem Bett baumelten, sowie eine Küche ohne Spüle. Die Nähe zur Straßenlaterne war dagegen vergleichsweise harmlos, aber nicht dann, wenn sie das Zimmer taghell beleuchtete.

»Wie kannst du hier nachts überhaupt schlafen?«, fragte ich.

»Warte.« Seine Stimme klang angespannt, als er aufsprang und ans Fenster trat. Nach ein wenig Fummelei zog er die Jalousie herunter, und der Raum wirkte nur noch halb so hell. »Besser?«

»Ja, danke.«

Er kam zum Bett zurück und schlüpfte zu mir unter die Decke. Dabei küsste er die entblößte Unterseite meines erhobenen Arms.

»Fühlst du dich besser?«, fragte ich.

»Weißt du, irgendwie schon.«

»Nur irgendwie?« Ich war enttäuscht.

»Ich hatte erwartet, gar nichts zu fühlen. Keine Veränderung. Das wäre genug gewesen.«

»Aber du fühlst dich besser?«

»Ja, das tue ich.« Er küsste mich, und ich nutzte die Chance, um meine Finger in sein kurzes Haar zu stecken und ihn noch länger nah bei mir zu halten. Durch mein selbst auferlegtes Männerexil hungerte ich nach den Lippen eines anderen. Und Matt war immer noch der beste Küsser, den ich kannte. Es lag an der Art, wie er küsste – ich konnte nicht genau sagen, was es war, und es spielte auch keine Rolle, wenn ich nur so viele Küsse wie möglich bekommen konnte.

»Dann habe ich wohl meinen Teil der Abmachung eingehalten«, sagte ich, nachdem ich ihn schließlich losließ.

»Und noch mehr«, entgegnete er.

»Gut.« Ich streckte den Fuß aus, um ihm damit über sein Schienbein zu streichen.

»Tut mir leid wegen Martin«, sagte er.

»Ist okay. Ich brauchte dich danach eigentlich nicht …« Und obwohl ich gelernt hatte, dass ich es auch ohne Matt durch eine Trennung schaffte, wünschte ich mir dennoch, dass er zu der Zeit verfügbar gewesen wäre. Aber das brauchte er nicht zu wissen.

»Ich schätze, das ist gut, oder?«

»Ja.«

Matt drehte sich auf die Seite, um mich anzusehen. »Bleibst du heute Nacht?«

»Natürlich«, sagte ich. »Ich dachte, das gehört zur Abmachung.«

»Wollte nur mal fragen.«

Ein kurzes Schweigen trat ein, bevor ich wieder sprach. »Kannst du mir einen Gefallen tun?«

»Na klar. Was denn?«

»Also … es ist eine Weile her, seit ich mit jemandem das Bett geteilt habe – könntest du dich von hinten an mich schmiegen?«

Er lachte, rutschte aber näher und ließ mich meinen Körper an seinen anpassen. »So?«

»Ja, danke.«

Er bewegte sich ein paarmal hin und her und machte schniefende Geräusche durch die Nase. »Deine Haare sind in meinem Gesicht.«

»'tschuldigung.« Ich drehte mein Haar zusammen und klemmte es unter meinen Kopf.

»Danke.« Er legte die Hand auf meine Hüfte, und ich spürte, wie sich sein Körper in die Matratze drückte.

Ich seufzte und genoss das Gefühl eines warmen Körpers an meinem Rücken. »Das sollten wir vielleicht in den Vertrag schreiben.«

»Da bin ich mir nicht so sicher. Ich könnte die Klausel wegen lockiger Haare ausschließen lassen.«

Ich griff nach unten, um ihn ins Bein zu zwicken. Er lachte und schlug meine Hand weg. »Du musst es auch nicht mehr lange aushalten«, versprach ich.

»Ich komm schon klar damit.« Er küsste meine Schulter. »Danke, dass du hier bist.«

»Keine Frage. Wofür sind Freunde denn da?«

»Nicht besonders viele für so etwas hier.«

»Stimmt.« Ich legte meine Hand dorthin, wo seine Hand auf meiner Hüfte lag. »Schätze, es war Glück, dass wir uns getroffen haben.«

»Und dass wir beide, was Beziehungen angeht, so absonderlich sind.«

»Ach was?« Ich lachte. »Ist es zu viel verlangt, dass ich einen netten Typen kennenlerne und eine nette normale Beziehung eingehe? Kein Altersunterschied von elf Jahren, kein Fremdgehen, keine … Holzenten.«

Matt brach in Gelächter aus. »Keine Enten? Jetzt verlangst du aber ein bisschen viel.«

»Okay, wie wäre es mit jemandem, dessen Schrullen mich nicht stören?«

»Jetzt geht es in die richtige Richtung. Jeder ist schließlich ein wenig seltsam, stimmt's?«

»Also du auf jeden Fall.« Spielerisch stieß ich ihm meinen Ellbogen in den Magen.

»Bring mich nicht dazu, mich anzuziehen, Joss.«

Ich drehte mich in seinen Armen um und presste meinen Mund auf seinen. »Noch nicht.«

17
Gegenwart

Matt fand mich in die Betrachtung der Pinnwand versunken und trat neben mich. »Was Interessantes gefunden?«

»Meghan«, gab ich zu.

»Wow, wie kommst du denn jetzt darauf?«

Ich tippte auf das kaum sichtbare Foto ihrer hellblauen Augen.

»Oh!« Er ging etwas näher heran und inspizierte es. »Tatsächlich.«

In meinem Magen regte sich etwas Unerfreuliches. Eine Mischung meiner schwelenden Feindseligkeit gegenüber Meghan und eine hässliche Spur Eifersucht, dass er ihr Foto behalten hatte. In meinem Kopf wirbelten an diesem Abend so viele Gedanken über die Vergangenheit herum. Ich musste das Thema wechseln.

»Ist das Essen denn jetzt endlich fertig, oder wie sieht's aus?«, fragte ich und stieß ihm spielerisch in die Rippen.

Matt atmete tief durch. Sein Blick schien in die Gegenwart zurückzukehren. »Ja, sofort. Willst du was trinken?«

»Was bietest du mir denn an?«

»Ich glaube, ich habe noch eine Flasche Wein vom letzten Mal, als du hier warst.

Ich sah ihn mit erhobenen Augenbrauen an. »Hast du den Korken wieder reingesteckt?«

»Natürlich.« Er verdrehte die Augen.

»Dann hätte ich gerne ein Glas.« Ich schenkte ihm ein gewinnendes Lächeln und klimperte mit den Wimpern.

»Dann hol es dir ab.«

Ich folgte ihm in die Küche und nahm das Glas entgegen, das er mir vollschenkte.

»Was ist passiert, Matty? Ich wusste nicht mal, dass du dich mit jemandem triffst.«

»Was meinst du damit?«

»Du hast gesagt, dass du mich *brauchst*.«

»Oh! Das hab ich wohl. Stimmt.«

»Und …?«, fragte ich.

»Einen Moment«, sagte er und holte Teller aus dem Schrank. Ich schwieg, während er Pasta und Soße darauf gab und mir dann die Teller reichte. »Kannst du die zum Tisch bringen?«

Ich trug sie zu seinem kleinen Esstisch und holte noch mein Glas Wein. Matt brachte Brot und die Weinflasche, dann setzten wir uns.

»Also, sagst du es mir jetzt?«, fragte ich.

Er drehte Spaghetti auf die Gabel, während er nachdachte. »Kann ich es dir sagen, nachdem wir gegessen haben?«

Das war Folter. »Oh! Meinetwegen.«

Er lächelte und widmete sich wieder seiner Pasta, aß aber nichts mehr. Genauso wenig wie ich. Das Schweigen, normalerweise angenehm und kurz zwischen Matt und mir, fühlte sich seltsam an. Ich musste mit dem Grübeln aufhören. Schnell ging ich ein paar Themen durch und entschied mich für etwas Neutrales.

»Hey, gehst du zu Jessies Hochzeit?«

»Spricht nichts dagegen.«

»Sollen wir zusammen fahren?«, fragte ich mit einem Nicken, um ihm die richtige Antwort anzuzeigen.

Er lachte. »Klingt nicht gerade so, als ob du mir eine Wahl lassen würdest.«

»Ich meine, außer du bringst jemanden mit oder so.«

»Hab ich nicht vor.«

Diese kurzen Antworten machten mich wahnsinnig. Alles an diesem Abend war total merkwürdig. Ich musste ihn stellen.

»Matty, was ist denn nur los?«, fragte ich. »Du bist so still.«

Er schob seinen Teller beiseite und nahm sich einen Moment lang Zeit, seine Gabel auszurichten, bevor er mich ansah. »Ich denke immer öfter darüber nach, mein Studium abzubrechen.«

»Oh! Und?«

»Und ...« Er zuckte die Schultern. »Ich glaube, ich sollte es tun.«

»Und was willst du stattdessen machen?« Ich stützte mich mit beiden Ellbogen auf den Tisch, hatte schon eine Hand gelöst, als wollte ich ihn berühren, führte sie dann aber wieder zu meinem Kinn. Ich wusste nicht, was er fühlte – ich wusste nicht, was ich für ihn tun sollte.

Wieder zuckte er die Schultern. »Ich habe in letzter Zeit über eine Menge Dinge nachgedacht ... über alles, schätze ich. Ich muss endlich aufhören ... auf der Stelle zu treten.«

»Was bedeutet das?«

»Es bedeutet, dass ich ein paar Dinge ändern muss.« Er drückte eine Fingerspitze gegen einen Zinken der Gabel und schaukelte sie hin und her. »Mein Mietvertrag läuft im Juni aus. Ich denke, ich sollte es mal eine Weile woanders versuchen.«

Schmetterlinge in meiner Brust. »Woran hast du gedacht?«

»An irgendwo ganz anders. San Diego ... North Carolina ... Portland ... ich weiß noch nicht.«

»Aber ...« Ich wollte sagen: »Was ist mit mir?«, tat es aber nicht. »Du kennst doch niemanden an diesen Orten, oder?«

»Nein.«

Das Abendessen, das schon schwer genug herunterzubekommen gewesen war, machte jetzt einen entschiedenen Versuch, wieder heraufzukommen. Ich presste die Zähne aufeinander und konzentrierte mich auf die Lichtreflexe, die sein Glas warf.

»Ich will doch eigentlich überhaupt nicht Anwalt werden. Warum verschwende ich also meine Zeit damit?« Er ergriff das Glas, das ich angestarrt hatte, und nahm einen Schluck Wein. »Wie bescheuert wäre es, wenn ich morgen bei einem Autounfall oder so was sterben würde und das Letzte, was ich getan habe, war, einen Kurs über Immobilienrecht zu besuchen?«

Bei dem Gedanken zuckte ich zusammen. Nicht wegen des Kurses, sondern wegen des Unfalls. »Wie kann ich dir helfen?«

Er zögerte, dann sah er über seine Schulter zum Wohnzimmer hinüber. »Komm, wir setzen uns dorthin, da ist es gemütlicher.« Ohne meine Antwort abzuwarten, ging er zum Sofa. Ich folgte ein wenig langsamer und setzte mich in die andere Ecke des Sofas, die Beine zu ihm ausgestreckt.

»Okay.« Er legte den Arm auf die Rückenlehne, sah mich kurz an und starrte dann wieder in den Raum. »Also … es gibt da dieses Mädchen – diese Frau, meine ich. Wann höre ich endlich auf, sie als Mädchen zu bezeichnen?«

»Wenn sie alt genug sind, um jemandes Mutter zu sein?«, schlug ich vor, und er lachte ein wenig. Das war vertrautes Terrain, und ich spürte, wie sich meine Nerven ein wenig beruhigten.

»Jedenfalls ist ihr Name Tara, und sie ist in meinem Kurs«, fuhr er fort.

»Eine Anwältin? Ich dachte, du gehst nicht mit Anwältinnen aus.«

Er lächelte schwach. »Stimmt. Na ja …« Er beugte sich vor und legte die Hand um den Nacken. Mir wurde klar, dass er nervös war. Warum? »Du weißt, dass ich mich seit der Beerdigung meines Vaters mit niemandem mehr getroffen habe. Und davor eigentlich auch nicht …«

Ich bemühte mich, geduldig zu sein, aber ich hatte keinen blassen Schimmer, was er mir mit alldem sagen wollte. »Okay, du hast also diese Tara getroffen. Was ist passiert?«

»Ich habe darüber nachgedacht, wie wir irgendwie … weniger streng an die ganze Sorbet-Geschichte herangegangen sind. Seit … tja, ich weiß auch nicht genau. Aber das, was wir gemacht haben, nachdem mein Vater gestorben war … das war nicht das, womit wir angefangen haben.«

»Das waren ja auch keine normalen Umstände.«

Er schloss kurz seine Augen. »Ich weiß nicht, ob ich es ohne dich durch diese Woche geschafft hätte.«

Mein Herz schmerzte, als ich mich daran erinnerte, in welchem Zustand er gewesen war. Damals hatten wir das Sorbet bis an seine Grenzen gebracht, und auch wenn ich nichts hätte von dem zurücknehmen wollen, was ich für ihn getan hatte, war es doch hart gewesen. Für uns beide.

Ich zwang mich zu einem Lächeln, auch wenn es sich nicht besonders echt anfühlte. »Du weißt, dass ich es wieder tun würde.«

»Ich weiß.« Der Seitenblick, den er mir kurz zuwarf, war nicht zu deuten. »Jedenfalls. Die Sorbet-Sache ist irgendwie ziemlich beliebig geworden. Seit …« Sein Blick ging nachdenklich zur Decke. »Seit … keine Ahnung, Alex? Vielleicht seitdem.«

»Pfft«, sagte ich automatisch. »Aber das ist doch hundert Jahre her. Und Meghan war ein eindeutiger Fall.«

»Aber was ist mit dem Semester, als du mit diesen ganzen Typen ausgegangen bist? Dem Entenködertypen?«

Ich verschränkte meine Arme. »Und was ist mit Der Truppe? Und wie du diese Kelly fast entjungfert hättest?«

»Aber das habe ich nicht«, erwiderte er prompt. »Und genau das meine ich. Nichts davon war eine richtige Trennung, und wir hatten in diesem Sommer *trotzdem* eine Menge Sorbet-Sex.«

Im Grunde war es immer nur Gelegenheitssex gewesen, und ich wusste es. »Okay, vielleicht sind wir da manchmal etwas zu weit gegangen.«

»Welches Mal?« Er grinste, und ich war so froh über diese emotionale Reaktion, dass ich ihm seine Selbstgefälligkeit nachsah.

»Da waren einige unserer besten Arbeiten dabei.« Meine geröteten Wangen verrieten meinen vollkommenen Mangel an Coolness.

Er sog durch zusammengebissene Zähne Luft ein. »Ja, das stimmt wohl.«

»Aber ich schweife ab …« Ich machte eine abschließende Geste. »Was wolltest du sagen?«

»Also, das war das erste Mal, dass wir die Regeln über Bord geworfen haben.«

»Eigentlich bei Alex. Das zweite Mal.«

Er nickte. »Ja, okay. Der Punkt ist, wir waren seitdem ziemlich locker, was die ganze Sache angeht.«

»Ich weiß nicht, aber die Geschichte mit T. J. war ziemlich eindeutig.«

Er verzog das Gesicht. »T. J. war einfach nur ein Fehler, und das weißt du.«

»Genau das sage ich ja«, protestierte ich. »Er war ein Fehler, und ich brauchte dich danach.«

»Du warst doch seinetwegen nicht unglücklich«, argumentierte Matt.

»Na ja, nein. Es war einfach der Ekelfaktor.« Es schauderte mich.

»Trotzdem …«

»Darum geht es doch bei Sorbet. Den schlechten Geschmack loswerden, richtig?«

»Wie lange ist das jetzt her?«, überlegte er.

»Ein paar Jahre, schätze ich.«

»Meine Güte!« Er ließ den Kopf auf die Rückenlehne fallen und konzentrierte sich einen Augenblick lang auf die Decke. »Seit wann genau vergeht die Zeit so verdammt schnell?«

Ich musste grinsen. »Du klingst wie ein alter Mann.«

»Tut mir leid.« Er hob seinen Kopf und sah mich an. »Ich … denke einfach nur nach.«

»Jetzt warte mal, du wolltest mir doch von Tara erzählen.«

»Nein, schon gut. T. J. hat mit der ganzen Sache irgendwie auch zu tun.«

»T. J. hat mit gar nichts zu tun«, sagte ich, und wieder lief mir ein Schauer über den Rücken.

Matt grinste. »Du wirst das niemals hinter dir lassen können, stimmt's?«

18

Das zweite Jahr nach dem Abschluss

»Auf das Leben als Single.«

»Auf das Verfassungsrecht.«

»Auf die neue Staffel *Der Bachelor*.«

Es war Sonntag, und in meiner Welt hieß das Brunchtag.

Nur ein paar Wochen nach Beginn von Matts Jurastudium hatten wir eine lose Tradition eines Sonntagbrunchs eingeführt. Es war eine lockere Veranstaltung mit ständig wechselnden Mitgliedern.

Manchmal waren wir bis zu einem Dutzend Leute – Kommilitonen von Matt, Nellie und ihr Freund Jason, Geschwister, die auf Besuch waren, oder Freunde. Manchmal waren es aber auch nur Matt und ich. Ein wichtiger Teil unserer Brunchtradition war das Anstoßen. Jeder am Tisch musste einen Toast ausbringen, während wir anstießen – manchmal mit Mimosas und Bloody Marys, manchmal mit etwas Langweiligem wie Kaffee oder Saft. Selbst wenn wir nur unter uns zwei waren, wurde angestoßen.

An diesem speziellen Sonntag waren wir eine größere Gruppe. Nellie, zur Abwechslung mal ohne Jason, Matts Bruder Tom und ein paar seiner Jurakommilitonen. Das Café war ganz neu – für uns und für die Stadt. Es war hell erleuchtet, mit einem Dekor, das an den Katalog eines Einrichtungshauses denken ließ.

Auf den Holztischen standen handgeschriebene Fragen, die dazu gedacht waren, Unterhaltungen in Gang zu bringen, und das taten sie auch.

»Das hier ist gut«, sagte Tom nach dem Anstoßen. »Wie lange hast du es jemals ohne Schlaf ausgehalten?«

Diese Frage machte noch immer die Runde, als das Essen serviert wurde.

Als Nellie von der Toilette zurückkam, kicherte sie.

»Was ist denn so lustig?«

»Als ich an diesem Tisch vorbeigegangen bin« – sie zeigte in Richtung Toiletten –, »war da eine dieser Fragen.« Sie begann erneut zu kichern. »Ich habe keine Ahnung, wie sie *eigentlich* lautete, aber da lag ein Päckchen Zucker genau an der richtigen Stelle, und alles, was ich lesen konnte, war: *Wer war der beste … den du jemals hattest?*« Wieder kicherte sie.

Ich sah Matts Kommilitonen Laura und Gavin an. Sie waren auf der Humorskala immer noch zwei Unbekannte, auch wenn Tom, Matt, Nellie und ich bereits lachten. Dann grinste Laura, gefolgt von Gavin, und dann gackerten wir alle wie ein Haufen Sechstklässler.

»Irgendwie glaube ich nicht, dass sie das damit meinten«, sagte Laura.

»Ach was!«, erwiderte Nellie.

»Denkst du, jemand hat den Zucker extra dahingelegt?«, fragte ich. An dem fraglichen Tisch saßen zwei Frauen mittleren Alters.

»Auf jeden Fall«, sagte Nellie. »Sieh sie dir nur an. Eindeutig Sexbesessene.«

Das löste eine neue Runde Gelächter aus, bis uns die zugeworfenen Blicke von anderen Tischen zur Ordnung riefen. Wir begannen zu essen und bemühten uns, den Augenkontakt zueinander zu vermeiden.

Laura fing an. »Dan Smith.«

»Wer?«, fragte Matt.

»Der Beste, den ich jemals hatte«, erklärte sie, nickte und erschauerte dann. »Ja. Eindeutig der Beste.«

»Und was ist aus ihm geworden?«, fragte ich.

Sie lächelte reumütig. »Keine Ahnung. Ich hab ihn beim Spring Break getroffen. Hab seine Nummer verloren.«

»Oh nein!«, sagte Nellie. »Du konntest ihn nicht mehr ausfindig machen?«

»Sein Nachname war Smith.« Laura schüttelte den Kopf. »Ich weiß nicht mal, auf welches College er ging oder ob das überhaupt sein richtiger Name war. Es war unmöglich, ihn aufzustöbern, glaub mir.«

»Eine Schande.«

»Wem sagst du das!«

»Angela Herrera«, sagte Gavin und verzog sein Gesicht vor lustvoller Erinnerung.

»Ally, meine Frau«, sagte Tom, womit er sich ein kollektives »Awww, wie süß!« von Nellie und Laura verdiente.

Matts Mund zuckte schelmisch, und eine Augenbraue schoss in die Höhe. »Sie ist nicht hier, weißt du. Ich werde dich nicht verpfeifen.«

Tom nickte. »Ich weiß. Es ist die Wahrheit.«

»Oh, du Glücklicher.« Ich grinste.

»Das kannst du laut sagen.«

Nellie sprach als Nächste und hob die Hand wie zu einer Zeugenaussage. »Terrence Johnson.«

»Wer ist das?«, fragte ich. In all den Stunden, die wir damit verbracht hatten, uns während des Betäubens von Haustieren zu unterhalten, hatte sie seinen Namen niemals genannt.

Sie schüttelte langsam den Kopf. »Nur ein Exfreund. Er war ein Idiot, aber … verdammt!«

»Weiß Jason von diesem Typ?«, fragte ich neugierig.

»Natürlich nicht. Bist du verrückt?«

Alle lachten.

»Wie steht's mit dir, Matt?«, fragte Laura, und mein Herz nahm den Expressaufzug in meine Kehle.

Er zuckte die Schultern. »Keine Ahnung.«

»Aber irgendjemand muss doch am besten gewesen sein«, bohrte Laura nach.

»Ja, selbst wenn alle schlecht waren, war irgendjemand doch am wenigsten schlecht«, sagte Nellie. Ich wollte ihr unter dem Tisch einen Tritt versetzen, traf aber nur Holz.

Matt spießte mit seiner Gabel ein Stück Waffel auf und warf einen Blick in die Runde. »Ich werde das nicht beantworten, also könnt ihr ruhig alle weiteressen.«

Ich versuchte ihm einen Blick zuzuwerfen, aber er sah nicht in meine Richtung. Ich wollte ihm per Gedankenübertragung sagen, dass es okay war und er mich damit nicht beleidigte. Auch wenn ich tief in meinem Innern wusste, dass es wehtun würde, wenn er einen anderen Namen als meinen nannte. Lächerlich.

»Also gut, wenn du unbedingt ein Spielverderber sein willst …« Nellie verdrehte die Augen. Sie war die einzige andere Person am Tisch, die wusste, warum er nicht antwortete, und sie liebte ein gut gewahrtes Geheimnis. Sie war der Inbegriff der Selbstgefälligkeit, als sie sich an mich wendete. »Was ist mit dir, Joss? Wer bekommt den Titel?«

Ich war vorbereitet. »Niemand.«

Das wischte Nellie das selbstgefällige Grinsen aus dem Gesicht. »Warum nicht?«

»Weil ich fest daran glaube, dass ich den großartigsten Sex meines Lebens noch nicht hatte. Es gibt immer Luft nach oben.«

Von der Gruppe kam ein kollektives Aufseufzen verärgerter Enttäuschung, außer von Matt, der grinste. »Darum geht es nicht«, sagte Laura. »Die Frage lautete, wer der beste bis jetzt war.«

Ich musste meine Zehen in den Schuhen einrollen, um nicht zu Matt hinüberzuschauen. Ich hatte das Gefühl, dass er meine Gedankenübertragung einwandfrei verstanden hatte. *Typisch.* »Also gut, also gut. Ich gestehe – es war Nellie.« Ich ließ meinen Kopf auf meine verschränkten Arme fallen und tat so, als würde ich schluchzen. Ein paar Leute begannen zu lachen. Etwas prallte an meinem Kopf ab – dem Gewicht nach zu schließen, eine zerknüllte Serviette.

Ich wagte einen Blick nach oben und sah, dass Nellie zusammen mit der restlichen Gruppe lachte.

»Ich wittere eine Verschwörung«, sagte Gavin.

»Okay, Erin Brockovich«, sagte Matt und zwinkerte mir zu, als niemand hinsah.

Ich lächelte und war froh, seine Antwort nicht zu kennen. Und ich war froh, dass er meine nicht kannte. Bei einer Sache war ich ehrlich gewesen: Ich glaubte nicht daran, den besten Sex meines Lebens bereits gehabt zu haben. Ich wollte dieses Ziel nie erreichen, denn danach würde alles im Vergleich dazu verblassen. Ich wollte jemanden, der sich so oft wie möglich ein persönliches Ziel setzte und sich dabei immer wieder übertraf.

Und mit diesen hohen Erwartungen lernte ich T. J. kennen.

Ich würde gerne sagen, ich hätte eine Ahnung gehabt, dass T. J. nicht richtig war, aber das hatte ich nicht. Ich meine damit nicht, nicht der Richtige für mich, auch wenn er das ebenfalls nicht war. Ich meine damit, dass er nicht richtig in der Birne war. Okay, das ist vielleicht ein wenig übertrieben, aber er war auf keinen Fall ein alltäglicher Typ.

Er schien so normal zu sein. Sogar durchschnittlich. Aber sagen das nicht auch immer die Nachbarn von Serienmördern?

Ich traf ihn an Halloween, während ich als Emily Erdbeer verkleidet war. Er ging als Jedi, was für mich vollkommen in Ordnung war. Ich meine, ich bin kein großer Fan von *Star Wars*, aber ich hatte mir die Filme pflichtbewusst angesehen und wusste eine gute Popkultur-Anspielung zu schätzen. Er begann ein Gespräch darüber, dass die Ikonen der Siebziger und Achtziger für das neue Jahrtausend überarbeitet wurden, und wir landeten in einer lebhaften Debatte über den Wert von Remakes. Ich war im »Na klar, warum nicht?«-Lager, wie so oft bei solchen Diskussionen, während er strikt dagegen war.

All das waren starke Anzeichen dafür, dass er ein Geek war, aber ich glaube, jeder ist auf seine Weise ein Geek. Ich hab mal Synchronschwimmen gemacht, und viel geekiger geht es nicht. Wenn jemand bei unserer ersten Begegnung bereit ist, mit der Freakflagge zu wedeln, bin ich wahrscheinlich geneigt, diese Person besser kennenlernen zu wollen.

So war es auch bei T. J., und ich gab ihm am Ende des Abends bereitwillig meine Telefonnummer. Er überraschte mich damit, dass er zwei Tage später tatsächlich anrief, und wir verabredeten uns zum Sushi-Essen.

Was erste Dates angeht, war das mit T. J. ein gutes Date. Er war so witzig, wie ich ihn in Erinnerung hatte, was sehr angenehm war. Er erinnerte mich in dieser Hinsicht an Martin. Und irgendwie auch an Matt. Humor war mir immer schon sehr wichtig gewesen, aber ich hatte nur eine Handvoll Jungs getroffen, die einen wirklich guten Humor hatten. Ein Punkt für persönliches Wachstum – ich war bereit, eine Handvoll Märchenromanzen gegen einen guten Scherz zu tauschen.

T. J. war nicht nur witzig, sondern brachte mich auch in ein anständiges Restaurant, übernahm die Rechnung und überließ mir die Führung, als er mich am Ende des Abends zu Hause absetzte. Ich küsste ihn, aber mehr passierte nicht. Wie ich bereits sagte, liebe ich es zu knutschen, und ich sehe selten einen Grund, es nicht mit jemand Neuem auszuprobieren.

In der Woche darauf gingen wir erneut aus, dieses Mal, um die Band seines Kumpels zu erleben. Bei der lauten Musik war es schwer, sich zu unterhalten, aber es war wirklich ganz nett, und ich war ein wenig freundlicher, als wir an jenem Abend in meine Wohnung kamen. Wir blieben im Wohnzimmer, als ob ein unsichtbarer Anstandswächter zusähe. Dort fühlte ich mich sicher, und da man durch das Balkonfenster alles sehen konnte, war es auch zu gefährlich, sich auszuziehen. Das alles bedeutete, dass ich die gefürchtete dritte Verabredung vor mir hatte.

Nellie unterstützte mich bei der ganzen Sache – sie war immer scharf darauf, dass ich einen festen Freund fand, damit sie und ihr Freund Jason jemanden für sogenannte »Pärchenabende« hatten. Ein Teil von mir fand schon die Bezeichnung scheußlich, doch ich wusste, dass sie mich glücklich sehen wollte, also ließ ich es ihr durchgehen.

Ich weiß, dass an einem dritten Date nichts Magisches ist. Ich musste jetzt nicht mit ihm schlafen. Ich musste überhaupt nicht mit ihm schlafen, wenn ich nicht wollte. Aber ich mochte ihn, und es war lange her – wobei ich Matt natürlich nicht mitzählte. Natürlich nicht. Es schien nur vernünftig, T. J. eine Chance zu geben.

Wir hatten den klassischen Essen-und-Kino-Abend, und dann lud mich T. J. zu sich ein, um noch etwas zu trinken. Ich war an diesem Abend mit dem Auto gefahren, weil das Restaurant am anderen Ende der Stadt gelegen hatte. Und so fragte ich mich: *Was soll das?*

Als wir bei ihm ankamen, überließ er mir eine Führung. Es war eine nette Wohnung, auch wenn es sich um eine typische Junggesellenbude handelte. Er hatte einen Billardtisch im Esszimmer stehen und einen riesigen Fernseher. Natürlich zeigte er mir das Schlafzimmer als Letztes. Es schien ein wenig primitiv – kaum das Highlight einer Hausführung, aber wir beide wussten, warum er es so geplant hatte, und ich würde mich nicht beschweren.

Ich tat meinen Teil, um meine Absichten deutlich zu machen. Ich setzte mich auf den Rand des Bettes und lehnte mich zurück. Es musste mir wohl gelungen sein, ein wenig verführerisch auszusehen, denn T. J. setzte sich sofort neben mich aufs Bett und begann mich zu küssen. Ich legte eine Hand auf seine Schulter und die andere um seine Hüfte. Er war etwas schwerer gebaut als die anderen Jungs, mit denen ich zusammen gewesen war, und einen Moment dachte ich sehnsüchtig an Matt. Alles war ein wenig weicher, als ich es gewohnt war. Er war allerdings sehr sanft, und das mochte ich. An mir schien er auch eine Menge Dinge zu mögen.

»Du hast wirklich wunderschöne Augen«, sagte er.

»Vielen Dank.« Komplimente bewirkten bei mir immer, dass ich mir der Sache, die gelobt worden war, viel zu bewusst wurde, und plötzlich fiel mir jedes Zwinkern und jeder Blick auf.

»Und so weiche Lippen.« T. J. küsste mich erneut und hob mein Kinn mit der Hand an. Das ist meine Lieblingskusspose, und in diesem Moment wusste ich, dass ich ihm einen guten Blick auf meine Dessouswahl für den heutigen Abend gönnen würde. Ich hatte mich für den Mittelweg entschieden – nichts zu Aufregendes, aber ich musste mich ja vielleicht noch steigern können. Man zieht nicht beim ersten Mal sein bestes Zeug an.

Auf die aufregend langsame Art und Weise des ersten Mals zogen wir uns aus. Als ich nur noch meine Unterwäsche trug, zog er sich zurück, um mich anzusehen. An diesem Punkt entschied sich meist, ob ein Mann mich anziehend fand oder nicht. Einige Jungs standen auf kleine Brüste und schmale Hüften. Man hat mich schon elfenhaft und grazil genannt. Andere haben Angst, mich zu zerquetschen. Die nennen mich Zwergin oder schmächtig.

»Wow, du siehst unglaublich aus«, sagte T. J., während sein Blick an meinem Spitzen-BH klebte. Eine leise Stimme in meinem Kopf wollte wissen, ob er nur Punkte von einer vorbereiteten Komplimentenliste abhakte, aber ich wollte glauben, dass er mich wirklich attraktiv fand. Zumindest wusste er die Mühe zu schätzen, die ich in meine Unterwäsche steckte.

Seine Hände glitten über meine Haut, und ich schmiegte mich in jede seiner Bewegungen. So viel war klar, T. J. wusste genau, was er tat. Ich war beeindruckt, mit wie viel Aufmerksamkeit er mich bedachte. Es ging sogar so weit, dass er meinen Versuch, ihm diese Aufmerksamkeit zu vergelten, höflich, aber entschieden ablehnte.

»Leg dich einfach auf den Rücken«, wies er mich an. »Ich will, dass du dich gut fühlst.«

»Okay«, murmelte ich und schloss die Augen. Stattdessen konzentrierte ich mich auf meine anderen Sinne. Der Raum war still, abgesehen vom Rascheln der Laken und meinem unregelmäßigen Atmen. Meine Haut war total empfindlich und erwartete seine nächste Bewegung, die nächste Empfindung. Seine Finger und Lippen zeichneten meinen Körper nach. Es war schwer, ruhig liegen zu bleiben. Ich wollte meine Finger in sein Haar versenken, meine Beine um seine schlingen und seinen Mund wieder schmecken.

Nach einer Weile konnte ich nicht mehr ruhig liegen bleiben. »Wir können …« Ich beendete den Satz damit, dass ich meinen String schnipsen ließ. »Wenn du willst.«

»Wenn du das willst«, sagte er.

»In meiner Handtasche ist ein Kondom«, sagte ich. Er hatte wahrscheinlich auch welche, aber was das anging, verließ ich mich immer nur auf mich selbst. Zwei Personen mit Kondomen waren besser als eine. »Das ist doch wohl kein Problem?«

»Natürlich nicht.«

Gute Antwort.

Ich zog das Kondom heraus und reichte es ihm. Er zog es über, während ich mich meiner Unterwäsche entledigte.

»Komm her«, sagte er mit einem Lächeln.

Ich schwang ein Bein über seine Hüften und beugte mich vor, um ihn zu küssen.

Mein Herz zitterte in meiner Brust. Es war lange her, seit ich es mit jemand Neuem getan hatte.

Meine Augen fielen zu, während wir unseren Rhythmus fanden. Seine Hände schienen niemals stillzustehen, und die beständige Flut an sinnlichem Input ließ mich nach kurzer Zeit stöhnen. Ich zwang mich dazu, meine Augen zu öffnen, und sah auf T. J. hinab, der mich aufmerksam betrachtete.

»Was ist denn?«, fragte ich, plötzlich befangen.

Er schüttelte den Kopf. »Ich sehe dich nur an.«

Lust durchströmte meinen Körper, während T. J. das Tempo variierte. Er schien einfach nicht das zu finden, was ihm gefiel. Ich hörte auf, ihm helfen zu wollen, und überließ ihm die Führung. In seinem Blick konnte ich Frustration erkennen.

»Ist alles in Ordnung?«, fragte ich.

»Bestens«, stieß er zwischen zusammengebissenen Zähnen hervor.

Mir verging allmählich die Lust, während ich ihn beobachtete. Die Konzentration war offensichtlich. Auf seiner Stirn sammelte sich Schweiß.

»Kann ich irgendetwas tun?«

Er sah zu mir hoch. »Tut mir leid, ich … ich habe ein wenig Schwierigkeiten.«

Das hörte niemand gern im Bett. »Sollen wir mal die Position ändern?«, fragte ich.

»Ähm, ja, vielleicht.«

Ich stieg von ihm herunter und wartete darauf, dass er sich entschied.

Offenbar dachte er über die Optionen nach und wirkte dabei sehr ernst. »Könntest du … äh … was für mich tun?«

Mein Puls beschleunigte sich. Die Frage wirkte so … aufgeladen. »Was denn?«

»Okay, das klingt jetzt vielleicht ein bisschen seltsam …«

Oh Gott!

»Aber, äh … manchmal hilft es … wenn du deine Hände benutzt.«

Puh! »Wie willst du es denn?«, fragte ich und lehnte mich vor.

»Hier …« Er führte meine Hände an seine Erektion im Kondom.

»Okay.« Ich massierte ihn sanft, um ihn näher an den großen Moment zu bringen.

»Kannst du ein bisschen fester drücken?«

Ich antwortete nicht, versuchte es aber.

»Ein bisschen fester …«

Ich runzelte die Stirn, folgte aber seiner Anweisung.

»Noch ein bisschen …«

Meine Armmuskeln begannen langsam, aber sicher zu protestieren. Ich würde das nicht mehr viel länger durchhalten können. »Tut mir leid, aber mir tun die Arme weh«, sagte ich, als der Rhythmus ins Stocken geriet.

T. J. öffnete seine Augen, sah mich aber nicht an. »Kannst du ihn dann vielleicht schlagen.«

Wie bitte? »Wie bitte?«

»Ihn schlagen.«

Ich schüttelte den Kopf. »Ich habe keine Ahnung, was du damit meinst.«

»Manchmal hilft es. Schlag mich! Ganz fest.«

»Entschuldigung?« Ich konnte den seltsamen Ausdruck in meinem Gesicht fühlen.

»Du weißt schon, schlag mich einfach!«

»Wovon redest du? Wohin?«

»Genau dort.« Er deutete auf seinen Schritt.

»Was willst du?!« Ich zog meine Hände zurück und verschränkte sie vor meiner Brust.

»Das hilft wirklich. Du kannst auch dein Knie einsetzen, wenn du willst.«

»Auf keinen Fall.« Ich schüttelte den Kopf. »Das werde ich nicht tun. Nein.«

»Ich weiß, dass es ein bisschen seltsam ist …«, sagte er.

»Das ist total seltsam!« Ich rutschte auf dem Bett zurück. Sobald meine Füße den Boden berührten, begann ich nach meinen Klamotten zu suchen.

»Das ist gar nicht so ungewöhnlich …«

»Ich habe noch nie von so was gehört«, sagte ich.

»Das ist auch nicht schlimmer als Leute, die gerne gebissen werden.«

»Ha!« Ich zog mir den BH so schnell an, dass sich einer der Träger verdrehte.

»Jocelyn, es tut mir leid. Hau doch nicht einfach ab …«

»Nein, wirklich, schon gut. Ich gehe jetzt einfach.«

»Ich wollte nichts sagen. Das ist einfach etwas, was ich manchmal brauche, um geil zu werden. Ich weiß, dass es verrückt ist.«

Ich schüttelte den Kopf, während ich nach hinten griff, um

den BH zu schließen. »Ich glaube nicht, dass du das weißt. Ich muss los.«

»Verdammt«, murmelte er und stieg aus dem Bett. »Können wir nicht einfach vergessen, dass ich überhaupt damit angefangen habe?«

»Nein.« Ich zog mein Oberteil über und presste meine Füße in die Schuhe. »Nein, das können wir nicht.«

T. J. seufzte. »Tja … kann ich dich noch mal anrufen?«

Das ließ mich kurzzeitig erstarren. Ich sah ihn mit weit aufgerissenen Augen an. »Willst du dich über mich lustig machen?«

»Also nein?«

»Bitte ruf mich nie wieder an!«

Er rief meinen Namen, als ich in den Flur hinausmarschierte, um meine Jacke einzusammeln. Ich ignorierte ihn und schnappte mir Jacke und Handtasche. Ich machte mir noch nicht mal die Mühe, die Jacke anzuziehen. Ich rannte einfach zur Tür hinaus und zu meinem Wagen, während ich hektisch auf den Autoschlüssel drückte.

19

Zwei Jahre zuvor …
das zweite Jahr nach dem Abschluss.

Noch bevor ich angeschnallt war, hatte ich Nellie am Handy. »Ich hasse Verabredungen, ich hasse sie, hasse sie, hasse sie!«, schrie ich.

»Was ist passiert?«, fragte sie resigniert und nachsichtig zugleich.

»Das wirst du mir niemals glauben.« Mein Körper vibrierte vor Adrenalin. Allein der Gedanke, dass er mich berührt hatte … mir lief ein Schauder über den Rücken.

»Versuch's mal«, erwiderte sie.

Ich erzählte ihr, worum T. J. mich gebeten hatte, und hielt das Handy von meinem Ohr weg, als sie kreischte: »WAS?«

»Ja! Das *erste* Mal, und er bittet mich, ihm auf die Eier zu schlagen? Was zum Teufel ist los mit ihm?«

»Oh mein Gott, so was habe ich ja noch nie gehört!«

»Ich weiß! Er muss so eine Art Perverser sein.«

»Warte mal kurz, das muss ich Jason erzählen …«

Ich versuchte sie aufzuhalten. »Nein! Sag Jason nichts! Oh mein Gott!« Aber es war zu spät. Ich konnte im Hintergrund ihr Flüstern hören.

»Nellie!«, brüllte ich, um ihre Aufmerksamkeit zu erregen.

»Jason sagt, dass er letztens was online darüber gelesen hat. Er sagt, dass einige Typen ohne so was nicht kommen können.«

»Oh mein Gott! Wie kommt man überhaupt auf so etwas?!«, fragte ich. »Wer probiert denn einfach mal aus, ob es ihm gefällt, einen Schlag aufs Gemächt zu bekommen?«

»Ja, unglaublich!«

»Gott, was für ein kranker Mistkerl! Das alles ist einfach nur – igitt!«

»Aber wirklich.«

»Ich muss mich duschen. Ich muss mich zwanzigmal duschen!« Wieder schüttelte ich mich vor Ekel, wodurch der Wagen auf der Straße wackelte, während ich vom Schauplatz der Perversion davonraste.

»Ich kann es dir nicht verdenken! Das ist so krank!«

»Ich werde mich niemals wieder verabreden!«

»Na ja, vielleicht kannst du es ja ziemlich früh in die Unterhaltung einfließen lassen, um die Spinner direkt auszusortieren.«

»Wie soll ich das denn bitte in die Unterhaltung einfließen lassen?«, fragte ich Nellie. Ich stellte mir vor, wie ich bei der ersten Verabredung mit einem Mann beim Abendessen saß. »Mmm, diese Pâté ist köstlich! Brauchst du übrigens körperliche Gewalt gegen deine Genitalien, um auf Touren zu kommen?«

Nellie begann zu lachen. »Siehst du? Total natürlich!«

»Vergiss es!«

»Du hast es doch nicht gemacht, oder?«, fragte sie. »Ihn geschlagen, meine ich.«

»Nein! Natürlich nicht! Wofür hältst du mich? Ich hab mich nur schnell angezogen und bin abgehauen!«

»Du bist einfach mittendrin gegangen?«, fragte sie.

»Ja klar! Was denkst du denn?«

Nellie lachte auf. »Also liegt der arme T. J. jetzt allein im Bett und hat niemanden, der ihm in die Eier tritt …«

»Vielleicht quetscht er sie sich ja jetzt gerade in einer Schublade ein. Keine Ahnung, und ich will es auch gar nicht wissen!«

Sie begann noch stärker zu lachen. »Oh mein Gott, kannst du dir das vorstellen …?«

»Das will ich überhaupt nicht.« Ich warf einen Blick in den Rückspiegel, als könnte ich T. J. darin erblicken.

»Wo bist du jetzt?«, fragte sie.

»In meinem Wagen. Ich fahre nach Hause.«

»Oh! Jason hat gerade eine Website darüber gefunden!«

»Oje! Ich muss jetzt Schluss machen«, sagte ich ihr.

»Ach komm schon, das wird lustig!«

»Es wird vielleicht nach meiner zwanzigsten Dusche lustig. Ich lass es dich wissen.«

»Wie du willst.«

»Bis später, Nell!«

»Bis dann!«

Ich legte auf und entschied, Matt anzurufen. Als er sich meldete, konnte ich im Hintergrund Stimmen hören.

»Hey, Joss. Was ist los?«

»Wo bist du?«

»Zu Hause. Ich hab ein paar Kumpel da, und wir spielen *Call of Duty*.«

»Oh! Tut mir leid, ich melde mich später.«

»Nein, schon gut. Wir machen gerade eine Pause. Ein paar Minuten habe ich noch.«

»Ich hatte gerade die schlimmste Verabredung der Welt.«

»Mit T. J.? Aber ich denke, du magst ihn?«

»Ja, das war bislang auch der Fall. Aber dann wurde er schräg.«

»Was hat er denn gemacht?«

Ich wiederholte die Geschichte. Matt begann zu lachen.

»Im Ernst?«, rief er aus. »Mann, ich dachte immer, das hätte sich jemand nur ausgedacht.«

»Du hast davon schon mal gehört?«

»Ja klar, aber … ich hab noch nie von jemandem gehört, der das wirklich macht.«

»Ich hab es nicht gemacht!«, protestierte ich.

»Das weiß ich doch.« Es folgte eine kurze Pause, und ich konnte mir vorstellen, wie er die Augen verdrehte. »Mann, der Kerl hat ja mal Eier!«

»Das sollte doch wohl kein Wortspiel sein, oder?«

»Doch, das hab ich mit voller Absicht gesagt.«

»Na toll!«

»Aber mal ernsthaft … ich finde das fast bewundernswert.« Er unterdrückte ein Lachen.

Ich machte ein angewidertes Gesicht, auch wenn er es nicht sehen konnte. »Warum?«

»Man muss echt Mut haben, um jemandem, mit dem man zum ersten Mal schläft, mit so was zu kommen.«

»Oder einen Dachschaden.«

»Hey, hör mal, schaffst du das allein? Ich muss weiterspielen.«

Ich seufzte. »Ja klar, alles gut. Ich fahr jetzt einfach nach Hause und dusche siebenundzwanzigmal.«

»Pass auf, dass du dir nicht die Haut wegschrubbst.«

Ich zögerte einen Moment. »Ähm, wie lange bleiben die Jungs denn?«

»Weiß noch nicht. Warum fragst du?«

»Ach … nur so.«

»Ich bin morgen da. Wenn du was brauchst. Wenn du mich brauchst.«

Nellie verbrachte den Rest des Abends und einen Großteil des folgenden Tags damit, mir Definitionen verschiedener sexueller Vorlieben zu schicken. Begleitet wurden die Mails von den Worten »Siehst du? Es hätte viel schlimmer kommen können!«. Ich konnte mir vorstellen, wie sie sich über ihren eigenen Witz amüsierte. Jedes Mal antwortete ich etwa so: Ich hasse dich, und du bist die schlechteste Freundin der Welt.

Eine kleine Auswahl der Dinge, die Nellie mir schickte:

Formicophilie: Das sexuelle Interesse daran, Insekten über sich krabbeln zu lassen.
Klismaphilie: Das sexuelle Interesse daran, Einläufe zu bekommen.
Autonepiophilie: Das sexuelle Interesse daran, Windeln zu tragen.
Phalloorchoalgolagnie: Das sexuelle Interesse daran, einen schmerzhaften Schlag auf die männlichen Genitalien zu bekommen.

Der letzte Punkt wurde begleitet von folgendem Kommentar: *Anscheinend ist T. J. nicht allein!*

Ich traf mich am nächsten Tag mit meiner Familie zum Abendessen und vermied fieberhaft jegliche Diskussion über mein Liebesleben. Praktischerweise hatte meine Schwester Darcy gute Neuigkeiten – eine ihrer Hündinnen war trächtig. So begeistert, wie sie darüber sprach, hätte man meinen können, sie sei selbst schwanger. Ich mag sie sehr, aber sie ist ein wenig verrückt.

Dennoch gab mir der bevorstehende Welpensegen jede Menge Zeit zum Grübeln. Sollte ich Matt nach gestern Abend anrufen oder es einfach lassen? Ich wusste, dass ich ihn anrufen wollte. Ich wusste sogar, dass ich es tun würde. Aber aus Gründen, die ich nicht richtig in Worte fassen konnte, musste ich ein wenig Zeit damit verbringen, mir Argumente dafür auszudenken, warum ich es nicht tun sollte. Nach Vorspeise, Hauptgericht und Dessert sah meine Liste folgendermaßen aus:

9. *Ich hatte eigentlich gar nicht richtig Sex mit T. J., also zählt es nicht.*
10. *Ich will es zu sehr.*

Der zweite Grund war das eigentliche Problem. Ich wollte Matt. Ich hatte wohl zu lange enthaltsam gelebt. Drei Verabredungen mit T. J. hatten mich daran erinnert, was ich an Dates so mochte, um dann alles mit dieser schockierenden Bitte wieder zerstört zu sehen. Ich wollte mich so gern wieder so fühlen wie am Anfang des Dates. Und ich wusste, dass ich genau das von Matt bekommen würde. Das Problem bestand lediglich darin, dass es immer nur für eine Nacht war. Und ich wollte eine dauerhaftere Lösung. Ich wusste, dass ich mich wie eine Erwachsene verhalten und eine vorübergehende, wenn auch sichere Befriedigung ablehnen sollte. Aber andererseits …

Sobald ich meiner Mutter beim Abwasch geholfen hatte, entschuldigte ich mich und erklärte, dass ich noch mit Matty verabredet sei.

»Du hättest ihn zum Essen mitbringen sollen«, sagte meine Mutter.

»Er hatte bereits was vor.« Das war eine große fette Lüge. Ich hatte keine Ahnung, was Matt gerade machte. Aber ich konnte mir schwer vorstellen, ihn zu meinen Eltern mitzubringen, um anschließend zu mir zu fahren, um Sex zu haben.

»Wie schade! Lade ihn für nächste Woche ein, wenn du willst.«

»Ja, okay.«

Ich rief Matt an, sobald ich im Auto saß, und er war bereits vor meiner Wohnung, als ich ankam.

»Das ging aber schnell!«, sagte ich, als er aus seinem Wagen stieg.

»Vielleicht bist du nur langsam.« Seine Nasenspitze war kalt, als er mich zur Begrüßung küsste.

»Komm, lass uns reingehen.«

Er folgte mir ins Haus, ohne viel zu sagen. Ich schloss meine Wohnungstür auf, und noch bevor Matt seine Jacke ausziehen konnte, lief ihm Dewey vor die Füße und schnurrte.

»Ja, Dewey, ich habe dich auch vermisst«, sagte er in aller Unaufrichtigkeit.

»*Miau*.«

»Du kannst ihn auch gleich beschmusen, du weißt, dass er dich sonst ohnehin nicht in Ruhe lässt.«

Matt seufzte, kniete sich aber hin, um den Kater hinter den Ohren zu kraulen. »Bist du jetzt glücklich, du großes Haarknäuel?«

Dewey warf sich auf den Rücken, streckte sich und schnurrte glücklich.

»Ich bin überzeugt, du könntest ihn einfach mitnehmen, wenn du gehst. Wenn du da bist, höre ich für ihn zu existieren auf.« Ich hängte unsere Jacken in den Garderobenschrank und legte meine Handtasche auf den Tisch.

»In meiner Wohnung sind keine Katzen erlaubt«, informierte er Dewey. »Wir haben das doch schon besprochen.«

»Er findet, dass du dann gefälligst irgendwo anders hinziehen solltest.«

»Tut mir leid, Dewey. Das geht leider nicht.« Er richtete sich wieder auf und zog die Schuhe aus.

»Hast du was zu Abend gegessen?«, fragte ich.

»Ja, ich bin satt. Danke.«

»Meine Mutter hat gesagt, dass ich dich hätte einladen sollen. Tut mir leid.« Ich holte mein Handy aus der Handtasche und steckte es in meine Gesäßtasche.

Er sah mich stirnrunzelnd an. »Das wäre ziemlich schräg gewesen.«

»Das habe ich auch gedacht. Sie sagt, du sollst nächste Woche mitkommen.«

»Vielleicht.«

»Und das wäre dann nicht schräg?«, fragte ich mit einer Hand auf dem Lichtschalter des Wohnzimmers.

»Irgendwie … nicht.«

»Etwas in den Regeln, das mir entgangen ist?«, fragte ich.

»Ja. ›Speise niemals mit den Eltern deines Sorbet-Partners am Tag des Sorbets‹.«

Ich lachte. »Welche Nummer wäre das inzwischen?«

»Hmm …« Er dachte nach. »Wer weiß? Du hast doch die Regeln.«

»Stimmt das?«

»Ich glaube schon …«

»Ich wette, die sind in dieser Kiste mit dem ganzen Collegekram. Die steht in meinem Büro.«

»Dein Büro.« Matt schnaubte. Er fand den Namen für mein zusätzliches Zimmer albern. Die Wohnung war eigentlich ein Einzimmerapartment, hatte aber einen weiteren kleinen Raum, der im Grunde nur eine beschönigte Besenkammer war. Ich arbeitete dort praktisch nie, aber es standen mein Schreibtisch und ein Aktenschrank darin, also war es ein Büro.

»Hör auf.« Ich ging in das sogenannte Büro und zog eine kleine Umzugskiste aus der Ecke. Sie war voller Erinnerungen ans College, einschließlich – wie sich herausstellte – dem Computerausdruck meines letzten Semesterplans, ein paar Bierdeckeln aus unserer alten Stammkneipe und eines Bildes von Jessie und mir mit für ein Footballspiel angemalten Gesichtern.

Matt hockte sich hinter mich und legte die Hand auf meine Schulter, um nicht umzukippen. Als ich an ein Foto aus dem ersten Semester von uns Mädels an Halloween geriet, lehnte er sich vor, um einen besseren Blick darauf werfen zu können.

»Hmm, ich erinnere mich an das Kostüm …«

Ich lächelte und lehnte meinen Kopf an seinen. »Ja, ich auch.«

Das Bild rutschte mir aus den Fingern. Ich ließ es fallen und wühlte mich durch einen Stapel Blätter, Bilder, Broschüren, Magazinschnipsel, halb beendete Kreuzworträtsel und ein abgelaufenes Rezept für einen Hustensaft mit Kodein.

»Warum hebst du diesen ganzen Schrott auf?«, fragte er, während er einen Bierdeckel mit Wasserflecken herauszog.

»Keine Ahnung.« Ich zuckte die Schultern, und Matt strich mir die Haare über die Schulter nach vorn, um die Locken aus seinem Gesicht zu bekommen.

»Aha!« Triumphierend zog ich die *Regeln für Sorbet-Sex* heraus. »Regel Nummer zwölf.«

»So soll sie heißen«, entgegnete er und nahm mir das Blatt aus der Hand. »Wo hast du einen Stift?«

»Wahrscheinlich ist einer hier drin …« Ich wühlte mich bis zum Boden der Kiste durch und fand einen roten Filzstift.

»Gib her.«

»Auf keinen Fall, du hast die letzten drei Regeln aufgeschrieben.« Ich ließ mir das Blatt wiedergeben und beugte mich darüber.

12. Speise niemals mit den Eltern deines Sorbet-Partners am Tag des Sorbets.

13. *An jedem anderen Tag ist das Essen mit den Eltern deines Sorbet-Partners erlaubt.*
14. *Der weibliche Sorbet-Partner hat das Recht, gelöffelt zu werden.*

»Hey, das Letzte hast du jetzt einfach dazugeschmuggelt!«, protestierte Matt und nahm mir die zerknitterte Liste ab.

»Stimmt doch gar nicht, das hatten wir das letzte Mal ausgemacht.«

»Aber jetzt steht es da.« Er setzte sich auf den Boden.

»Ganz genau.« Ich grinste ihn an und tippte mir mit dem Stift auf die Nasenspitze.

Er schnappte sich den Stift und stützte sich auf den Ellbogen, um eine weitere Regel hinzuzufügen.

15. *Der männliche Partner darf den weiblichen niemals darum bitten, ihm auf die Eier zu hauen.*

Als ich das sah, musste ich lachen. »Das sollte eine allgemeine Regel sein. Für jeden und für immer. Man sollte es auf Schilder drucken und an öffentlichen Plätzen aufhängen. Wie ›Bitte nicht rauchen‹.«

»Kannst du dir vorstellen, wie das Symbol auf diesen Schildern aussehen würde?« Wir grinsten einander an.

Ich faltete die Regeln wieder zusammen und übergab das kleine Rechteck Matt. »Hier. So kannst du Regel Nummer fünfzehn noch mal studieren, damit du sie auch ganz sicher verstehst.«

»Das werde ich tun.« Er steckte das Blatt in seine Hosentasche. Als er sich wieder aufrichtete, stießen wir fast mit unseren Köpfen zusammen. Er lachte und küsste mich auf den Mundwinkel.

»Weißt du, was mich so wütend macht?«, fragte ich, als er sich zurückzog.

»Was denn?«

»Dass er mir meine liebste Kusspose versaut hat.«

»Wer, T. J.? Wovon sprichst du?«

»Von dem hier …« Ich demonstrierte die Hand-am-Kinn-Bewegung, die T. J. am Abend zuvor so viele Pluspunkte eingebracht hatte. »Das habe ich immer sehr gemocht. Aber jetzt … fühlt sich alles, was er getan hat, irgendwie … eklig an. Irgendwie schmutzig … ich weiß auch nicht.« Ich seufzte.

»Das bekommen wir schon wieder hin«, versprach Matt. Seine Hände wanderten langsam zu meinem Gesicht, und er küsste mich sanft. Ich presste mich an ihn, und meine Finger griffen nach den festen Muskeln seines Halses. »Was noch?«, murmelte er gegen meinen Mund, während ich versuchte, ihn weiter zu küssen.

»Er … hat mich überall berührt … und mich geküsst … am ganzen Körper.«

»Okay …« Matts Hände glitten über mein Gesicht, meine Schultern hinab, zum Saum meines Pullis. Er hob ihn ein wenig an. Seine Finger strichen über meine Haut, bis ich meine Arme hob, damit er den Pulli richtig anheben konnte. Seine Berührungen verursachten mir eine Gänsehaut, und ich schauderte.

»Wie schön«, sagte er, während er über den Rand meines BHs strich. Er war schwarz und bestickt, was es unmöglich machte, ihn unter etwas eng Anliegendem zu tragen. Doch unter einem Pulli war er ideal. Der Umstand, dass ich dazu den passenden Spitzenslip trug, hätte meinem Unterbewusstsein alles darüber sagen können, wie dieser Tag enden würde, lange bevor ich Matt angerufen hatte.

»Wir könnten ins …« Ich warf einen Blick auf die Tür, wo

Dewey saß und die Vorgänge mit katzenhafter Langeweile beobachtete.

»Später.« Er strich mir die Haare von der Schulter und küsste die Kuhle an meinem Schlüsselbein. Wieder erschauerte ich. »So?«, fragte er.

Ich schüttelte den Kopf. »Nein.« Er hielt inne, und ich beeilte mich hinzuzufügen: »Du machst es besser.«

Sein sanftes Lachen kitzelte meine Kehle. »Okay, gut.«

Stück für Stück radierte Matt all die falschen Hoffnungen aus, die ich am Abend zuvor noch gehegt hatte. Seine Hände wanderten weich über meine Haut und löschten aus, was T. J. getan hatte. Seine Lippen waren eine beständige Erinnerung daran, dass ich mich nicht damit begnügen musste, sondern dass er noch mehr für mich bereithielt. Und das Beste von allem, er gab mir die Freiheit, seine Aufmerksamkeiten zu erwidern.

Wir befanden uns immer noch auf dem Boden meines kleinen Büros, als er den Verschluss meines BHs zu öffnen versuchte.

»Er ist ein wenig widerspenstig«, stöhnte ich gegen seine Wange. »Aber warte, lass uns ins Schlafzimmer gehen.«

»Okay.«

Ich stand auf und ließ die meisten meiner Kleidungsstücke auf dem Boden liegen. Matt war direkt hinter mir und hob mich schwungvoll hoch, als wir über die Schwelle in mein Schlafzimmer getreten waren.

»Oh!«, rief ich erstaunt aus, aber er hatte mich fest in seinen Armen, als er mit einem Knie auf das Bett stieg.

»Wie schlagen wir uns bis jetzt?«, flüsterte er.

»Ganz gut so weit.« Ich lächelte.

Wir fanden unseren Weg unter die Decke und aus dem Rest unserer Kleidung. Dann gab es nichts mehr außer dem köstlichen Gefühl von Haut auf Haut und feuchten Küssen und seinem viel befriedigenderen Körpers unter meiner Hand. Er roch nach kalter Novemberluft und dem gleichen Waschmittel, das ich bei unserer ersten Begegnung an ihm gerochen hatte. Sein Kuss schmeckte nach Mundwasser und einer Spur Kaffee, seine Haut war wie … Matt, einfach nur Matt.

Er schob meine Beine mit dem Knie auseinander. Dann legte er seine Hände flach auf die Innenseite meiner Oberschenkel und strich nach oben. Ich kannte diese Geste. Das war etwas, was nur er machte, und es ließ meinen Puls verrücktspielen. Ich bäumte mich auf, als er das Ende seines Wegs erreichte, und er lächelte mich lasziv von unten her an. Ich zog ihn zu mir hoch, weil ich ihn wieder küssen wollte, aber er folterte mich, indem er sich so aufstützte, dass sich nur unsere Lippen berührten. Ich ließ meine Hände zwischen uns gleiten und kratzte mit meinen Nägeln über seine Bauchmuskeln. Da sein ganzer Körper bereits angespannt war, musste er lachen. Ich spürte seinen Atem auf meiner Wange. Er brach auf mir zusammen und sank zwischen meine wartenden gespreizten Schenkel. Ich griff in sein Haar und zog ihn an mich.

Wir bewegten unsere Hüften in einem vertrauten Rhythmus, und ich ließ meine Hände seinen Rücken erforschen. Seine Haut war dort ungewöhnlich weich, und ich mochte es sehr, wie sie sich unter meinen Fingerspitzen anfühlte. Er hob mein Kinn, um meinen Hals zu küssen. Meinen Lippen entschlüpfte ein Stöhnen. Er lachte sanft.

»War das ein positives Geräusch?«

»Ja«, hauchte ich. »Können wir …?«

»Ja, einen Moment.« Er legte einen Arm unter mich. Ich schlang meine Fußknöchel um seine Hüften, und er bewegte uns weiter nach oben, damit wir richtig auf dem Bett lagen. Bei ihm fühlte ich mich leicht wie eine Feder. Nach einem Moment wandte er mir wieder seine Aufmerksamkeit zu. Ich erschauderte, als er in mich eindrang, und grub meine Finger in seinen unteren Rücken.

»Warte kurz …«

»Ich weiß.« Während er darauf wartete, dass ich mich daran gewöhnte, bedeckte er meine Schulter mit kleinen Küssen. Das sanfte Kratzen seines Dreitagebarts an meinem Schlüsselbein ließ mich nach Luft schnappen, fühlte sich aber fast gut an.

Ich lockerte den Druck auf seinen Rücken und sagte: »Okay.«

Dann begannen wir uns zu bewegen.

Für ein paar fieberhafte Momente wusste ich nicht mehr, warum ich es überhaupt mit irgendjemandem außer ihm versucht hatte. Ich liebte es, wie er im Bett aussah, sich anfühlte, schmeckte und klang. Ich liebte es, wie wir gerade genug übereinander wussten, um beim Sex miteinander im Einklang zu stehen, aber nicht so viel, dass es vorhersehbar war. Ich liebte es, dass ich vorhersagen konnte, dass er hinterher gleich aus dem Bett hüpfen würde, aber auch wusste, dass er sofort wiederkommen, mich küssen und fragen würde, ob alles in Ordnung sei.

Und ich erinnerte mich an all die Gründe, aus denen ich in seiner Nähe sein wollte, wenn eine meiner Beziehungen in die Hose ging. Er war mein Fels in der Brandung, und es war für mich undenkbar, ihn jemals zu verlieren. Außerdem wusste ich, dass er seit Meghan niemanden mehr wirklich in sein Herz gelassen hatte, und ich wollte niemals ein Platzhalter sein. Als Sorbet-Mädchen war ich einzigartig, und das gefiel mir sehr gut.

Er hielt sein Versprechen. Als wir danach erschöpft dalagen und darauf warteten, dass sich unser Herzschlag wieder beruhigte, war T. J. nicht mehr als ein bedauerlicher, aber unwichtiger Zwischenfall.

»Ich …«, begann Matt, bremste sich aber, schluckte und

stieß einen tiefen Atemzug aus. »Haben wir es wieder in Ordnung gebracht?«

»Ja.« Ich wandte ihm mein Gesicht zu und begann sanft an seiner Wange zu knabbern. Er kitzelte mich an den Rippen und brachte mich zum Lachen.

»Bin sofort wieder da.« Er schlüpfte aus dem Bett, ohne zu viel kalte Luft hereinzulassen, und ich vergrub mich tiefer in die Kapsel aus Körperwärme, die wir erschaffen hatten. Während ich dem Geräusch laufenden Wassers lauschte, fielen mir die Augen zu.

»Komm her zu deinem blöden Löffeln«, sagte er mit übertriebenem Widerwillen, als er ins Bett zurückkam.

»Halt die Klappe«, sagte ich, schlüpfte aber dankbar in das Nest, das er für mich geschaffen hatte.

»Ich weiß, du bist jetzt total experimentierfreudig, aber bitte … schlag mir nicht in die Eier, okay?«

Ich lachte. »Du kannst mich mal, Matt.«

»Damit fange ich jetzt bestimmt nicht mehr an.«

Halbherzig stieß ich ihm den Ellbogen in die Seite, aber ich war nicht wütend, sondern amüsiert, und das gehörte zu Matts Zauber. Er wusste, dass ich bereit sein würde, über die Sache mit T. J. zu lachen, nachdem wir die Erinnerung so erfolgreich überschrieben hatten.

Wir dösten eine Weile, bis wir im Gleichklang atmeten. »Danke, dass du hier bist«, sagte ich.

»Das ist doch klar.«

Das Gewicht seines Arms auf meiner Hüfte fühlte sich gut an. Er gab immer Wärme ab wie ein Heizofen, was sich unglaublich anfühlte, als mein Körper abkühlte. »Er war irgendwie so … weich«, gestand ich plötzlich.

Matt kicherte. »Ich dachte, das wäre der Grund gewesen, warum du ihn schlagen solltest.«

»Nein, ich meine pummelig.«

»Oh!« Er dachte kurz nach. »Okay.«

»Er schien einfach nett zu sein.«

»Ich dachte, du stehst nicht auf nett«, sagte er plötzlich.

»Natürlich steh ich auf nett.«

»Aber nicht *zu* nett«, erinnerte er mich. »Du hast mir mal gesagt, ich sei eine Million Mal zu nett.«

»Na ja, vielleicht habe ich ja meine Meinung über nette Typen geändert. Vielleicht will ich einfach nur jemanden, der intelligent, witzig und, ja, nett ist. Jemanden, der mich mag, der nicht pervers ist, aber dafür sensationell im Bett.«

»Ach, mehr nicht?« Er lachte. »Gott sei Dank hast du keine unrealistischen Erwartungen.«

»Ich bin sicher, dass es eine Menge solcher Typen gibt. Und ich muss nur einen einzigen finden.« Plötzlich war mir zu warm, und ich musste die Decke von meinen Schultern ziehen. Die kühle Luft half ein wenig, aber irgendwie fühlte sich plötzlich alles unangenehm an. Als ob es mich überall jucken würde. Ich versuchte, das Gefühl abzuschütteln.

Matt fuhr mit der Hand über meinen Arm und verschränkte unsere Finger miteinander. »Also, eines kann ich dir sagen – alle Männer sind ein wenig pervers.«

»Mit einem bisschen komm ich ja auch klar. Aber ich will für Sex niemals Requisiten, Unterstützung oder Proteinshakes benötigen.«

Er lachte. Seine Brust vibrierte an meiner. Das Jucken ließ nach. Verrückt.

»Okay, was ist mit der berühmten Dessoussammlung? Das sind Requisiten«, sagte er.

Ich dachte kurz darüber nach und schürzte die Lippen. »Na gut. Ich will kein Safeword benötigen.«

Nun lachte er noch lauter. »Neue Regel: Keine Safewords.«

»Das ist zu allgemein gehalten, Herr Anwalt. Nichts, was ein Safeword *benötigt*.«

»Abgemacht.« Sein Körper drängte sich gegen meinen. »Aber du weißt ja, es besteht immer die Möglichkeit, dass dies das letzte Mal ist.«

»Ich weiß.« Diese Möglichkeit bestand immer. Das seltsame Jucken kam zurück. »Gott, was ist nur los mit mir? Es fühlt sich an, als ob ich aus der Haut fahren könnte.«

»Du siehst okay aus«, sagte er, aber das Zimmer war dunkel.

»Vielleicht bin ich auf irgendetwas allergisch. Vielleicht sollte ich mal duschen.«

»Ja, mach ruhig.« Er ließ mich aufstehen.

Ich stieg aus dem Bett und fühlte mich gleichzeitig besser und schlechter, als die kalte Luft mich traf.

»Alles in Ordnung?«, fragte er.

»Ich weiß nicht. Ich bin irgendwie so unruhig.« Ich holte mir einen sauberen Schlafanzug aus dem Schrank und ging ins Badezimmer. Als das Wasser lief, hörte ich ein Klopfen an der Tür.

»Joss?«

Ich öffnete. »Ja?«

»Mal ernsthaft, bist du in Ordnung?« Er wirkte aufrichtig besorgt.

Als ich ihn ansah, ließ die Elektrizität, die mich durchströmte, ein wenig nach. Ich wollte ihn nicht beunruhigen. »Ja, alles gut. Ich muss mich wahrscheinlich nur mal abkühlen.«

»Siehst du? Dieses Löffeln ist schlecht für dich.«

Ich schnappte mir einen Waschlappen und warf ihn ihm in sein grinsendes Gesicht. »Halt die Klappe.«

»Brauchst du da drin Hilfe? Ich könnte dich mit der Klobürste abschrubben.«

»Du meine Güte, unsere erste gemeinsame Dusche, und

du bietest mir schon die Klobürste an?« Ich klimperte mit den Wimpern. »Du bist ja so ein Romantiker.«

»Ich habe noch nie behauptet, dass ich ein Romantiker bin«, erinnerte er mich.

»Ach was.« Ich verschwand von der Tür und stieg unter das dampfende Wasser. Das seltsame Gefühl verschwand bereits, aber ich hatte gedacht, wenn ich schon mal hier war, konnte ich mich auch gleich richtig duschen. Ich vermochte mir nicht vorzustellen, was dieses verrückte Gefühl ausgelöst haben konnte, aber eine reinigende Dusche würde nicht schaden.

»War das ein Nein zur Klobürste?«, rief Matt über das Rauschen des Wassers hinweg.

Ich lachte leise genug, dass er mich nicht hören konnte. »Ein eindeutiges Nein.«

»Wie du willst.«

Ich hörte, wie die Tür geschlossen wurde. Doch ein paar Minuten später ging sie wieder auf. »Wo hast du saubere Bettlaken?«, fragte er.

»Was ist?« Ich schob eine Seite des Duschvorhangs beiseite, um ihn anzusehen.

»Saubere Laken? Wo hast du welche?«

»Warum?«

»Weil ich vorhabe, das Laken zu wechseln, falls das Jucken davon kommen sollte.«

»Wirklich?« Ich blinzelte und versuchte, diese Nettigkeit zu verarbeiten. »Äh, in der Truhe am Bettende.«

»Ach, dafür sind diese Dinger«, sagte er. »Ich hab mich immer gefragt.«

»Dafür ist sie jedenfalls bei mir.«

Er nickte. »Okay, ich kümmere mich darum.«

»Danke, Matty.« Ich warf ihm einen Luftkuss zu. »Du bist der Beste.«

Er warf durch den Vorhang einen sehr absichtlichen Blick auf meinen nassen Körper. »Ich bin sicher, dass dir etwas einfällt, mit dem du es wiedergutmachen kannst.«

Was die ganze Romantik zunichtemachte. Typisch.

Als er gegangen war, stellte ich mich wieder unter die Dusche und ließ das Wasser den Rest meines Unbehagens vertreiben. Ganz oben auf meiner To-do-Liste: einen Kerl zu finden, der wusste, wann er seine Klappe halten und so tun musste, als wäre er kein Lustmolch.

20
Gegenwart

»Ich verstehe immer noch nicht, was T. J. mit irgendetwas zu tun haben soll.«

Matt legte den Kopf von einer Seite auf die andere. »Das hat er und doch wieder nicht. Mir ist nur ungefähr zu der Zeit etwas klar geworden.«

»Was denn?«

»Dass wir von alldem nicht so … unbeeinflusst sind, wie wir sein sollten.«

Ich verschränkte meine Arme. »Ich verstehe nicht.«

Er seufzte. »Dass es nicht so sauber verläuft, wie wir es gerne hätten.«

»Was denn?«

»Das hier.« Er deutete zwischen uns hin und her. »Wir beide. Es ist zu sehr durcheinandergeraten. Manchmal sind wir mehr als Freunde, und dazwischen weiß ich nicht mehr, was wir überhaupt sind.«

Ich wollte ein abschätziges Geräusch machen, aber es blieb mir in der Kehle stecken. »Wir sind Freunde, Matty. Das weißt du.«

»Der Punkt ist, dass wir das alles nicht mehr so klar trennen.« Er schüttelte den Kopf. »Wenn wir das überhaupt jemals getan haben.«

Obwohl die Luft recht kühl war, brach mir der Schweiß aus.

Wusste er es? Hatte er es mir angesehen? *Tarnen, tarnen, tarnen!* »Wir schaffen das. Wir müssen uns nur konzentrieren.«

»Nein, das können wir nicht. Und außerdem ist das genau mein Punkt. Es dürfte nicht so schwer sein.«

»Das ist es auch nicht.« Ich sah von ihm weg. »Wir sind doch tolle Freunde.«

»Ja, sag das Christine und Josh.«

Ich warf ihm einen bösen Blick zu. »Sie war total psycho.«

»Und er?«

Ich war davon überzeugt, dass er meine Gedanken und mein wild schlagendes Herz hören konnte. »Er war … er war …« Was? Ein unschuldiges Opfer? *Ein total netter, anständiger Typ, den ich deinetwegen hab sitzen lassen, Matt. Deinetwegen.*

Ein Jahr zuvor … das dritte Jahr nach dem Abschluss

Es ist eine Tatsache, dass ein alleinstehendes Mädchen während der Feiertage keine Verabredungen hat. Die Männer sind davon überzeugt, dass alle Frauen versuchen, ein Date für Silvester zu bekommen und mit ihnen Weihnachten zu verbringen, um ihren Familien vorgestellt zu werden. Meistens haben sie damit auch recht, was es fast unmöglich macht, von Ende November bis Anfang Januar eine einfache lockere Verabredung zum Essen zu bekommen.

Ich war also entschieden Single, als Matt und ich uns im Dezember zum Brunch trafen. An diesem Sonntagmorgen waren wir unter uns, und wir waren an einem unserer Lieblingsorte. Eine Bar im hippen Teil der Stadt – oder zumindest so hip, wie es in Milwaukee möglich ist. Sie war ein wenig chaotisch, und die Wände bestanden aus dem freigelegten Mauerwerk. Es roch immer ein wenig schal nach altem Zigarettenrauch und verschüttetem Bier, aber das Essen war gut, und die Bloody Marys waren die besten der Stadt für einen Brunch.

Wir hatten bereits unsere Getränke bestellt, als Matt auf die Toilette verschwand. Die Kellnerin kam zurück und stellte die Gläser auf den Tisch. Es war mehr Garnitur als Getränk, aber das gehörte zum Spaß dazu.

»Bitte sehr …«, sagte sie, während sie einen Schritt vom Tisch zurücktrat. Triumphierend richtete sie sich auf und sah mich an. »Und eure Essensbestellung nehme ich auf, wenn dein Freund wieder da ist.«

Ich machte mir nicht die Mühe, sie zu korrigieren. »Nein, schon gut, ich weiß, was er will.«

»Oh!« Sie zog ihren Block heraus. Ich bestellte Matts übliche Cholesterinorgie und meinen nur wenig besseren Favoriten.

Matt kam gerade zurück, als ich fertig war.

»Ich habe für dich mitbestellt.«

»Woher weißt du, was ich möchte?«, fragte er.

»Weil du dir hier jedes Mal das Gleiche bestellst.«

Er grinste. »Dann sollte ich meine Bestellung ändern, nur um dich zu ärgern.«

»Dann würdest du aber nicht deinen geliebten Frühstücksburrito bekommen.«

»Gutes Argument.« Matt zog die Garnele vom Rand seines Glases. »Du bist eine Frau von unendlicher Weisheit, Alvin.«

Die Kellnerin lachte. »Kann ich euch sonst noch was bringen, Leute?«

»Hat sie gesagt, dass ich als Beilage Kartoffeln will?«, fragte er.

»Natürlich habe ich das. Und die Cajun-Sour-Creme.«

»Das hat sie.« Die Kellnerin grinste. »Sie kennt dich in- und auswendig.«

»Zumindest bildet sie sich das ein«, sagte er und schnitt eine Grimasse.«

»Das hat gar nichts mit Einbildung zu tun – ich weiß es einfach.«

Die Kellnerin lachte im Weggehen. »Ihr beide seid ein hinreißendes Paar.«

Ich konnte nur noch ihrem Rücken einen bösen Blick zuwerfen, aber ich gab mir alle Mühe, bis sie hinter einer Ecke verschwand. Als ich mich wieder zu Matt umdrehte, mampfte er einen der Mozzarella-Sticks von seiner Bloody Mary. »Ich werde dir eine Freundin suchen«, verkündete ich.

Er runzelte die Stirn. »Nein, danke.«

»Aber ich studiere das Mysterium des Matt Lehrer seit sechs Jahren. Ich habe dich immer wieder die falschen Frauen auswählen sehen. Das kann ich doch bestimmt besser.«

»Das klingt nach einem furchtbaren Plan.«

»Nein, das wird lustig!« Die Idee gefiel mir immer besser. »Ich bin mir sicher, dass ich die perfekte Frau für dich finden kann.«

»Was weißt du denn schon von der perfekten Frau?«

Ich lehnte mich zurück und tat so, als wäre ich beleidigt. »Abgesehen von der Tatsache, dass ich eine bin?«

»Ja, genau. Abgesehen davon.« Er fischte eine Olive aus seinem Drink und steckte sie sich in den Mund.

»Komm schon, Matty. Willst du nicht jemand ganz Besonderen in deinem Leben haben?«

»Ich habe jede Menge ganz Besonderer in meinem Leben«, entgegnete er. »Eine Mutter, einen Vater, meinen Bruder … oh, und Dewey. Vergessen wir Dewey nicht.« Er grinste.

»Dewey ist kein Mensch, und du bist ein Idiot.«

»Warum ist dir das so wichtig?«, fragte er.

»Ist es nicht.« Ich ging mit einem Miniplastikschwert auf die Jagd nach meiner Olive. »Ich will dir nur helfen.«

Er verzog seinen Mund zu einer »Ich hasse es, dich darum zu bitten, aber …«-Grimasse, »… würdest du das vielleicht lassen?«

Ich streckte ihm die Zunge raus.

»Joss, wenn ich eine Freundin haben wollte, hätte ich eine.«

»Und was willst du *dann*?«

Er zuckte die Schultern. »Das weiß ich, wenn es so weit ist.«

»Das ist ja sehr hilfreich.«

»Ich versuche nicht, hilfreich zu sein.« Er hob schnell sein Glas an die Lippen, aber ich konnte noch sein Schmunzeln sehen.

Ich trat gegen seinen Stuhl, schob dadurch aber nur meinen nach hinten, ohne seinen auch nur einen Zentimeter bewegt zu haben. »Ich versuche hier, dich flachlegen zu lassen, Matthew.«

Er verschluckte sich an seinem Cocktail. Übel. Er presste die Hand vor den Mund, um mir den Tomatensaft nicht ins Gesicht zu husten. Stattdessen saute er sein Hemd und die Tischdecke ein.

Ich versuchte mich zu entschuldigen und ihm Servietten zu reichen, aber ich musste zu sehr kichern. Wir wussten beide, dass es meine Schuld war.

»Wartest du eigentlich immer, bis ich etwas im Mund habe, bevor du solche Sachen sagst?«

Ich versuchte, ernst zu werden, musste aber wieder kichern. »Ich bezahle die Reinigung.«

Er zog an einem seiner Knopflöcher. »Ich gehe nicht zur Reinigung.«

»Dann wasch ich es eben für dich.«

Er dachte kurz darüber nach, knöpfte das Hemd dann auf, zog es aus und warf es mir über den Tisch hinweg zu. Ich fing es auf, aber dabei traf mich eine nasse Ecke am Kinn.

»Igitt!«

»Geschieht dir recht.« Er inspizierte das T-Shirt, das er darunter getragen hatte, entdeckte dort aber ebenfalls ein paar nasse Stellen und Flecken, wo sein Hemd aufgeknöpft gewesen war. »Na toll!«

»Wenn du mir das auch zuwirfst, werfen sie *uns* wahrscheinlich raus.«

»Wenn du mir so weiterhilfst, findest du wahrscheinlich im Handumdrehen meine zukünftige Braut.«

Bei der unerwarteten Wortwahl zuckte ich zusammen. »Ich … ich hab nicht gesagt, dass ich dich verheiraten will.«

Er grinste. »Na ja, wie dein böser Plan auch immer aussehen mag.«

Ich schüttelte den Kopf. »Bedeutet das, du würdest mich lassen?«

»Wenn du mir versprichst, damit aufzuhören, meine Hemden zu versauen, dann ja, mach nur.«

Ich klatschte aufgeregt in die Hände. »Juhu!«

»Mein Hemd wäschst du aber trotzdem.«

Zum ersten Mal seit meinem achtzehnten Lebensjahr entschied ich mich, Silvester in Milwaukee zu verbringen.

Ein Kumpel von Nellies Freund spielte in einer Band, und er konnte uns allen VIP-Armbänder für den Auftritt besorgen. Nellie hatte mir ein zusätzliches gesichert, weil sie hoffte, dass ich noch einen Begleiter fand. Das tat ich nicht, weil niemand, der noch bei Verstand war, jemand anderen zu Silvester zum ersten Mal ausführen würde. Also überredete ich Matt dazu mitzukommen. Eigentlich war er bei der Party eines Jura-

Kommilitonen eingeladen, bei der es vermutlich viel stilvoller zugehen würde als bei meinem Angebot, aber wie ich Matt erklärte, war er selbst auch nicht besonders stilvoll. Und außerdem: Wer wollte schon Silvester mit einem Haufen Anwälte verbringen? Diesem Argument hatte er nichts entgegenzusetzen. Er behielt sich allerdings das Recht vor, abzuhauen, wenn der Abend lahm wurde. Ich wiederum behielt mir das Recht vor, ihm zu folgen, wenn es wirklich schlimm wurde.

Die Ankunft war überraschend spaßig. Als wir an der Schlange der Normalsterblichen vorbeigingen und dabei unsere VIP-Armbänder vorzeigten, fühlten wir uns ein wenig wie Berühmtheiten. Wir teilten uns auf, um alle erforderlichen Aufgaben zu erledigen. Nellie und Jason kämpften sich durch die Menge, um uns einen der Tische in der Nähe der Bühne zu reservieren. Matt und ich waren für die Erfrischungen zuständig.

An der Bar mussten wir lange warten, und ich wurde immer wieder gegen Matt geschubst. Ich weiß nicht, ob es daran liegt, dass ich den Körper eines zwölfjährigen Jungen habe oder ob ich einfach etwas an mir habe, dass die Leute in einer Menge sich immer an mir vorbeiquetschen müssen. Ein wenig hinter mir entdeckte ich eine andere recht kleine junge Frau, die von der menschlichen Flut hin und her geworfen wurde. Ich warf ihr einen mitleidigen Blick zu.

»Ich weiß gar nicht, warum ich es überhaupt versuche!«, rief sie mir zu.

»Wem sagst du das«, rief ich zurück.

Matt drehte sich zu mir um, um zu sehen, warum ich brüllte. Ich stellte mich auf die Zehenspitzen, um näher an seinem Ohr zu sein, und sagte: »Da ist noch ein Streifenhörnchen, das gleich zertrampelt wird.«

Er blickte in die Richtung, in die ich nickte, und lächelte dem Mädchen zu. »Sie ist süß.«

»Wenn man auf kleine Waldbewohner steht.« Ich grinste.

»Was ich tue.« Er stieß mir leicht den Ellbogen in die Seite.

»Das solltest du aber nicht in aller Öffentlichkeit bekunden.«

Er lachte, und wir drängten uns ein wenig näher vor zum Barkeeper. Unsere Schlange nahm bei den vor uns wartenden Kunden ein wenig schneller ab, und schon bald fanden wir uns an der Theke wieder. Während wir auf unsere Getränke warteten, war ich wiederum diejenige, an der sich alle vorbeiquetschten. Dann traten wir mit jeweils zwei Bechern in jeder Hand den gefährlichen Weg zu Nellie und Jason an.

Als wir an der kleinen Frau vorbeikamen, rief ich: »Viel Glück!«

»Danke!«

Ich hatte nur etwa einen Viertelbecher Bier verloren, als wir den Tisch unserer Freunde erreichten. Ich reichte Nellie einen Becher und stützte mich auf ihre Schulter, um auf einen der Hocker zu klettern. Die Musik hatte noch nicht angefangen, also waren wir hier noch in Sicherheit. Sobald die stehende Menge zu den Rhythmen des Beats tanzen würde, befänden wir uns wahrscheinlich genau am Rand der Tanzfläche. Ich nutzte den Moment der Ruhe, um mein Bier abzutrinken.

Ein paar Minuten später bemerkte ich das Mädchen aus der Schlange, die sich ihren Weg in unsere Richtung bahnte. Sie setzte sich auf einen Barhocker zwischen ein paar großen Typen nur einen Meter von uns entfernt. Ich machte Matt auf sie aufmerksam. Er lehnte sich vor und tippte ihr mit dem Zeigefinger auf den Rücken. Erschrocken drehte sie sich um und erkannte mich.

»Du hast überlebt!«, sagte ich.

»Du auch!«

»Und jetzt werden wir überhaupt nichts sehen können!« Ich deutete auf einen Typen, der sich gerade vor mich stellte. Er schien zu ihrer Gruppe zu gehören und war mindestens einen Meter neunzig.

Sie lachte. »Ich weiß! Ich bin wie eine Krabbe unter Hummern!«

Ich warf einen Blick nach links und rechts. »Hier ist es eher wie eine Krabbe unter Krebsen.«

»Hey!« Wieder stieß mich Matt mit seinem Ellbogen an. Er war wegen seiner Größe von 177 Zentimetern immer ein wenig empfindlich.

Das Mädchen aus der Schlange lachte, als die Menge wegen des Auftauchens der Band ausflippte, und sie richtete ihre Aufmerksamkeit auf die Bühne. Die Hocker begannen vom Bass zu vibrieren, und ich beschloss, eine Weile nicht mehr zu sprechen, um nicht heiser zu werden.

Zwischen zwei Songs lehnte sich Matt zu mir herüber und sagte: »Sie ist echt süß.«

»Oh-ooh!«, rief ich. »Matty ist verlie-hiebt!«

Er verdrehte nur die Augen.

Ich wartete, bis er zur Toilette ging, und tippte das Mädchen wieder an. Sie drehte sich überrascht um.

»Mein Kumpel findet dich süß!«, sagte ich.

»Der?« Sie deutete auf den leeren Platz neben mir.

»Genau.«

»Ich dachte, er wäre dein Freund!«

»Nein! Nur ein Kumpel!«

»Oh!«

»Ich wollte es dir einfach nur sagen!«

»Oh … okay!«

Ich richtete meine Aufmerksamkeit wieder auf die Bühne und bemerkte, das Nellie mir einen säuerlichen Blick zuwarf.

»Was ist denn?«

»Versuchst du ernsthaft, Matt mit diesem Mädchen zu verkuppeln?«

»Na und?«, fragte ich verwirrt.

Als Matt von der Toilette zurückkam, drehte sich das Mädchen aus der Schlange um und lächelte ihn an. »Ich bin Christine!«, rief sie.

Er grinste. »Matt!«

»Nett, dich kennenzulernen!« Ihr Hocker wackelte, und sie drehte sich nach vorn, um ihr Gleichgewicht wiederzufinden.

»Siehst du? Ich hab dir doch gesagt, ich besorge dir ein Mädchen«, flüsterte ich ihm ins Ohr.

»Ja, raffiniertes Auswahlverfahren.«

»So oder so hab ich es geschafft. Ich bin ein toller Kopilot.«

»Wir werden sehen.«

Er gab ihr ein Bier aus, und sie gab ihm am Ende des Konzerts ihre Nummer. Und so traf Matt die irre Christine.

Ich hatte gehört, dass man im Supermarkt gut jemanden kennenlernen konnte, aber für mich war es der Ort, an den ich auch dann gehen konnte, wenn ich fürchterlich aussah. Ich trug also meinen Praxiskittel und wollte auf dem Weg von der Arbeit nach Hause nur schnell ein paar Sachen einkaufen, als ich Josh traf. Ich war voller Hundehaare, mein Haar hatte ich mithilfe eines Bleistifts zu einem Knoten frisiert, und ich trug meine Brille. Ich hatte beim Aussteigen vergessen, dass ich sie noch trug – ich benutzte sie damals nur zum Autofahren, weil ich dadurch wie ein Nerd aussah. Ich kann nicht verstehen, wie andere Leute es schaffen, damit elegant und hip auszusehen. Ich schaute damit immer aus wie das Mädchen, mit dem niemand zum Abschlussball gehen will.

Josh stand hinter mir in der Schlange vor der Fleischtheke. Ich bemerkte ihn nicht einmal, weil ich von der Frage abgelenkt war, ob ich gegrillte oder geräucherte Truthahnbrust nehmen sollte. Dewey liebte Truthahn mit einer Intensität, die an Fanatismus grenzte. Eigentlich war der Aufschnitt für mich bestimmt, aber ich wusste, dass er betteln würde, sobald ich zur Tür hereinkam, und ich fragte mich, was ihm besser schmecken würde.

»Sie sind sicher Tierärztin, ja?« Die Stimme hinter mir ließ mich erschrocken herumwirbeln.

»Wie bitte?«

»Kittel und Tierhaare. Ich wette, Sie sind Tierärztin.«

»Oh! Ähm … eigentlich Tierarzthelferin.«

»Ich wusste es.«

»Sehr beeindruckend. Die meisten Leute denken, ich sei Krankenschwester.«

»Ich liebe Hunde«, sagte er und gewann damit sofort mein Herz. Der schnellste Weg zum Herzen einer Tierarzthelferin ist der über ihre Tiere.

»Haben Sie denn welche?«

»Zwei.«

Mein Herz machte einen Sprung. »Wirklich? Welche Rasse?«

»Einen Deutschen Kurzhaar und einen Chesapeake-Bay-Retriever.«

»Wie süß!«, stieß ich hervor. »Wie heißen sie?«

»Luke und Bo.«

Ich spürte, wie meine Augenbrauen in die Höhe schossen, bevor ich sie aufhalten konnte. »Wie bei *Ein Duke kommt selten allein*?«

Er lachte beschämt. »Ja, ich weiß. Das war so eine Sache zwischen meinem Bruder und mir …«

»Das hätte ich wissen müssen.« Ich wünschte, ich hätte meine Brille nicht aufgehabt. Oder den Bleistift in meinen Haaren. Oder meinen haarigen Kittel an.

»Ich bin Josh«, sagte er und streckte mir die Hand entgegen.

»Joss«, erwiderte ich und schüttelte sie.

»Nein, Josh. Wie in Joshua.«

»Ja, und ich bin Joss. Wie in Jocelyn.«

»Oh!« Er lief rot an und rieb sich den Nacken. »Na klar. Entschuldigung.«

»Nummer siebenundachtzig!«, rief ein Mitarbeiter der Fleischtheke.

»Das bin ich«, sagte ich und hielt meine Nummer hoch. Ich gab meine Bestellung auf – ich entschied mich für die geräucherte Variante – und erhielt kurz darauf mein kleines Wurstpaket. Ich empfand ein wenig Vorfreude, weil ich wusste, wie begeistert Dewey sein würde, und ich seine Begeisterung teilte.

»Dann sind Sie jetzt wohl dran«, sagte ich zu Josh, während ich mich umdrehte.

»Sieht so aus.«

Ich lächelte und wollte davongehen, aber er legte seine Hand auf meinen Ellbogen. »Darf ich Sie mal zum Essen ausführen?«

Mein erster Instinkt bestand darin, entschuldigend auf mein furchtbares Haar und die Brille zu zeigen, aber ich widerstand dem Drang. »Das wäre nett.«

»Nummer achtundachtzig!«

Ich schrieb meine Telefonnummer auf die Rückseite einer Visitenkarte, die ich in meiner Geldbörse fand, und reichte sie Josh, nachdem er seinen Honigschinken und Schweizer Käse bekommen hatte.

»Joss«, sagte er mit einem Blick auf die Karte. »Ich rufe Sie an.«

»Okay.«

Und so traf ich das unschuldige Opfer Josh.

Zwei Tage später rief er mich an, und wir verabredeten uns für den nächsten Freitag. Es war eine nette Unterhaltung am Telefon, und im Hintergrund konnte ich das kehlige Bellen eines Hundes hören. Das Geräusch löste bei mir eine Menge Tierliebhabergefühle aus, und ich freute mich wahnsinnig auf das Date. Wir quatschten, bis Matt anklingelte und sich Josh damit entschuldigte, mit den Hunden Gassi gehen zu müssen.

Ich nahm Matts Anruf entgegen und begrüßte ihn mit den Worten: »Ich glaube, ich bin verliebt.«

»Wovon zum Teufel sprichst du?«

»Ich habe einen Hundeliebhaber im Supermarkt getroffen, und ich werde ihn heiraten.«

Stille folgte.

»Hallo?«

»Ich habe dich verstanden.«

»Und was denkst du?«

»Ich denke, dass du übergeschnappt bist.«

Ich lachte. »Ja, vielleicht. Aber ich werde am Freitag mit ihm ausgehen.«

»Großartig.«

»Warte, warum hast du angerufen?«, fragte ich.

»Ach ja, richtig. Denkst du, es ist zu früh, Christine zu Gavins Geburtstag mitzubringen?«

»Warum?«

»Du bist ein Mädchen. Denkst du, dass sie denken wird, dass ich es zu ernst meine, wenn ich sie jetzt schon meinen Freunden vorstelle?«

»Darüber würde ich mir keine Sorgen machen. Mich kennt sie doch auch schon.«

»Oh ja. Als meine Kopilotin.«
»Genau. Also sehen wir uns am Samstag?«

Gavin war Matts Freund aus der Zeit seines Jura-Studiums, der eine verstörend schöne Wohnung am See hatte. Er feierte seinen Geburtstag, als sei Mardi Gras und nicht Mitte Januar. Er reservierte den Gemeinschaftsraum im obersten Stock des Gebäudes und gab den Nachbarn direkt darunter Restaurantgutscheine. Er kam aus einer reichen Familie und wusste, wie man Geld am besten einsetzte. Aus irgendeinem unerfindlichen Grund hatte er über Matt – im Übrigen ein seltsamer Umgang für ihn – einen Narren an mir gefressen und mich zu der Party eingeladen, mit der Anweisung, unter allen Umständen teilzunehmen. Er hatte das Thema Frühsommer ausgerufen und feierte mit tropischen Cocktails und kitschigem Palmendekor. Der Dresscode lautete Strandkleidung.

Als ich hörte, dass die Party im obersten Stockwerk stattfinden sollte, wollte ich mir schon eine Ausrede einfallen lassen, doch Matt versicherte mir, dass ich überleben würde. Es sei kein besonders hohes Haus, und die Fenster gingen auch nicht bis zum Boden – was für mich ein absolutes No-Go war. Wusste ich denn, ob nicht die Fenster plötzlich verschwinden und ich in den Tod stürzen würde? Höhenangst hat nichts mit Vernunft zu tun.

Also ging ich, und er hatte recht, denn im Vergleich zu den umliegenden Gebäuden war es nicht besonders hoch. Dennoch war ich bei meinem zweiten therapeutischen Mojito, als Matt mit Christine eintraf und ich zu ihnen trat, um sie zu begrüßen. Ich warf ihm die Arme um den Hals und begrüßte ihn stürmisch.

»Da seid ihr ja! Hi, Christine! Schön, dich wiederzusehen!«

»Ganz ruhig, Alvin«, erwiderte Matt, löste meine Arme und lachte.

»Hi, Joss«, sagte Christine ein wenig erschrocken.

»Kommt schon, Gavin hat Mojitos!«

Rückblickend betrachtet waren meine mentalen Filter wohl durch den Rum ein wenig gelockert, und es ist möglich, dass ich ein wenig zu viel Zeit damit verbrachte, Christine Matt schmackhaft machen zu wollen. Tatsächlich kann man wohl sagen, dass ich unaufhörlich davon sprach, wie großartig er sei und wie toll ich es fand, dass sie ihn begleitet hatte. Meine Überschwänglichkeit führte dazu, dass ich Matt häufig berührte. Ich legte ständig meine Arme um seine Hüften und strich mit den Händen über seine Schultern, wenn ich neben seinem Stuhl stand. Ich war entschlossen, ihm meine Verkupplungskünste zu beweisen. Schließlich entfernte Matt meine Hand unsanft von seiner Schulter und schüttelte den Kopf.

Als Christine gerade nicht hinsah, flüsterte er mir zu: »Halt dich zurück, Cujo. Versuchst du sie zu verjagen?«

Ich salutierte. »Verstanden. Mach ich.«

Er lachte und zwickte mich in die Taille. Dann wandte er seine Aufmerksamkeit wieder Christine zu, die mir einen seltsamen Blick zuwarf. Doch ich hatte keine Zeit, über seine Bedeutung nachzudenken. Mein Glas war leer.

Die Woche darauf traf ich mich zum ersten Mal mit Josh. Wir gingen in ein neu eröffnetes Steakhaus und verlebten eine angenehme Unterhaltung, um uns näher kennenzulernen, während wir an der Bar auf unseren Tisch warteten.

»Also, erzähl mir von deinen Hunden«, sagte ich.

Er lächelte und griff in seine Tasche. »Ich habe ein paar Fotos, wenn du willst.«

»Auf jeden Fall!«

Er zog sein Handy heraus und durchsuchte es kurz nach den Bildern. Schließlich reichte er es mir. »Einfach weiterwischen, um den Rest zu sehen.«

»Oh, die sind ja toll!« Ich hatte durch meine Arbeit erfahren, dass alleinstehende Männer es nicht mochten, wenn man ihre Hunde als »süß« oder »bezaubernd« bezeichnete.

»Ja, es sind brave Jungs.«

Ich sah mir ein paar weitere Schnappschüsse der Hunde an. Beim Schlafen, auf der Ladefläche eines Pick-ups, auf einem Feld … dann kam ich zum ersten Foto von Josh in Jagdkleidung mit einem toten Fasan in der Hand.

»Oh … du gehst mit ihnen jagen?«, fragte ich ein wenig enttäuscht.

»Oh ja, sie finden es herrlich. Bo ist großartig beim Aufstöbern, und Luke kann so gut aufjagen wie kein anderer.«

»Oh!« Ich konnte Jagen nicht ausstehen.

»Das gefällt dir nicht, oder?«, fragte er, als ich ihm das Handy zurückgab.

Ich zwang mich zu einem schwachen Lächeln. »Ach, ich weiß nicht.« So verlockend es auch war, meine Anti-Jagd-Predigt zu beginnen, entschied ich mich doch, mich zurückzuhalten und Josh ein wenig besser kennenzulernen. Glücklicherweise wurde in diesem Moment unser Tisch frei, und die Unterhaltung begab sich auf ein unverfänglicheres Territorium.

Doch er vergaß es nicht. Als die Kellnerin den Tisch mit unseren Bestellungen verlassen hatte, begann er nervös mit der Gabel zu spielen. »Hör zu, ich will nicht, dass du denkst, ich sei ein großer Jagdanhänger oder so etwas. Meine Hunde stammen aus der reinrassigen Jägerzucht – meines Onkels. Ich war bei ihm, um zu schauen, ob sich Luke zur Zucht eignet …« Er lächelte beschämt. »Die Hunde fanden es jedenfalls toll, aber, äh … es ist nicht so ganz meine Sache.«

Ich war erleichtert. »Und selbst wenn, wäre das auch okay.«

Er lächelte. »Nein, das wäre es nicht. Das sehe ich dir an.«

Ich errötete. »Ja gut, ich mag es nicht besonders.«

»Dann erzähl doch mal, *was* du magst.« Er legte den Kopf schief. »Außer geräuchertem Schinken und dem Aufbewahren von Büromaterialien im Haar.«

Oh, ich mag diesen Kerl.

Er stammte aus Minnesota, liebte die Monty Pythons und fand rote Haare hinreißend. Als wir beim Nachtisch angelangt waren, lachten wir über Hundeanekdoten, zitierten *Der Sinn des Lebens* und entschieden uns dafür, einen Käsekuchen zu teilen, um diesen angenehmen Abend zu einem krönenden Abschluss zu bringen. Er übernahm die Rechnung und drohte damit, mir das Portemonnaie aus der Hand zu schlagen, sollte ich versuchen, etwas beizusteuern. Wir gingen zusammen zum Parkplatz und standen viel zu lange vor meinem Wagen in der Kälte. Als wir uns küssten, lief meine Nase, aber er sagte nichts.

Es war ein guter Kuss. Ein Kuss, der mich in meinem Entschluss schwankend werden ließ, mich auf dem Parkplatz von ihm zu verabschieden. Ich mochte diesen Kerl. Sehr. So sehr, dass ich mich bereits für das unausweichliche »Ich ruf dich an« wappnete. Nie im Leben würde ich noch einmal so viel Glück haben, zur richtigen Zeit am richtigen Ort zu sein.

Stattdessen fragte er: »Kann ich dich bald wiedersehen?«

»Das würde mir gefallen.«

»Dann rufe ich dich morgen an.« Er küsste mich noch einmal – trotz laufender Nase –, und ich dachte an Matt. Weil ich vorhatte, ihn anzurufen und ihm zu sagen, dass ich uns beide innerhalb weniger Wochen erfolgreich verkuppelt hatte.

Ich brauchte ihn nicht anzurufen. Er hatte mir bereits eine Nachricht hinterlassen, wie ich feststellte, als ich in mein Auto stieg und einen Blick auf mein Handy warf. Ich rief ihn sofort zurück, um ihm eine Nase zu drehen.

Er ging dran mit den Worten »Ich muss mit Christine Schluss machen«.

»Was? Warum? Ich dachte, sie sei so toll!«

Er schnaubte abfällig.

»Nein, Matty, das kannst du nicht tun! Ich hatte gerade das tollste Date meines Lebens. Ich wollte doch mit euch einen Pärchenabend veranstalten.« Ich legte meine Finger aufs Steuer. Immer noch zu kalt. Ich steckte meine Hand unter mein Bein.

»Ja, *das* wäre ja gar nicht unangenehm.«

»Hör schon auf damit, du wirst es ohnehin ruinieren. Du ruinierst eine perfekte Beziehung mit einem perfekten Mädchen.«

»Sie ist nicht perfekt, Joss, oder sollte ich Anti-Kopilotin sagen?«

Ich lachte. »Schon gut, schon gut. Klag mir dein Leid, du großes Heulbaby.«

»Ich bin mir ziemlich sicher, dass sie verrückt ist. Wie Glenn Close in *Eine verhängnisvolle Affäre*.«

»Was denn, hat sie dein Kaninchen gekocht oder wie?«

Er lachte. »Noch nicht. Aber wenn ich eins hätte, würde sie es tun.«

»Was ist denn passiert?«

»Zu viel zu schnell.«

»Sie hat dir doch wohl noch nicht gesagt, dass sie dich liebt, oder?«, fragte ich. Sie hatten sich erst vor drei Wochen kennengelernt.

»Nein«, antwortete er, aber sein Ton war zögerlich. »Nicht in so vielen Worten.«

»Raus mit der Sprache.«

»Sie macht nur so viele Pläne … sie redet schon davon, bei welchen Eltern wir Weihnachten verbringen.«

»Oh!« Wir hatten Januar. Sie plante bereits für Ende des Jahres? »Das ist … äh, ein wenig übereilt.«

»Genau.«

»Vielleicht mag sie dich einfach nur so gerne?«, schlug ich vor.

»Sie will eine Katze.«

»Na und? Ich habe auch eine Katze.«

»Sie will, dass wir uns *zusammen* eine Katze anschaffen.«

»Du musst mit ihr Schluss machen.«

»Und dir ist klar, dass das alles deine Schuld ist, oder?«

»Ich gebe lediglich zu, dass ich euch einander vorgestellt habe. Du kannst mich nicht für ihre Verrücktheit verantwortlich machen.«

»Ohne dich hätte ich niemals mit ihr geredet.«

Das stimmte. »Ich werde darüber nachdenken, einen kleinen Teil der Schuld anzuerkennen.«

Er seufzte. »Dann rufe ich sie mal an.«

»Viel Glück!«

21

Ein Jahr zuvor …
das dritte Jahr nach dem Abschluss

Wie sich herausstellte, war Christine schwer von ihrem Weg abzubringen. Als Matt sie anrief und von Trennung sprach, weinte sie, versprach, sich zu bessern, und machte eine furchtbare Szene. Er wiederholte, dass er sie nicht mehr treffen wolle, und obwohl er dachte, er hätte sich klar ausgedrückt, rief sie ihn am nächsten Tag an. Als ob nichts passiert wäre. Sprach von ihren Plänen fürs Wochenende. Matt war verwirrt. So was war ihm noch nie passiert, und er wusste nicht, wie er damit umgehen sollte. Eine Woche lang machten sie jeden Tag Schluss. Er versuchte es über das Telefon. Er schrieb ihr eine E-Mail. Er ging nicht dran, wenn sie anrief. Aber Christine schien nicht verstehen zu wollen, was er ihr damit sagen wollte.

»Wie hast du es ausgedrückt?«, fragte ich ihn, als er mich am Mittwoch anrief.

»Ich sagte: ›Ich glaube, wir sollten uns nicht mehr treffen.‹ Man sollte doch meinen, das müsste reichen.«

»Vielleicht interpretiert sie dein ›Ich glaube‹ so, dass du dir noch nicht sicher bist oder so was.«

»Vielleicht ist sie auch einfach nur verrückt.«

»Das könnte auch sein.«

»Ich erinnere dich daran, dass das alles deine Schuld ist. Dein Frauengeschmack ist bescheuert.«

Ich lachte. »Oh, entschuldige, dass ich keinen guten Geschmack in Bezug auf heterosexuelle Frauen habe.«

»Das werde ich nicht mal einer Antwort würdigen.«

»Und was willst du als Nächstes versuchen?«

Er seufzte. »Ich habe keine Ahnung. Wie machst du einer Wahnsinnigen etwas klar, das sie nicht hören will?«

»Hat sie ein Kaninchen, das du kochen könntest?«

»Wow, ich hätte niemals gedacht, dass du mal Tierquälerei vorschlagen würdest.«

»Besondere Zeiten erfordern besondere Maßnahmen.«

»Vielleicht sage ich ihr einfach, dass ich ihre Familie hasse.«

»Hast du sie denn schon kennengelernt?«

»Nein.«

Ich nickte, auch wenn er es über das Telefon nicht sehen konnte. »Na dann, viel Glück damit!«

Er stöhnte. »Dafür schuldest du mir einen Riesengefallen.«

Normalerweise machte mich eine solche Drohung ganz hibbelig vor Vorfreude. So auch dieses Mal. Doch ich dachte auch an Josh und unsere bevorstehende Verabredung. »Ich muss los«, sagte ich zu Matt.

Als er mich am Donnerstag anrief, klang er noch verzweifelter. Und wütender.

»Sie will nicht, dass ich dich weiter treffe.«

Ich konnte den Sinn dieser Worte nicht begreifen. »Entschuldige, was bitte?«

»Sie sagt, sie weiß, wie wir beide miteinander umgehen, und du wärst der Grund dafür, dass ich mich nicht auf sie einlassen will.«

Ich wusste nicht, was ich darauf sagen sollte. Mein Magen zog sich zusammen, und meine Ohren wurden heiß.

»Joss?«

»Ja, ich bin da.« Ich sank auf die Armlehne meines Sofas und kratzte mich am Knie, wo es mich plötzlich juckte.

»Wie werde ich bloß diese Verrückte los?«, fragte er.

Das Jucken breitete sich über meine Wade aus, und ich fiel fast vom Sofa, als ich versuchte, mich dort zu kratzen. »Vielleicht kannst du deine Telefonnummer ändern.«

»Sie weiß doch, wo ich wohne, du Genie.«

»Warum zum Teufel war sie bei dir zu Hause?«

»Ich wusste doch vorher nicht, dass sie verrückt ist.«

»Vielleicht kannst du sie dazu bringen, mit dir Schluss zu machen.«

»Das bezweifle ich.«

»Denk darüber nach.«

Er seufzte erneut. »Das ist alles deine Schuld.«

»Ja, ich weiß.« Das Jucken sprang auf mein anderes Bein über. »Ach Matty, ich muss aufhören. Ich muss das Fell abwaschen.«

»Bei jedem anderen würde das ziemlich verstörend klingen.«

»Man muss mich einfach lieben«, sagte ich abwesend und zog mir bereits die Praxishose aus, während ich in Richtung Schlafzimmer ging.

»Dein Charme gleicht fast die Tatsache aus, dass du mich mit einer Verrückten verkuppelt hast.«

Ich warf das Telefon aufs Bett und zog mir den Kittel über den Kopf. Das fühlte sich ein bisschen besser an, und ich seufzte erleichtert, als ich das Telefon wieder zur Hand nahm. »Hör zu, es tut mir leid, dass ich dich nicht mit deiner Traumfrau zusammengebracht habe.«

»Du wirst es einfach wiedergutmachen müssen, schätze ich.«

»Bevor ich das tue, wirst du mit ihr Schluss machen müssen«, sagte ich. »Du kennst die Regeln.«

»Ich versuche es doch, zählt das nicht?«

»Nein.« Ich nahm das Telefon mit ins Badezimmer und drehte die Dusche auf. »Außerdem habe ich eine Verabredung mit Josh. Damit musst du allein fertig werden.«

»Dieser Typ aus dem Supermarkt? Oh, bitte.«

Wäre ich ein Hund gewesen, hätte ich in diesem Moment meine Ohren angelegt. »Danke für dein Vertrauen.«

»Komm schon, Joss. Das war doch nur ein Scherz.«

»Warum hast du es dann gesagt? Ich mag ihn wirklich. Nur weil du wegen der verrückten Christine gerade genervt bist, bedeutet das nicht, dass du dich mir gegenüber wie ein Idiot verhalten darfst.«

»Schon gut, schon gut. Mach dir mal keinen Knoten ins Höschen.«

»Ich hab gerade gar keins an, Matt«, erwiderte ich und legte auf.

Am nächsten Tag hatte ich eine Reihe von Textnachrichten von Matt.

Ich habe beschlossen, dass du für mich mit ihr Schluss machen sollst. Sie plant einen Wochenendausflug nach Chicago mit mir. Ich habe einen Plan, und du wirst mir dabei helfen.

Ich rief ihn an, erreichte ihn aber nicht. Ich hinterließ eine Nachricht auf seiner Mailbox. »Ich habe heute Abend ein Date mit Josh, also wird dein teuflischer Plan warten müssen.«

Die Antwort kam, als ich unter der Dusche war. »Vergiss dein Date mit Josh, ich brauche deine Hilfe. Das schuldest du mir. Bitte, Joss, ich weiß nicht, was ich sonst machen soll.«

Ich rief angriffslustig zurück, aber mehr aus Prinzip. Ich hatte ihn niemals zuvor so verzweifelt erlebt, und er begann mir leidzutun. Zu meiner Überraschung ging er wieder nicht dran. »Ich habe keine Ahnung, warum du denkst, dass ich dir etwas schulde, nachdem du dich gestern so bescheuert benommen hast. Ich werde auf jeden Fall mit Josh ausgehen. Ruf mich an, wenn sie versucht, dich abzustechen oder so etwas. Warte. Vergiss es. Ruf lieber die Polizei, wenn sie bewaffnet ist. Viel Glück! Bis dann, Matty.« So sehr tat er mir dann doch nicht leid, schätze ich.

Der nächste Anruf von Matty kam, als ich gerade im Restaurant angekommen war, um mich mit Josh zu treffen. Ich ging nicht dran. Dann stellte ich mein Handy auf lautlos und ignorierte einen Haufen Nachrichten, während Josh und ich uns durch die Cocktail- und Vorspeisenkarte hindurchprobierten.

Bevor der Hauptgang serviert wurde, entschied ich, einen kurzen Ausflug zum Damenklo zu machen, und aus Gewohnheit überprüfte ich meine Nachrichten.

Sie wird mich im Schlaf töten, und du bist schuld. Du musst um neun zu mir kommen. Bitte, Joss. Sag, dass du kommst. Hallo? »knuff«

Ich wählte seine Nummer.

»Verdammt, Joss, es wird aber auch Zeit!«

»Ich bin bei meinem Date, Matt!«

»Lass ihn sitzen.«

»Ich werde ihn nicht sitzen lassen. Mein Essen ist noch nicht mal gekommen. Ich rufe dich von der Toilette aus an!«, flüsterte ich und erntete neugierige Blicke von einer Frau am Waschbecken.

»Mir ist endlich eingefallen, wie ich sie loswerde«, sprach er weiter, als hätte ich nichts gesagt. »Ich werde sie davon überzeugen, dass ich wieder mit dir zusammen bin.«

»Was heißt denn *wieder*?«, fragte ich.

»Sie ist davon überzeugt, dass du meine Ex bist und dass du mich zurückhaben willst.«

Ich bedeckte meine Stirn mit der Hand und verzog mich in die Ecke hinter einem Handtrockner, um weitere Blicke der Waschbeckenfrau zu vermeiden. »Und was hat das denn damit zu tun, dass ich jetzt mitten in einem Date abhauen soll?«

»Sie hat mir auf die Mailbox gesprochen, dass sie heute Abend vorbeikommt. Ich habe ihr geschrieben, dass sie es lassen soll, aber sie kommt trotzdem. Ich will dich dabeihaben. Als Beweis.«

»Wohl eher als dein Leibwächter, du Angsthase!«, zischte ich, und meine Stimme hallte von der Wand wider. Ich schielte zu der Frau am Waschbecken, die ungewöhnlich lange brauchte, um ihre Hände mit einem Papiertuch zu trocknen.

»Alvin, tu es für mich. Ich kann nicht mehr mit dieser Frau Schluss machen. Sie ist komplett wahnsinnig, und ich spreche kein Psychotisch.«

»Ich aber schon, oder wie?«

»Ich brauche deine Hilfe«, wimmerte er. Es klang nicht besonders attraktiv, und ich rümpfte die Nase.

»Ich kann Josh nicht einfach versetzen.«

Er schnaubte, dann versuchte er es auf eine andere Tour. »Das hier ist Sorbet, Joss. Das schuldest du mir.«

»Wieso sollte das Sorbet sein? In den Regeln steht nichts darüber, dass ich dir dabei helfen muss, mit einer Verrückten Schluss zu machen.« Schließlich drehte ich mich zu der Frau um, die immer noch so tat, als trocknete sie sich die Hände ab. »Kann ich Ihnen irgendwie helfen?«

Sie schüttelte erschrocken den Kopf und stürzte aus der Toilette.

»Neue Regel.«

»Oh nein, Kumpel! Keine neuen Regeln, die mich zwingen, mein Date sitzen zu lassen. Außerdem kennst du die Abmachung: Für Sorbet muss die Beziehung vorbei sein.«

»Das versuche ich ja seit über einer Woche!«, erwiderte er. Ich konnte an seiner Stimme erkennen, dass er verzweifelt nach etwas suchte, um mich zu überreden. »Okay, keine neue Regel. Eine alte Regel. Ich habe einen Verstoß gegen die Regeln gut.«

»Auf keinen Fall. Du kannst dir den Verstoß nicht aussuchen, während ich mich gerade mit jemandem treffe.«

»Warum nicht?«

»Ich mag ihn!«

»Hast du schon mit ihm geschlafen?«

»Nein.«

»Dann seid ihr auch nicht in einer Beziehung.«

»Eine Beziehung wird nicht durch Sex definiert«, sagte ich und presste meine Augen zu, damit ich mein Spiegelbild nicht sehen musste.

»Joss, komm schon! Ich weiß nicht, was ich sonst tun soll.«

»Ich begreife einfach nicht, wie du von mir verlangen kannst, Josh sitzen zu lassen. Er ist echt nett, und er könnte der Richtige sein. Was würde er wohl sagen, wenn ich ihm mitteilte, dass ich gehen müsse, um die Freundin eines anderen zu spielen?«

»Er könnte es witzig finden. Vielleicht fährt er dich sogar hin. Du wirst es erst erfahren, wenn du ihn fragst.«

»Ja, ich bin mir sicher, dass er es genauso toll fände, wenn ich ihn bäte, mich zu dir zu fahren, damit wir beide Sorbet-Sex miteinander haben können.« Meine Stimme hallte immer noch von den Kacheln wider, als die Tür geöffnet wurde und eine andere Frau hereinkam, um die Toilette zu benutzen.

»Wer hat was davon gesagt, dass du mit mir Sex haben sollst?«, fragte er mit einem so offensichtlichen Grinsen, das ich es hören konnte.

Ich errötete und senkte meine Stimme zu einem Flüstern. »Sag nicht, dass du nicht daran gedacht hast.«

»Natürlich habe ich daran gedacht und du offenbar auch.«

»Komm schon, Matty …«

»Alex.«

Ich wusste, er hatte mich. Zumindest wusste ich, dass er mich damit hatte.

Ich seufzte. »Also gut, also gut.«

»Danke sehr«, rief er erleichtert aus. »Danke, danke, danke!«

»Was soll ich Josh sagen?«

»Die Wahrheit?«

»Ähm, nein.«

»Familiennotfall?«

»Das ist so abgedroschen.«

»Dann sag gar nichts«, schlug er vor, und ich konnte praktisch sehen, wie er dabei die Schultern zuckte.

»Was ist?«

»Geh einfach.«

»Das kann ich nicht tun! Das ist doch furchtbar!«

»Warum ist dir das so wichtig? Du magst den Typen doch nicht mal.«

»Doch, das tue ich.« Ich lehnte mich mit dem Unterarm gegen die Wand und stützte meinen Kopf dagegen.

»Aber du magst mich mehr.«

Ich lockerte meine Schultern und versuchte, den Druck meiner Kleidung vom Rücken zu bekommen. Sie war während dieser Unterhaltung mindestens fünf Kilo schwerer geworden. »Hör auf, mich zu drängen.«

Er versuchte es mit »Ich bin älter und weiser als du«.

»Das meinst du doch wohl nicht ernst, oder?«

»Komm schon, Joss. Lebe ein wenig.«

»Lebe ein wenig?«, wiederholte ich. »Das hier gehört wohl kaum zu den Dingen, die man unbedingt mal gemacht haben sollte, bevor man stirbt.«

»Komm schon, das wird eine großartige Geschichte.«

»Matt!«

»Ein Teil von dir will, dass du es tust.«

Und das stimmte. Ich tat so selten etwas wirklich Fürchterliches. Ich hielt mich sogar immer an die Geschwindigkeitsbegrenzungen … na ja, fast immer. Es wäre eine schreckliche, aber aufregende Sache. Wie Ladendiebstahl. »Das ist eine furchtbare Idee. Dafür komme ich in die Hölle.«

»Wenn du da bist, reservier mir einen Platz.«

Ich zögerte und sah mich im Spiegel an. Der gestresste Ausdruck meiner Augen und meines Mundes sahen im grellen Licht der Toilette, dem Date-Make-up und der Glitzerspange, die mir das Haar aus der Stirn hielt, noch schlimmer aus. Ich verschloss meine Augen vor diesem Anblick und atmete tief durch. »Wenn ich das tue, bleibst du aber am Telefon.«

»Mach ich.«

Mein Herz klopfte wild, als ich aus der Damentoilette kam. Ich warf einen Blick ins Restaurant und dann auf den Gang Richtung Küche. Josh saß mit dem Rücken zu mir am Tisch, und ich konnte durch den Thekenbereich abhauen. Ich flüsterte »Ich hasse dich« ins Telefon.

»Hör auf, Zeit zu schinden, und geh.«

Mit gesenktem Blick marschierte ich an der Bar vorbei, ohne einen Blick zurück zu riskieren. An der Garderobe musste ich kurz stehen bleiben, um meine Jacke abzuholen. Josh hatte keinen Grund, in diese Richtung zu schauen, aber mein Herz sprang mir trotzdem in die Kehle. Ich öffnete die Tür und lief zu meinem Wagen. Dabei hielt ich den Atem an, bis ich das Auto aufgeschlossen hatte.

»Dafür schuldest du mir jetzt aber einen Riesengefallen.«

»Einen gigantischen«, stimmte er mir zu.

»Du hast keine Ahnung …«

»Eines Tages wird man dir zu Ehren ein Denkmal errichten, Jocelyn Kiel.«

Ich verdrehte die Augen, musste aber lächeln. »Also gut. Ich bin in ein paar Minuten da.«

Meine angespannten Nerven ließen mich zu Matt rasen, und ich war zehn Minuten später da. Ich klopfte wiederholt an seine Tür, bis er mir öffnete.

»Es ist mir völlig rätselhaft, wie du mich dazu bringen konntest!«

Er sah mich schief an. »Komm schon, das war doch irgendwie lustig.«

»Ich bin eine furchtbare Person.«

»Das bist du nicht.«

»Doch, das bin ich.« Der Nervenkitzel des Verbotenen war verflogen, und ich fühlte mich nur noch schrecklich.

»Es war euer zweites Date. Du hast ihn doch nicht vor dem Altar stehen lassen.«

»Und dazu werde ich jetzt auch nie mehr die Gelegenheit haben.«

»Oh, du würdest sowieso niemanden heiraten, den du im Supermarkt kennengelernt hast.«

Ich sah ihn böse an.

»Hör mal, du hättest dir ja auch einfach was ausdenken und es verschieben können. Aber du bist einfach abgehauen.« Er spreizte seine Hände. »Das ist der Beweis, dass du ihn gar nicht so toll fandest.«

»Aber ich habe doch nur auf deinen dämlichen Rat gehört!«, rief ich.

»Warum zum Teufel hast du denn damit angefangen?« Seine Stimme war nicht so laut wie meine, aber es war nicht sein üblicher unerschütterlicher Tonfall.

Wütend presste ich die Kiefer aufeinander. »Ich finde es unglaublich, dass ich das gerade getan habe. Ich habe es mir mit einem total netten Kerl verscherzt, weil *du* nicht mit deiner Freundin umgehen kannst.«

»Mit der *du* mich verkuppelt hast.«

»Ich muss eine Art Masochistin sein.« Ich warf einen Blick auf meine Uhr. »Und inzwischen ist er bestimmt nach Hause gegangen, also kann ich nicht einfach zurückfahren.«

»Was willst du ihm denn auch sagen?« Matt schlug die Hände unterm Kinn übereinander und klimperte mit den Wimpern. »Tut mir leid, auf der Toilette war eine Pfütze, ich bin ausgerutscht und hab mir dabei den Kopf am Waschbecken angeschlagen. Ich bin gerade erst wieder zu Bewusstsein gekommen.«

Ich stieß ein erschrockenes Lachen aus. Da ich eigentlich wütend bleiben wollte, biss ich mir auf die Lippen, aber meine Beine trugen mich dennoch in den kleinen Vorraum am unteren Treppenende. »Ich hätte ihm sagen sollen, dass es ein Notfall sei.«

»Das habe ich dir doch gesagt. Doch du hast es für abgedroschen gehalten.« Er verschränkte die Arme.

»Das ist doch trotzdem alles deine Schuld.« Ich zog meine Jacke aus und hängte sie an einen der Haken in der Wand.

»Okay, was auch immer. Es ist meine Schuld, bist du jetzt glücklich?«

»Nein, ich bin eine Idiotin.«

Er sagte nichts.

»Warum tue ich das nur?«, fragte ich. »Warum habe ich diesem netten Kerl so etwas Gemeines angetan?«

»Wir haben jetzt keine Zeit, deine Motive zu ergründen. Eine Verrückte ist auf dem Weg hierher.«

»Du hast wirklich Ahnung, wie man ein Mädchen dazu bringt, noch zu bleiben.«

»Geh einfach nach oben, bitte.« Er legte den Sicherheitsriegel der Haustür vor und bedeutete mir vorzugehen.

»Weiß sie, dass ich hier sein werde?«

»Ich habe ihr gesagt, dass ich zu dir zurückkehren werde. Sie sagte, sie wolle herkommen, um mit mir darüber zu reden. Ich habe ihr gesagt, das solle sie nicht tun. Dann habe ich ihren letzten Anruf nicht angenommen, aber sie hat mir auf die Mailbox gesprochen, dass sie herkommt. Sie sagte, dass wir miteinander sprechen müssen.«

»Und wie willst du das jetzt machen?« Ich versuchte nicht zu viel darüber nachzudenken, was das über mich aussagte, aber ich hatte mich entschieden zu bleiben. Dann konnte ich mich auch an die Feinplanung der bevorstehenden Katastrophe machen.

»Keine Ahnung. Mach einfach mit, wenn ich von unserer ausgedachten früheren Beziehung rede.«

»Du schuldest mir einen Riesengefallen …« Als ich am oberen Treppenabsatz ankam, warf ich ihm einen wütenden Blick zu. »Er hat mich bereits viermal angerufen.«

»Was hast du gesagt?«

»Bin nicht drangegangen.«

»Eiskalt.« Er grinste.

»Hey, das war alles deine Idee. Du musst gerade reden.«

»*Mea culpa*.«

»Ihr gottverdammten Anwälte«, murmelte ich laut genug, dass er es hören konnte.

Matt grinste. Er studierte Jura, weil er nicht wusste, was er sonst tun sollte. Er hatte nicht die Absicht, jemals als Anwalt zu praktizieren, und liebte Anwaltswitze.

Jemand klopfte laut unten an die Tür, und wir sahen einander an.

»Showtime«, murmelte Matt und ging die Stufen hinab.

Nach meiner verwerflichen Flucht aus dem Restaurant hätte ich vielleicht irgendetwas tun sollen, um mein Karma zu verbessern, aber wenn ich schon mal hier war, konnte ich auch die mir zugedachte Rolle spielen. »Warte!«, sagte ich und hielt ihn an seinem Hemd fest.

»Was denn?« Er drehte sich um.

Ich knöpfte die obersten Knöpfe seines Hemds auf und zog es ihm über den Kopf, gefolgt von seinem T-Shirt. Er trug jetzt nur noch seine Jeans. »Okay, los.«

»Was steckt nur alles in deinem verschlagenen Hirn?«, fragte er sich laut, während unten das Klopfen weiterging.

»Geh an die Tür, bevor sie sie einschlägt.« Ich deutete nach unten und warf ihm einen strengen Blick zu. Er wirkte nicht besonders beeindruckt, sondern strich mir mit dem Daumen über das Kinn, bevor er nach unten ging.

Sobald er auf dem Weg zur Tür war, schoss ich in sein Schlafzimmer. Es war dunkel, aber ich kannte mich dort aus. Ich zog mich bis auf den Slip aus und hinterließ meine Kleidung dabei in einem Haufen auf dem Boden. Dann schlug ich die Decke von dem schlampig gemachten Bett und wickelte mich togamäßig in sie hinein. Während ich in den Flur zurückging, zerzauste ich meine Haare und verschmierte meine Wimperntusche, bevor ich mich wieder an den oberen Treppenabsatz stellte.

»Matty, wer ist da an der Tür? Komm zurück ins Bett!«

Er warf einen Blick über seine Schulter und nahm meine Erscheinung mit nur der kleinsten Andeutung von Überraschung auf.

»Was ist hier los?«, rief Christine. Die Wut ließ ihre kleinen Gesichtszüge wie die der Fee Glöckchen aus *Peter Pan* wirken.

»Was macht sie denn hier?«, fragte ich.

»Ich wusste es!«, rief sie, drängte sich an Matt vorbei und marschierte die Treppe hinauf. »Ich wusste, dass du hinter ihm her bist!«

»Wie bitte? Er hat mit dir Schluss gemacht«, entgegnete ich.

Matt eilte die Stufen hinauf und versuchte, an Christine vorbeizukommen, aber sie schlug bei jedem Schritt ihre Hände gegen jede Seite der Wand. »Nein, das hat er nicht«, fauchte sie.

»Oh doch, das hat er, du Irre«, sagte ich. »Hast du ihm nicht zugehört?«

Sie drehte sich um. »Matt, wie konntest du mir das antun?«, fragte sie mit zitternder Unterlippe. »Es lief doch alles so gut!«

Er riss erstaunt die Augen auf. Ich konnte seine Gedanken klar und deutlich hören: Willst du mich auf den Arm nehmen? Er brachte seinen Gesichtsausdruck wieder unter Kontrolle, bevor er sprach. »Es tut mir leid, Christine. Ich kann ihr einfach nicht widerstehen.«

Und dann geschah das, was ich niemals erwartet hätte. Sie wirbelte herum und schlug mich. Mit der flachen Hand auf meine linke Wange. Ich war noch niemals zuvor geschlagen worden, und durch meinen Kopf rasten mehrere Gedanken gleichzeitig. Zuerst verspürte ich eine losgelöste Faszination. Dann schoss der brennende Schmerz in meine Wange, und mir traten Tränen in die Augen. Schließlich verspürte ich das unmittelbare Verlangen zurückzuschlagen.

»Hey!«, rief Matt, was mir klarmachte, dass weniger als eine Sekunde vergangen war. Er drängte sich an ihr vorbei und stellte sich schützend zwischen uns. »Was erlaubst du dir eigentlich?«

»Du irres Miststück«, stieß ich hervor, während ich die Hand auf meine schmerzende Wange legte.

»Ich hasse dich!«, schrie sie und versuchte an Matt vorbeizukommen, um sich auf mich zu stürzen. Ich wich nach hinten aus, trat dabei auf eine Ecke der Bettdecke und wäre fast gestürzt. Glücklicherweise konnte ich mich gerade noch am Türrahmen festhalten.

»Verschwinde, Christine! Jetzt sofort«, sagte Matt in einem Tonfall, der keine Diskussion zuließ.

»Ich will dich niemals wiedersehen«, sagte sie.

»Gott sei Dank! Verschwinde«, wiederholte er.

»Du kannst deine geliebte Hure behalten, du … du … Mistkerl!« Sie machte eine Kehrtwendung, donnerte die Stufen hinunter und schlug die Tür hinter sich zu.

»Gott, Joss, bist du okay?«, fragte mich Matt.

Ich zögerte keine Sekunde – ich boxte ihn gegen die Schulter. »Sie hat mich verdammt noch mal geschlagen!«

»Du mich doch gerade auch!«

»Jetzt schuldest du mir einen noch viel größeren Gefallen«, sagte ich und nahm die Hand von meiner brennenden Wange. Er verzog besorgt sein Gesicht.

»Es tut mir so leid.«

»Das sollte es auch wirklich!« Ich boxte ihn erneut gegen die Schulter. Er hatte den Anstand, die Stelle nicht zu reiben.

»Komm, wir besorgen dir etwas Eis.«

Ich schüttelte den Kopf und presste meine Hand gegen die Wange. »Nicht nötig. So schlimm ist es nicht.«

»Es tut mir wirklich leid.«

»Ich kann einfach nicht glauben, dass sie mich geschlagen hat!«

»Ich auch nicht.«

Von draußen kam das Geräusch quietschender Reifen. Ich machte mich darauf gefasst, dass die verrückte Christine aus Rache mein Auto ramponieren würde. Aber es geschah nichts. Ich hörte, wie sie mit dröhnendem Motor über die Einfahrt davonraste.

»Nicht zu fassen. Die ist echt total irre«, sagte ich und betastete erneut meine Wange.

»Ich habe es dir doch gesagt«, entgegnete er. »Wie in *Eine verhängnisvolle Affäre*. Aber ich schwöre dir, ich hätte nie gedacht, dass sie gewalttätig werden würde. Es tut mir wirklich leid, Jossie.«

»Neue Regel. Du darfst mich nicht mehr in Situationen bringen, in denen ich geohrfeigt werde.«

»Abgemacht.«

»Verdammt, das hat echt wehgetan!«, sagte ich erstaunt. »Ich hatte keine Ahnung, dass es so sehr wehtun würde.«

Matt grinste. »Du hättest zurückschlagen sollen.«

»Ich werde mich für dich nicht auf einen Nacktkampf einlassen, Kumpel. Ich habe heute schon genug für dich getan.« Ich wickelte die Decke fester um meinen Körper.

»Bist du darunter nackt?«

»So gut wie.«

Sein Blick wanderte nach unten, als ob er um die spontane Gabe eines Röntgenblicks beten würde.

»Matt!«, protestierte ich, eher aus Gewohnheit als aus echter Empörung. »Du hast mich bereits dazu überredet, mitten in einem Date zu verschwinden, und dafür gesorgt, dass ich von einer Verrückten geohrfeigt werde. Willst du mir jetzt ernsthaft vorschlagen, auch noch mit dir zu schlafen?«

Er machte ein nachdenkliches Gesicht. »Es klingt irgendwie schlimmer, wenn du das alles laut aussprichst.«

»Ach was!«

»Dann solltest du dich wohl besser anziehen.«

»Nein.« Ich schleppte mich zum Sofa und ließ mich draufplumpsen. Er hatte den Fernseher angelassen. Es lief ein Hockeyspiel, dessen Ton abgeschaltet war. Ich wusste nicht, wie lange das Spiel noch ging. Ich wusste nicht, wer spielte … ich mochte Hockey nicht mal, aber ich war in der Stimmung, ein Quälgeist zu sein. Das hatte Matt verdient.

»Warum nicht?«

»Ich werde hier sitzen bleiben, und du wirst genau wissen, dass ich unter dieser Decke nichts als einen Tanga trage, und du wirst damit klarkommen müssen.«

»Soll das so eine Art Rache sein?«

»Du hast es kapiert.«

Er saß mir gegenüber, auf dem einzigen Stuhl im Raum, und beobachtete eher mich als das Spiel. Ich sah absichtlich nicht in seine Richtung, sondern stützte mich bequem auf einem Arm ab, um eine bessere Sicht auf den Fernseher zu haben. Da ich wusste, dass er mich beobachtete, ließ ich die Decke lockerer werden und enthüllte so immer mehr von meinem Rücken, bis schließlich nur noch meine Brüste bedeckt waren. Die Red Wings tauschten gerade ihren Torhüter aus, um doch noch irgendwie zu gewinnen, als Matt sprach.

»Versuchst du mich zu verführen oder so was?«

»Psst … das Spiel ist fast vorbei.«

Matt stand auf und kam auf meine Seite des Zimmers. Er setzte sich hinter mich auf das Sofa und legte seine Arme um meine Hüfte, sodass er mich auf die rechte Schulter küssen konnte.

»Was machst du da?«, fragte ich, als ich mich zu ihm umdrehte.

»Mich an die Regeln halten. Du bist sauer auf mich, und ich

muss es wiedergutmachen.« Er strich meine Haare beiseite, um meinen Nacken zu küssen. Ich schloss die Augen.

»Ich bin nicht sauer auf dich«, sagte ich.

»Kommt mir aber so vor.«

Ich verlagerte mein Gewicht etwas, um ihn besser ansehen zu können. »Ich begreife immer noch nicht, wie ein Abend, der mit einem netten Abendessen begann, mit einer Ohrfeige enden konnte.«

Er strich mit den Fingerspitzen über die betroffene Wange. »So muss er nicht enden.«

»Jetzt klingt es eher so, als würdest *du mich* verführen wollen, oh Person, die an alldem schuld ist.«

»Vielleicht.« Er lehnte sich vor und küsste meine kussbereiten Lippen.

Ich drehte mich noch mehr zu ihm um und fuhr mit meinen Händen über seine immer noch nackten Schultern. »Warum tust du das?«

»Das hab ich dir doch gesagt. Ich muss es wiedergutmachen. Es ist meine Schuld, dass du geohrfeigt wurdest.«

Ich küsste ihn und spürte, wie die Decke fast ganz hinunterrutschte. »Es ist meine Schuld, dass du sie überhaupt getroffen hast.«

»Das stimmt«, erwiderte er und hinterließ eine Spur von Küssen von meiner Wange bis zu meinem Ohr.

»Aber es ist nicht meine Schuld, dass du ein kleines Flittchen bist und sie bei der ersten Gelegenheit nach Hause mitnimmst, um sie flachzulegen.« Er bahnte sich mit sanften Küssen einen Weg meine Kehle entlang. Dann lachte er gegen meinen Hals, und ich bekam eine Gänsehaut.

»Du hast recht, das war meine Schuld.«

»Und es ist deine Schuld, dass ich das mit Josh vermasselt habe.«

Er hörte einen Augenblick damit auf, mein Schlüsselbein zu küssen, und ich hörte das Zögern in seiner Stimme, als er sagte: »Stimmt auch.« Aber ich war bereit, es zu akzeptieren.

»Und du bist derjenige, der sich diesen dummen Plan ausgedacht hat.«

»Ich habe dir nie gesagt, dass du dich ausziehen und als Betthäschen verkleidet wieder auftauchen sollst.«

Ich lächelte. »Es kam mir in dem Moment wie eine gute Idee vor.«

Er richtete sich auf und grinste mich an. Dann begann er sich langsam auf mich zu legen, während er mich weiterküsste. »Also, bist du jetzt sauer auf mich oder nicht?«

Ich antwortete nicht direkt, da ich die Nähe zu Matt genießen wollte. Er strahlte wie immer Wärme aus. »Nicht«, entschied ich.

»Also gibt es gar keinen Konflikt zu lösen?«, fragte er in mein Haar.

»Warte, dann doch. Ja, ich bin sauer.«

»Okay, gut.«

Es war nicht mehr viel Kleidung zwischen uns, aber die Decke störte irgendwie, und es dauerte nicht lang, bis wir beide damit kämpften. »Du liegst drauf …«, ächzte ich und versuchte, mein Bein freizubekommen.

»Das Sofa ist sowieso zu schmal.« Er hob mich mitsamt der Decke hoch. Ich machte ihm den Transport ins Schlafzimmer so schwierig wie möglich, da ich mich weigerte, mit dem Knutschen aufzuhören. »Joss, ich kann nichts sehen«, sagte er und reckte den Kopf.

»Tut mir leid, tut mir leid.« Ich barg mein Gesicht an seiner Schulter, damit er sah, wohin er trat.

Er ließ mich auf das Bett fallen, fest genug, dass mir der Atem stockte. Dann zog er an der Decke. Es dauerte einen

Moment, bis er sie hatte, und als er sie mir unter dem Rücken wegzog, brannte es ein wenig. Aber das war mir egal. Ich zog mein letztes Kleidungsstück aus, während Matt das Gleiche tat und sich auf mich legte.

Als wir in dieser Nacht beieinanderlagen, klebte unsere Haut zusammen wie Frischhaltefolie. Außerhalb des Kokons aus Decken, den wir uns gebaut hatten, hatte der Februar das Schlafzimmer auf kühle fünfzehn Grad abgesenkt. Doch unter der Decke hätten wir einen Truthahn auftauen können. Meine den Elementen ausgesetzte Nasenspitze war eisig, und ich berührte Matts Wange damit.

»Noch eine neue Regel«, sagte ich. »Das nächste Mal gehen wir zu mir. Meine Heizung funktioniert.«

»Dann muss ich wohl mit jemandem Schluss machen, damit ich mal bei dir schlafen kann.«

Ich lächelte schläfrig. »Vielleicht müssen wir einfach nur viel streiten.«

»Versuch wieder, mich zu verkuppeln, und das wird kein Problem sein.«

»Schon gut, schon gut, hab's verstanden.« Ich zwickte ihn. »Du bist auf dich allein gestellt.«

»Klingt gut.«

22
Gegenwart

»Okay, gut, das war irgendwie … unschön«, gab ich zu. »Aber seitdem hat doch alles geklappt.«

»Wie viele zweite Dates hattest du, seit du Josh sitzen gelassen hast?«

Ich runzelte die Stirn. »Keine Ahnung.«

»Wie viele Dates hattest du *überhaupt*?«

»Gott, Matt, ich führe nicht Buch darüber oder so.«

»Gut, tut mir leid. Es ist nur …« Er seufzte. »Ich glaube, wir sind an dem Punkt angekommen, an dem wir das nicht länger machen können.«

Das Zimmer schien leicht zu schwanken, und ich klopfte mit den Händen auf die Kissen. Nachdem ich geblinzelt hatte, war die Welt wieder im Lot. Jedenfalls physisch. »Was meinst du damit?«

»Ich glaube, wir können diese … *Sache* nicht weitermachen.«

Ich stand kurz davor zu heulen, aber ich presste meinen Unterarm gegen meinen Bauch und flüsterte: »Geht es um dieses neue Mädchen?«

»Ja und nein.«

»Würdest du mir bitte endlich erzählen, was los ist? Ich bekomme langsam echt Angst.«

Matt setzte sich so, dass zwischen uns ein Kissen lag. »Also, ich habe ja schon erzählt, dass ich beim Studium dieses Mädchen kennengelernt habe, Tara.«

»Ja.«

»Und sie ist süß.« Er zuckte die Schultern und sah auf einen Punkt irgendwo hinter mir. »Sie ist blond und hübsch, und sie scheint klug zu sein. Also müsste ich sie eigentlich mögen.«

»Und was ist dann das Problem?«

Er blickte nach unten und fand einen losen Faden an seiner Jeans, mit dem er spielen konnte. »Das Problem ist, dass ich sie ansehe und mir überlege, was nicht stimmt. Ich suche nach dem Grund, aus dem wir Schluss machen werden.«

»Ich glaube, das ist normal. Bei mir ist es genauso. *Wie lange wird das gut gehen? Ist es das wert?* Ich denke, das macht jeder.«

»Ja, aber es ist es immer wert, weil ich weiß, dass du am Ende da sein wirst.« Ich konnte seinen Gesichtsausdruck nicht deuten und begann nervös zu werden.

»Was soll das heißen?«

Er stand auf und ging zum Schreibtisch. Ich musste mich verrenken, um ihm hinterherzusehen. Er lehnte sich an die Tischkante und verschränkte die Arme. »Ich bin bereit, ein Scheusal zu sein und mit Tara Schluss zu machen, weil ich weiß, dass du für mich da sein wirst, wenn ich es tue. Und ich beginne das an mir zu hassen. Ich verabrede mich mit all diesen dämlichen Mädchen, weil ich weiß, dass ich da wieder rauskommen kann und du immer noch da bist.«

Ich blinzelte. Nun begann das Sofa zu schwanken. »Also … was? Wir beenden die Abmachung?«

»Ich glaube, das müssen wir.«

»Ich verstehe nicht, wo das auf einmal herkommt. Warum jetzt? Habe ich etwas falsch gemacht?«

»Nein! Joss …« Er stieß sich vom Schreibtisch ab und ging

am Kamin vorbei, dann blieb er stehen, um mit den Fingern auf die Rückenlehne des Sessels zu trommeln. »Ich fühle mich seit dem Tod meines Vaters irgendwie … keine Ahnung, verloren? Vielleicht ist es das. Ich denke darüber nach, was wirklich wichtig ist, und ich will Taras Zeit nicht verschwenden. Und meine will ich auch nicht mehr verschwenden.«

Ich schluckte und versuchte, den Klumpen in meiner Kehle loszuwerden. Gleich würde ich in Tränen ausbrechen. »Das verstehe ich. Diese ganze Sache ist irgendwie echt albern.« Ich versuchte zu lächeln. »Irgendwann musste damit ja mal Schluss sein, was?«

Er wirkte erleichtert. »Genau. Ich glaube, wir sind inzwischen zu alt für dieses Spielchen.«

»Okay.« Ich nickte und stand auf. Ich war nicht in der Lage, ihm in die Augen zu sehen. »Tut mir leid, dass ich es so in die Länge gezogen habe.«

»Du?« Er klang ein wenig erschrocken, und ich sah auf. »Es ist meine Schuld. Ich hätte schon vorher etwas sagen sollen. Schon nach der Beerdigung meines Vaters.«

Ich lächelte schwach, konnte ihm aber immer noch nicht in die Augen sehen. »Ich glaube nicht, dass ich dir geglaubt hätte. Du warst sehr durcheinander.«

»Du hast wahrscheinlich recht.«

23
Sechs Wochen zuvor

Ich war noch in der Unterwäsche, als der Anruf kam. Es war früh, noch bevor ich zur Arbeit fuhr, und ich ging mehr aus Neugier an den Apparat. Die Nummer kannte ich nicht.

»Jocelyn?«

»Ja?« Die Stimme kam mir irgendwie bekannt vor, aber ich konnte sie nicht zuordnen.

»Hier spricht Tom Lehrer. Matts Bruder. Wir haben uns ein paarmal getroffen …« Tom lebte in Nevada, und ich hatte keinen blassen Schimmer, warum er mich anrief.

»Ja, na klar. Jetzt weiß ich. Wie hast du – warum – was kann ich für dich tun?«

»Also, hör zu, Matt würde mich umbringen, wenn er wüsste, das ich dich anrufe, aber, ähm … unser Dad ist heute früh gestorben.«

Ich ließ meine Zahnbürste, auf die ich bereits Zahnpasta gedrückt hatte, ins Waschbecken fallen. »Oh mein Gott! Was ist passiert?« Ihr Vater war noch relativ jung und, soweit ich wusste, gesund gewesen.

»Es war ein Herzinfarkt.«

»Oh nein! Oh Gott, Tom, es tut mir so leid!« Ich sank auf den kleinen Badezimmervorleger und ließ Dewey auf meinen Schoß krabbeln. Seine Krallen bohrten sich in meine nackten Beine, während er es sich bequem machte.

»Danke. Ich rufe an, weil Matt es ziemlich schwernimmt. Er … äh … ich glaube, dass er nicht mehr klar denken kann. Mir fiel dein Name ein, und ich habe deine Nummer aus dem Absolventenverzeichnis. Ich hoffe, das war in Ordnung.«

»Na klar. Wo bist du denn jetzt?«

»Auf dem Flughafen in Nevada. Ich kann jetzt erst losfliegen. Darum rufe ich an. Ich weiß nicht, ob meine Mutter allein damit klarkommt.«

»Wo sind die beiden?«

»Im St. Mary's oben in Mequon. Denkst du, du könntest …?«

»Ich mach mich sofort auf.«

In meiner Praxis meldete ich mich krank und zog mich schnell an. Dewey protestierte, als ich in Richtung Haustür stürmte. Schnell schüttete ich noch Trockenfutter in sein Schälchen, dann war ich weg. Ich konnte nur noch an Matt denken. Das Krankenhaus war ziemlich weit entfernt, und ich musste all meine Willenskraft zusammennehmen, um das Gaspedal nicht durchzutreten. Ich schaffte es dennoch in Rekordzeit und fragte an der Information, in welchem Zimmer sich John Lehrer befand.

Die Fahrt mit dem Fahrstuhl schien ewig zu dauern. Ich wünschte, ich hätte die Treppe genommen, und hatte mich ganz nah an die Tür gestellt, damit ich mich direkt hinausquetschen konnte, sobald sie sich einen Spalt öffnete. Mein Herz dröhnte in meinen Ohren, als ich das richtige Zimmer fand und leise anklopfte.

»Herein.« Ich erkannte die Stimme von Matts Mutter.

Ich öffnete die Tür und spähte um den Vorhang. John lag völlig regungslos in seinem Bett. Er hatte das wächserne Aussehen, das nur die Toten besaßen. Es war klar, dass man ihn ein wenig hergerichtet hatte und der Familie nun Zeit gab, sich von ihm zu verabschieden. Ich riss meinen Blick von dem Verstorbenen los und konzentrierte mich auf die beiden Personen, die nebeneinander auf einer Bank auf der anderen Seite des Zimmers saßen. Matts Mutter Linda hatte vom Weinen geschwollene Augen, die ausdruckslos vor sich hin sahen. Matts Gesicht konnte ich nicht sehen. Er saß vorgebeugt da, seinen Kopf in die Hände gestützt, und schaukelte leicht vor und zurück. Linda hatte die Hand auf seinen Rücken gelegt und streichelte ihn.

»Matt?«, flüsterte ich, und er schreckte hoch.

Linda sah mich an und schien mich zu erkennen. »Wie hast du …?«, fragte sie.

»Es tut mir leid«, hauchte ich. »Tom hat mich angerufen. Er ist auf dem Weg hierher.«

»Joss …« Matt sah auf. Seine Augen waren rot und feucht. Es brach mir das Herz, ihn so zu sehen.

»Es tut mir leid«, sagte ich erneut. »Ich hätte wahrscheinlich nicht kommen sollen.«

Er erhob sich und kam auf mich zu. Ich geriet fast aus dem Gleichgewicht, als er seine Arme um mich schlang und in Tränen ausbrach.

»Tut mir leid«, wiederholte ich. Meine Worte wurden von seiner Schulter gedämpft.

»Du bist hier«, wiederholte er. »Du bist gekommen.«

»Natürlich.«

»Danke.«

Ich blieb diesen ganzen langen Tag bei Matt, tröstete ihn und nahm ihn in die Arme, wenn er es zu brauchen schien, und versuchte mich für die Familie nützlich zu machen. Ich holte Tom vom Flughafen ab, als er ein paar Stunden später ankam. Linda schien nur auf ihn gewartet zu haben, denn sobald er da war, brach sie zusammen. Die Trauer hing entsetzlich schwer im Raum. Ich hätte sie am liebsten alle in die Arme genommen und ihnen ein Wiegenlied gesummt. Stattdessen brachte ich ihnen belegte Brote, erledigte Anrufe und teilte ihr Leid.

Was Matt anging, hatte Tom recht gehabt. Er war vor Trauer nicht mehr bei Verstand. Wenn er nicht gerade vor sich hin starrte oder bitterlich weinte, war er geistig kaum anwesend. Ich machte mir große Sorgen und hatte Angst, dass er sich nicht wieder von allein erholen würde. Das schien auch den Ärzten aufzufallen, denn einer von ihnen verschrieb ihm Beruhigungstabletten. Matt schüttelte den Kopf, aber ich nahm das Rezept entgegen und steckte es in meine Tasche.

»Das brauche ich nicht.«

»Ich habe nicht gesagt, dass du es brauchst.« Ich legte ihm den Arm um die Schultern und drückte meine Lippen auf seinen Kopf. »Aber wenn dir ein Arzt das gute Zeug anbietet, sagst du nicht Nein.«

Er lächelte nicht mal. Das war das Schlimmste. Er hatte überhaupt keinen Sinn für Humor mehr. Ich beugte mich an sein Ohr und flüsterte: »Bitte gib dir wenigstens nach außen ein bisschen Mühe, Matty. Deine Mutter kann sich heute nicht auch noch um dich Sorgen machen.«

Er verzog das Gesicht und nickte. Seine Anstrengungen halfen nicht viel, aber sie reichten aus, um Linda zumindest ein bisschen zu beruhigen.

Als alles arrangiert war, man Johns Leichnam weggebracht hatte, Lindas Schwester Janice aus Arizona angekommen, der letzte enge Freund gegangen und Tom bereit war, Linda nach Hause zu fahren, war es an mir, mich um Matt zu kümmern. Es machte mir nichts aus. Ich wollte sicher sein können, dass es ihm einigermaßen gut ging, und selbst auf ihn aufzupassen war die einfachste Lösung. Er nahm es hin, dass ich seinem Wagen folgte und an meinem üblichen Platz parkte. Er wartete mit leerem Blick an der Tür auf mich und protestierte auch dann nicht, als ich ihm den Schlüssel aus der Hand nahm und uns ins Haus einließ.

»Ich werde heute Nacht bei dir bleiben«, sagte ich, und er nickte.

Ich ließ ihn auf dem Sofa Platz nehmen, wo ich einen Sportsender als Hintergrundberieselung eingeschaltet hatte. Dann ging ich in den Flur, um außerhalb seiner Hörweite zu telefonieren. Als Erstes rief ich Nellie an. Ich bat sie, nach Dewey zu sehen.

»Wie schlägt Matt sich?«, fragte sie.

»Gott, Nell, er ist in einer furchtbaren Verfassung.«

»Der arme Junge.«

Matts Bett war nicht gemacht. Die Decke lag halb auf dem Boden, seit er vor so vielen Stunden aus dem Bett gesprungen war. Ich ordnete sie ein wenig, nur um etwas zu tun zu haben. »Ich bleibe heute Nacht bei ihm. Vielleicht auch morgen. Ich mach mir Sorgen um ihn.«

»Soll ich Dewey dann vielleicht einfach mit zu mir nehmen, bis du dort fertig bist?«

»Das wäre großartig.« Ich lachte. »Vielleicht sollte ich Matt lieber mit zu mir nehmen. Dewey würde ihn so lange belästigen, bis er wieder glücklich ist.«

Sie schnaubte amüsiert. »Das ist dann Plan B. Kann ich sonst noch etwas tun?«

»Ich weiß ja nicht mal, was ich tun kann.« Zum ersten Mal seit Stunden liefen mir Tränen über die Wange. Ich hatte mich Matts und seiner Familie wegen zusammengerissen, aber ihn so fertig zu sehen, brachte mich schier um.

»Du tust doch bereits alles.«

»Das ist so bescheuert«, flüsterte ich. »Ich hab gar kein Recht zu weinen.«

»Du hast jedes Recht dazu, du Idiotin.«

Ich setzte mich aufs Bett, auf die Seite, die immer mir gehörte. »Weinen hilft ihm nicht weiter.«

»Was er jetzt braucht, ist jemand, der ihn liebt und für ihn da ist.« Sie machte eine Pause. »Und ich weiß, dass du ihn liebst … auf deine eigene kaputte Weise.«

Ich rieb mir die Augen ein wenig zu stark. »Bitte keine Predigt jetzt.«

»Predigt? Ich würde nicht mal im Traum daran denken.«

»Na klar.« Ich hörte ein Geräusch im Wohnzimmer. »Ich muss aufhören.«

»Okay. Mach dir wegen des Fellknäuels keine Sorgen. Ich kümmere mich um ihn. Drück Matt von mir.«

»Das mach ich. Danke, Nell.«

Ich schlich mich ins Wohnzimmer zurück, aber Matt hatte nur die Fernbedienung auf den Boden fallen lassen. Er sah daran vorbei, als wäre es nicht in seinem Bewusstsein angekommen.

»Alles okay?«, fragte ich.

Er nickte.

»Hast du Hunger?«

Er schüttelte den Kopf.

Ich überlegte, was ich als Nächstes tun konnte. Ich wollte ihn umarmen und ihm ein wenig von seinem Schmerz nehmen. »Wenn ich uns etwas zu essen besorge, isst du dann mit?«

»Okay.«

Ich bestellte Pizza und meldete mich für den nächsten Tag noch einmal krank. Dann setzte ich mich aufs Sofa. Er war nur einen Meter entfernt, doch ich spürte eine Mauer zwischen uns.

»Matty …« Ich beugte mich zu ihm hinüber, um sein Bein zu berühren. »Bist du noch da?«

»Ja.« Er lehnte sich zu mir hinüber, bis sein Kopf in meinem Schoß lag, und legte mir den Arm um die Taille. Er fühlte sich warm an, aber nicht fiebrig. Dennoch kühlte ich ihm mit meinen chronisch kalten Fingern die Stirn.

»Was kann ich nur tun?«, fragte ich.

»Nichts.«

Ich beugte mich über ihn, sodass meine Wange auf seiner Hüfte lag. So blieben wir, bis die Türklingel die Ankunft der Pizza verkündete.

Matt aß nicht viel, aber mehr, als ich erwartet hatte. Da ich wusste, dass er seit vier Uhr morgens auf war, nahm ich ihn schließlich an der Hand und brachte ihn zu Bett.

Ich hätte auf dem Sofa schlafen können, aber das wäre mir nie in den Sinn gekommen. Ich war wegen Matt hier, und ich würde so nah wie möglich bei ihm bleiben, falls er mich brauchen sollte. Ich zog mich bis auf die Unterwäsche aus und borgte mir ein T-Shirt aus Matts Kleiderschrank, bevor ich zu ihm ins Bett schlüpfte und ihn eng an mich zog.

»Matt, es tut mir so, so leid«, flüsterte ich.

»Ich wünschte, ich hätte beim letzten Mal, als ich ihn gesehen habe, gewusst, dass es das letzte Mal ist.« Seine Stimme war flach und tonlos.

»Ich weiß.« Ich küsste seine Stirn.

»Ich wünschte, ich hätte es ins Krankenhaus geschafft, bevor er starb.«

»Ja, ich weiß.«

Er begann wieder zu weinen, und in der Dunkelheit konnte ich nicht anders, als mich ihm anzuschließen. Ich hatte seinen Vater nicht besonders gut gekannt, auch wenn er immer sehr nett zu mir gewesen war, wenn wir uns gesehen hatten. Ich weinte um Matt, der mir nie zuvor so weit weg erschienen war. Sein Körper war hier, doch nicht sein Gemüt. Ich umarmte ihn fester, als ob Nähe das Heilmittel gegen seine wandernden Gedanken gewesen wäre.

Er senkte seinen Kopf, um meinen Mund zu finden und mich zu küssen. Seine Lippen fühlten sich steif an. Nicht so weich und verlockend, wie ich es gewöhnt war. Normalerweise lag ein Versprechen in seinem Kuss. Doch in dieser Nacht wusste ich nicht, was er dachte. Wollte er das hier? Würde er es bereuen? Ich berührte mit den Fingerspitzen sein Kinn und strich mit meinen Zehen über sein Schienbein, um ihm zu verstehen zu geben, dass ich einverstanden war, ihm aber die Führung überließ. Tränen bahnten sich ihren Weg zu meinen Ohren. Seine gesellten sich dazu. Sein Mund wurde grob, aber das war in Ordnung. Zumindest war er jetzt hier.

Ich spiegelte, was er tat, immer bereit, sofort aufzuhören, wenn es ihm zu viel geworden wäre.

Doch das war nicht der Fall.

Der Sex war kurz, aber intensiv. Danach waren wir beide in Schweiß und Tränen gebadet und keuchten, als würde sich unser Atem nie wieder beruhigen.

Ich hing an seinen Schultern und spürte, wie meine überarbeiteten Muskeln gegen die Anstrengung protestierten, denen ich sie ausgesetzt hatte. Meine Oberschenkel zitterten, und es war schwer, sie um seine Hüften zu halten.

»Es tut mir leid, Joss«, keuchte er. »Ich hätte nicht …« Es war das erste Mal, dass wir Sex gehabt hatten, ohne vorher darüber zu reden.

»Braucht es nicht. Alles gut.«

»Tut mir leid«, wiederholte er.

»Psst.« Ich vergrub meine Finger in seinen Haaren und küsste ihn auf die Wange. »Hör auf.« Ich war froh, dass ich ihm einen kurzen Moment der Linderung verschafft hatte.

»Danke.«

Ich blieb eine Woche bei Matt. Selbst nachdem ich ab Donnerstag wieder zur Arbeit ging, kehrte ich abends zu ihm zurück. Die Beerdigung war für Samstag angesetzt, um den weiter entfernt lebenden Verwandten die Gelegenheit zur Teilnahme zu geben.

Jede Nacht legte ich mich neben ihn ins Bett und fragte mich immer, ob er mir wohl sagen würde, dass er mich nicht mehr brauche. Aber er tat es nicht. Nach der ersten Nacht lagen wir nur beieinander, hatten aber keinen Sex. Das war ein weiteres erstes Mal für uns, und ich war überrascht, wie natürlich ich es fand.

Andererseits war es eben Matt. Mein Matt. Ich hätte noch viel mehr für ihn getan, wenn er mich darum gebeten hätte. Er war einer meiner besten Freunde. Der einzige, mit dem ich regelmäßig schlief, aber dennoch vor allem ein Freund.

Am Tag der Beerdigung hatte ich vor, mich im Hintergrund zu halten, damit die Familie wieder einmal ganz unter sich sein konnte. Doch als Linda mich sah, nahm sie mich fest in die Arme. »Danke, dass du dich um mein Baby gekümmert hast«, sagte sie.

Ich musste über die Vorstellung von Matt als ihrem Baby lächeln. »Ist doch klar.«

»Er hat Glück, dich zu haben.« Sie drückte mich noch einmal fest, bevor sie mich losließ.

»Geht mir mit ihm genauso.«

Matt nahm meine Hand, als er an mir vorbeiging, um seine Mutter zu umarmen. Er ließ mich nicht mehr los, sondern zog mich hinter sich her wie einen Papierdrachen, während er erst seine Mutter, dann seine Tante und andere Verwandte umarmte, die ich nicht kannte.

Beerdigungen – gerade die für jüngere Menschen, und John war erst achtundfünfzig gewesen – sind eine wirklich seltsame

Mischung aus freudigem Wiedersehen und trostloser Trauer. So viele Freunde und Verwandte von ihm lebten noch, und sie waren alle hergekommen, um sein Leben zu feiern und die unerwartete Tragödie seines Todes zu betrauern. Überall um mich herum konnte ich überraschte Rufe hören, wenn die Trauernden Freunde sahen, die sie nicht erwartet hatten. Es gab auch ein gelegentliches Auflachen, immer gefolgt von schuldbewussten Blicken zur Familie.

Den Lehrers schien das nichts auszumachen, im Gegenteil. Matt, Linda und Tom wirkten etwas gelassener. Vor dem Gottesdienst lächelte Matt sogar, als Freunde eintrafen. Es war kein tiefes, aber ein aufrichtiges Lächeln. Es war jedenfalls ein Anfang.

Die letzte Person, mit der er sprach, bevor seine Sargträgerpflichten ihn riefen, war eine Großtante mütterlicherseits. Sie sprach natürlich ihr Beileid aus, konnte aber nicht widerstehen, Matt erstaunt zu betrachten.

»Das letzte Mal, als ich dich gesehen habe, hast du gerade deinen Highschool-Abschluss gemacht, und jetzt sieh dich nur mal an!« Sie lächelte und schüttelte ihren Kopf, wie um zu sagen: »Wo ist nur die Zeit geblieben.« Dann wandte sie sich an mich. »Und das ist bestimmt deine Freundin?« Er hielt wieder meine Hand, als wäre ich sein Anker zur Realität.

»Äh …« Ohne nachzudenken, sah ich Matt an.

Seine Großtante bemerkte den Blick. »Oh, Matthew, du solltest ein Mädchen nicht im Unklaren lassen.«

»Nein, nein.« Ich sprang zu seiner Verteidigung ein, obwohl ich keine Ahnung hatte, was ich als Nächstes sagen sollte.

»Das würde ich nicht wagen.« Matt zog mich eng an seine Seite. »Das ist Joss-elyn«, sagte er, wobei er die letzten zwei Silben meines Namens nach einer kurzen Pause hinterherschob.

»Wussten Sie, dass nur zwei Prozent der Weltbevölkerung

rote Haare haben?« Sie strich über ihr eigenes Haar, das zu einem Pfirsichrosa verblasst war. Ich lächelte ihr zu.

»Schön, Sie kennenzulernen«, sagte ich und ergriff ihre rechte Hand mit meiner linken. Die andere hielt Matt immer noch fest, und so blieb mir keine andere Wahl.

»Behalten Sie ihn im Auge«, sagte sie. »Er ist früher immer die Bäume in meinem Garten hochgeklettert.«

»Das macht er auch in meinem Garten«, flüsterte ich.

Sie lachte auf und drückte meine Hand. Dann richtete sie ihren Blick auf Matt. »Die musst du dir warmhalten.«

Matt lächelte. »Ich weiß.«

Linda gesellte sich zu uns und machte mit einer Geste die Großtante auf sich aufmerksam. Sie entschuldigten sich.

»Jetzt bin ich also deine Freundin?«, scherzte ich.

Er ließ meine Hand los. »Ich habe nicht die Energie, meiner Großtante zu erklären, wer du bist.«

»Ach komm schon, ich bin sicher, dass sie es locker genommen hätte.«

»Tu mir einen Gefallen und raube heute niemandem über sechzig seine Illusionen.«

Er klang so gelöst und … normal, dass ich fast in Tränen ausgebrochen wäre. »Mach ich«, sagte ich. »Und Minderjährige leg ich noch gratis obendrauf.«

Er sah mich mit einem echten Lächeln an, das mein Herz vor Erleichterung schneller klopfen ließ. »Weißt du was? Ich glaube, es ist am besten, wenn du *niemandem* seine Illusionen raubst.«

Ich salutierte. »Zu Befehl.«

»Und hör endlich mit diesem Salutieren auf.«

Ich salutierte noch mal. »Jetzt nicht übertreiben.«

Das rief ein mittleres Grinsen hervor, das schnell wieder erstarb, als ihm sein Bruder etwas ins Ohr flüsterte.

»Wir müssen nach hinten«, sagte Matt.

»Okay, dann bis nachher.« Ich stellte mich auf die Zehenspitzen, um ihn zu umarmen. »Ich … ich …« Ich schluckte die Worte hinunter. Fast wäre mir ein *Ich liebe dich, Matty* herausgerutscht, aber das hatte sich plötzlich nicht richtig angefühlt. Als ob diese Worte zum Gewicht des Sarges noch dazugekommen wären, den er jetzt mit seinem Bruder und vier anderen Männern tragen würde. Stattdessen gab ich ihm einen Kuss auf die Wange.

Als der Gottesdienst begann, wurde die Atmosphäre in der Kirche angespannt. Alle warteten darauf, zu erfahren, ob die Predigt die Tragödie des Todes oder das Wunder des Lebens herausstellen würde. Die ersten beiden Reihen waren für die engste Familie reserviert. Ich hätte mich wahrscheinlich dort hinsetzen können, hätte mich aber fehl am Platz gefühlt. Stattdessen saß ich mit Jessie zwei Reihen dahinter und wünschte mir sofort, dass ich nah genug wäre, um Matts Schulter zu berühren, wenn ich mich danach fühlte. Ich musste mich damit begnügen, meine Finger um die Kirchenbank zu klammern. Jessie hakte sich bei mir ein und drückte mich.

Ich suchte Matts Hinterkopf nach Zeichen dafür ab, dass alles in Ordnung war. Aber es war wie immer nur sein Hinterkopf. Ich hätte meine Instinkte ignorieren und mich zur Familie setzen sollen. Ich fand es furchtbar, während des Gottesdienstes nicht in seiner Nähe zu sein. Ich hatte mich jetzt tagelang um ihn gekümmert und war nun, im wichtigsten Moment, von ihm getrennt.

»Alles in Ordnung?«, flüsterte Jessie.

»Ja.« Ich zwang mich zu einem Lächeln und sah sie an. »Nur zu viel Kaffee.«

Sie nickte, als würde sie zustimmen, behielt ihre Hand aber auf meinem Knie, als der Priester zu sprechen begann.

Während des Gottesdienstes beruhigten sich meine Nerven ein wenig. Es schien Matt gut zu gehen, soweit ich das von meinem Platz aus erkennen konnte. Ich weiß nicht, was ich erwartet hatte – dass er unbeherrscht schluchzen würde? Aus der Kirche rannte? Sich plötzlich umdrehte und die Menge nach mir absuchte? Er saß so still da, als würde er sich ein Theaterstück ansehen. Irgendwann ließ meine Wachsamkeit nach, und ich richtete meine Aufmerksamkeit auf die Trauerfeier.

Matt hatte immer erzählt, dass er seinen Sinn für Humor von seinem Vater hatte, und als ich die Reden seiner Freunde hörte, glaubte ich ihm das. Einer der Sprecher, Johns bester Freund, hatte sogar eine Diashow mit Bildern vorbereitet, auf denen er John per Photoshop in berühmte historische Ereignisse eingefügt hatte. Die Anspannung im Raum löste sich und die Leute lachten.

Nach dem Gottesdienst gingen wir alle in den angeschlossenen Versammlungsraum, wo die Stimmung viel entspannter war. Immer öfter hörte man Lachen, das nun auch viel angemessener wirkte.

Nach Kaffee und Kuchen machten Jessie, ihr Freund Evan und ein paar andere Freunde vom College Pläne für den Abend.

»Du kommst doch mit, oder?«, fragte Jessie.

»Ähm …« Schnell suchte ich den Raum nach Matt ab. »Ich muss erst sicher sein, dass Matt …«

»Sie kommt mit.« Matts Stimme dicht hinter mir erschreckte mich.

Ich drehte mich um. »Nein, nein, ich kann bleiben.«

»Du hast genug getan, Joss. Bitte. Geh mit ihnen essen.«

»Komm mit«, wiederholte Evan.

Und das wollte ich auch. Aber noch mehr wollte ich, dass Matt mitkam, dass es eher einem spontanen Treffen von

Freunden glich. Aber mir war klar, dass Matt bleiben musste, und mir war auch klar, dass ich damit aufhören musste, Matt zu Tode zu bemuttern.

»Okay, sicher«, sagte ich. »Wohin gehen wir?«

Das Essen mit den Freunden hatte mich in gute Laune versetzt, und es war schwer, sie zu zügeln, als ich an Matts Tür klingelte. Ich hatte im Lauf der Woche eine Menge Sachen in seiner Wohnung gelassen, und ein paar davon brauchte ich für die Nacht. Darüber hinaus wollte ich sehen, wie es ihm ging. Er machte nicht auf, also versuchte ich, die Tür zu öffnen, die er die ganze Woche meinetwegen unverschlossen gelassen hatte. So war es immer noch, und ich trat ein.

»Matt?«, rief ich.

Keine Antwort.

»Matty? Bist du da?« Ich zog meine Schuhe aus und stieg leise die Treppe hinauf. Das Wohnzimmer war dunkel, also warf ich einen Blick ins Schlafzimmer, während ich meinen Schmuck abnahm. Doch dort war er ebenfalls nicht. Ich hatte sein Auto vor dem Haus gesehen, aber vielleicht war er mit jemand anderem weggefahren. *Seinem Bruder?* Ich legte meinen Schmuck auf eine Kommode und ging ins Wohnzimmer zurück.

»Matt?« Ich betrat die Küche, schaltete das Licht an und schrie auf. Matt saß auf dem Boden und lehnte mit dem Rücken am Kühlschrank. »Oh mein Gott, hast du mich erschreckt!«, keuchte ich. »Was machst du da?«

Er schüttelte den Kopf. »Ich weiß nicht.«

»Hast du mich nicht rufen hören?«

»Doch. Tut mir leid.«

»Geht es dir gut?« Ich hockte mich vor ihn, was sich in meinem Bleistiftrock als schwierig erwies.

»Ja …« Er seufzte.

»Matt, du fängst an, mir wirklich Angst zu machen.«

Er blinzelte und sah zu mir auf. »Warum?«

»Ich mache mir große Sorgen um dich. Du scheinst … wenn ich dich nicht besser kennen würde, würde ich denken, dass du selbstmordgefährdet bist.«

Er riss die Augen weit auf. »Ich bringe mich doch nicht um, Joss. Meine Güte! Ein bisschen Vertrauen, ja?«

»Ich sagte, wenn ich dich nicht besser kennen würde«, erinnerte ich ihn. »Du wirkst so … niedergeschlagen.«

»Ich weiß. Tut mir leid. Das alles ist so schwer für mich.«

Ich legte meine Hand auf seine. »Ist doch klar.«

»Es ist schrecklich.« Er seufzte.

»Was machst du eigentlich hier unten?«

»Ich wollte mir was zu trinken holen.« Er zeigte mir das leere Glas, das neben ihm auf dem Boden stand. »Und dann kam es mir einfach wie ein guter Platz vor, um mal ein paar Minuten einfach nur dazusitzen.«

»Will ich wissen, wie lange du wirklich hier sitzt?«, fragte ich.

»Lieber nicht.«

»Willst du immer noch was trinken?«

»Ja … so weit habe ich es nicht geschafft.«

Ich nahm das Glas, stand auf und füllte es mit Wasser aus dem Hahn. Nachdem ich mich wieder hingehockt hatte, reichte ich es ihm, und er nahm einen großen Schluck.

»Danke.«

»Brauchst du sonst noch was?«

»Ich … ich vermisse ihn einfach so. Es ist ja nicht so, dass ich ihn jeden Tag gesehen hätte, aber ich vermisse ihn. Ich vermisse es, die Gewissheit zu haben, dass er da ist, wenn ich ihn brauche.«

»Deine Mutter ist noch da.«

»Ich weiß.« Er nickte. »Aber mein Vater war dieser … Fels. Dieser Teil des Lebens, der da war, wenn ich ihn brauchte … ich weiß auch nicht.«

»Es tut mir leid.«

»Ja, mir auch.«

Ich lehnte mich ihm gegenüber an einen Küchenschrank. »Es war eine wirklich schöne Beerdigung.«

Plötzlich brach er wieder in Tränen aus.

»Oje, Matty, es tut mir leid! Ich wollte dich nicht aufregen.«

Er presste die Hand auf seine Augen. »Scheiße! Ich hab das Heulen so satt. Ich bin wie eine dieser Schönheitswettbewerb-Teilnehmerinnen.«

Ich lachte. »Bist du nicht.«

Er zog seine Knie an und legte sein Kinn darauf. »Warum macht mich das so fertig?«

»Weil es dein Dad war, Matty! Meine Güte. Sei doch nicht so streng mit dir.«

Er hob den Kopf und stieß ihn ein paarmal sanft gegen die Kühlschranktür. »Ich will einfach nur für eine Weile aufhören, daran zu denken. Ich will wieder einen normalen Gedanken haben. Nur einen.«

»Du musst mal fegen«, sagte ich, da ich von meiner Position aus eine günstige Perspektive auf den Boden hatte.

»Was?«

»Das ist ein normaler Gedanke«, sagte ich. »Ich versuche dir zu helfen.«

»Wen kümmert es schon, ob der Boden dreckig ist«, sagte er ohne Bösartigkeit.

»Dich offensichtlich nicht.«

Das brachte ihn ein wenig zum Lachen.

»Siehst du?«

»Ich werde wahrscheinlich mein Studium abbrechen«, sagte er.

»Was?« Nun war es an mir, verwirrt zu sein.

»Es kommt mir alles so sinnlos vor. Ich will doch gar nicht Anwalt werden. Was mache ich eigentlich hier?«

»Ein bisschen länger der richtigen Welt ausweichen?«, schlug ich vor. »Einen Abschluss machen, der dich zu einem sehr aussichtsreichen Stellenbewerber macht.«

»Genau. Also was soll das?«

Ich kaute auf meiner Lippe herum. »Ich glaube, du solltest das nicht gerade jetzt entscheiden.«

»Warum denn nicht? Sollte der Tod meines Vaters nicht zu einer Neubewertung meines Lebens führen?«

»Ja, vielleicht, aber nicht auf der Stelle.«

Wieder stieß er mit seinem Hinterkopf gegen den Kühlschrank und sah zur Decke hoch. »Ja, vielleicht.«

»Also mach jetzt bloß nichts, was du nicht wieder rückgängig machen kannst. Lass dir ein paar Optionen offen.«

»Sachen, die man wieder rückgängig machen kann, sind aber erlaubt?«

Ich sah ihn misstrauisch an. »Was meinst du damit?«

»Speziell?« Er sah mich an. »Ich denke darüber nach, mich volllaufen zu lassen.«

Ich nickte langsam. »Das ist eine Option.«

»Sogar eine ziemlich attraktive.«

»Das ist sie am Anfang immer. Aber denk an morgen.«

»Was dem Sinn, sich volllaufen zu lassen, total entgegensteht.«

»Was anderes? Irgendeine Art Sportübertragung im Fernsehen, die dich amüsieren könnte?«

Er seufzte und lächelte. »Nichts, was ich in deiner Anwesenheit erwähnen sollte.«

Ich sah übertrieben nach rechts und links. »Entschuldigung, kennen wir uns? Was genau hältst du für zu krass?«

»Du hast schon so viel für mich getan, Joss. Ich kann dich nicht noch um mehr bitten.«

»Du musst mich gar nicht bitten. Ich biete es dir an. Das macht es okay.«

Er streckte seine Hand aus und fuhr damit über mein Schienbein. »Ich glaube, das, worum ich dich bitten würde, wäre zu viel. Ich habe es mir schon einmal von dir geben lassen.«

»Nein, das hast du nicht. Ich erkläre dies als Ausnahme für die Umstände. Und ich gebe es dir gerne noch mal, wenn du dich dadurch besser fühlst. Und wenn es nur für ein paar Minuten ist.«

Er antwortete, indem er mit der Hand über mein Knie fuhr und sie unter meinen Rock schob. Ich war dankbar für die stillschweigende Übereinkunft, denn ich hatte das Gefühl, selbst etwas Trost zu brauchen. Ich beugte mich vor und stützte mich mit der Hand auf seiner Brust ab, um ihn zu küssen.

Dieses Mal schafften wir es nicht aus der Küche. Wir schafften es nicht einmal vollständig aus unserer Kleidung. Ich stieß sein Glas mit Wasser um, und wir wurden beide nass, aber selbst das reichte nicht aus, um uns aufzuhalten. Mir gefiel die aufrechte Position, weil seine Lippen dadurch in unmittelbarer Reichweite blieben. Meine Knie schmerzten von den harten Bodenfliesen, wie sehr ich auch mein Gewicht immer wieder verlagerte. Er streckte sich und zog aus einer Schublade ein Küchentuch und einen Backofenhandschuh heraus. Er reichte mir beide, und ich schob sie mir kichernd unter meine Knie. Er grinste mich an, und ich freute mich. So glücklich hatte ich ihn seit Tagen nicht gesehen.

Die Küche war ein einziges Schlachtfeld, als wir fertig waren. Meine Unterwäsche lag in einer Pfütze vor dem Kühlschrank und Matts Anzughose halb unter dem Küchenschrank, wo alles voller Spinnweben war. Als ich aufstand, tropfte Wasser von meinem Rock auf meine nackten Beine.

»Die werde ich wohl in die Reinigung bringen müssen«, stellte er fest, als er seine Hose unter dem Schrank hervorzog.

»Ja. Und ich glaube, wir brauchen auch einen Mopp.«

Er zuckte die Schultern. »Das trocknet doch von allein.«

Ich öffnete den Reißverschluss meines Rocks und zog ihn aus. Dabei überließ ich es meinem Hemd, mein Hinterteil zu bedecken. »Du wirkst … ein wenig besser«, sagte ich.

»Ich fühle mich auch so.«

»Gut.«

Er legte den Arm um mich und hinterließ dabei einen Abdruck aus Staub und Spinnweben auf mir. »Danke, Joss. Für alles.«

»Ist doch selbstverständlich.«

»Bleibst du?«

Erleichterung breitete sich in meiner Brust aus, und ich nickte. »Steht doch so in meinem Vertrag.«

Er verzog kurz sein Gesicht, bevor er seinen Blick auf den Boden richtete. »Stimmt.«

24

Sechs Wochen zuvor

Als ich am Tag nach der Beerdigung nach Hause kam, fühlte ich mich irgendwie seltsam. Die Wohnung war zu still, der Teppich zu weich im Vergleich mit dem Echo von Matts Parkettböden. Dewey schoss geradewegs in eines seiner Geheimverstecke, sobald wir drinnen waren, nicht ohne einen drei Zentimeter langen Kratzer auf meinem Arm zu hinterlassen. Es sollte wohl eine Mahnung sein, mich nicht noch einmal sechs Tage lang mit jemand anderem abzugeben. Katzen. Halbherzig versuchte ich ihn zu finden, aber hauptsächlich, weil ich nichts anderes zu tun hatte.

Als ich das Licht im Badezimmer einschaltete, folgten ein Blitz und dann ein Knall, bevor der Raum wieder in Dunkelheit getaucht wurde. Ich würde im Dunkeln auf den Waschtisch steigen müssen, um die Glühbirne zu wechseln.

Also brach ich in Tränen aus.

Und es schien eine so gute Idee, nachzugeben und sich auf die Knie und dann auf die Ellbogen niederzulassen. Dann lag ich ganz auf dem Boden und heulte Rotz und Wasser, bis meine Rippen schmerzten. Ich musste eine Menge Lärm gemacht haben, denn Dewey kam, um nach mir zu sehen. Er schnüffelte an meinen Fingern. Ich wedelte mit der Hand, fand aber keine Worte, um ihn fortzuscheuchen.

»*Miiiaau?*«, fragte er.

Ich hob meinen Kopf und sah ihn an. »Was ist?«

Seine einzige Antwort bestand darin, einen Meter weit wegzuspringen und den Schwanz um seine Pfoten zu legen.

»Was hast du?« Ich schniefte heftig, musste mir aber schließlich doch die Nase am Handrücken abwischen. »Ich kann so viel heulen, wie ich Lust habe«, sagte ich ihm.

Er streckte seine Vorderpfoten aus, bis er wie eine Sphinx vor mir lag. Dann schloss er halb die Augen, als langweilte ich ihn.

»Gott, schau mich nicht so an.« Ob das sein Plan gewesen war, konnte ich nicht sagen, aber er hatte meinen Heulkrampf erfolgreich unterbrochen. Jetzt pochte mein Schädel, und ich fühlte die gleiche einsame Leere, die mich überhaupt erst zum Weinen gebracht hatte. »Es war nett, okay? Es war nett, jemanden um mich zu haben – Matt um mich zu haben.«

Bei der Erwähnung von Matts Namen öffnete Dewey interessiert die Augen.

»Er ist nicht hier«, sagte ich, und meine Brust zog sich wieder zusammen. Doch dieses Mal entwich mir nur ein kleines Schluchzen, bevor ich mich wieder unter Kontrolle hatte. »Ich sollte dich einfach per Post zu ihm schicken«, sagte ich dem Kater. »Oder noch besser, ich hätte dich einfach mitnehmen und dich bei deinem Geliebten lassen sollen« Mein rechtes Knie befand sich auf der Schwelle des Badezimmers und gab schließlich so heftige Proteste von sich, dass ich mich mit dem Rücken zur Wand hinsetzte und meine Knie umarmte.

Was zum Teufel hatte sich in weniger als einer Woche verändert, dass ich mich in meiner eigenen vertrauten Wohnung wie eine Fremde fühlte? Es kam mir vor, als wäre ich verstoßen worden. Vielleicht war es ja nur eine Art emotionaler Ausbruch, nachdem ich so lange für Matt hatte stark sein müssen. Vielleicht hatte ich während unseres Zusammenlebens auch wie ein gezähmtes Tier damit begonnen, mich an Matt zu gewöhnen. Die räumliche Nähe hatte einer festen Beziehung wohl genug geähnelt, dass ich mich jetzt wie nach einer Trennung fühlte. War ich wirklich so albern, dass ich den Verlust einer Beziehung betrauerte, die es niemals gegeben hatte? Offensichtlich.

»Miau«, stimmte mir Dewey zu.

»Ich muss mich zusammenreißen.« Ich legte die Hände fest um meine Ellbogen. »Ich kann das einfach nicht.«

Aber ich vermisste ihn den ganzen Tag. Immer wieder lauschte ich nach ihm, als wäre er in einem anderen Zimmer, wollte ihn ansprechen, als mir einfiel, dass er nicht da war. Als ich mich mit einer Zeitschrift auf das Sofa setzte, vermisste ich das Gefühl, seine Hüfte an meiner zu spüren, und meinen Kopf an seine Schulter zu lehnen. Und als ich abends ins Bett ging und mich die kalten Laken frösteln ließen, vermisste ich seine Wärme und das Gefühl seiner Brust unter meiner Hand. Der vertraute Geruch meines eigenen Weichspülers kam mir zu steril vor. Ich wollte seinen traditionellen Kuss auf die Stirn, bevor wir einschliefen. Das Ritual, oh Gott, wie sehr wollte ich das Ritual, neben ihm einzuschlafen.

Stattdessen hatte ich Dewey. Er sprang in vorsichtiger Entfernung aufs Bett und starrte mich an. Ich wurde immer noch bestraft.

»Du bist auf seinem Platz«, sagte ich ihm.

Dewey schnurrte.

Meine Augen brannten, und fast hätte ich wieder geweint. Aber das hätte auch nichts geändert. Ich zog meine Hand unter der Decke hervor und kraulte Deweys Wange. Sein Schnurren verstärkte sich. Eine der besten Sachen an Tieren ist, dass sie deine Geheimnisse nicht verraten können. Dewey war der Hüter vieler meiner Geheimnisse. Also vertraute ich ihm ein weiteres an. »Ich glaube, ich bin in deinen Geliebten verliebt.«

Ich nahm an, dass diese Schwärmerei vergehen würde, wenn ich diese emotional auslaugende Woche hinter mir gelassen hatte. Es ist nicht unüblich, dass man manchmal plötzlich für jemanden schwärmt, selbst für enge Freunde. Es war nur eine Phase, richtig? Ich musste sie nur aussitzen. Sie würde vergehen. Es würde bestimmt nicht länger als einen Monat dauern. Wenn es der Mond in einem Monat schaffte, konnte ich das auch.

Doch der Mond wurde auch nicht ständig mit Matt Lehrer konfrontiert. Ich dachte viel zu häufig an ihn. Jede Woche saß ich ihm bei unserem Brunch gegenüber, und egal ob wir unter uns waren oder uns mit Freunden trafen – ich starrte viel zu oft auf seinen Mund und erinnerte mich an das Gefühl seiner Hände auf meinem Körper. Unter dem Tisch presste ich meine Hand gegen die Innenseite meines Oberschenkels, und die Erinnerungen lebten wieder auf. Es war zum Verrücktwerden.

Das ist nur eine vorübergehende Schwärmerei, sagte ich mir immer wieder, während die Wochen zu einem vollen Monat wurden. Es war inzwischen Ende April, und Matts Semester würde bald vorbei sein. Er hatte immer noch nicht entschieden, ob er weitermachen sollte oder nicht, aber er hatte sich auch nicht tätowieren oder piercen lassen, also standen endgültige Entscheidungen wohl immer noch aus. Allerdings griff er zur Haarschneidemaschine und kürzte seine klassische Herrenfrisur – die Seiten kürzer, der Rest länger – zu einem stoppeligen Kurzhaarschnitt. Ich mochte es sehr, mit den Händen darüberzustreichen, was mein Verlangen, in seiner Nähe zu sein, nicht gerade schrumpfen ließ.

Genau wie sein andauernder Trauerprozess. Er schlug sich bemerkenswert gut, erzählte von seinem Vater und gab zu, dass er froh war, dass es, wenn es schon hatte sein müssen, wenigstens schnell gegangen war. Aber die Traurigkeit war stets ganz nah, und ich fand es schön, ihn dabei zu erleben, wie er sich selbst wiederfand. Und ich fand es schön, für ihn da zu sein, wenn er mich brauchte. Nichts davon machte es einfacher, meine unangemessenen Gefühle für ihn loszuwerden.

Ich konnte mich auf nichts konzentrieren. Ich hatte keinen Hunger, stand aber minutenlang vor dem offenen Kühlschrank. Ich wechselte die Fernsehkanäle, ohne eines der Programme zu sehen. Immer wieder nahm ich das Telefon in die Hand, hatte aber keine Ahnung, wen ich anrufen sollte.

Während der Anästhesie eines Norfolk-Terriers, dem der Zahnstein entfernt wurde, erzählte ich die ganze Sache Nellie.

»Ich glaube, ich habe *Gefühle* für Matt.« Sobald die Worte meinen Mund verlassen hatten, fand ich schon ihren Klang scheußlich. *Gefühle? Igit!*

»Du bist eine Idiotin.« Nellie sah kurz hoch, um mir einen vernichtenden Blick zuzuwerfen, bevor sie sich wieder den Backenzähnen des Terriers zuwandte. Ich war froh, dass ich das selbstgefällige Grinsen nicht sehen konnte, das sich zweifellos hinter ihrem Mundschutz verbarg.

»Was ist los?«, fragte ich. »Warum guckst du so?«

»Natürlich bist du in Matt verliebt.«

»Ich habe nichts von Liebe gesagt.«

»Ja ja, was immer du dir auch einredest, um nachts schlafen zu können.« Sie richtete sich auf und streckte sich. Dabei knackte ihr Rücken ein paarmal.

»Nellie, ich meine es ernst. Ich brauche Hilfe. Ich brauche Rat.«

»Du brauchst die Art von Hilfe, die dir nur ein Therapeut bieten kann, Süße.«

»Könntest du nicht wenigstens so tun, als würdest du dich um mein Leid kümmern?«

Sie seufzte. »Was soll ich denn sagen? Natürlich hast du Gefühle für ihn.«

»Was soll das wieder bedeuten?«

»Oh, bitte! Wem willst du etwas vormachen?«

»So ist das nicht mit uns.« Ich warf einen Blick auf den Herzmonitor. Der Hund schlug sich gut. Ich tätschelte seine kleine Hüfte.

»Bei euch beiden ist die Grenze zwischen Sex und Freundschaft nicht existent. Ihr hättet doch wissen müssen, dass das eines Tages passiert.«

Meine Beine begannen vom langen Stehen zu schmerzen. Wir hatten schon den ganzen Tag Dentalbehandlungen vorgenommen. Als ich meine Beine nach hinten ausschüttelte, trat ich mir aus Versehen dabei selbst in den Hintern. »Vorher war alles prima. Was soll ich denn jetzt tun?«

»Vorher war nicht alles prima. Ihr beide standet immer schon kurz davor, eine *Seinfeld*-Folge zu werden. Mal ernsthaft, was dachtest du, was passieren würde, wenn einer von euch heiratet? Hättet ihr dann immer noch jedes Mal Sex, wenn der andere sich von jemandem trennt?«

»Natürlich nicht!«, erwiderte ich. »Wenn der eine heiratet, hat der andere auf jeden Fall auch eine ernsthafte Beziehung. Es gäbe keinen Grund mehr für Sorbet.«

»Na klar«, entgegnete sie. »Ich bin sicher, dass sich alles zum Besten wenden wird. Und ich bin sicher, dass dein zukünftiger Ehemann kein Problem damit haben wird, dass du mit Matt abhängst. Ich meine, ihr seid ja nur Freunde, richtig? Die Tatsache, dass ihr euch acht Jahre lang gevögelt habt, ist total in Ordnung. Wer würde das nicht okay finden?«

»Sieben Jahre«, protestierte ich schwach.

»Ach so, na dann ist ja alles gut.« Sie bedeutete mir, den Hund anders hinzulegen, bevor sie weitersprach. Ihr Tonfall wechselte von Sarkasmus zu aufrichtiger Neugier. »Und wie willst du es ihm sagen?«

»Ich bin mir nicht vollkommen sicher, ob ich es ihm überhaupt sagen soll.«

»Oh mein Gott, warum denn nicht?«, rief sie. Wenn Nellie aufgebracht war, glich ihre ohnehin schon laute Stimme der eines Fernsehpredigers.

»Na ja. Was ist, wenn er nicht das Gleiche empfindet? Wie könnten wir weiter Freunde sein, nachdem ich alles zerstört hätte? Dann fehlen mir einer meiner besten Freunde *und* mein Sorbet-Partner, und wo bleibe ich dann?«

»In der Selbsthilfeabteilung deines Buchladens, wo du hingehörst«, erklärte sie. »Wieso denkst du dir diesen ganzen Scheiß nur aus, Joss? Ich schwöre, du suchst nur nach einem Grund, um eine verrückte Katzenfrau zu werden.«

Ich schlug ihr mit der Rückseite meiner Hand auf die Schulter. »Ich wusste, ich hätte es dir nicht erzählen sollen.«

»Wie sieht denn dein Plan aus? Es ihm weiterhin nicht sagen und darauf warten, dass er sich Hals über Kopf in jemand anders verliebt? Klingt ja perfekt!«

Ich stieß ein langes Seufzen aus. »Du hast ja recht.«

»Ich denke, wir sollten alle zukünftigen Unterhaltungen über dieses Thema damit beginnen, dass du diese Worte wiederholst. Streich das, lass uns *alle* zukünftigen Unterhaltungen damit beginnen.«

Ich lachte. »Zu schade, dass du so wenig Selbstbewusstsein hast, Nellie.«

»Ich weiß …« Sie seufzte theatralisch. »Nachdem wir also festgestellt haben, dass du eine Idiotin bist und es ihm natürlich sagen musst, was wirst du tun?«

»Keine Ahnung.« Ich kraulte unseren kleinen Patienten am Hals, während Nellie ihn säuberte. Die Behandlung war vorbei.

»Vielleicht solltest du ihn einfach anrufen«, schlug sie vor.

»Ich sage es ihm bestimmt nicht übers Telefon!« So viel wusste ich mit Sicherheit.

»Du hast wahrscheinlich recht.« Sie klang enttäuscht. »Was hast du stattdessen vor?«

»Keine Ahnung.«

»Vielleicht solltest du zu ihm fahren und im Bett auf ihn warten«, schlug sie mit einem Lachen vor.

»Ich kann die Sache doch nicht mit Sex vermischen!«

Ihr Aufschrei der Entrüstung war unbezahlbar. »Oh mein Gott! Dafür wirst du von einem riesigen Blitz erschlagen werden! Du bist die größte Heuchlerin der Weltgeschichte!«

»Nellie …«

»Es ist unfassbar, was du da gerade gesagt hast! Mal ernsthaft, das wäre eines Politikers würdig gewesen. Du bist wie eine dieser wiedergeborenen Jungfrauen, die total anmaßend und selbstgerecht werden …«

»Schon gut! Ich hab verstanden, was du sagen willst.«

Sie schüttelte den Kopf. »Ich fange gerade erst an.«

»Was muss ich tun, um dich davon abzubringen?«

»Sag mir einfach weiter, dass ich recht habe.«

»Und wie oft muss ich dir das sagen, bevor du damit aufhörst?«

»Hmm …« Es hörte sich so an, als ob sie ernsthaft darüber nachdenken würde. »Ich glaube dreißigtausendmal kommt dem schon ganz nah, aber das müssen wir sehen, wenn wir so weit sind.«

»Großartig. Ich werde eine Kehlkopfentzündung bekommen.«

»Ich würde es auch in geschriebener Form akzeptieren.«

»Wie entgegenkommend von dir.«

»Okay, aber Spaß beiseite, was wirst du tun? Wie wirst du es ihm sagen?« Ihre sprunghafte Stimmung war nun bei voyeuristischer Wissbegierde angelangt.

»Ich habe wirklich keine Ahnung.«

Zu sagen, dass ich von der Frage besessen war, was ich tun sollte, wäre nicht übertrieben gewesen. Sollte ich Matt wirklich sagen, dass ich mehr für ihn empfand, als ich sollte? Was wären die Konsequenzen? Würde ich über diese Schwärmerei hinwegkommen? Und sollte ich einfach abwarten, um es herauszufinden? War es sinnvoll, etwas zu gestehen, das vorübergehender Natur war? Was, wenn es nicht vorüberginge? Konnte ich wirklich so tun, als wäre alles normal zwischen uns?

Was, wenn er mit einer anderen zusammenkäme? Der Gedanke verknotete mir den Magen. Selbst wenn die neue Freundin nicht die Frau war, mit der er den Rest seines Lebens verbringen wollte, war ich nicht sicher, ob ich es aushielte, ihn mit einer anderen zu sehen.

Aber was, wenn mein Geständnis alles zerstörte? Wenn er mit meinem Sinneswandel nicht umgehen konnte? Was, wenn er danach nicht mal mehr mit mir befreundet sein wollte?

Am liebsten wäre ich unter den Empfangstisch gekrochen, um mich von jeglichem Licht und Geräusch abzukapseln. Die Arbeit war furchtbar – die Tiere konnten meine Anspannung spüren und reagierten mit mehr Angst als gewöhnlich. Ich versuchte mich zu beruhigen, aber sie ließen sich nicht täuschen. Ich wurde zweimal angekotzt und öfter angepinkelt, als ich zählen konnte. Der Tag verging qualvoll langsam.

Die Vorstellung, Matt nicht mehr in meinem Leben zu haben, war … schrecklich. Ja, ich teilte sporadisch mein Bett mit ihm, aber doch noch sehr viel mehr. Wir konnten stundenlang über unser Leben, unsere Familien und unsere Vergangenheit reden. Er kannte mich besser als sonst jemand. Er stand definitiv auf der kurzen Liste der Personen, die wussten, wie ich nackt aussah, und mit denen ich immer noch sprach.

Wie konnte ich das alles aufs Spiel setzen, weil ich Sex mit einer Beziehung verwechselte?

Aber andererseits, wie konnte ich es nicht? Wie konnte ich einfach herumsitzen und darauf warten, dass er die Liebe seines Lebens traf?

Ich musste erst mal meine Gedanken ordnen, bevor ich versuchen konnte, eine Lösung zu finden.

Als mein Verstand an dem Punkt angekommen war, wo ich nicht mehr schlafen konnte, war mir klar, dass ich etwas unternehmen musste. Ohne Stift und Papier, um meine Gedanken zu ordnen, würde ich für immer in einem Schneesturm chaotischer Vorstellungen festsitzen. Während die Gedanken durch mein Bewusstsein streiften, verursachten sie Emotionen, die ich kaum begreifen konnte, bevor sie wieder von anderen abgelöst wurden.

In der Praxis begann ich mit einer Liste, auch wenn ich mich dabei schuldig und dämlich fühlte. Meine Gefühle auf Papier zu bannen, ließ sie irgendwie realer werden. Und gefährlicher.

Soll ich Matt sagen, dass ich in ihn verliebt bin?

Pro

1. Er ist einer meiner besten Freunde.
2. Er ist lustig und klug.
3. Er findet mich lustig, auch wenn ich das nicht bin.
4. Man kann gut mit ihm reden.
5. Er ist gut im Bett.
6. Er ist der Beste, den ich jemals im Bett hatte.
7. Er mag meine Unterwäsche.

Kontra

1. Er ist einer meiner besten Freunde.
2. Wenn wir es nicht schaffen, verliere ich meinen Sorbet-Partner.
3. Er tut Ketchup auf seine Frühstückseier.
4. Er ist zu nett.
5. Er kann nicht mal so tun, als wäre er romantisch.
6. *Wenn wir es nicht schaffen, verliere ich Matt.*

Ich beendete die Pro-Liste nach sieben Punkten, da ich befürchtete, sie würde viel länger werden als die der Kontras. Ich faltete das Blatt zusammen und steckte es in meine Hosentasche. Der restliche Arbeitstag verging mit ein bisschen weniger Chaos in meinem Kopf. Meine Finger suchten immer wieder nach dem Zettel – ich war davon überzeugt, dass er herausfallen und von einem Kollegen gefunden werden würde. Nellie wäre schlimm genug, aber wenn einer der Tierärzte ihn läse, würde ich vor Scham sterben.

Zu Hause versuchte ich die Liste lange mit Wäschewaschen, Abwasch und einer Stunde Dokusoaps aufzuschieben. Sie wurde immer schwerer in meiner Tasche und schien die Energie jedes Zimmers aufzusaugen, in dem ich sie ließ. Sie war ein kleines Schwarzes Loch.

Dewey schien zu wissen, dass es etwas mit Matt zu tun hatte, und wollte sich unbedingt draufsetzen, als ich den Zettel auf meinem Couchtisch auseinanderfaltete. Ich sah ihn böse an und versuchte ihn wegzuschieben.

»Setz dich woandershin.«

»*Mrrr!*«, protestierte er und rollte sich auf dem Blatt zu einer Kugel ein.

»Ich arbeite gerade daran«, sagte ich, zog es ihm unter dem Hintern weg und legte es auf meinen Schoß.

Dewey wechselte in seinen Agentenmodus und sprang auf das Sofa. Während er auf mich kletterte, zerknitterte er das Papier und stach eine Klaue hinein.

»Was soll das?«, fragte ich ihn. »Warum bist du so besessen davon?«

Er schnurrte und schloss die Augen.

»Du bist unmöglich«, sagte ich zu ihm und befreite den Zettel erneut. Dann schob ich Dewey mithilfe meines Ellbogens zu einen einigermaßen beschwichtigten Haufen neben mir zusammen und lehnte mich vor, um meine Liste zu betrachten.

Als ich ins Bett ging, war die Liste etwas länger geworden.

Soll ich Matt sagen, dass ich in ihn verliebt bin?

Pro

8. Mein Kater liebt ihn.
9. Meine Familie liebt ihn.
10. Wir haben so viel gemeinsam.
11. Er küsst mich auf die Stirn, bevor wir einschlafen.
12. Die Art, wie er küsst.
13. Er weiß alles, was es über mich zu wissen gibt.

Kontra

7. Er hat einen furchtbaren Frauengeschmack.
8. Wenn wir uns trennen, verliere ich Matt.
9. Wenn wir uns trennen, verliere ich Matt.
10. Wenn wir uns trennen, verliere ich Matt.
11. Wenn wir uns trennen, verliere ich Matt.
12. Wenn wir uns trennen, verliere ich Matt.

Die ganze Nacht wälzte ich mich hin und her. Ich wusste, dass ich mich bei den Kontras wiederholt hatte, aber die Vorstellung, ihn zu verlieren, wog schwerer als jedes andere Argument, das mir einfallen würde. Doch eigentlich war mir klar, dass ich mich wiederholt hatte, damit die Wahrheit nicht ganz so offensichtlich wirkte.

Ich musste es ihm sagen.

25
Gegenwart

Er richtete sich auf. »Aber ich denke schon lange darüber nach, Joss. Ich meine, es ist nicht so, als würde ich die letzten sieben Jahre einfach so wegwerfen.«

»Nein … nein, das verstehe ich …« Ich seufzte. »Ich habe es einfach nicht kommen sehen, schätze ich.«

»Im Ernst?« Matt sah mich ungläubig an. »Verdammt!« Er lachte. »Tut mir wirklich leid.«

»Ich brauche nur einen Moment.« *Um zu sterben.* »Um mich an den Gedanken zu gewöhnen.«

Er nickte.

Sosehr es mich auch quälte, ich wollte ihn aus seinem Elend erlösen. Und ich musste auch mich aus diesem Elend erlösen, denn sonst würde ich gleich hier vor ihm zusammenbrechen. »Du brauchst dir keine Sorgen zu machen, Matt. Ich werde kein … kein Problem daraus machen.«

Er sah mich verwirrt an. »Wovon sprichst du?«

Ich stand kurz davor, in Tränen auszubrechen. Ich musste raus. Ich stellte mich auf die Zehenspitzen und küsste ihn auf die Wange. Dabei achtete ich genau darauf, ihn nicht anzusehen. Er durfte mich nicht weinen sehen. »Ich muss los. Wir … wir sprechen uns dann später.«

»Joss, warte!« Er ergriff mich am Handgelenk, hielt mich aber nicht zurück, als ich es wegzog. »Joss …«

»Bis dann!« Ich schnappte mir meine Tasche, als ich zur Tür stürmte.

»Joss.«

»Vielleicht bis später!«

Er versuchte es noch einmal, als ich die Holztreppe hinunterrannte und dabei dreimal fast stolperte. »Joss!«

Ich ignorierte ihn. Er sollte nicht versuchen, mich zu trösten. Nichts würde mich trösten. Ich musste weg. Schnell stieg ich in meine Schuhe und stieß die Tür auf.

Sekunden später klingelte mein Handy.

Ich ließ die Mailbox drangehen.

26

Gegenwart

Ich hatte es bis in meinen Wagen geschafft, als der erste Schluchzer aus meiner Kehle stieg. Die Hand, die ich auf mein Herz presste, fühlte sich wie taub an. Ich begann zu weinen. Er wollte mich nicht. Ich hatte so kurz davorgestanden, ihm zu sagen, dass ich mehr als Freundschaft für ihn empfand, und er wollte mich nicht. Er wollte Tara. Ich schluchzte laut und bitterlich. Mein Kopf begann zu pulsieren, und meine Zähne klapperten.

Mir tat das Herz so weh. Ich drückte stärker dagegen und wünschte, ich könnte hineingreifen und den Schmerz beenden. Hör auf wehzutun, hör auf zu schlagen, hör auf, heißes beschämtes Blut durch mein Gesicht zu pumpen. Doch die Tränen flossen weiter. Meine Kehle brannte, meine Sicht war verschwommen, und ich musste rechts ranfahren. Auf dem verlassenen Parkplatz einer Zahnarztpraxis ließ ich mich von der Schwerkraft auf den Beifahrersitz ziehen und zog meine Füße an. Ich ignorierte die Notbremse, die mir in die Seite stach.

An meinen Tränen war nichts Befreiendes. Sie verstärkten meinen Kummer nur. Ich schüttelte mich, ich heulte, ich ballte die Fäuste, ich hatte das Gefühl, mich übergeben zu müssen. Schließlich gingen mir die Energie und die Tränen aus, und ich lag schlaff auf den Vordersitzen meines Autos. Und was hatte ich durch diesen Heulkrampf erreicht? Kopfschmerzen, eine verstopfte Nase, Halsschmerzen und keine Erleichterung von dem schrecklichen verzehrenden Schmerz in meiner Brust.

Er wollte mich nicht. Und er wollte mich loswerden.

Ich schloss meine Augen und stieß ein tiefes Seufzen aus. Gott sei Dank hatte ich ihm nicht alles gesagt! Was, wenn ich meinen Mut zusammengenommen und ihm meine Gefühle gestanden hätte? Ich wusste, er wäre sehr verständnisvoll gewesen. Er war ja immer so verdammt verständnisvoll. Aber es wäre auf das Gleiche hinausgelaufen – er hätte mich abgelehnt. Er wollte mich nicht mehr als seine Sorbet-Partnerin.

Ich heulte noch ein paar Minuten, dann raffte ich mich auf und startete den Wagen. Meine Wohnung war so gut wie jeder andere Ort, wenn kein Ort gut genug war.

Als ich die Tür aufschloss, kam Dewey aus einem seiner Verstecke und setzte sich vor mich. Als ob Katzen nicht ohnehin schon jeden Tag überlegen wirkten, gelang es ihm irgendwie, regelrecht herablassend auszusehen.

»Was hast du für ein Problem?«, blaffte ich.

»*Miau.*«

»Sag mir nicht, dass du auf seiner Seite stehst.« Aber natürlich stünde er dort. In Deweys Welt sahen seine Prioritäten folgendermaßen aus:

1. *Truthahn.*
2. *Matt.*
3. *Ein sauberes Katzenklo.*
4. *Ich.*

»Verräter«, zischte ich.

Laut Uhr war es Viertel vor zehn. Ich wusste, ich hätte Nellie, Jessie oder meine Schwester anrufen können, aber ich wusste nicht, was ich sagen sollte. Was ich wirklich wollte, war eine Zeitmaschine, die mich ein paar Tage, Wochen oder vielleicht sogar Monate in die Zukunft hineintransportierte. Weit genug, um zu wissen, wie ich mit dem hier leben sollte.

Ich brachte meine Tasche ins Schlafzimmer und holte die saubere Unterwäsche heraus, die ich nur für den Fall mitgenommen hatte, dass ich bei Matt übernachtet hätte. Sie kam mir wie eine Art Anklage vor, und ich tat sie erst mal wieder in die Tasche zurück.

Das Bett wirkte wahnsinnig verführerisch, aber ich wusste, dass ich nicht schlafen konnte. Also tat ich etwas, was ich noch nie zuvor getan hatte. Ich ging zum Apothekerschränkchen und suchte nach einer pharmazeutischen Lösung. Ich fühlte mich dabei wie ein absoluter Feigling. Aber ich war so sehr neben der Kappe. Es war schlimmer als bei jeder Trennung, die ich durchgestanden hatte. Ich wusste nicht, was ich tun sollte, und hatte keine Ahnung, wer mir helfen konnte.

Ein Kombipräparat gegen Erkältungen, das müde machte. Jackpot.

Ich nahm die Dosis für Erwachsene und zog meinen Schlafanzug an. Dewey, der nie ein absoluter Verräter war, wenn sein eigener Komfort daran hing, sprang auf das Bett zu mir und rollte sich hinter meinen Kniekehlen ein. Ich starrte auf das Kissen auf der anderen Seite des Betts. Es lag immer noch genauso da wie nach dem letzten Wechseln der Bettwäsche. Das versetzte mir noch einen weiteren Stich der Einsamkeit, und ich stieß mit der Hand dagegen, um eine Kuhle zu machen, die ein Kopf hinterlassen würde.

Ich zog die Knie an die Brust und presste die Fäuste dicht an meinen Körper. Das Zimmer war kalt, die Decke fühlte sich noch kälter an, und ich war ganz schrecklich allein.

Komm schon, Erkältungsmittel.

Der Kater, der mich am nächsten Morgen begrüßte, war Bestrafung genug für meine übereilte Entscheidung, ein unnötiges Erkältungsmittel einzunehmen. Nun war mein Kopf nicht mehr nur hohl und verworren, wie am Abend zuvor, sondern fühlte sich auch noch dumpf an. Aus dem Bett zu steigen kam mir wie eine unangenehme Pflicht vor.

Ich schleppte mich ins Badezimmer und spritzte mir Wasser ins Gesicht. Leider enthielt mein Spiegelschränkchen kein Gegenmittel für Grippemedizin.

Als ich ins Schlafzimmer zurückkehrte, warf ich einen Blick auf mein Telefon. Eine Nachricht auf der Mailbox.

Sie war nicht von Matt.

Sondern von Nellie. »Was zum Teufel machst du? Ich habe dich ungefähr zehntausendmal angerufen. Wenn du nicht zufällig unter etwas Schwerem begraben liegst, bin ich echt sauer auf dich. Hast du mit Matt geredet? Ruf mich an! Ach so, und willst du heute Abend ausgehen? Ruf an.«

Ich wollte, vor dem unausweichlichen Rückruf erst einen Kaffee trinken, aber auch der half nicht. Ich rief trotzdem an.

»Oh mein Gott, du lebst!«, begrüßte sie mich.

»Hi, Nell.«

»Oh, da ist jemand heute Morgen aber mürrisch. Hast du meine Nachrichten bekommen? Ich hab dich nur etwa hundertmal angerufen.«

»Ja.« Ich goss mir noch einen Becher Kaffee ein.

Endlich schien sie meine schlechte Laune richtig zu deuten. »Hast du mit Matt gesprochen? Was ist passiert?«

Mir schossen wieder Tränen in die Augen, also legte ich meinen Kopf in den Nacken und starrte zur Decke. »Er will mich nicht mehr sehen.«

»Was!« Das war keine Frage. »Willst du mich auf den Arm nehmen? Warte … was ist passiert?«

Ich erzählte es ihr so knapp ich konnte. Der Telegrammstil machte es einfach.

»Warum sollte er so was tun?«

»Ich weiß nicht.« Ich zog meine Knie an und schlang meine Arme darum.

»Hast du es ihm gesagt? Was du für ihn empfindest, meine ich.«

»Nein.« Ich seufzte. »Gott sei Dank.«

»Also … warte mal. Du hast es ihm gar nicht gesagt, und er will dich *trotzdem* nicht mehr sehen?«

»Na ja, er hat gesagt, dass wir keinen Sorbet-Sex mehr haben können. Ich weiß nicht, was das für unsere Freundschaft bedeutet. Aber das spielt auch keine Rolle. Er denkt darüber nach wegzuziehen.«

»Er will wegziehen?«

Ich erzählte ihr von seiner Idee eines Neustarts. Mir wurde klar, dass wir das Gespräch gar nicht zu Ende geführt hatten. Ich wusste nicht, ob er es ernst gemeint oder nur so dahergeredet hatte. Ich konnte mich nicht entscheiden, was ich über beide Möglichkeiten denken sollte. Wenn er ging, war es vielleicht für mich am besten. Wenn er mich aus seinem Leben verbannen wollte, gab es keinen besseren Weg. Aber bei der Vorstellung zog sich mir der Magen zusammen.

»Denkst du, er hat das nur so gesagt?«, wollte Nellie wissen.

»Wozu?«

»Keine Ahnung, um dich denken zu lassen, dass er nur deswegen mit dir Schluss macht, weil er weit wegzieht? Um dich denken zu lassen, dass jetzt der richtige Zeitpunkt gekommen ist, um ihm zu sagen, dass du ihn liebst?«

Ich verzog das Gesicht und widersprach. »Erstens sind wir nicht zusammen, also hat er nicht mit mir Schluss gemacht, und zweitens habe ich nie gesagt, dass ich ihn liebe.«

»Erstens, halt die Klappe, und zweitens, das brauchtest du gar nicht.«

Es folgte eine so lange Pause, dass ich schon dachte, sie habe aufgelegt.

»Nellie?«

»Ich bin hier.«

»Sagst du noch irgendwas?«

»Ich bin der Meinung, er wollte, dass du zuerst etwas sagst. Er hat nur vorgefühlt.«

»Warum sollte er das tun?« Ich wollte meinen Kaffeebecher ergreifen, stieß ihn aber stattdessen um. Es war nicht mehr viel drin gewesen, aber das brachte mich trotzdem fast wieder zum Weinen. Wieder grub ich die Fingernägel in meine Hand und zwang mich dazu, ruhig zu bleiben.

»Matt ist, was Beziehungen angeht, nicht gerade für seinen Mut bekannt, Jocelyn.«

Ich öffnete meine Augen. »Was?«

»Er ist ein Beziehungsfeigling. Ein netter Kerl mit Bindungsangst, die schlimmstmögliche Kombination.«

»Aber ich dachte, du magst Matt.« Ich holte ein paar Blätter Haushaltsrolle, um den verschütteten Kaffee aufzuwischen.

»Das tue ich auch. Aber das ändert nichts an der Tatsache, dass er viel zu nett ist, um einer Verrückten zu sagen, dass sie sich verziehen soll. Und das ist erst der Anfang.«

Instinktiv wollte ich ihn verteidigen. Christine war wirklich total verrückt gewesen. Das war kaum seine Schuld. Aber ich hatte das Gefühl, dass Nellie es momentan nicht besonders gut aufnehmen würde, wenn ich etwas zu Matts Gunsten sagte. Ganz zu schweigen davon, wie erbärmlich ich mich dadurch fühlen würde. Ich blieb still, was Nellie gut in den Kram passte. Sie hatte gerade einen Lauf.

»Außerdem fand ich es nicht gut, dass er mein Mädchen ausnutzt. Ich rede von dir, Dummchen. Und es war nicht besonders cool von ihm, so lange zu warten, es zu beenden.«

Ich hielt mit dem Wischen inne. »Warte mal – du findest es also gut, dass er es beendet hat?«

»Natürlich.«

»Du *genießt* es wirklich, dass ich mich wie die weltgrößte Idiotin fühle, stimmt's?

»Ja. Und nein. Ich glaube, dass er blufft.«

»Nellie, tu mir das nicht an. Ich kann nicht die kranke Hoffnung entwickeln, dass er nur blufft. Gestern Abend hatte ich Glück. Ich bin aus der ganzen vermasselten Situation herausgekommen, ohne dass er von meinen … dämlichen Gefühlen für ihn erfahren hat. Wenn er nach Kalifornien abhauen will, soll er es tun. Was sag ich, meinetwegen kann er sich nach Australien verziehen.«

»Okay, also erst mal hätte ich es gern schriftlich, dass du zugibst, dass diese ganze Sache von Anfang an eine fürchterliche Idee war …«

»Nellie.«

»Okay, war ein billiger Versuch. Zweitens bist du beim Bluffen schlechter als er. Du willst nicht, dass er geht.«

Das stimmte. Aber ich würde offensichtlich niemals bekommen, was ich wollte. Also könnte er auch genauso gut wegziehen. »Es ist mir egal.«

»Du lügst.«

»Auf wessen Seite stehst du?«, fragte ich.

»Auf der gleichen Seite wie immer, Süße. Auf der von Wahrheit und Schönheit.«

Meine Finger krallten sich um das Telefon. Sie machte mich wahnsinnig. »Du bist so vollkommen nutzlos für mich«, sagte ich ihr. »Du sollst mich doch unterstützen.«

»Weißt du, was dein Problem ist?«, fragte sie, als hätte ich nichts gesagt.

Ich seufzte. »Nein, aber ich wette, du wirst es mir gleich sagen.«

»Dein Problem ist, dass du total dämlich bist.«

»Wie bitte?«

»Du bist dämlich, weil du ihm nicht gesagt hast, dass du ihn liebst und mit ihm zusammen sein willst.«

»Ich liebe ihn nicht, es ist mir egal, ob er nach Tibet zieht, und ich will nicht mehr darüber sprechen.«

Ich wollte nicht mehr darüber sprechen. Ich musste etwas unternehmen.

Also kleidete ich mich wie für eine Schlacht. Die einzige Jeans, die mich so aussehen ließ, als hätte ich nicht den Hintern eines vierzehnjährigen Jungen, und ein Satinoberteil, in dem ich mich normalerweise unwiderstehlich fühlte. Es funktionierte an diesem Abend nur teilweise, aber es war definitiv eine Verbesserung zu dem ausgeleierten T-Shirt und meiner Schlafanzughose mit Pinguinaufdruck.

Ich ging zu Fuß los. Meine Wohnung war zwar ein paar Blocks von der nächsten Bar entfernt, aber ich hatte vor, innerhalb von nur einer Stunde weit über dem zugelassenen Promillehöchstwert zu liegen, also wäre es Unsinn gewesen, mit dem Auto zu fahren. Ich war früh dort, und es gab noch jede Menge freie Plätze an der Theke. Ich legte meine Tasche auf den Hocker neben mir, damit es so aussah, als wäre ich mit jemandem verabredet.

Hinter der Theke waren zwei Barkeeper, eine Blondine mit großer Oberweite und ein hochgewachsener, sehr muskulöser Typ. Letzterer machte zwei Schritte auf mich zu.

»Was kann ich dir bringen?«

»Etwas Starkes.«

Er schmunzelte. »Wie wäre es mit einem Wodka Cranberry?«

Ich warf ihm einen strengen Blick zu. »Hör zu, ich bin hier, um mich volllaufen zu lassen. Würdet du mich bitte nicht versuchen zu gängeln?«

Sein Schmunzeln wurde zu einem netten Lächeln. »Ich glaube, ich habe genau das Richtige für dich.«

»Wenn du mir einen Cosmopolitan bringst, landest du offiziell auf meiner Abschussliste.«

Er lachte auf. »Keine Angst.«

Ich stützte mich mit den Ellbogen auf der Theke auf und verschränkte die Finger im Nacken, während er mixte. *Trauerbewältigung durch Alkohol – immer eine gute Idee!*, dachte ich, aber ich würde jetzt nicht kneifen.

Der Barkeeper kam zurück und stellte ein großes Glas voller Eis in einer rot-violetten Flüssigkeit vor mich. »Das hier geht leicht runter«, erklärte er, »aber es knallt ziemlich rein.«

»Wie heißt es?«, fragte ich.

»Ich habe es unten in Arizona durch einen Kumpel kennengelernt, weiß aber den Namen nicht mehr.«

Ich nahm einen Schluck. Es war fruchtig und süß mit einem Nebengeschmack von Alkohol, der in der Nase kitzelte. Sehr trinkbar. Ich brummte meine Zustimmung. »Sehr gut.«

»Wie heißt du?«, fragte er.

»Jocelyn«, sagte ich. »Aber alle nennen mich Joss.«

Er nickte und dachte kurz nach. »Dann nennen wir es einen Jossmopolitan.«

»Oh, nein! Bitte nicht.«

»Willst du dich heute Abend volllaufen lassen oder nicht?«

»Also gut.« Ich zog einen imaginären Reißverschluss an meinem Mund zu.

»Na dann. Ich bin Matt und werde dich heute vollllaufen lassen.«

Ich bin ziemlich sicher, dass es mir nicht gelang, mein Erschrecken zu verbergen. *Natürlich heißt du Matt.* Typisch.

»Alles in Ordnung?«

»Wird es gleich sein.« Ich prostete ihm mit dem Drink zu.

Der Jossmopolitan war genauso, wie er ihn beschrieben hatte. Als ich meinen ersten intus hatte, wankte ich zur Toilette und betrachtete mein Spiegelbild. »Was tust du hier?«, fragte ich das verschwommene Mädchen im Spiegel. Sie antwortete nicht.

Also ging ich an meinen Platz zurück und wartete darauf, dass Barkeeper Matt mit dem Zapfen von Bier fertig war. Als er in meine Richtung sah, klopfte ich zweimal auf die Theke, und er lachte.

»Du bekommst davon *keinen* zweiten«, sagte er.

»*Au contraire.*« Ich hob eine Augenbraue. Wenn ich betrunken bin, bilde ich mir nicht nur ein, dass ich Fremdsprachen beherrsche, sondern auch, dass ich sie unbedingt sprechen muss.

»Ich mixe dir gerne was anderes, aber das Limit für Jossmopolitans ist einer, klar?«

»Na dann …« Ich klopfte wieder auf die Theke. »Such mir was Schönes aus.«

Er stellte ein niedriges Whiskyglas vor mich und kippte einen Schuss Kirschwodka über das Eis darin. »Weißt du, normalerweise frage ich die Leute nicht nach ihren Problemen, aber irgendwie interessiert es mich jetzt schon, warum du dich abschießen willst.«

Bevor ich angekommen war, hatte ich mir überlegt, dass ich lügen würde, sollte mich jemand fragen. Aber der Jossmopolitan hatte ein Loch in meinen mentalen Filter geballert. »Ich wurde sitzen gelassen.«

»Dachte ich mir.« Er füllte das Glas mit Tonic Water auf und platzierte einen Limettenschnitz auf das Eis. »Wie lang warst du denn mit ihm zusammen? Oder war es eine Sie?«

Ich lachte. »Ein Er. Und wir waren nicht richtig zusammen.«

Barkeeper Matt schob mir das Glas hin. »Wird ja immer interessanter.«

»Ist eine lange Geschichte.« Ich probierte einen Schluck. Verglichen mit der Süße des letzten Drinks war das Tonic Water ziemlich bitter, aber ich mochte es. »Du hast einen guten Geschmack«, sagte ich.

»Vielen Dank.«

Ein etwa vierzigjähriger Mann kam an die Theke, und Barkeeper Matt nahm seine Bestellung entgegen. Ich nippte an meinem Drink und sah mich um. Ich war wirklich zu früh dran. Wahrscheinlich würden die meisten Leute erst im Lauf der nächsten Stunde eintrudeln, bis sich am Eingang dann eine Schlange bildete.

Weiter hinten saß ein Typ in meinem Alter. Er lächelte mir zu. Ich wollte zurücklächeln, aber plötzlich kam mir die Vorstellung eines One-Night-Stands erbärmlich vor. Mir wurde ein wenig schlecht. Was tat ich hier? Hatte ich wirklich gedacht, dass ich den Verlust von Matt einfach durch Sex mit einem Fremden behandeln konnte? Ich hätte es besser wissen müssen. Ich hatte als Achtzehnjährige nicht genügend Mumm für einen billigen One-Night-Stand, und ich hatte ihn auch nicht mit sechsundzwanzig.

Ich drehte mich wieder nach vorne um und nahm meinen Drink in Angriff. Ich würde noch austrinken und dann nach Hause gehen, bevor ich etwas Dummes machte.

Barkeeper Matt kam zurück und stützte sich mit gespreizten

Händen auf die Theke. »Mach lieber langsam, Süße, sonst fällst du noch vom Hocker.«

»Das wäre doch ein passendes Ende.«

Er ging weg, um ein paar neue Gäste zu bedienen, und ich trank meinen Wodka Tonic aus. Aber gerade als ich zahlen wollte, kam er mit einem weiteren Drink zurück.

»Ich kann nicht mehr«, sagte ich und schob das Glas von mir.

»Was ist denn aus ›Ich will mich volllaufen lassen‹ geworden?«

»Das war eine dumme Idee. Es war alles eine dumme Idee.«

»Tu mir einen Gefallen und probiere es wenigstens.« Er schob das Glas wieder in meine Richtung. »Der geht aufs Haus.«

Ich zuckte die Schultern und nahm einen Schluck. Es schmeckte leicht zitronig und kaum nach Alkohol. Einen weiteren würde ich wohl noch vertragen.

Das nächste Mal, als Barkeeper Matt vorbeikam, lehnte er sich über die Theke und lächelte mich an. »Ich hab um zehn Schluss. Willst du vielleicht so lange warten und dann noch was mit mir trinken?«

Ich war mir nicht sicher, was ich wollte. Ich hatte so viel getrunken, dass meine Sorgen ein wenig verblasst waren. Und ich hätte wirklich aufhören und nach Hause gehen, einen Liter Wasser trinken und beten sollen, dass mein Kater morgen nicht zu schlimm sein würde. Aber eine weitere Nacht voll einsamem Geheule schien nicht besonders verlockend. Ich strich eine Strähne hinter mein Ohr und nickte. »Na klar.«

»Also abgemacht.«

Ich wartete auf das Ende seiner Schicht, nippte an meinem Zitronendrink und vermied mit Gewalt jeden Gedanken an Matt. Meinen Matt. Größtenteils gelang es mir auch.

Als sich Barkeeper Matt endlich aus der Kasse ausgeloggt hatte, gab er mir mit einer Geste zu verstehen, dass ich ihm ans Ende der Theke folgen sollte. Inzwischen befand sich dort eine beträchtliche Menge Gäste, und er war eine ganze Minute früher da. Dort gab es eine freie Stelle, wo die Kellnerinnen mit ihren Tabletts hin und her gingen. Es gab keine freien Hocker, aber Matt bekam zwei Biere ohne Wartezeit.

»Warum hast du schon so früh Schluss?«, fragte ich. »Die Leute kommen doch alle jetzt erst.«

»Ich bin noch neu hier«, sagte er. »Ich bekomme immer die Frühschicht.«

»Das ist bescheuert.«

Er zuckte die Schultern. »Aber dafür bekomme ich den ganzen Abend Freibier.«

»Wie edel!«

Er lachte.

Wir tranken unser Bier und unterhielten uns. Ich fand heraus, dass er gerade als Tight End bei den Arizona Cardinals gefeuert worden war. Er war noch nicht mal während eines Spiels eingesetzt worden – er hatte sich während des Trainings verletzt. Also war er nach Milwaukee zurückgegangen, um seinen nächsten Schritt zu planen. Ich kannte mich nicht genug mit Football aus, um zu erkennen, ob er die Wahrheit sagte, aber er wirkte groß genug, um als Profi zu spielen. Ich erzählte ihm ein wenig von mir, ließ dabei aber die Details meiner Sorbet-Trennung unerwähnt. Währenddessen wurde ich immer betrunkener, und der Raum begann zu schwanken. Ich wollte mich so gerne hinsetzen, dass ich mich dabei ertappte, wie ich nach einem freien Platz auf dem Boden Ausschau hielt.

»Ich glaube, ich muss jetzt nach Hause gehen, solange ich noch stehen kann«, sagte ich. »Tut mir leid.«

»Soll ich dich mitnehmen?«

»Nicht nötig, sind nur ein paar Blocks.« Doch meine Fußknöchel hatten sich gegen mich verschworen, denn einer von ihnen nutzte genau diesen Moment, um umzuknicken. »Autsch! Verdammt!« Ich stützte mich an der Theke ab und versuchte meinen verstauchten Knöchel in die andere Hand zu nehmen. Doch das konnte ich nicht, ohne mich ganz langzulegen, also ließ ich den Fuß wieder sinken und sog stattdessen Luft durch die Zähne ein.

»Lass mich dich nach Hause fahren. Du fällst mir sonst vom Bordstein, wenn ich dich gehen lasse.«

Ich konnte nicht Nein sagen.

Barkeeper Matt bestand darauf, mich in meine Wohnung zu bringen. Er musste mich nicht lang überreden. Ich hatte inzwischen ernsthaft Schwierigkeiten zu gehen. Er legte mich auf mein Sofa. Dann zog er meine Füße auf seinen Schoß und öffnete die Keilabsatzsandalen, die ich trug.

»Das musst du nicht tun«, sagte ich.

»Hey, ich hab dich so weit gebracht.« Er ließ meine Sandalen geräuschvoll zu Boden fallen. »Und, hast du dich ausreichend volllaufen lassen?«

Ich nickte, und das Zimmer nickte mit mir. »Mehr als ausreichend, denke ich.«

»Wie betrunken bist du?« Seine Fingerspitzen strichen über meinen Knöchel.

»Gerade genug«, sagte ich. »Ich weiß, was ich tue, wenn es das ist, was du wissen willst.«

»Also, wenn ich …?« Er beugte sich zu mir vor und küsste mich.

»Das wäre vollkommen in Ordnung«, sagte ich, als er sich zurückzog.

Während wir uns küssten, trieb das Sofa auf einem Meer

meiner Trunkenheit, und ich musste eine Hand ausstrecken und den Boden berühren, um sicherzugehen, dass er noch da war und sich nicht bewegte. Das schien nicht der Fall zu sein, also ließ ich ihn los und setzte erneut Segel.

Matt – der falsche Matt – zog mich auf seinen Schoß und schob eine Hand unter mein Oberteil. Ich versuchte mich auf das Gefühl seiner Finger auf meiner Haut und die Wärme seiner Lippen zu konzentrieren, aber es war alles falsch, und ich wusste es. Es war zum Heulen.

Er öffnete den Verschluss meines BHs, und ich sah ihn scharf an. »Machst du das oft?«

»Was denn?«

»Mädchen betrunken machen und dir einen Weg in ihr Höschen quatschen.«

Er grinste. »Du bist ganz schön direkt.«

»Das ist keine Antwort.«

»Willst du denn wirklich eine?«, fragte er und legte die Hand auf meine Brust. Sein Daumen strich über meinen Nippel, und in meinem Unterleib breitete sich Wärme aus.

»Ich weiß nicht …« Ich musste nachdenken, aber das war so schwer. Mein Gehirn war total benebelt, und mein Körper verriet mich. »Vielleicht nicht.«

»Denk darüber nach«, riet Barkeeper Matt, bevor er mir das Oberteil über den Kopf zog.

Doch das tat ich nicht. Ich dachte über gar nichts nach: Ich gab mich einfach dem Drängen meines Körpers hin.

Als ich nur noch mein Höschen trug, klopfte es plötzlich an der Tür.

»Wer ist das?«, fragte er.

»Keine Ahnung?«

»Joss?« Es war Matt.

»Oh mein Gott«, hauchte ich.

»Wer ist das?«, wiederholte Barkeeper Matt.

»Ähm, ähm …« Ich sprang auf und versuchte mich wieder in meine Jeans zu strampeln.

»Joss?«, rief Matt erneut. »Bist du da?«

»Einen Moment«, rief ich.

»Oh verdammt«, murmelte Barkeeper Matt.

Ich stürmte ins Badezimmer, wo ich zweimal gegen die Wand knallte, und zog meinen Bademantel über meinen nackten Oberkörper. Als ich wieder ins Wohnzimmer zurückkehrte, knöpfte Barkeeper Matt gerade sein Hemd zu, und auch wenn seine Hose noch offen stand, setzte er sich hin. Es würde reichen.

Ich öffnete die Tür.

Matt machte einen Schritt zurück, als er mich sah. Seine Augen waren gerötet und sein Gesicht ganz blass. »Alles okay?«, fragte er, als würde er etwas anderes erwarten.

»Ja, klar, alles gut.« Ich hielt die Tür nur zwanzig Zentimeter weit auf. Mein Herz raste.

»Du bist nicht ans Handy gegangen. Ich habe draußen dein Auto gesehen …« Er machte eine hilflose Geste. »Ich wollte nur sicher sein, dass es dir gut geht.«

Ich warf einen Blick über meine Schulter und sah, dass Barkeeper Matt gerade seine Schuhe anzog. »Alles bestens.«

»Hör mal, du bist gestern so schnell verschwunden. Ich glaube, wir müssen miteinander reden.«

Ich wollte nicht, dass Matt Barkeeper Matt sah. Entweder musste ich Barkeeper Matt dazu bringen, sich im Schrank zu verstecken, oder Matt musste gehen. Meine Entscheidung war klar. »Du willst mich nicht mehr sehen, und du ziehst nach Kalifornien. Was gibt es denn da noch zu reden?«

Er verzog sein Gesicht. »Du bist sauer.«

»Ich bin nicht sauer. Es passt mir nur gerade nicht.«

»Du bist total sauer«, korrigierte er sich. »Kann ich nicht bitte kurz reinkommen und mit dir sprechen? Ich glaube, du hast da etwas in den falschen Hals gekriegt.«

»Joss?« Es war Barkeeper Matt aus dem Wohnzimmer. »Ich gehe dann jetzt.«

Matt starrte erst ihn an, dann mich und dann wieder ihn. »Wer ist das?«

»Matt«, sagte Barkeeper Matt und streckte ihm die Hand entgegen.

Matt ignorierte die ausgestreckte Hand und starrte wieder mich an.

Ich erwiderte trotzig seinen Blick. »Was ist denn?«

»Matt«, sagte Matt, behielt aber seinen Blick auf mir, während er verspätet Barkeeper Matts Hand ergriff und schüttelte.

Jetzt starrten mich beide an. Ich schwieg.

Barkeeper Matt schüttelte den Kopf und hob seine Hände. »Okay, das wird ja bestimmt ein Heidenspaß. Ich bin dann mal weg.«

Matt trat einen Schritt zurück und machte eine verabschiedende Geste.

»Du musst nicht gehen«, sagte ich zu Barkeeper Matt.

»Doch, das muss ich. Ich habe keine Lust, an diesem Voodoo-Exorzismus oder was du hier auch vorhast, teilzunehmen.« Er schlüpfte durch den schmalen Spalt zwischen mir und dem Türrahmen. Dann nickte er Matt zu. »Nimm's leicht, Kumpel.«

Matt beobachtete, wie er im Treppenhaus verschwand, und richtete dann seinen Blick wieder auf mich. Auf meinen Bademantel, genauer gesagt. »Ich sollte auch gehen.«

Panik stieg in mir hoch. »Ziehst du wirklich um?«

Er sah mich an, als spräche ich eine fremde Sprache. »Ich hab ein paar Bewerbungen verschickt. Wir werden sehen. Ich habe außerdem beantragt, nach Tulane zu wechseln. Und nächste Woche hab ich ein Bewerbungsgespräch in New Orleans.«

Mein Unterkiefer begann zu zittern. »Oh!«

»War's das?«

Ich sah auf den Boden. Mir wurde klar, dass die gesamte Welt schwankte. Mich überkam ein plötzlicher Anflug von Übelkeit, und der säuerliche Geschmack all dieser Cocktails stieg mir die Kehle hoch. »Ich muss mich hinlegen.«

»Bist du betrunken?«

So, so betrunken. »Ein bisschen.«

Da ich auf den Boden starrte, konnte ich nur seine Füße sehen. Ich hatte keine Ahnung, was er dachte. »Hast du …?« Er stoppte sich. »Schon gut. Ich muss los.«

»Okay«, sagte ich.

Er verschwand aus meinem Sichtfeld, und ich schloss meine Augen. »Joss …«

Ich hob den Kopf und sah zwei Matts. Nachdem ich fest geblinzelt hatte, war es nur noch einer.

»Was denn?«, fragte ich.

Er öffnete seinen Mund, schüttelte dann aber den Kopf. »Ach, nichts.«

»Natürlich.« Ich nickte. »Nichts.«

Sein Blick verfinsterte sich. »Was zum Teufel hast du mit diesem Typen getrieben?«

»Was denkst du denn?«, blaffte ich.

»Dass du dir mal wieder einen betrunkenen Verbindungsbruder gesucht hast.«

Ich zuckte zusammen und ging wie ein verletztes Tier auf ihn los. »Dass du dich da mal nicht irrst. Ich hab mir den Knöchel verstaucht, und er hat mich nach Hause gefahren.«

»Du und deine verdammte Jungfrau-in-Nöten-Masche.« Seine Hände ballten sich.

»Entschuldige, dass ich weiß, was ich mag.«

»Du hast keine Ahnung, was du magst«, erwiderte er. »Du denkst, Liebe heißt Blumen und kitschige Grußkarten und dämliche Kutschfahrten. Tja, ich hab Neuigkeiten für dich, Joss, das machen Kerle nur, um Mädchen ins Bett zu bekommen.«

»Du hast keine Ahnung, was Liebe ist«, sagte ich. »Du hast nicht einen Funken Romantik in dir.«

»Woher willst du das wissen? Du denkst, du willst Romantik, aber guck dich doch an …« Er schlug mit der Faust gegen die Wand. »Du denkst, du willst es, aber das tust du nicht.«

Ich riss die Tür fest genug auf, dass sie gegen die Wand knallte. »Wie bitte?«

»Wenn du auch nur eine Ahnung hättest, was Liebe ist, würdest du keine Blumen und deine verdammten Ritter in schimmernder Rüstung brauchen. Du bist nicht ihr Typ.« Er warf seine Hände in die Höhe.

Ich verschränkte meine Arme, eine Haltung, die für mein Gleichgewicht eine ziemliche Herausforderung darstellte. »Und ich nehme an, du bildest dir ein zu wissen, was ich brauche?«

»Ja, ich glaube schon.«

»Dann erleuchte mich doch mal, *Sensei*!« Ich schlang die Arme um meinen Oberkörper.

»Du …« Wieder bremste er sich und hielt abwehrend die flache Hand zwischen uns hoch. »Weißt du was? Du bist betrunken, und ich werde jetzt nicht diese Unterhaltung mit dir führen.«

»Na prima.« Ich tastete nach der Tür, bis ich die Klinke gefunden hatte. »Dann einen schönen Abend!« Fast hätte ich die Tür geschlossen, aber dann entschied ich mich für einen letzten billigen Schlag. »Vergiss es. Hab ein schönes Leben. Gib mir deine neue Adresse, okay? Vielleicht schicke ich dir ja eine bescheuerte Weihnachtskarte.« Ich schlug die Tür zu.

Dann rutschte ich die Wand hinunter auf den Boden und vergrub mein Gesicht in meinem Bademantel, damit er mich nicht schluchzen hören konnte.

27
Gegenwart

Mein Katzenjammer begann um drei Uhr morgens und war unsterblich. Egal, wie viel Wasser, Kaffee, fettiges Essen oder Vitamin B ich in mich hineinschüttete, er starb einfach nicht. Ich begann zu vermuten, dass es ein seelischer Katzenjammer war, als er mit pochenden Schläfen, Sodbrennen und trockenem Mund auch noch eine Woche später tobte. Alkohol war ein mildes Gift – Schuld, Enttäuschung und ein gebrochenes Herz waren viel mächtiger.

Mit jedem Tag, der verging, wurde eine Versöhnung unwahrscheinlicher. Wir hätten längst miteinander reden sollen. Aber wir taten es nicht. Es war ein seltsames und schreckliches Gefühl, von jemandem getrennt zu sein, der mir die Welt bedeutete. Er war immer da gewesen, wenn ich ihn gebraucht hatte. Selbst wenn es nur um so etwas Dämliches ging, wie meinen Weihnachtsschmuck aus dem Keller zu holen oder vorbeizuschauen, damit ich eine Pizza bestellen konnte, ohne ein schlechtes Gewissen zu haben.

Irgendwann fiel mir ein, dass er wahrscheinlich gerade in New Orleans war. Wenn ich Mut gehabt hätte, wäre ich mitgegangen. Natürlich nur, wenn er es gewollt hätte. Hatte denn je die Chance bestanden, mehr für ihn zu sein als seine zukünftige Ex-Sorbet-Partnerin, wenn ich ihm gesagt hätte, dass er für mich mehr sei als ein gelegentlicher One-Night-Stand?

Wenn niemand hinsah, strömten mir Tränen aus den Augen. Das Geräusch meiner Schritte klang für mich wie: Du. Hast. Ihn. Verletzt. Du. Hast. Deine. Letzte. Chance. Versaut. Du. Idiotin. Nachts lag ich wach, ging unsere letzte Unterhaltung durch, bis sie kaum noch menschlicher Interaktion glich, sondern vielmehr einer Semesterarbeit, die von einem überstrengen Lehrer korrigiert worden war.

Ich habe außerdem beantragt, nach Tulane zu wechseln – ich will mein Studium gar nicht abbrechen, ich will nur von dir weg.

Dass du dir mal wieder einen betrunkenen Verbindungsbruder gesucht hast – du hast dich überhaupt nicht verändert, und ich habe mich weiterentwickelt.

Du denkst, Liebe heißt Blumen und kitschige Grußkarten und dämliche Kutschfahrten – du unreifes kleines Mädchen.

Tja, ich hab Neuigkeiten für dich, Joss, das machen Kerle nur, um Mädchen ins Bett zu bekommen – Mädchen wie dich, Jocelyn Kiel. Mädchen wie dich.

Die Wahrheit lag im Subtext. Er hielt mich für eine unreife Idiotin, und das konnte ich ihm kaum verdenken. Ich hatte mich ja schon als kindisch erwiesen, als ich diese dämliche Pro-und-kontra-Liste erstellt hatte. Was hatte ich dem entgegenzusetzen?

Auch wenn er gut reden hatte. Die einzige Person, die er jemals geliebt hatte, war Meghan gewesen, und das hätte garantiert auch nicht lange gedauert. Er wusste nichts über wahre Liebe.

Denn das war was genau?

Die Frage ging mir tagelang durch den Kopf. Immer wieder fing ich an: Liebe ist … Liebe ist … Oft kamen mir nur Zitate in den Sinn, die ich mal irgendwo gehört hatte:

Liebe ist geduldig, Liebe ist freundlich – 1. Korinther 13,4

Liebe bedeutet, niemals um Verzeihung bitten zu müssen – Love Story

Der Stoff, aus dem Ehegelübde und Hollywoodfilme gemacht waren. Aber was bedeutete sie in Wirklichkeit?

Liebe bedeutete, jemanden zu kennen, ihn wirklich zu kennen, und dennoch mit ihm zusammen sein zu wollen. Liebe hieß, dass dieser Jemand so wichtig für einen war, dass man die eigenen Bedürfnisse bereitwillig hinter seine stellte. Liebe war geteilte Leidenschaft, Geschichte, Vertrauen. All das plus der furchtlose Glaube, dass das Leben mit diesem Jemand besser war als ohne ihn. Dass das, was als Nächstes passierte, durch diese Person leichter, glücklicher und reicher werden würde.

Ich war zu einer Stegreifphilosophin geworden. Ich war nur Zentimeter von der Wahrheit entfernt, und das Einzige, was mich davon trennte, war meine eigene Dickköpfigkeit.

Liebe bedeutete, an einem Freitagabend in meine Wohnung zu kommen, damit ich sie für Weihnachten schmücken konnte. Liebe war, sich krank zu melden, um ins Krankenhaus zu fahren, als sein Vater gestorben war. Liebe bedeutete die besten Küsse, die ich jemals bekommen hatte, und die schläfrigen Gespräche, die wir im Bett führten.

Liebe war Matt, und es war töricht von mir, es nicht früher erkannt zu haben. Ich war eine Idiotin, wenn ich es ihm nicht sagte. Wir waren uns bereits so fremd wie nie zuvor – was für ein Risiko ging ich also ein, wenn ich ihm alles sagte? Eigentlich gar keins. Er glitt mir durch die Finger, und ich würde mir nie vergeben, wenn ich ihm nicht die Wahrheit sagte, bevor er vollkommen aus meinem Leben verschwand.

Was also tut ein Mädchen an dem Morgen, an dem ihr klar wird, dass es jemanden liebt? Wenn mein Leben ein Film wäre, hätte ich mir ein Kleid angezogen und wäre an die Seite meines Geliebten geeilt, um ihm meine Gefühle zu gestehen. Wir hätten uns geküsst und wären glücklich bis an unser Lebensende.

Doch mein Leben war kein Film.

Ich erwachte und fühlte mich so elend wie noch nie zuvor. Ich zog meinen zweitliebsten Praxiskittel an, da alles andere in der Wäsche war. Ich fuhr in einem widerlichen Platzregen zur Arbeit, der die Abwässerkanäle überflutete und mein Shirt mit nadelgenauer Entschlossenheit durchbohrte. Während der ersten Arbeitsstunde wurde ich von einem Pudel namens Francie angekotzt.

Ich trank Kaffee, um meine Augen aufzuhalten, und behielt die Uhr im Blick. Auch wenn mein Kopf wieder klar und der Schmerz aus meiner Brust verschwunden war, schien der Tag nicht weniger monoton zu sein, als es die vorangegangenen Wochen gewesen waren. Es ist eine Sache, sich selbst einzugestehen, dass man jemanden liebt – aber eine vollkommen andere, das auch jemandem zu gestehen. Und danach müssen beide herausfinden, was sie deswegen unternehmen wollen.

Ich hatte bisher nur ein paar Typen gesagt, dass ich sie liebte. Es war ein geradliniger Prozess gewesen: Man geht mit jemandem aus, merkt, dass man ihn liebt, sagt es ihm und kommt zusammen. Bei Matt hatte ich eindeutig einen langen und komplizierten Umweg genommen. Es war zwar ein Vorteil, bereits zu wissen, was ich empfand, aber es war auch Furcht einflößend. War es möglich, dass ich ihn nicht mehr liebte, wenn wir zusammenkämen? Diese Möglichkeit hatte ich bis zu diesem Morgen nicht bedacht. Was, wenn ich ihn liebte, und wir würden ein Paar, und dann bemerkte ich eine Million kleiner Schrullen an ihm, die mich in den Wahnsinn trieben?

Ich versuchte mir vorzustellen, was er möglicherweise verbarg; welche Eigenarten mir in den vergangenen Jahren entgangen waren. Ich wusste, dass er mehr Sportübertragungen im Fernsehen schaute, als mir lieb war, aber das traf auf so ziemlich jeden Typen zu, den ich kannte. Ich wusste, dass er Rührei mit Ketchup aß, was zwar meiner Meinung nach dem Essen eines Tellers Mülls gleichkam, aber das war kaum ein K.-o.-Kriterium. Den ganzen Tag dachte ich darüber nach und versuchte mir etwas einfallen zu lassen, das ich an Matt zwar als Freund tolerieren konnte, mich als seine Freundin aber wahnsinnig machen würde.

Meine Liste war kurz und beschränkte sich auf Dinge, die mich an Männern im Allgemeinen störten und nicht so sehr an Matt im Besonderen. Sie beinhaltete: den Toilettensitz hochgeklappt zu lassen, einen beträchtlichen Unterschied der Leistungen im Haushalt und die Tendenz, zu schnarchen, wenn er auf dem Rücken lag.

Dann listete ich meine eigenen schlechten Angewohnheiten auf. Welche davon würden Matt dazu bringen, mich zu verlassen? Meine Sucht nach Dokusoaps? Meine Unfähigkeit, Hühnchen zuzubereiten? Die hohen Wartungskosten meiner berühmten Dessoussammlung?

Am Ende des Tages war ich wieder gezwungen, Nellie mit einzubeziehen. Sie war den ganzen Tag mit einem der Tierärzte, Dr. Srivastava, auf Hausbesuchen gewesen. Als sie wiederkam, wäre ich ihr fast um den Hals gefallen – ich konnte mit meinen Gedanken nicht mehr länger allein sein.

»Hey, Süße, wie war dein Tag?«, begrüßte sie mich.

»Francie hat mich angekotzt«, erwiderte ich im Plauderton.

»Ich wurde von einer Katze gebissen«, sagte sie.

»Du gewinnst.«

»Ich weiß.«

»Ist es durch die Haut gegangen?« Katzenbisse waren schlimm.

»Ja.« Nellie seufzte und hielt ihren rechten Arm hoch. Direkt über dem Handgelenk trug sie einen losen Verband mit getrockneten Blutflecken. »Hab ein Antibiotikum verschrieben bekommen.«

Ich verzog mein Gesicht. »Autsch!«

»Tut auch verdammt weh.«

Doch sie war am nächsten Tag wieder in der Praxis. Ich hätte darauf wetten können. Es braucht mehr als einen Biss, damit ein echter Tierliebhaber zu Hause bleibt. Ich war selbst schon ein halbes Dutzend Male gebissen worden. Zahlreiche Narben bewiesen es. Tiere hatten einfach Angst vor dem Tierarzt; es war nichts Persönliches.

»Tut mir leid, Nell.«

»Ich werde es schon überleben.« Ihr Tonfall war beiläufig. »Jetzt erzähl mir aber mal was Interessanteres als Pudelkotze.«

Ich war bereit. Ich hakte mich bei ihr unter und zog sie in den vollgestopften Vorratsraum. »Ich liebe Matt.«

Sie hob ihren Kopf und sah auf mich herab. »Wann ist dir das klar geworden?«

»Letzte Nacht.«

»Du bist eine Idiotin.«

»Warum das denn jetzt?«, fragte ich empört.

»Ich begreife einfach nicht, dass du so lange gebraucht hast.«

Ich starrte sie eine Sekunde lang an, bevor ich mich in die Gegenwart zurückschüttelte. »Ich schwöre bei Gott, ich werde nie herausfinden, wie dein Gehirn funktioniert.«

»Zumindest kannst du mir nicht vorwerfen, dass ich vorhersehbar bin.«

»Wie auch immer.« Aus Versehen stieß ich gegen einen Stapel Packungen mit Gummihandschuhen. Wir wappneten uns beide gegen den Einsturz, aber der Stapel stabilisierte sich. Ich richtete meine Aufmerksamkeit wieder auf Nell. »Wird er mich auch lieben?«

»Das hoffe ich ja wohl mal.«

»Ich meine es ernst, Nell. Habe ich meine Chance schon vermasselt?«

Sie verschränkte ihre Finger vor dem Mund und gähnte ausführlich. Dann legte sie ihre Hände auf meine Schultern und blickte mir tief in die Augen. »Ich werde dir jetzt etwas sagen, und du musst verstehen, dass ich es sage, weil ich dich sehr gern hab. Verstanden?«

Ich hatte das unangenehme Gefühl, dass ich es nicht mögen würde. »Okay ...«

»Also gut. Hier ist es: *Rede. Mit. Matt.* Ich kann dir dazu keine Fragen mehr beantworten. Du musst dein Glück selbst in die Hand nehmen. Sag es ihm. Werde aktiv. Und wenn es nicht hinhaut, hast du die Erlaubnis, zurückzukommen und dich bei mir auszuheulen, in Ordnung?«

Du musst dein Glück selbst in die Hand nehmen.

Das waren die weisesten Worte, die ich jemals gehört hatte.

Ich musste mit dem Spekulieren aufhören. Ich musste etwas tun. Egal was.

Vielleicht musste ich es machen, wie man ein Pflaster abriss. Schnell und ohne zu zögern. Als ich von der Praxis wegfuhr, wäre der Regen, der auf das Dach meines Hondas prasselte, normalerweise eine willkommene Ausrede gewesen, um Matt nicht anzurufen. Aber ich fühlte mich wie ein neuer Mensch, also wählte ich seine Nummer. Die Mailbox ging dran.

Selbst als neuer Mensch fand ich, dass ich ein Liebesgeständnis nicht auf die Mailbox sprechen sollte. Ich entschied mich, es einfach zu halten.

»Hallo. Ich bin's. Hör mal, ich weiß, dass wir uns das letzte Mal, als du mit mir reden wolltest, furchtbar gestritten haben. Aber wenn du bereit bist, würde ich es gerne noch mal versuchen. Bitte ruf mich an.«

Allein durch diesen winzigen Schritt fühlte ich mich bereits besser. *Vielleicht,* dachte ich, *kann ich diese ganze Sache bis zum Ende des Tages hinter mich bringen.*

Natürlich würde es davon abhängen, ob Matt zurückrief. Was er nicht tat.

Ich wusste nicht, ob er nicht in der Stadt war oder mich ignorierte, aber ich nahm an, dass ich ihm ein paar Tage zum Überlegen zugestehen konnte.

Zumindest hoffte ich, dass ich das konnte.

Trotz meiner angestrengtesten Bemühungen, tapfer und zuversichtlich zu sein, war ich nachts immer noch allein mit meinen Gedanken. Dewey war natürlich bei mir und bot mir seine Unterstützung an in Form von lautem Schnurren und Treten gegen meinen Bauch. Ich dachte an Nellies Rat und an die letzten Worte, die Matt und ich zueinander gesagt hatten.

Du musst dein Glück selbst in die Hand nehmen.

Du und deine verdammte Jungfrau-in-Nöten-Masche.

Es lief alles auf dieselbe Sache hinaus. Ich wollte, dass jemand anders dafür sorgte, dass ich mich besonders fühlte, begehrt … geliebt. Und *das* war es, was mich kindisch machte. Darum hatte ich Matt in diese kleine Schublade gesteckt, die ich für ihn erschaffen hatte. Er wollte, dass ich wusste, wer ich war und was ich wollte, was ich eindeutig nicht tat. Oder getan hatte. Jetzt wurde mir langsam alles klar.

Wer ich war? Nur ich. Ein wenig unsicherer, als ich mir mich vorgestellt hatte, aber bereit, es zum ersten Mal zuzugeben.

Dewey drehte sich im Schlaf um und zuckte an meinem Bein. Ich kraulte ihn an der Brust. Eines war sicher – ich wollte Matt haben, und ich musste versuchen, ihn zu bekommen.

Meine Strategie, Matt Zeit zu geben, brachte mich nirgendwohin. Er rief mich nicht zurück. So verlockend es auch gewesen wäre, jetzt Fersengeld zu geben, wusste ich doch, dass ich tapfer sein musste. Ich musste Verantwortung übernehmen. Also rief ich ihn wieder an.

»Matty, hier ist Joss. Ich ... ich vermisse dich. Es tut mir leid, was ich gesagt habe. Bitte ruf mich an. Zumindest bevor du gehst. Ich will nur, dass wir uns wieder vertragen. Selbst wenn ich dich niemals wiedersehe.«

Und während ich darauf wartete, dass er antwortete, musste ich die Anreise zu Jessies Hochzeit organisieren. Mein Plan war einfach – ich würde den Zug nach Chicago nehmen und darauf hoffen, dass mich einer meiner College-Freunde netterweise bei sich auf dem Sofa schlafen ließ. Das konnte natürlich in die Hose gehen, aber ich ging davon aus, dass es klappen würde. Schlimmstenfalls würde ich die Nacht durchmachen und morgens den ersten Zug nach Hause nehmen.

Zwei Tage vor der Reise rief ich Matt ein letztes Mal an.

»Hey, ich bin's mal wieder. Die Sache ist die: Du musst nicht mit mir reden, aber es wäre nett, wenn du mich wenigstens wissen lassen könntest, ob du immer noch zu Jessie und Evans Hochzeit fährst. Und wenn ja, lass uns wenigstens höflich zueinander sein. Bitte Matty. Ich hoffe, ich bedeute dir genug – *habe* dir irgendwann genug bedeutet –, um eine Antwort zu bekommen.«

Am nächsten Tag bekam ich eine SMS: *Ja, ja und ja.*

Und ich brach natürlich sofort in Tränen aus.

Ich war erleichtert, dass er geantwortet hatte, wütend, dass er offensichtlich auf meine vorherigen Nachrichten absichtlich nicht geantwortet hatte, und zitterte vor Aufregung. Ich wollte ihn so dringend sehen. Und was genau meinte er mit all diesen Jas? Ich versuchte mich zu erinnern, was genau ich gesagt hatte. Ich erinnerte mich, nach der Hochzeit gefragt zu haben und ob wir zumindest höflich zueinander sein könnten. Sollte das letzte Ja heißen, dass ich ihm etwas bedeutet hatte? Immer noch bedeutete?

Zum dritten Mal seit unserem Streit fuhr ich zu seiner Wohnung. Das Haus war dunkel, und sein Auto stand nicht in der Einfahrt. Wie jedes Mal, wenn ich hergefahren war. Ich wusste nicht, wo er seine Zeit verbrachte, und da er nicht an sein Handy ging, konnte ich es auch nicht herausfinden. Langsam fühlte ich mich wie eine Stalkerin, und ich schwor, nicht noch mal ohne Einladung vorbeizukommen.

Ich war spät dran für die Hochzeit. Es hatte zwei mögliche Abfahrtszeiten für den Zug gegeben, und ich hatte mich offensichtlich falsch entschieden. Das bedeutete, dass ich durch einen Nebeneingang in die Kirche schleichen und auf einen passenden Moment warten musste, um mich zu setzen.

Ich blieb kurz stehen, um meine Schuhe auszuziehen – wenn ich High Heels trug, war ich ziemlich laut –, und steckte sie in meine geräumige Schultertasche, bevor ich die große Eingangstür öffnete. Die Trauung war in vollem Gang, und es warteten nur noch ein paar Mitglieder der Hochzeitsgesellschaft auf ihren Einsatz. Ich wusste, dass Jessies Brautjungfern alle zur Familie gehörten, aber ich hatte nicht erwartet, dass sie sich alle so ähnlich sahen. Es war eindeutig, wer mit Jessie und wer mit Evan verwandt war.

Jessie sah wunderschön aus. Ihr weißes Kleid raschelte leise, als sie ihre Hand auf den Arm ihres Vaters legte. Ihre Wangen waren vor Aufregung gerötet, und ihre Augen funkelten. Sie konnte es nicht erwarten, vor dem Altar zu stehen.

Die Tür, durch die ich gekommen war, gab ein dumpfes Geräusch von sich, als sie sich schloss, und Jessie sah in meine Richtung. Als sie mich erkannte, begann sie zu strahlen, und sie winkte.

Ich winkte zurück und flüsterte: »Du bist wunderschön!«

»Und du bist spät dran!«, erwiderte sie leise, lächelte aber.

In diesem Moment endete das Präludium, und das ganze Gebäude schien den Atem anzuhalten. Das Streichquartett begann mit dem traditionellen Hochzeitsmarsch, und Jessies Aufmerksamkeit richtete sich auf Evan.

»Dann wollen wir mal«, sagte ihr Vater leise.

Als sie außer Sicht waren, schlüpfte ich durch die Nebentür und schlich auf Zehenspitzen nach vorne, um einen guten Platz zu finden. Die Gäste achteten nur auf den Auftritt der Braut, also konnte ich mich unauffällig unter die Leute mischen.

Der Priester bat die Anwesenden, sich zu setzen, und endlich konnte ich mich ein wenig umsehen. Ich erkannte eine Reihe von Leuten aus dem College, und wir begrüßten uns mit kleinen aufgeregten Gesten. Dann lehnte ich mich vor, um herauszufinden, wer noch so in meiner Reihe saß, und sah Matt.

Er kam mir so anders vor, obwohl ich seine vertrauten Umrisse, das Dunkelbraun seiner Augen und selbst den Blick darin wiedererkannte – er war in seiner eigenen Welt. Der Unterschied war, dass ich mit dieser Vertrautheit anders umging. Es war wie das erste Mal, als ich eine Brille getragen hatte: Ich konnte es nicht fassen, wie viele Details es gab, von denen ich nichts gewusst hatte. Ich erkannte, dass Matt alles sein konnte, was ich wollte. Ich erkannte, dass ich mich stärker in ihn verlieben konnte als jemals zuvor, wenn er mich nur ließ.

Er blinzelte und erkannte mich. Mein Herz machte einen Sprung wie ein Läufer beim Startschuss.

Lautlos formte ich die Worte »Hi!« und lächelte.

Er lächelte nicht zurück, erwiderte aber mein »Hi!«.

Zwischen uns saßen sechs Leute, und ich wünschte mir, sie würden sich alle in Luft auflösen, damit ich neben ihn rutschen und ihn berühren konnte. Aber er blickte vor zum Altar und erinnerte mich so daran, warum ich hier war. Also folgte ich seinem Beispiel. Ich kaute auf der Innenseite meiner Wange herum und versuchte mich auf die Trauung zu konzentrieren.

Die Zeremonie war kurz – Gott sei Dank! Ich hasste es, wenn sich der Gottesdienst mit jeder Menge musikalischer Zwischenspiele in die Länge zog. Unter diesen Umständen hätte ich keine lange Hochzeit durchgestanden. Ich musste Matt sehen. Er sah nicht mehr in meine Richtung, als alle aufstanden und darauf warteten, aus den Reihen zu treten.

Es war ein außergewöhnlich herrlicher Tag: sonnig, mit einer leichter Brise und warm, aber nicht zu warm. Genau aus diesem Grund heiratete man im Juni. Ich nahm einen tiefen Atemzug frischer Luft, bevor ich mich dem obligatorischen Umarmen und Kreischen meiner Freundinnen anschloss. Alte Freunde zu treffen ist, als würde man in einen bequemen Schlafanzug schlüpfen: Man kann sich vor allem nicht erinnern, warum man es nicht öfter macht. Ich verlor Matt aus den Augen, als er zu Bekannten von sich ging, und ich hatte das Gefühl, dass er es auch so belassen wollte.

Aber nachdem kleine Seifenblasen das Hochzeitspaar zu seiner Limousine begleitet hatten und die Familien mit Kindern verschwanden, bevor die Kleinen vor Langeweile explodierten, hatte sich die Gesellschaft auf ein paar Freunde reduziert, die von außerhalb gekommen waren und die zwei Stunden bis zum Empfang totzuschlagen hatten. Das waren unter anderem Matt und ich. Ich erwischte ihn am Haupteingang der Kirche.

»Könnten wir uns kurz unterhalten?«, fragte ich.

»Jetzt?« Sein Gesichtsausdruck war neutral, aber seine Augen verrieten ihn. Er war immer noch gekränkt.

»Ja, jetzt.«

Jemand nahm mich bei der Hand und wirbelte mich herum. Es war Kerry. »Kommst du?«, fragte sie.

»Wohin?«

»Wir gehen alle was trinken – das wird toll!«

»Wo denn?«

»Keine Ahnung! Aber der Empfang findet direkt an der Magnificent Mile statt, also werden wir ohne Probleme was finden.« Sie lächelte Matt an. »Du bist doch auch dabei, oder?«

»Auf jeden Fall«, sagte er. »Auf geht's.«

Er entkam mir wieder, als sich alle in Fahrgemeinschaften aufteilten und einen Treffpunkt ausmachten. Jemand zog ein iPhone heraus und fand den Namen einer Bar auf der Michigan Avenue. Dann war Matt verschwunden, und ich landete in Kerrys Wagen. Wir mussten ein paar Blocks von der Bar entfernt bei Kerrys Hotel parken.

Sobald wir auf die Michigan kamen, änderte sich die Geräuschkulisse. Es war eine von Menschenhand erschaffene Schlucht aus Wolkenkratzern, voll künstlicher dunkler Schatten, und das Echo des Verkehrs hallte vom Beton und den Glasbauten um uns herum wider. Ich schulterte meine Tasche ein wenig höher und wünschte mir zum zehnten Mal, dass ich sie im Hotelzimmer hätte lassen können. Nicht, dass ich eines gehabt hätte.

»Das ist das John Hancock Center, ja?«, fragte Kerrys Freund Mitch und deutete auf das sich nach oben hin verjüngende schwarze Monster ein paar Blocks entfernt. Meine Knie wurden von seinem bloßen Anblick ganz weich. Von all den schrecklich hohen Gebäuden um mich herum war es das bei Weitem angsteinflößendste.

»Urgs, nein danke!«

»Aber Süße, genau da wollen wir doch hin«, sagte Kerry.

»Was?«

»In die Signature Lounge. Die ist da drin.« Sie deutete auf das Hancock-Gebäude.

Ich blieb ruckartig stehen. »Ich komm nicht mit.«

»Ach, komm schon, du schaffst das.«

»Auf keinen Fall!«, jammerte ich.

»Es ist nur ein *Gebäude*, Joss«, sagte Kerry. »Schau einfach nicht aus dem Fenster.«

Ich dachte an Matt. »Wie hoch oben ist es?«

»Keine Ahnung«, erwiderte sie. »Wahrscheinlich nicht sehr weit oben.«

Ich folgte ihnen, war aber darauf eingestellt, wenn nötig im letzten Moment abzuspringen. In der Empfangshalle warteten alle. Der überschwängliche Chor der Begrüßungen sorgte dafür, dass ich mich wie Norm aus *Cheers* fühlte, und das brachte mich zum Lachen.

»Sind jetzt alle da?«, fragte Annemaries Freund Kurt.

Die allgemeine Antwort lautete ja.

»Hier entlang zur Spitze der Welt«, verkündete er und zeigte auf die Aufzüge am Ende der Empfangshalle.

»Zur Spitze?«, fragte ich. »Wie viele Stockwerke?«

»Neunundsechzig!«, antwortete Kurt mit einem manischen Grinsen.

Ich schüttelte den Kopf und stellte meine Tasche ab. »Nein. Das kann ich nicht. Ich habe Höhenangst.«

»Du kommst doch zum Empfang, oder?«, fragte Annemarie.

»Na klar.«

»Der findet im dreiundachtzigsten Stock des Aon Centers statt«, sagte sie. »Hast du das nicht gewusst?«

Nein, das hatte ich nicht gewusst. »Ich … ich … ich …«, stammelte ich, während mir der kalte Schweiß ausbrach und das Blut in den Ohren zu pochen begann. »Ich kann nicht!« Unwillkürlich schossen mir Tränen in die Augen. Es war mir peinlich, aber ich konnte nichts dagegen tun. »Das kann ich nicht!«

Die allgemeine Reaktion war Gelächter, aber daran war ich nach all den Jahren, die ich mit einer Phobie lebte, gewöhnt. »Stell dich nicht so an«, sagte jemand. »Wir besorgen dir einen Drink, sobald wir oben sind«, versprach jemand anderes. »Das schaffst du schon.«

»Zumindest geht es nicht auf die Aussichtsplattform.« Das war Matt. »Die ist nämlich an der frischen Luft.« Er zog eine Augenbraue in die Höhe. Seine leicht gehobenen Mundwinkel machten deutlich, dass er mein Unbehagen genoss.

»Komm schon, Joss, sei kein Baby.« Das kam von Kerry.

Ich warf ihr einen bösen Blick zu.

»Ich habe euch gesagt, dass sie es nicht tut«, sagte Matt zu der Gruppe und ging dann ohne einen weiteren Blick zurück auf die Aufzüge zu.

Ich wollte auf dem Boden bleiben. Die bloße Vorstellung, so hoch oben in der Luft zu sein, verursachte mir Übelkeit. Aber auf der anderen Seite … Matt.

Ich schloss die Augen für einen Moment. »Okay, ich versuch es. Aber sobald wir da sind, brauche ich einen Kurzen.«

Die Gruppe jubelte, als ich mir die Tasche wieder umhängte, und drei Leute ergriffen meine Arme und schleppten mich im Polizeigriff durch die Lobby. Meine Tasche wog auf geheimnisvolle Weise plötzlich zwanzig Kilo mehr. Sie wollte am Boden bleiben. Es war eine weise Tasche mit guten Ideen.

»Du schaffst das schon«, versprach mir Kerry und drückte meinen Arm.

»Du kannst das, Joss.« Geena drückte den anderen.

Ich nickte und hauchte: »Ich kann das.«

Als der Aufzug ankam, verkündete Matt: »Wisst ihr was, ich glaube, ich will die Aussichtsplattform doch sehen. Ich komme gleich nach, Leute.«

In dem Gedränge, das folgte, landete ich im Fahrstuhl direkt vor den Türen. Matt war noch in der Lobby.

Du musst dein Glück selbst in die Hand nehmen. Ich musste aus diesem Aufzug raus. »Wartet! Ich will doch nicht mit«, rief ich, aber die Türen schlossen sich bereits.

Matt starrte mich durch die sich schließende Lücke an, während Geena den Trageriemen meiner Schultertasche umfasste und Kerry mich am Ellbogen festhielt.

»Sei doch nicht so ein Schisser!«, schimpfte Kerry.

»Nein, ich …«, begann ich zu protestieren, aber ich konnte den Satz nicht beenden. Die Worte erstarben mir in der Kehle, als sich der Expressaufzug in Bewegung setzte und mein Magen nach unten rutschte. Meine Ohren knackten, während die Kabine den langen Schacht hinaufraste. Ich stieß ein seltsames Krächzen aus.

Endlich kam der Fahrstuhl wieder zum Stehen, und die Türen öffneten sich zu einem Empfangsbereich mit großen Fenstern. Alles, was ich sehen konnte, war Himmel. Ich schnappte nach Luft und trat einen Schritt zurück, wobei ich gegen jemanden stolperte. Die Person hinter mir versuchte mich nach vorne zu schieben, aber ich schüttelte den Kopf und griff nach der Wand.

Um mich herum stiegen meine Freunde und eine Handvoll Fremder mit bewundernden Pfiffen und Ausrufen aus dem Aufzug. Sobald sie alle draußen waren, drückte ich den

Knopf für das Erdgeschoss. Ich musste hier raus. Ich musste zu Matt.

»Joss, wo willst du hin?«

»Ach komm schon, hol dir wenigstens ein Getränk!«

»Es ist vollkommen sicher.« Um seine Aussage zu unterstreichen, hüpfte Mitch auf und ab.

»Tut mir leid«, flüsterte ich.

Die Fahrt nach unten ging noch schneller als die nach oben. Meine Ohren knackten dreimal, und ich klammerte mich an den schmalen Metallhandlauf, der an den Wänden entlang verlief. Jetzt, da ich allein war, konnte ich zumindest mit zugekniffenen Augen und zitternden Beinen laut wimmern.

»Eins … zwei … drei …« Ich zwang mich, laut bis zehn zu zählen, aber das war kompletter Schwachsinn. Obwohl der Fahrstuhl so schnell war, schien die Fahrt viel zu lange zu dauern. Würde ich in einer Art Unterunteruntergeschoss landen? Waren die Kabel gerissen, und ich befand mich in einem höllischen freien Fall?

Plötzlich hielt die Kabine an, und ich ging in die Knie. Dann öffnete ich meine Augen. Die LED-Anzeige besagte, dass wir im Erdgeschoss waren. Ich befand mich wieder auf *terra firma*. Die Türen glitten auf, ich stürzte hinaus und sog tief die süße Bodenluft ein. Eine kleine Gruppe, die auf den Aufzug gewartet hatte, sah mich irritiert an.

»Entschuldigung«, keuchte ich.

Mein Atem ging immer noch viel zu schnell, als ich mich nach dem Eingang zur Aussichtsplattform umsah. Dann entdeckte ich einen kleinen abgeteilten Bereich mit einer Kasse. Offenbar würde ich für das Privileg, mich meiner größten Angst zu stellen, auch noch bezahlen dürfen. War das nicht einfach fantastisch?

Okay, okay – ein Schritt nach dem anderen. Kauf einfach nur das Ticket. Das Ticket zu kaufen, schaffst du. »Ein Ticket könnte für alles gut sein«, murmelte ich, während ich auf Beinen, die keine Knie mehr zu haben schienen, zum Eingang stelzte. Nachdem ein Sicherheitsmann meine Tasche kontrolliert und entschieden hatte, dass ich den Turm mit sauberer Unterwäsche und einem Tank Top nicht zum Einsturz bringen würde, durfte ich weiter. Ich lehnte die freie Multimediatour ab, sehr zur Verwunderung der Frau, die die kleinen Bildschirme zum Umhängen an Lanyards verteilte. Und ich ging an dem Fotografen vorbei, der einen Green Screen hatte, mit dem wahrscheinlich manipulierte Schnappschüsse der grauenerregenden Ansicht dort oben produziert wurden, und reihte mich in die Schlange der Wartenden ein.

Mein Mantra wurde zu *Das ist die Schlange nach Hause, das ist die Schlange, um verdammt noch mal von hier zu verschwinden …* Es war nicht besonders hilfreich. Mein BH war um drei Größen geschrumpft und quetschte meine Rippen mit jedem Atemzug mehr ein. Die Schlange bewegte sich viel zu schnell vorwärts – es gab nicht genug Touristen. Wie zum Teufel war Matt so schnell da hochgekommen? Warum konnte die Schlange nicht fünfzehn Minuten lang dauern? Ich hätte ihn noch hier unten erwischt, anstatt mich dieser Folter unterwerfen zu müssen. Ich war nur noch drei Leute vom Fahrstuhl entfernt, als mir schwindlig wurde. Ich war als Nächste dran – ich musste meine Atmung unter Kontrolle bringen, oder ich würde in Ohnmacht fallen, noch bevor ich es in den Aufzug geschafft hätte.

»Miss? Alles in Ordnung?«, fragte mich eine Fremde. Sie trug eine Bermudashorts und ein gelbes T-Shirt, auf dem *Wendys Wanderhuren* stand. Ich starrte das T-Shirt an. Die Schrift schien sich zu bewegen. »Miss?«, wiederholte sie.

Meine Lippen verzogen sich zu ein paar zufälligen Formen, bevor es mir gelang, »Alles in Ordnung« zu krächzen.

Ich weiß nicht, ob sie noch etwas erwiderte, denn an diesem Punkt war ich vor Panik schon taub geworden. Die Aufzugtüren waren offen, und meine Sicht hatte sich zu einem kristallklaren Tunnel verschmälert, der die unschuldige Tür in den gähnenden Abgrund des Grand Canyon verwandelt hatte.

Ohgottohgottohgottohgottohgottohgott! MATT! Ein kleiner Teil meines Gehirns wusste immer noch, was er tat. Er schrie, um sich Gehör zu verschaffen, und nahm die feindliche Übernahme meiner motorischen Funktionen vor. Ich stürmte in den Fahrstuhl und presste meinen Rücken in eine der Ecken. Meine Tasche war nach vorne gerutscht und sorgte für Abstand zu den anderen Fahrgästen. Dennoch reichte der Sauerstoff nicht. Ich spürte jede Erschütterung, als die restlichen Personen an Bord kamen. Die Kabine gab winzige Geräusche von sich, die mir aber lauter vorkamen als die Glocken von Big Ben.

In meinen Ohren dröhnte mein eigener Atem. Alles andere schien dumpf und distanziert, wie unter Wasser. Dann schlossen sich die Türen.

In meinem Kopf hörte ich nur noch ein Rauschen und eine endlose Wiederholung von *Ohgottohgottohgottohgottohgottohgottohgott, scheißeohscheißeohscheißeohscheißeohscheißeohscheiße, neinneinneinneinneinneinneinneinneinneinneinneinneinneinneinnein, fuckfuckfuckfuckfuckfuckfuck!* Ich begann Punkte zu sehen.

Eine meiner schweißnassen Hände rutschte vom Handlauf. Ich presste sie flach gegen die Wand, während ich die Augen zukniff. Wieder knackten meine Ohren, während wir in den vierundneunzigsten Stock rasten. Was zum Teufel tat ich bloß hier?

Mit einem sanften *Bong* und einem Furcht einflößenden Ruck hielt der Aufzug an seiner höchsten Station. Die Türen öffneten sich, und der letzte Rest Atem verschwand aus meiner

Lunge. Alles bestand aus Himmel. Wohin ich auch sah – Fenster. Fenster und der verdammte klare Tag, der die Sicht ins Unendliche ausdehnte. Meine Augen füllten sich mit Tränen.

»Steigen Sie aus?« Ein Angestellter mit blauem Hemd sah mich an, während er die Türen aufhielt.

Ich konnte mich nicht bewegen.

»Es ist vollkommen sicher«, sagte er.

Ich bleib wie erstarrt stehen.

Er sah mich verschwörerisch an. »Es ist wahrscheinlich sicherer als der Aufzug.«Er deutete auf den Boden. »Ist Ihnen klar, dass Sie über einem dreihundert Meter tiefen Loch stehen?«

»Zur Hölle mit Ihnen«, stöhnte ich, stieg aber mit eingerollten Zehen aus dem Fahrstuhl.

»Funktioniert jedes Mal«, sagte er.

Ein Quartett unsichtbarer Giganten hielt mich von allen Seiten fest umklammert. Ich versuchte mich umzusehen, ohne auf die Fenster zu achten, aber das war unmöglich. Die Aussichtsplattform war blendend weiß und voller Leute, die Kopfhörer trugen. Keiner von ihnen war Matt.

Er ist nicht hier. Er ist gegangen. Er hat gelogen, um von dir wegzukommen. Du bist vollkommen umsonst hierherauf gefahren. Er ist nicht da. *Soeinmistsoeinmistsoeinmist!*

Ich fand eine Innenwand, an die ich mich lehnen konnte. Mein Atem kam in hörbaren Schluchzern. Mein Sichtfeld war voller Punkte, und meine Beine wurden jede Sekunde schwächer. Ich musste mich hinsetzen, konnte mich aber nicht bewegen.

»Joss?« Matts Stimme war voller Erstaunen.

Ich drehte meinen Kopf mit Zahnradbewegungen in Richtung seiner Stimme.

»Was machst du hier oben?«, fragte er.

»Versuchen, nicht zu kotzen«, sagte ich. »Oder in Ohnmacht zu fallen.«

Seine Kiefermuskeln spannten sich an, und er blickte über seine Schulter zu den Aufzügen. »Du musst gehen.«

»Nein, bitte!«, sagte ich zu laut, aber fast alle trugen Kopfhörer. »Ich muss unbedingt mit dir sprechen.«

»Du musst wieder nach unten«, erwiderte er. Sein Blick wirkte finster – wütend? Ich spürte einen Stich im Herzen.

»Bitte, Matt!«

»Also gut.« Er ergriff mein Handgelenk und zog mich zu der kurzen Schlange der Leute, die wieder runterwollten. Wenn ich mich bewegte, würde ich gleich durch das Glas rutschen und in den Abgrund stürzen. Ich wusste, dass das nicht stimmte, aber ich konnte das Bild nicht abschütteln. Ich kniff die Augen zu und stieß gegen ihn, als er stehen blieb. Meine Tasche schlug gegen meinen Rücken, und ich riss die Augen auf. »Du hast Zeit, bis der Aufzug da ist«, sagte er.

»Wirklich?«, fragte ich heiser.

Er sah hoch und verdrehte die Augen. »Ja. Also los.«

Mein Körper wusste nicht, ob er sich verkrampfen oder in Pudding verwandeln sollte, mein Hirn war ein einziges Durcheinander. Ich versuchte, wieder Atem zu schöpfen, aber es war sinnlos. »Ich finde es schrecklich, dass du nicht mit mir sprichst.«

Er seufzte. »Was gibt es denn noch zu sagen?«

Ich versuchte mich auf sein Gesicht zu konzentrieren und nicht auf das Panorama durch die Fenster zu achten. Es half ein wenig. »Du bist vor ein paar Wochen zu mir gekommen, weil du mit mir reden wolltest. Anscheinend gibt es ja doch etwas zu sagen.«

»Ja, da dachte ich aber noch, dass du allein bist.«

»Das bin ich.« Ich hasste meine Stimme dafür, dass sie so

verzweifelt klang und dass meine Hände an seinen Ärmeln herumtasteten. »Du auch?«

Er nickte.

Ich konnte meine Panik einigermaßen kontrollieren, solange mein Blick nicht von ihm wegrutschte. Ich musste manisch wirken. »Ich muss dir etwas sagen, wenn du mir zuhörst.«

Sein Mund wurde zu einer schmalen Linie. »Ja, okay.«

»Also gut.« Ich holte tief Luft und versuchte das Zittern in meiner Stimme zu unterdrücken. »Die Sache ist die … ich liebe dich.«

Er versteifte sich und lehnte sich zurück. »Wie einen Freund?«

»Nein.« Meine Knie waren schon wieder ganz weich. »Ich liebe dich – ich bin in dich verliebt. Und ich will, dass du das weißt, bevor du wegziehst.«

Seine steife Haltung löste sich, und er starrte an die Decke. »Soll das ein Scherz sein?«

»Nein.« Ich schüttelte den Kopf. Hinter mir hörte ich das sanfte *Ding*, das die Ankunft des Aufzugs verkündigte. Mir liefen Schauer über den Rücken. »Es tut mir leid, wenn es nicht das ist, was du hören willst, aber ich dachte, dass du die Wahrheit wissen solltest. Ich erwarte nicht, dass du deswegen irgendwas tust …«

»Jocelyn – hör auf zu reden.«

Ich zuckte zusammen. Obwohl ich gedanklich so viele mögliche Reaktionen durchgegangen war, erwischte mich diese dennoch eiskalt. »Tut mir leid«, sagte ich.

Er schüttelte den Kopf. Die Anspannung seines Kiefers verriet mir, dass er sich bemühte, ruhig zu bleiben. Hinter mir drängte sich die Menge in Richtung Fahrstuhl. Ich hörte das leise Knacken seiner Fingerknöchel, als er seine Hände zu Fäusten ballte. Bis auf seine Schultern, die sich hoben und senkten, während er bewusst ruhig atmete, stand er vollkommen reglos da.

Mein Herz war ein wildes Tier, das sich gegen seinen Käfig stemmte. »Matt … bitte … sieh mich an.«

Als ich in seine für gewöhnlich so warmen dunkelbraunen Augen sah, musste ich an einen Sturm denken. Tränen brannten in meinen Augen. Ich hätte niemals gedacht, dass er wütend sein würde.

Plötzlich packte er mich an der Schulter und schob mich rückwärts in den Aufzug. Ich stolperte, und in meinem Kopf tobte ein Wirbelsturm. Ich brauchte doch nur noch eine Minute. »Warte, warte, warte!«

Dann war er mit mir im Fahrstuhl und schob mich immer weiter nach hinten, bis ich mit dem Rücken an die Wand stieß. Plötzlich war sein Mund auf meinem, und die anderen Passagiere murrten empört. Aber das spielte keine Rolle, weil er mich küsste, und es war Matt, und die Türen schlossen sich, und mein Magen hüpfte nach oben, als wir den kontrollierten Fall in das dreihundert Meter tiefe Loch begannen, aber es war mir vollkommen egal, weil mich Matt Lehrer vor allen Leuten küsste, und es waren Matt und ich, gedrängt an die Wand, und endlich küsste er mich.

28

Gegenwart

Meine Hände hingen wie festgeklebt an meinen Seiten, die Finger wie zur Abwehr gespreizt. Mein Herz drohte Meuterei an. Es gelang ihm nicht, mich mitsamt der Tasche und meinen Armen fest genug zu umarmen, also legte er einen Arm um meinen Nacken. Der andere fand meine Hüfte. Währenddessen küssten wir uns auf eine Art, die ich bisher nur aus Filmen kannte.

Weit entfernt hörte ich unbehagliches Scharren von Schuhen, und ein paar Leute räusperten sich. Das alles war mir egal. Matt küsste mir die Angst aus dem Leib, und ich würde ihn um nichts auf der Welt davon abhalten.

Als er mich endlich losließ, legte er seine Hände unter mein Kinn und sah mir in die Augen. »Entschuldige dich niemals wieder dafür, okay?«

»Matty, was …?«

»Ich liebe dich auch. Das wollte ich dir an jenem Abend sagen, als ich dich zum Abendessen eingeladen hatte. Wir können dieses Sorbet-Zeugs nicht mehr machen, weil ich mich in dich verliebt habe.«

Die Adrenalinflut, die durch meine Adern geströmt war, ebbte ab, und ich sackte gegen die Wand. Meine Tasche rutschte mir von der Schulter und fiel auf den Boden. Tränen liefen meine Wangen hinunter. »Wirklich?«

Er nickte. Jemand im Aufzug hustete erneut. Es war mir immer noch egal.

»Und ich …« Ich imitierte mit zwei Fingern eine Laufbewegung.

»Ja.«

»Oh Gott!« Ich bedeckte mein Gesicht mit der Hand. Meine Ohren knackten, aber das Gefühl des freien Falls war verschwunden. Ich fühlte nichts mehr außer den Stellen, an denen sich unsere Körper berührten.

»Ja.«

»Es tut mir leid.« Mein Gehirn sortierte die Erinnerungen wie eine Bibliothekarin auf Crack. »Du hast dich nicht besonders deutlich ausgedrückt!« Ich grub meine Finger in seine Schultern und schüttelte ihn leicht.

»Ich weiß, entschuldige. Als du davongelaufen bist, dachte ich, du wärst nicht interessiert, aber dann wurde mir klar, dass du wahrscheinlich angenommen hattest …« Er schüttelte den Kopf. »Schon gut. Es war alles ein riesiges Missverständnis.«

Der Fahrstuhl kündigte seine Ankunft im Erdgeschoss mit seinem sanften elektronischen Ton an. Die anderen Passagiere drängten sich schnell hinaus, und mir wurde klar, dass wir wahrscheinlich der Grund für ihre Flucht waren. Ich schwieg so lange, bis wir den Aufzug ebenfalls verlassen und die Menschenmassen sich zerstreut hatten. Dann ergriff ich seinen Arm, und er blieb stehen.

»Ziehst du wirklich weg?«, fragte ich.

»Nicht ohne dich.« Er küsste mich wieder. Es war einer dieser erstaunlichen Matt-Küsse, die mich in Flammen setzten. Dann warf er einen Blick auf seine Uhr. »Wahrscheinlich fragen sich schon alle, wo wir bleiben, aber ich will auf der Stelle mit dir schlafen, wenn ich darf«, sagte er.

Ich dachte kurz nach. »Damit kann ich leben.«

Er grinste. »Wir nehmen ein Taxi.«

Auf dem Rücksitz eines schäbigen Taxis mit aufgerissenen Kunststoffsitzen und einem Baseballspiel im Radio machten Matt und ich uns gegenseitig Geständnisse und bemühten uns, die Hände voneinander zu lassen oder zumindest nicht allzu heftig zu fummeln.

»Seit wann weißt du es?«, wollte ich wissen.

»Seit Jessies Hochzeitseinladung«, sagte er. »Plötzlich musste ich darüber nachdenken, ob ich wirklich warten wollte, bis deine Hochzeitseinladung im Briefkasten steckt, um dir zu sagen, was ich für dich empfinde.«

»Mehr hat es nicht gebraucht?«

Er küsste mich durch die Länge einer Rotphase hindurch. »Nein, das war nur der letzte Anstoß. Und du?«

»Kurz nachdem dein Vater gestorben ist. Aber ich habe mich sehr lange nicht getraut, es dir zu sagen.«

»Warum nicht?«

»Ich hatte Angst.« Ich legte meine Hand an seine Wange. »Du bist mein bester Freund, Matt. Wenn wir das hier versauen … ich weiß nicht, ob ich mir das jemals verzeihen könnte.«

Er nickte. »Ich weiß. Wir sind nicht gerade Experten, was Beziehungen angeht.«

Ich lachte ein wenig. »Ich glaube, man kann uns nicht mal als Amateure bezeichnen.«

Er küsste mich. »Das lernen wir schon noch.«

»Außerdem hatte ich Angst, dass ich als deine Freundin nicht mit deinem Sorbet-Mädchen mithalten kann«, gestand ich.

»Wie meinst du das?«

»Ich bin nicht perfekt.«

Er begann laut zu lachen. »Das weiß ich doch.«

»Ich meine es ernst, Matt. Die Unterwäsche, die perfekt zarte Haut … ich schufte wie verrückt dafür, weil es nicht so oft passiert. Ich wollte besser sein als diejenige, die dir das Herz gebrochen hat. Aber in Wahrheit bin ich das gar nicht – jedenfalls nicht die ganze Zeit.«

»Ich weiß.«

»Ich habe Angst, dass du dich in etwas verliebt hast, das nicht echt ist.«

»Denkst du ernsthaft, dass ich dich nur bemerke, wenn wir miteinander im Bett sind? Ein bisschen mehr Vertrauen, ja? Ich sehe dich immer vor mir, Joss. Ich sehe dich die ganze Zeit.«

Ich zwickte mich in den Nasenrücken, ein schwacher Versuch, die Tränen zurückzuhalten. Seine unerwartete Heftigkeit überwältigte mich.

»Hilft das?«, fragte er. »Hast du immer noch Angst?«

»Eine Heidenangst«, gestand ich. »Aber ich will es trotzdem. Ich will trotzdem mit dir zusammen sein, wenn du mit mir zusammen sein willst.« Meine Nase juckte vor ungeweinten Tränen.

Der Fahrer hielt an, und ich kam Matt zuvor. In meinem BH steckte ein Zwanzigdollarschein, den ich dem Fahrer gab.

»Hey!«, protestierte Matt. »Ich wollte doch zahlen.«

»Du warst zu langsam.« Ich nahm das Wechselgeld entgegen und stieg aus. Er war direkt hinter mir und griff nach meiner Hand, als wir zum Hotel gingen. Es versetzte mich in eine Aufregung, die ich seit der Mittelstufe nicht mehr verspürt hatte. Ich konnte mein albernes Grinsen nicht unterdrücken, und er bemerkte es. »Was ist?«

»Nichts.« Ich log aus Selbsterhaltungsgründen.

Er führte mich zu den Aufzügen, und ich stöhnte auf. »Welcher Stock?«, fragte ich.

»Zweiter.«

»Gott sei Dank!«

Wieder waren wir in einem Fahrstuhl, und wieder drückte er mich zu einem Kuss gegen die Wand. Ich schlang meine Arme um seinen Hals und richtete meine ganze Aufmerksamkeit auf seinen Mund, der sich ganz meinem widmete. Er war wirklich der beste Küsser, den ich kannte. Die Kabine kam zum Stehen und gab ein lautes Summen von sich, um die Ankunft im zweiten Stock zu verkünden.

Matt öffnete seine Zimmertür mit der Schlüsselkarte, blieb dann aber auf der Schwelle stehen. »Ich sollte dem geschenkten Gaul wahrscheinlich nicht ins Maul schauen und so weiter, aber … im Ernst, Joss, bist du dir sicher? Weil ich nämlich wirklich nicht morgen aufwachen und einen Post-it-Zettel auf meinem Kissen finden will.«

»Das würde ich niemals tun!«, protestierte ich.

»Das war eine Metapher.«

»Ich bin mir absolut sicher. Ich will mit dir zusammen sein.«

Er lächelte erleichtert und strich mit dem Daumen über meinen Handrücken.

»Außerdem lasse ich meine Post-it-Zettel immer am Badezimmerspiegel«, fügte ich hinzu und beobachtete ihn dabei aus dem Augenwinkel.

»Stimmt, hatte ich ganz vergessen.« Er grinste und ließ meine Hand los, um die Vorhänge aufzuziehen. Der Raum war klein und abgewohnt, aber sauber. Auf mich wirkte er perfekt. Ich ließ meine unförmige Schultertasche auf eines der Doppelbetten fallen, während Matt seine Taschen ausräumte und den Inhalt auf den Schreibtisch legte.

Während ich ihm bei seiner Routine zusah, senkte sich wieder ein vertrautes und gleichzeitig neues Gefühl über mich. Sein Körper war derselbe wie immer, der in sich gekehrte Blick, wenn er etwas Routinemäßiges tat, all das kannte ich nun schon seit so vielen Jahren. Aber irgendwie betrachtete ich ihn jetzt auch mit einem gewissen Besitzanspruch. Dieser Körper, dieser Blick, diese Bewegung schienen ein Teil meines Herzens, meiner selbst, zu sein. Ich nahm an, dass es schon seit langer Zeit so war, es jedoch nun zu erkennen und bewusst wahrzunehmen war … erhellend. Meine eigenen Beweggründe und Handlungen der letzten Jahre schienen verständlicher zu werden. Ich hatte mich immer mehr bemüht, für ihn so verfügbar wie möglich zu sein, selbst wenn es unbewusst geschehen war. Wie absolut lächerlich von mir, es nicht vorher schon bemerkt zu haben.

Als er fertig war, sah er mich an und lächelte. »Hi«, sagte er.

In meinem Bauch flatterten Schmetterlinge, und ich kicherte. »Hi!«

»Bist du okay?«, fragte er.

»Ich …« Ich zögerte. *Sei ehrlich.* »Ich bin nervös.«

Er lachte und nahm meine Hände in seine. »Das ist die eine Sache, deretwegen du nicht nervös sein solltest.«

Ich zitterte. »Es ist eine gute Nervosität. Wie vor einem wichtigen Spiel.«

»Versteh ich.« Er zog mich an sich und tat einen tiefen Atemzug. »Ich habe den Geruch deines Shampoos vermisst.«

Ich lächelte. »Fürs Beschnüffeln bin ich immer verfügbar.«

»Als du nach dem Tod meines Vaters bei mir geblieben bist, hat mein Kissen so gerochen.« Er vergrub seine Nase in meinem Haar. »Der Geruch blieb, lange nachdem du bereits weg warst. »Und die Decke roch nach … Sommerurlaub.«

»Kokosnuss-Limette-Lotion«, erwiderte ich. »Ich finde auch, dass es nach Urlaub riecht.«

Er hob mein Handgelenk an seine Nase. »Genau, Kokosnuss … das ist es.« Bevor er meine Hand wieder losließ, küsste er die Stelle, an der der Puls zu spüren ist. Ich bekam Gänsehaut auf dem Arm.

Ich stellte mich auf die Zehenspitzen, um seine Lippen zu küssen. Ich sehnte mich nach ihm. Es war ein schwindelerregender Gedanke, dass ich keine Küsse mehr in meiner Erinnerung auf Vorrat speichern musste; dass ich immer wieder welche von ihm bekommen konnte, solange er dazu bereit war. Kein Ende, das hinter einer Ecke lauerte. Das war auf eine ganz andere Art aufregend.

Seine Hände wanderten über mein Kleid und hoben es mit jeder Aufwärtsbewegung ein klein wenig höher. Ich löste seine Krawatte, knöpfte sein Hemd auf und streifte es ihm von den Schultern, bis er mich loslassen musste, um es auszuziehen. Die Wärme seines Körpers war durch das T-Shirt, das er darunter trug, viel leichter zu spüren, aber es war immer noch zu viel Trennendes zwischen uns. Ich fühlte, wie sich seine Bauchmuskeln überrascht anspannten, als ich mit meinen Fingerspitzen darüberstreifte und ihm das T-Shirt über den Kopf zog.

»Und jetzt zu meinem Lieblingspart …«, murmelte er, während er langsam den Reißverschluss meines Kleids herunterzog. »Was trägt Joss darunter?«

Ich hob meine Arme über den Kopf, um es ihm einfacher zu machen. Das Kleid war im Nu verschwunden, und ich stand in einer meiner kostspieligsten Anschaffungen da, einem roten Spitzen-BH, der so gut passte, dass er jeden extravaganten Penny wert war.

»Oh mein Gott«, hauchte er und sah einen Moment flehend zur Decke.

»Ist das gut?«, fragte ich.

»Das ist gut.« Er begann mich an der Kuhle meines Schlüsselbeins zu küssen und dirigierte mich mit den Hüften zum Bett. Als er halb auf mir lag, schien er entschlossen zu sein, mich sanft zu foltern, aber ich wollte ebenfalls meine Chance.

Ich drückte gegen seine Schultern, bis er nachgab und sich aufs Bett legte. Ich kniete mich über ihn. Meine Haare klebten an den Überresten meines Lipgloss, und ich warf den Kopf zurück. Matt zeichnete mit den Händen meinen Körper nach und wirkte wie hypnotisiert.

»Ich glaube nicht, dass ich dich schon mal so im Hellen gesehen habe«, sagte er. Das gelbliche Licht der Nachmittagssonne strömte durch das Fenster. Glücklicherweise reflektierte es das Licht, falls jemand in unsere Richtung sehen sollte. Er hatte recht. Wir hatten noch nie vor Sonnenuntergang miteinander geschlafen. Es hatte etwas Ehrliches, im Tageslicht nackt zu sein, und ich war froh, dass wir entschieden hatten, den Zorn unserer Freunde auf uns zu ziehen.

Ich musste mich bewegen, um seine Hose auszuziehen, und er nutzte die Gelegenheit, um wieder die Führung zu übernehmen. Ich wand mich hin und her und wusste nicht, ob ich der Empfindung entkommen oder näher rücken und sie intensivieren wollte. Ich zerrte an seinem Hosenbund, erreichte aber nicht viel. Er rollte sich mit einem breiten Grinsen zurück und half mir, ihn aus seiner Hose zu befreien.

»Wann bist du denn zu denen übergewechselt?«, fragte ich und steckte einen Finger unter den Saum seiner Boxershorts.

Er zuckte die Schultern. »Keine Ahnung. Ich hab beides.«

»Das ist irgendwie sexy.«

Er schien erfreut, als er nach mir griff. »Komm wieder her.«

Ich tat es, schmiegte meinen Körper an seinen, und es begann eine weitere Runde sensationeller Küsse. Unser Tempo war viel langsamer als sonst, als ob wir es dieses Mal beide anders machen wollten. Ich legte meine Beine zwischen seine und spürte, wie mich mit jeder Bewegung neue Empfindungen überkamen.

»Ich habe es immer schon sehr gemocht, dass du nicht stillhalten kannst«, flüsterte er.

»Wirklich?«

»Ja, das ist so, als ob du nicht anders könntest.«

»Ich spiele nur herum«, erklärte ich. »Ich liebe es, wie sich deine Haut auf meiner anfühlt.«

Er fand den Verschluss meines BHs und öffnete ihn. Federleichte Fingerspitzen tanzten über die Abdrücke, die der BH auf meiner Haut hinterlassen hatte. Er streifte jeden der Träger mit einer so außerordentlichen Zartheit von meinen Schultern, dass ich das Gefühl bekam, die Spitze sei ein Teil von mir. Die Anspannung, die sich in meinem Unterleib aufbaute, war intensiver als alles, an das ich mich erinnern konnte. Niemals zuvor hatte ich jemanden mehr begehrt.

Ich stemmte mich vom Bett hoch, um den BH zu meinen Ellbogen runterrutschen zu lassen. Dann streifte ich ihn über meine Hände. Matt zog mich zu sich hoch, um meine entblößte Haut zu küssen. Ich musste mich mit aller Kraft an ihm festhalten, während er Zunge und Lippen einsetzte, um mich an den Rand des Wahnsinns zu treiben. Auch mein übriger Körper bettelte um Nähe und Aufmerksamkeit, doch ich zögerte, um ihn nicht zu unterbrechen. Bei all den vielen Malen, die wir in den vergangenen Jahren miteinander geschlafen hatten, hatte er nur selten in eine Trickkiste greifen müssen. Der Nervenkitzel des Sorbet-Sex hatte immer völlig ausgereicht, um uns beide heiß zu machen. Die Dinge, die er mit mir an diesem Nachmittag tat, reichten aus, um mich schwindlig werden zu lassen.

»Du machst mich verrückt«, keuchte ich.

»Gut.« Er drückte gegen meine Hüfte, und ich drehte mich auf den Rücken. Dann schlug er die Decke zurück und legte mich auf das Laken. Für jemanden seiner mittleren Größe war er immer bemerkenswert stark gewesen. Ich erinnerte mich daran, wie sehr mich das bei unserem ersten Mal zu Studienbeginn überrascht hatte.

Als er mich in eine Position gebracht hatte, die ihn zufriedenstellte, ergriff ich seinen Arm und zog ihn wieder zu mir herunter, um ihn zu küssen. Er stützte sich auf den Ellbogen und lächelte meinem Mund entgegen.

Ich konnte seine Unterhose nur mit einer Hand erreichen, aber ich zog sie ein wenig in die richtige Richtung und sah ihm in die Augen. »Ich bin bereit.«

»Nur eine Sekunde.« Er setzte sich zurück und legte seine warmen Hände auf meinen Oberkörper. Dann wanderten sie langsam nach unten und rollten meinen Slip dabei mit über die Hüften. Ich half ihm, den kleinen Stofffetzen aus schwarzer Spitze von meinem Körper zu befreien. Als er meine Knöchel erreichte, hob ich meine Füße an, und er hauchte auf jeden Spann einen kleinen Kuss. »Es gibt da etwas, das ich immer schon mal tun wollte …«, murmelte er und bewegte sich langsam meinen Körper hinauf. Dabei hinterließ er eine Spur feuchter Küsse auf meinen Knien und der Innenseite meiner Schenkel.

»Matt, bitte …«, hauchte ich. »Ich kann nicht … ich will dich … bitte.«

Er hielt lang genug inne, um seine Lippen auf die Stelle zu drücken, wo mein Oberschenkel in den Körper überging. Sein Atem kitzelte meine empfindlichste Stelle, und ich grub die Fingernägel ins Laken. Tief in meinem Unterleib fühlten sich Lust und nacktes Verlangen in ihrer Intensität fast wie Schmerz an. Ich brauchte ihn.

»Bitte«, wiederholte ich. Es klang langsam wie Betteln. »Ich will dich – hier oben.« Ich griff ihm ins Haar, um ihn dazu zu bringen, seinen Mund wieder auf meinen zu legen. »Ich will dich in mir.«

Er stieß ein leises Stöhnen aus und half mir, ihm die Boxershorts auszuziehen und zum Rest unserer Kleidung auf den Boden zu werfen. Ich konnte die Unterbrechung kaum ertragen. Dann kam er zu mir zurück, und wir glitten ineinander wie zwei Teile eines Puzzles. Die Erleichterung, die mich durchflutete, ließ mich aufstöhnen, und ich schlang meine Arme um ihn. Jede Bewegung sandte Wellen der Lust durch mich hindurch, bis mir ganz schwindlig war.

Das Zimmer verblasste, während ich mich auf Matts Gesicht konzentrierte und auf den gemeinsamen Rhythmus unserer Körper. Er küsste mich immer und immer wieder, und unser Atem wurde lauter, während wir uns der Ekstase näherten. Er schob die Hände unter meine Hüften, hob sie an und veränderte so den Winkel. Ich schnappte nach Luft und war kurz davor zu kommen. Er erkannte es am Klang meines Atmens.

»Nimm mich mit«, sagte er.

»Ich … ich … aaaahhh …« Der Gedanke riss im letzten Moment ab, aber ich presste meine Schenkel fest an seinen Körper und grub meine Fingernägel in seinen Rücken. Mehr konnte ich nicht tun, aber für Matt schien es genug zu sein. Mit seinen darauf folgenden Stößen trieb er mich in einen fast schmerzhaften zweiten Orgasmus, und ich stieß ein paar unverständliche Laute der Wonne aus. Das Zimmer schien sich erst zu erhellen und dann in einer Explosion zu verblassen.

Danach lagen wir schweißgebadet und keuchend da und kicherten über die unfreiwilligen Zuckungen, die mich ab und zu durchfuhren.

»Tut mir leid«, lachte ich. »Ich mach das nicht extra.«

»Ich weiß.«

Als er wieder zu Atem gekommen war, entschuldigte sich

Matt kurz und ging ins Badezimmer. Er kam mit einer Flasche Wasser zurück. Sie war nicht gekühlt, aber als er sie mir anbot, nahm ich dankbar einen großen Schluck.

Er legte sich wieder neben mich und fuhr mit seinen Fingern durch mein Haar. »Du bist unglaublich.«

Ich lächelte und drehte mich auf den Bauch, um wieder nach der Wasserflasche zu greifen. »Du auch.«

»Deine Sommersprossen sind im Sonnenlicht viel stärker zu sehen«, stellte er fest und streichelte meinen Rücken.

»Ich weiß.« Ich rümpfte die Nase.

»Ich weiß gar nicht, warum du sie nicht magst. Sie sind süß.«

»Das gehört zu meinem Streifenhörnchen-Sein. Ist noch niedlicher.«

»Also, ich mag sie auf jeden Fall.« Er küsste mich zwischen die Schulterblätter, und ich drehte mich wieder um.

»Matty, machen wir das wirklich?«

Er versuchte, sich seine Besorgnis nicht anmerken zu lassen, doch es gelang ihm nicht. »Ich dachte, das sei der Plan.«

»Okay. Gut.« Ich kam auf die Knie und setzte mich auf ihn. »Denn ich könnte mich wirklich daran gewöhnen, dich die ganze Zeit nur für mich zu haben.«

Er lächelte. »Ach ja?«

»Ja. Und ich wäre echt froh, keine beschissenen Dates mehr zu haben.« Ich legte ihm die Arme um den Hals.

»Wie bald sollte ich denn damit rechnen, dass du die hässliche Unterwäsche auspackst?«, fragte er.

Ich begann zu lachen. »Ach, das weiß ich noch nicht.«

»Und was bedeutet hässlich in diesem Zusammenhang?«

»Überhaupt nicht hässlich. Langweilige Baumwollunterwäsche. Die trage ich zur Arbeit.«

»Wissen Hunde und Katzen denn keine französischen Dessous zu schätzen?«

»Ein paar davon sind italienisch. Und im Übrigen ist sie ihnen gleichgültig. Außerdem werde ich dauernd bepinkelt und bekotzt. Das wäre Verschwendung.«

»Stimmt.« Er gab mir einen sanften Kuss, was zu einem kurzen Austausch von Zärtlichkeiten führte, der damit endete, dass unsere Beine ineinander verknotet waren. »Unseren Vertrag können wir dann wohl zerreißen.«

Ich lachte. »Selbst den laminierten, den ich bei meinen wichtigen Unterlagen aufbewahre?«

»Ja, und sag deiner Assistentin, dass sie alle Kopien, die sonst noch herumliegen, durch den Reißwolf jagen soll.«

»Ich schicke ihr ein Memo.«

»Okay, gut.« Er presste seine Lippen auf eine besonders kitzlige Stelle an meinem Hals.

Ich wand mich hin und her, während ich am Dekolleté eine Gänsehaut bekam. »Du machst mich frösteln!« Ich griff nach dem Bettlaken und versuchte etwas zu finden, womit ich mich bedecken konnte.

»Spielverderberin«, beschwerte er sich, nachdem ich etwas gefunden hatte.

»Warum denn?«

Er überlegte. »Mir fällt kein anderer Grund ein als der, dass ich dich nackt sehen will.«

»Na ja, das ist kein besonders guter Grund, aber zumindest ist es einer.«

»Vielleicht lässt der Reiz des Neuen ja irgendwann nach.«

»Du kennst mich nackt seit unserem achtzehnten Lebensjahr. Es gibt keinen Reiz des Neuen mehr.«

»Aber es war nur ab und zu.«

»Stimmt.«

Er küsste mich – ein weiterer seiner unglaublichen Küsse, die mich überlegen ließen, wie viel Sauerstoff ein Mensch wirklich brauchte. »Ich fand es großartig, dass du dich auf die Aussichtsplattform getraut hast«, sagte er.

Automatisch bekam ich Schmetterlinge im Bauch. »Ach ja?«

»Ich hätte niemals gedacht, dass du das tun würdest.«

»Dann wolltest du also *wirklich* von mir wegkommen!« Ich boxte ihn leicht.

»Ich …« Er atmete tief aus, und jede Spur von Verteidigung verschwand. »Ja.«

»Sehr erwachsen, Matt.«

»Ich war sauer auf dich«, sagte er.

»Ich weiß.« Ich legte meine Hand an seine Wange. »Jetzt auch noch?«

»Nein.«

»Und wenn ich wieder angezogen bin, wirst du dich dann wieder daran erinnern, dass du sauer warst?«

Er lachte und gab mir einen Kuss. Dann lachte er wieder. »Nein. Versprochen. Ich liebe dich, Joss.«

»Ich liebe dich auch.«

Unsere Lippen verschmolzen miteinander in langsamen zärtlichen Küssen. Sie schmeckten eher nach einem Versprechen als nach Vergänglichkeit. Hauptgericht und Dessert. Was mich an etwas erinnerte …

»Wie viel Zeit haben wir, bis der Empfang beginnt?

Matt hob seinen Kopf und warf einen Blick auf die Uhr. »Er hat vor fünfzehn Minuten angefangen!«

Ich riss die Augen auf. »Oh Schreck!«

Er war bereits wieder auf den Beinen. »Fortsetzung folgt?«

Ich hielt mitten im Aufstehen inne und lächelte. »Kein Ende in Sicht.«

29

Und jetzt …?

Wir mussten uns beeilen, aber meine Haare und mein Make-up schrien geradezu nach Liebe am Nachmittag. Ich musste das irgendwie wieder hinbekommen. Matt spähte durch die Badezimmertür. »Bist du gleich so weit? Wir sind echt spät dran.«

»Ich bekomme diesen verdammten Ohrring nicht rein.« Ich streckte ihm das widerspenstige Schmuckstück hin und stöhnte frustriert.

»Das kannst du doch noch im Taxi machen. Komm schon.« Er verschwand aus der Tür, und ich verdrehte die Augen.

Aber er hatte recht, also eilte ich mit dem Ohrring in der Hand wieder ins Zimmer. Das Bett war ein Schlachtfeld, und meine Tasche sah aus, als hätte sie sich auf den Boden erbrochen, aber ich hatte nicht genügend Zeit, um mir mehr als meine kleine Handtasche aus dem Durcheinander zu angeln. »Okay, ich bin so weit.«

»Du hast keine Schuhe an.«

Ich nahm sie ebenfalls an mich. »Die ziehe ich erst an, wenn es unbedingt sein muss.«

»Wie auch immer.« Er öffnete die Tür, ließ mir aber den Vortritt. Wir rannten den Gang entlang zum Fahrstuhl, wo Matt wiederholt auf den Knopf drückte und ich meine Schuhe zwischen den Knien festhielt, während ich erneut versuchte, den Ohrring zu befestigen. Ich hatte es fast geschafft, als der Aufzug kam. Um weder meine Schuhe noch die Kontrolle über den Ohrring zu verlieren, watschelte ich hinein.

»Aha!«, rief ich, als es endlich klappte. Ich sah in die Spiegelwand des Fahrstuhls und bemerkte, dass mein Ohr von der Aktion ganz gerötet war. Hoffentlich würde die Schwellung zurückgehen, bis wir beim Empfang ankamen. Ich schlüpfte gerade in meine Schuhe, als sich die Türen zur Lobby öffneten und ich Matt einen triumphierenden Blick zuwarf. »Siehst du? Ich bin absolut bereit.«

Er lächelte und schüttelte den Kopf.

Wir marschierten durch die Drehtür auf die Straße und riefen ein Taxi.

Er griff nach meiner Hand und verschränkte unsere Finger miteinander.

»Wie sollen wir das jetzt eigentlich machen?«, fragte ich.

»Wie meinst du das?«

»Die anderen werden wissen wollen, wo wir abgeblieben sind.« Ein kurzer Blick auf mein Handy verriet mir, dass ich drei Anrufe von der Gruppe im Hancock-Gebäude verpasst hatte. Ich war mir sicher, dass es bei Matt genauso sein würde.

»Du kannst ihnen die Wahrheit erzählen, wenn du willst.« Er sah mich aus dem Augenwinkel an und lächelte nicht mal dabei.

Ich wandte mich einem imaginären Publikum zu und hob Ruhe gebietend die Hand. »Tut mir leid, Leute, es war eine dringende Hotelsex-Verpflichtung.«

Der Taxifahrer warf mir über den Rückspiegel einen Blick zu, also zwinkerte ich ihm zu.

Matt lachte. »Hört mal, Leute, ich kann es nur eine bestimmte Zeit lang aushalten, Joss nicht auszuziehen, und es war jetzt einfach eine Weile her.«

Der Taxifahrer warf uns einen weiteren Blick zu, aber ich musste zu sehr lachen, um darauf zu reagieren.

»Das Aon Center ist direkt auf der Straßenseite gegenüber«, sagte der Fahrer, als er in eine breite Straße einbog.

»Den Rest gehen wir zu Fuß«, sagte Matt. Wir stiegen aus und überquerten die belebte Straße Hand in Hand. Der Bürgersteig lag ein ganzes Stockwerk über dem künstlichen Wasserfall im Eingangsbereich. Als wir die Stufen erreicht hatten, die uns nach unten bringen würden, sah ich unsere Freunde aus der anderen Richtung auf uns zulaufen.

»Ich schätze, wir sind nicht die Einzigen, die spät dran sind«, sagte ich.

»Jocelyn Kiel, wo zum Teufel bist du gewesen?«, rief Kerry, als sie noch zwanzig Meter entfernt war.

Wir warteten, bis sie bei uns waren. Dabei hielten wir immer noch Händchen. Ich hatte wieder Schmetterlinge im Bauch, aber es waren die guten. Wir standen kurz davor, anderen von unserer Beziehung zu erzählen.

Das Verhör begann, sobald sie bei uns waren. »Wohin seid ihr denn verschwunden?«

»Ihr habt uns versetzt!«

»Warum geht ihr nicht ans Telefon, wenn man euch anruft?«

»Ihr habt eine Spitzenaussicht verpasst!«

»Tut mir leid, Leute«, sagte ich. »Wir, äh …«

»Joss konnte die Höhe einfach nicht vertragen«, unterbrach mich Matt.

Ich stieß ihm meinen Ellbogen in die Seite, weil er die Schuld auf mich schob.

»Ihr hättet trotzdem an euer Handy gehen können«, sagte Annemarie.

»Tut uns leid.«

»Ist egal. Los jetzt«, sagte Kurt. »Wir sind echt spät dran.«

Die Gruppe versammelte sich unten vor den Stufen, und kurz bevor wir hineingingen, traute ich mich endlich, die Glasfassade hinaufzublicken. Meine Knie wurden zu Götterspeise. Der Wolkenkratzer ragte dreiundachtzig Stockwerke in den Himmel, und der Hochzeitsempfang war im obersten Stock. Ich konnte mir nicht vorstellen, so nah am Himmel zu sein. Ich würde Jessie mächtig dafür in den Hintern treten, dass sie das immer zu erwähnen vergessen hatte, wenn ich sie etwas über die Hochzeit gefragt hatte. Aber es wäre ihr auch egal gewesen – schließlich war es ihre Hochzeit.

»Das schaff ich nicht noch mal«, flüsterte ich und ergriff Matts Hand.

»Doch, das schaffst du«, versicherte er mir.

»Vielleicht sollte ich einfach hier unten bleiben.«

»Komm schon, du Riesenbaby«, neckte er mich und dirigierte mich Richtung Eingang.

Ich stieß ein Wimmern aus, aber er führte mich durch den Empfangsbereich. Es gab einen Angestellten, der eine sadistische Freude daran zu haben schien, mit seinem Schlüssel den Privataufzug zu aktivieren. Als sich die Türen öffneten, grinste er uns an und sagte: »Nächster Halt, das Dach der Welt.«

»Warum sagen die das immer?«, wimmerte ich.

Matt lachte. »Du schaffst das schon, Alvin.«

Die anderen plauderten angeregt und ignorierten meine beginnende Panikattacke. Sie war zurück – das Dröhnen in den Ohren und meiner Brust, die Atemnot, das kribbelnde Gefühl am ganzen Körper. Die Türen schlossen sich, und ich barg mein Gesicht an Matts Brust. Er küsste meinen Kopf und strich beruhigend über meinen Rücken, während mein Magen in Richtung Knie rutschte. Irgendwann wurde meine Neugier zu stark, und ich spähte auf die Anzeige. Wir befanden uns irgendwo in den Vierzigern.

»Ich kann das nicht! Ich will wieder runter! Bitte zwing mich nicht, den Aufzug zu verlassen!«

Matt nahm mein Gesicht zwischen seine Hände und küsste mich geräuschvoll bis zum Ende der Fahrt.

Das Schweigen der anderen Passagiere war ohrenbetäubend. Der Fahrstuhl öffnete sich im dreiundachtzigsten Stock, und ich gestattete Matt, mich hinauszubugsieren.

»Tja, äh …« Geena zeigte zwischen Matt und mir hin und her. »Was geht denn hier vor?«

»Wir sind … zusammen«, sagte Matt.

»Ach nee!«

»Das ist jetzt nicht so ein …?« Kerry machte eine unsichere Geste und die dazu passende Miene.

»Nein.« Ich schüttelte den Kopf. »Es ist echt.«

Auf Kerrys Gesicht breitete sich ein fettes Grinsen aus. »Ich wusste, dass ihr das nicht durchhalten würdet.«

Als wir uns zum Abendessen an den Tisch setzten, war ich bereits davon überzeugt, dass ich niemals eine beeindruckendere Hochzeit erlebt hatte. Wenn ich meinen Blick von den Fenstern fernhielt, war die Einrichtung opulent genug, dass ich mir einreden konnte, ich befände mich nicht mehr als dreihundert Meter über dem Boden. Der unablässig strömende Champagner half mir, meine Nerven zu betäuben. Selbst die Tischdekoration war die eleganteste, die ich jemals gesehen hatte.

Wir lauschten den Ansprachen und sahen zu, wie eine Flut von Kellnern den ersten Gang servierte. An unserem Tisch saßen nur Freunde vom College, und wir waren bei Weitem die lauteste Gruppe im Raum. Wir lachten so viel, dass ich meine Wimperntusche auffrischen musste.

Als der Salatgang abgeräumt war, kehrten die Kellner mit kleinen Tellern zurück.

»Das sieht nicht nach dem Hauptgang aus«, brummelte Nate. »Ich bin so hungrig!«

»Vielleicht ist es ein ganz kleiner Hauptgang«, erwiderte Geena grinsend.

Man stellte die gekühlten Tellerchen vor uns hin. Matt und ich sahen uns an. Es war ein Sorbet-Gang. Ich lachte und presste mir schnell die Hand auf den Mund.

»Ist das der Nachtisch?«, wollte Mitch wissen.

»Das ist der Sorbet-Gang, du Idiot«, entgegnete Kurt.

»Warum essen wir vor dem Hauptgang Eis?«

»Hast du noch nie einen Sorbet-Gang erlebt?«, fragte Kerry.

»Das soll den Gaumen neutralisieren«, sagte Matt.

»Na gut.« Nate zuckte die Schultern und probierte einen Löffel von der kleinen pinkfarbenen Sorbet-Kugel auf seinem Teller. »Nicht schlecht.«

Ich nahm meinen Löffel in die Hand, zögerte jedoch. Ich wusste, dass es lächerlich war, aber irgendwie kam es mir falsch vor, das Sorbet zu verspeisen. Als ich zu Matt blickte, sah ich, dass er es ebenfalls nicht aß.

»Ist doch albern, darauf zu verzichten, oder?«, sagte ich leise.

»Stimmt«, erwiderte er.

Mit dem Löffel in der Hand sah ich zu, wie alle aßen. Schließlich lehnte sich Matt vor und nahm ihn mir aus der Hand. Er legte ihn auf den Teller, in der internationalen Position für »Ich bin fertig«, und verfuhr bei sich genauso.

»Es ist mir egal, ob es albern ist. Ich werde es nicht essen«, sagte er.

Ich lächelte und beugte mich zu ihm hinüber, um ihm einen Kuss zu geben. »Ich auch nicht.«

Seufzend lehnte er sich zurück. »Gut.«

»Eigentlich könnte man doch auch sein ganzes zukünftiges Leben ohne ein weiteres Sorbet verbringen, meinst du nicht?«